ILONA EINWOHLT

ALS UNS DIE WELT ZU FÜSSEN LAG

ROMAN

HarperCollins

Das Zitat auf Seite 120 stammt aus:
Ich bin von Kopf bis Fuß auf Liebe eingestellt
Musik und Text: Friedrich Hollaender

1. Auflage 2022
Originalausgabe

Gesetzt aus der Stempel Garamond und der Academy Engraved
von GGP Media GmbH, Pößneck
Druck und Bindung von CPI books GmbH, Leck
Printed in Germany
ISBN 978-3-7499-0233-0
www.harpercollins.de

Klimaneutral
Druckprodukt
ClimatePartner.com/15109-2009-1001

MIX
Papier
FSC FSC® C083411

Bald keimten und sprossen Zweiglein und Blättlein empor.
Wilde Dornsträucher wuchsen rasch aus der Erde;
nur hie und da erschloss sich eine farbige Blüte.
Aber in des Gartens Mitte stand ein Blütenstängel,
dessen zartem Kelch entfaltete sich eine herrliche Rose,
eine Rosenkönigin.
Glänzender Tau träufte auf sie nieder,
und das grüne Laub schmiegte sich zärtlich an die Blüten.

(AUS: LUDWIG BECHSTEIN, DIE ROSENKÖNIGIN, 1847)

Für Jill

HAMBURG,
IM WINTER 2019

Ein Traum von Weiß und Rosarot empfing die Kundinnen und Kunden, wenn sie das Bellefleur betraten. In den spiegelblanken Glasvitrinen präsentierten sich auf Spitzendecken die leckersten Cupcakes, Tartes, Kuchen und auch mal eine mehrstöckige Torte. Von der Decke hing ein funkelnder Lüster, die Wände waren weinrot tapeziert, über allem hing ein Hauch von Schokolade und Karamell in der Luft. Manchmal roch man auch Pistazien und Haselnüsse.

Tildas Caféládchen war nichts für Pragmatiker und Rationalisten – und schon gar nichts für Menschen, die Kalorien zählten. Veganer wurden hier kaum fündig, genauso wie hartgesottene Fitnessanhänger, die Zucker zum Staatsfeind Nummer eins erklärt hatten. Denn eins war so klar wie ihre Spiegelscheiben: Ohne Zucker und Sahne konnte Tilda nicht sein, die Süße war die Würze in ihrem Leben, und jeder, der jemals eins ihrer Törtchen probiert hatte, wusste: Sie hatte recht. Wer einmal bei Tilda kaufte, kam immer wieder, für Schoko-Minz-Muffins, Crispy-Hazelnut-Törtchen oder Creamy Cheesecake. Spätestens wenn die süße Schmelze den Gaumen kitzelte, die Geschmacksknospen auf der Zunge Genuss, Liebe und Sinnlichkeit verkündeten, war es egal, wie viele sündhafte Kalorien in den Leckereien steckten.

Ihre Backkünste verdankte Tilda einem Aufenthalt als Au-pair in New York, wo sie auf die Kinder einer Food-Influencerin aufpassen sollte. Selbstredend hatten sie gemeinsam gebacken und gekocht, und verbunden mit Tildas Leidenschaft für Naschwerk und Süßes war dann daraus ihr Beruf – ach was: ihre Berufung! – entstanden.

Noch etwas hatte Tilda in die Hände gespielt: Während sie so vor sich hin trudelte, die Eltern früh verloren, ohne Mann, Kinder und festes Einkommen, hatte ihr eine entfernte Tante vor einigen Jahren dieses Haus vermacht. Einen mehrstöckigen Gebäudekomplex, mitten auf dem Kiez, mit Saal und Zwischenbau. Zu früheren Zeiten, in den wilden Zwanzigern, gehörte das Bellefleur zu den schillerndsten Etablissements der Stadt, mit Varieté, Tanzsaal und Modesalon, während des Krieges war hier ein Lazarett untergebracht gewesen, später dann eine Tanzschule. Lange Zeit hatten die prächtigen Räume im Erdgeschoss und ersten Stock danach leer gestanden, die Wohnungen obendrüber teilten sich Hausbesetzer und Obdachlose. Doch das Haus schien nur auf Tildas Tatendrang gewartet zu haben. Kaum hatte sie das Erbe angetreten, ließ sie das Gebäude räumen und renovieren, verkaufte einen Teil des Anwesens. Krempelte selbst die Ärmel hoch und verwandelte die alte Villa in unzähligen Stunden Arbeit in ein Kleinod ganz nach ihrem Geschmack, renovierte und restaurierte mit Stuck, Original-Farben und -Materialien. Nun bewohnte sie die Räume über dem Café mit angrenzender Backstube, hielt sich dort aber nur selten auf und wenn überhaupt in ihrem Bett, in das sie nach einem erfüllten Tag erschöpft hineinfiel und auf der Stelle einschlief.

Längst hatte es sich herumgesprochen, dass hier in Hamburg eine exzellente Zuckerbäckerin am Werk war. Tilda konnte sich vor Aufträgen kaum retten. Was ihre Konkurrenz mit Neid erfüllte, betrachteten ihre Freundinnen mit Sorge. Denn die viele Arbeit machte Tilda in ihren Augen zu einer Einzelgängerin, die sich außer für die Zutaten ihrer köstlichen Backwerke nur für ihre Bilanzen interessierte. Wenn sich Hannah, Anni und Mone zum Tanzen mit den Disco Boys oder im Gym zum Yoga trafen, stand Tilda in ihrem Laden. Sortierte Preisschilder, erstellte mit ihren beiden Angestellten den Wochenplan oder putzte Vitrinen, Regale und Maschinen. Wenn Hannah von ihren Dates mit Dimetrios, Karsten oder Sergio träumte, Anni Stress mit ihrem Ex hatte und Mone von den Trotzanfällen ihrer Tochter berichtete, schwärmte Tilda von erlesenen Zutaten wie Vanille, Rosenzucker und Pistazien, wählte zwischen Schokoladen mit 75 %, 80 % oder 85 % Kakaoanteil und kaufte auf dem Markt Früchte der Saison. Und wenn sich Hannah, Anni und Mone zum Sonntagsbrunch verabredeten, widmete sie sich mit Hingabe dem Studium neuer Rezepte, probierte und studierte die Zusammensetzung ihrer Törtchen und Füllungen, bis sie abends todmüde, aber überglücklich die richtige Komposition der Zutaten ausgetüftelt hatte und das Wochenende vorbei war.

Hannah, Anni und Mone waren sich nicht ganz einig darüber, ob sie neidisch auf Tilda sein sollten oder nicht. Hannah war Tildas älteste Freundin und hatte sämtliche Phasen der Geschäftsentwicklung hautnah miterlebt. Wie es sich gehörte, hatte sie ihr beim Streichen und Renovieren geholfen, sie bei der Wahl der Farben und Ausstattung beraten. Sie war es auch, die in den Tiefen des Kellers das alte Ladenschild aufgetrieben und das Café »Bellefleur« getauft hatte.

Doch seit ihrem dreißigsten Geburtstag vor einigen Wochen schien Hannah ihr Leben plötzlich angezählt zu fühlen, als hätte diese Zahl eine magische Bedeutung; auf einmal war sie der Meinung, sie brauchte nun endlich einen Mann, den sie heiraten und mit dem sie eine Familie gründen könnte. Um ihrem Glück ein Stück näher zu kommen, suchte sie auf verschiedenen Internetplattformen nach Mr. Right und hatte schon den einen oder anderen vermeintlichen Treffer gelandet. Jedes Mal aufregend, jedes Mal nicht von Dauer. An ihrer Suche nach einem passenden Partner wollte sie wohl auch ihre beste Freundin teilhaben lassen, ermunterte sie ebenfalls, sich umzuschauen. Schließlich ging auch Tilda auf die dreißig zu und hatte bisher keine Beziehung mit einem Mann gehabt, die man als »fest« bezeichnen konnte. In Hannahs Augen wurde es also höchste Zeit.

»Mir fehlt nichts«, wehrte Tilda dann jedes Mal lachend ab. »Ich habe doch noch nicht einmal Zeit, mich um den Garten zu kümmern! Siehst du die vermooste Terrasse und diesen alten Rosenstock inmitten des Unkrauts im Garten? Sie grüßen mich jeden Tag mit einem schlechten Gewissen, weil ich sie total vernachlässige. Was glaubst du, wie es da einem Mann an meiner Seite erginge?«

Damit war das Thema für sie erledigt. Doch Hannah war nicht die Einzige, die sich Sorgen um Tilda machte. Anni, selbst erfolgreich in ihrem Job als Marketingexpertin, war der Meinung, dass Tilda mit ihren Törtchen expandieren und einen Versandhandel aufmachen sollte. Mehr als einmal hatte sie ihr ein entsprechendes Konzept vorgelegt, doch Tilda wollte von alldem nichts wissen. Sie war glücklich mit ihrem kleinen Laden, hatte ihr Auskommen und wenig Interesse daran, im Internet Karriere zu machen. Was dabei rauskam, hatte sie damals in New York aus nächster Nähe miterlebt: eine ausgebrannte Starköchin, am Ende ohne Ruhm und Anerkennung. Vergessen von der Netzgemeinde, die sich im Wahn der schnellen Likes und Dislikes einen Ersatz gesucht hatte, der neu, vielversprechend und *fancy* war.

»Am Ende hab ich auch einen Burn-out wie du, nein danke«, war Tildas Standardantwort, wenn Anni wieder einmal Pläne schmiedete und begeistert davon schwärmte, wie Tildas Petits Fours, Tartes und Cupcakes von Hamburg aus die Welt erobern könnten.

Mone dagegen boykottierte Tildas Törtchen ganz offen und sparte nicht an Kommentaren. Mit bissigen Bemerkungen hetzte sie bei jeder Gelegenheit gegen alles, was ihrer Ansicht nach zu viel Zucker, Fett und Kohlehydrate enthielt. Dabei aß sie für ihr Leben gerne und hatte sich während ihrer Schwangerschaft ihren Gelüsten hemmungslos hingegeben.

Tilda kannte den Grund für Mones widersprüchliches Verhalten: Bei einem gemeinsamen Wellnesswochenende hatte sie sie einmal mit der Zahnbürste in der Hand vorm Klo erwischt. Seitdem beobachtete sie die Gewichtsschwankungen der Freundin mit größter Sorge. Mone wirkte unglücklich, dabei hatte sie doch eigentlich alles: Mit ihrer kleinen Familie lebte sie in einem Reihenhäuschen am Stadtrand, um Geld mussten sie sich keine Sorgen machen. Wenn sie sich trafen, was in jüngster Zeit immer seltener vorkam, erzählte sie stolz von ihrem wunderbaren Mann und der großartigen Tochter. Dann war wiederum Hannah neidisch, die sich nach einem Kind sehnte, und Anni verdrehte die Augen, weil Kinder in ihren Augen nur Zeitverschwendung waren. Tilda hörte unterdessen geduldig zu und stellte insgeheim die Zutatenliste für die Pistazienkrokant-Schnecken mit Vanillemohnmus zusammen.

Sie hätte auch an diesem Nachmittag einfach mit einem Ohr zugehört und nebenbei im Kopf an Rezepten gefeilt, wäre nicht plötzlich immer öfter ihr Name gefallen. Denn so unterschiedlich sie ansonsten waren, in einer Sache waren sich ihre drei Freundinnen einig: Tilda brauchte endlich einen Freund! Angesteckt von Hannahs Partnersuche im Internet hatten sie sich einer Mission verschrieben und mit Begeisterung ein Profil ausgefüllt, auf originellste Weise betextet. Natürlich hatten sie Tilda nicht lange um Erlaubnis gefragt, die die Aktivitäten ihrer Freundinnen augenrollend akzeptiert hatte. Aus Erfahrung wusste sie: Wenn Hannah sich einmal etwas in den Kopf gesetzt hatte, war es so gut wie unmöglich, es ihr wieder auszureden. Und sie fand es süß, dass sich ihre Freundinnen so um sie sorgten.

»Willst du so etwa zu deinem Date?«, fragte Anni und zupfte an Tildas Haaren herum. Sie hingen ihr in losen Strähnen aus dem Zopf, den sie in der Backstube immer trug. Für heute hatte sie bereits Feierabend gemacht. Seit einigen Wochen beschäftigte sie eine neue Mitarbeiterin, die ein außerordentliches Gespür für das

Verfeinern des Gebäcks besaß. Renate hatte einen ganzen Koffer voller Gewürze und Aromen aus ihrer Heimat Namibia mitgebracht, und seitdem experimentierten die beiden in jeder freien Minute gemeinsam. Renate war ein echter Glücksgriff, und Tilda konnte sich voll und ganz auf sie verlassen.

»Welches Date?« Tilda schaute Anni fragend an und ging im Geiste ihren Terminkalender durch. Die Aufträge hatte sie alle abgehakt, und die Lieferung für die Firmenfeier des Hafenkontors stand erst kommende Woche auf dem Plan.

»Jetzt sag nicht, du hast es vergessen!« Hannah seufzte theatralisch.

»Typisch Tilda! Nur Kuchen im Kopf!« Das kam natürlich von Mone. »Du bist echt ein hoffnungsloser Fall.«

»Timon, der Sportlehrer! Jetzt komm, beeil dich. Ab unter die Dusche. Renate schmeißt den Laden. Und du dich in Schale.« Kichernd über ihren eigenen schlechten Sprachwitz schob Anni die Freundin die Treppe hinauf in die Wohnung.

»Was willst du überhaupt anziehen?« Sie stand vor Tildas Kleiderschrank, während diese im Bad verschwand.

»Jeans und Bluse, was sonst …«

»Nicht dein Ernst.« Anni kramte in Tildas Schrank herum, schien aber nichts Brauchbares zu finden. »Etwas aufregender darf es schon sein …«

»Ich werde mich nicht verkleiden, wenn du das meinst«, gab Tilda selbstbewusst zur Antwort und knöpfte sich die Hose zu. Eine Jeans, deren Schnitt ihr bisher piepegal war, weil sie sowieso die Backschürze darüber trug.

»Ach, Tildi, du bist wirklich ein hoffnungsloser Fall. Aber genau deswegen hab ich dich so lieb«, meinte Anni seufzend und drückte ihr einen Kuss auf die Wange. Dann ließ sie ihren Blick durch die Wohnung schweifen. »Es ist ein Jammer, dass du nicht mehr daraus machst! Der Stuck an der Decke, die Holztüren … solche Räume sind in ganz Hamburg heiß begehrt, und hier auf St. Pauli noch mal mehr. Und du lässt sie einfach verkommen!«

»Was heißt hier verkommen?« Tilda zuckte mit den Schultern. »Ich habe weder Zeit noch Geld für aufwendige Renovierungsarbeiten. Für mich reichen Schlafzimmer und Küche.«

»Meine süße, bescheidene Tildi«, meinte Anni liebevoll. Dann zog sie sie mit sich. »Komm, wir schauen nach, ob wir im alten Ankleidezimmer etwas für dich finden.« Sie öffnete eine der Türen, die vom Flur abgingen, und lief zu einem Kleiderschrank. »Timon würde Augen machen, wenn er dich in so einem Flapperkleid kennenlernen würde«, rief Anni begeistert aus und hielt eins der Kleider in die Höhe. »Das sind wahre Schätze, die sich hier verbergen! Sie müssen ein Vermögen wert sein …« Beinahe ehrfürchtig strich sie über den feinen dunkelgrünen Chiffonstoff mit den eingewirkten glitzernden Fäden. »Ich wette, das hier würde dir ausgezeichnet stehen. Das war so eine wilde Zeit! Hast du nicht *Babylon Berlin* gesehen?«

»Jaja. Wild und gefährlich«, winkte Tilda ab und nahm ihr das Kleid aus der Hand. »Komm, gehen wir wieder. Du musst mich doch sicher noch schminken, oder?« Grinsend hielt sie der Freundin den Lippenstift hin. Doch die hatte etwas in der hinteren Schrankecke entdeckt. Tilda rollte die Augen. Anni liebte es, im Ankleidezimmer herumzustöbern.

»Was ist das denn? Ein alter Koffer. Weißt du, was da drin ist?« Neugierig zog sie ihn heraus und ließ das Schloss aufschnappen.

»Noch mehr Kleider«, winkte Tilda ab. »Und ein kleines Buch mit Bleistiftzeichnungen. Komm, lass gut sein, sonst verpasse ich das Date mit diesem Timon wirklich noch.«

Sie mochte es nicht, wenn jemand ungefragt in ihren Sachen wühlte. Dass die Kleider Geschichten erzählten, hatte sie auf den ersten Blick bemerkt. Eine Gänsehaut war ihr über den Rücken gelaufen, obwohl sie mit all der Vergangenheit in diesem Haus nichts zu tun hatte. Sie wusste kaum etwas über diese Tante, die sie zur Alleinerbin auserkoren hatte, und wollte von Familienangelegenheiten auch lieber nichts mehr wissen. Es war nicht immer leicht für sie gewesen, schon gar nicht nach dem Tod der Eltern. Sie war froh über diese Chance, sich ein eigenes Leben aufzubauen, ihren Traum zu leben, und sie genoss jeden Tag. Schließlich lebte sie im Hier und Jetzt. Und nicht in den Zwanzigern des letzten Jahrhunderts!

Als sie dann kurz darauf vor dem Spiegel saß und sich von Anni die Lippen nachziehen ließ, ertappte sie sich dann aber doch bei der Frage, wie ihr wohl das grün durchwirkte Flapperkleid stehen würde. Und eine Wasserwelle.

***

Es war dieses Gefühl, versagt zu haben. Noch schlimmer: totale Machtlosigkeit. Worte drangen aus ihrem Inneren, formten sich in ihrer Kehle zu Lauten ohne Sinn. Die Buchstaben bildeten keine Wörter, blieben stecken irgendwo zwischen einem unverständlichen *Oarg* und *Aaah*. Je weiter sie den Mund öffnete, je lauter sie sprechen wollte, desto schmerzvoller wurde ihr bewusst, dass niemand sie hörte. Tildas Verstand arbeitete unterdessen auf Hochtouren, ihr war klar, dass sie träumte, und doch gelang es ihr nicht, sich aus dieser Ohnmacht zu befreien. Aufzuwachen und dem Spuk ein Ende zu bereiten, atmen, sprechen, endlich richtig sprechen. Worte für das Unsagbare finden. Die Wahrheit.

Dann endlich: Mit einem Ruck setzte sie sich auf und tastete nach dem Licht. Ein rascher Blick auf den Wecker, wie immer war es zehn nach drei in der Nacht. Längst hatte Tilda aufgehört, ihre Träume zu notieren. Der Traum war stets der gleiche. Zurück im Bett tastete sie nach ihrem Handy. Das machte sie sonst nie, normalerweise drehte sie sich einfach auf die andere Seite und schlief weiter.

Jetzt deaktivierte sie den Flugmodus, beantwortete die neugierigen Fragen ihrer Freundinnen in der WhatsApp-Gruppe mit einem »Nein« und löschte Timons Kontakt mit einem Wisch. Das Date war der komplette Reinfall gewesen. Wer von ihnen beiden enttäuschter war, konnte sie gar nicht sagen, er hatte sich zumindest nichts anmerken lassen und ihr Fragen wie aus einem Katalog gestellt: Welche Musik sie gerne hörte. Welches Buch sie gerade las. Was ihr Lieblingsreiseziel war. Um es kurz zu machen: Er war ein uninteressanter Gesprächspartner. Ein Lehrer. Tilda fragte sich ernsthaft, was sich ihre Freundinnen dabei gedacht hatten, sie mit diesem Langweiler zusammenzubringen. Aber sie sparte sich die Nachfrage, sie hatten es ja nur gut gemeint, und ein bisschen gerührt war sie auch über ihre Bemühungen.

»Ich bin gerne alleine, damit ihr es wisst«, tippte Tilda noch in die Gruppe, dann löschte sie das Licht. Doch an Schlaf war nicht zu denken. Unruhig wälzte sie sich hin und her. Kein einziger Trick half, und so stand sie schließlich auf, um zu tun, was sowieso zu tun war: Hefeteig ansetzen, Zuckervorräte auffüllen, Einkaufsliste schreiben. Renate hatte gestern Abend noch süße Kringel gebacken, die verführerisch duftend auf dem Tablett lagen, und Tilda wusste, ohne sie auch nur probiert zu haben, wie großartig sie schmeckten.

»Beste Zutaten für beste Produkte«, lautete ihre Devise, selbstverständlich fair gehandelt und bio. Die Kunden honorierten die Auswahl ihres üppigen Törtchenangebots, die Freude am Gaumen, der Genuss und der Moment des süßen Glücks waren jeden Cent wert. Mühe und Aufwand sowieso.

Nachdem Tilda ihre Vorräte sortiert und zu ihrer Zufriedenheit festgestellt hatte, dass alles in bester Ordnung war, bereitete sie sich einen Espresso. Das war die zweite Morgenroutine und eine der wenigen Auszeiten, die sich Tilda gönnte. Für einen Moment innehalten, vom Sofa aus nach draußen in den Innenhof schauen, der, obwohl verwildert und verwuchert, auf seine Weise romantischen Charme versprühte. Zu jeder Jahreszeit, dachte Tilda, während sie einen von Renates Kringeln kostete.

Sie waren himmlisch, nichts anderes hatte Tilda erwartet, vielleicht hätte sie das Mehl einen Hauch sparsamer verwendet, es schmeckte leicht krümelig heraus. Schon spukten ihr allerlei Ideen durch den Kopf, wie sie in ihrem traditionellen Süßgebäck Renates afrikanische Backaromen verwenden könnte. In einer Hamburger Konditorei erwartete man vielleicht nicht unbedingt Benjies und Dattelkonfekt, aber genau deswegen war es höchste Zeit, ihr Angebot internationaler zu gestalten. Niemand wollte immer nur Franzbrötchen essen. Und war nicht allerorten von der großen Offenheit der Stadt die Rede, von ihrer Willkommenskultur, Hamburg als Tor zur Welt? Sollte man das dann nicht auch schmecken?

Eifrig füllte Tilda die Seiten ihrer Kladde, die sie für solche Zwecke führte, machte Skizzen, wie das Gebäck präsentiert werden könnte, entwarf neue Formen. Längst hatte draußen der Morgen begonnen, hektisches Treiben des Berufsverkehrs. Passanten hetzten vorbei, Autos hupten, und drinnen saß Tilda konzentriert über ihr Heft gebeugt und bekam von alldem nichts mit.

Kein Wunder, dass ihre Freundinnen sie für weltfremd hielten. In Wahrheit beneideten sie Tilda um ihre Gabe, ihre Umgebung auszublenden und sich in eine Aufgabe zu vertiefen. Tagsüber funktionierte das wunderbar. Nur nachts, wenn sie von ihren Albträumen heimgesucht wurde, gelang es ihr immer seltener, wieder einzuschlafen.

»Du hast ja noch gar nicht aufgemacht«, begrüßte Renate sie, die schwungvoll die Ladentür aufschloss.

Gut gelaunt lief sie in die Backstube, wo man sie alsbald mit dem Rührgerät hantieren hörte. Zwischendurch holte sie die Zutaten aus dem Kühlhaus und prüfte die Auslagen in der Vitrine.

Sobald die ersten Kunden den Laden betraten, legte Tilda ihre Kladde zur Seite und tat das, was sie an ihrem Beruf am meisten liebte: den Menschen ein süßes Stück Glück verkaufen! Dafür war das Bellefleur längst über Hamburgs Stadtgrenzen hinaus bekannt.

Da war der reizende ältere Herr, der sich bereits am Morgen ein Stück Kuchen für den Nachmittag aussuchte. Diesmal Mandarine-Kokos. Die Dame, die eine Torte für die große Familie auswählte, Käse-Sahne, ganz traditionell. Angestellte, Männer wie Frauen, die sich auf dem Weg zur Arbeit einen Cupcake oder eine Zimtschnecke für die Kaffeepause holten. Und natürlich viele Touristen, die auf der Suche nach einem Geheimtipp in ihrem Lädchen gelandet waren und sich vor lauter Ahs! und Ohs! nicht mehr einkriegten. Den meisten waren Tildas Backwerke dann allerdings zu teuer, weshalb sie speziell für diese Klientel allerliebste Windbeutelchen im Angebot hatte, die sie *Hamburger* nannte und wahlweise mit Mohn- oder Rosensahne füllte.

Umso überraschter war sie, als an diesem Morgen ein junger Mann den Laden betrat, der eine üppige Hochzeitstorte bestellen wollte. Das kam in jüngster Zeit immer seltener vor. Entweder wurde weniger geheiratet oder weniger in Hochzeitstorten investiert, so ihre Vermutung. Er trug eine Cargohose, darüber einen Wolljumper und wirkte nicht wie jemand, der täglich Torte aß. Schon gar nicht so feines Gebäck, wie sie es im Angebot hatte.

»Mehrstöckig muss sie sein«, sagte er. »Ein imposantes Bauwerk. Mindestens wie die Sagrada Familia!«

»Sind Sie Architekt?«, fragte Tilda lachend und scrollte durch die Fotogalerie auf ihrer Website auf der Suche nach Vorschlägen für seinen ausgefallenen Tortenwunsch.

»Nicht für Gebäude, wenn Sie das meinen«, antwortete er und lächelte Tilda an.

Die guckte verwundert und musste kurz nachdenken, bevor sie verstand. »Ein Landschaftsarchitekt, wie schön!«, lächelte sie zurück, direkt in seine Augen, so dunkel wie Kakaobohnen.

»Es ist der schönste Beruf, den man sich vorstellen kann«, schwärmte er, nur um sofort innezuhalten. »Oh, Entschuldigung, abgesehen von Ihrem natürlich! Ihr Bellefleur ist wirklich ein wunderbarer Ort!«

»Danke!« Tilda grinste. »Es ist ein altes Gebäude aus der Gründerzeit, das wundersamerweise beide Weltkriege überlebt hat. Ich komme mit dem Renovieren kaum hinterher …« Huch, was sagte sie denn da? Sonst kokettierte sie doch auch nicht mit ihrer vielen Arbeit.

»Das kann ich mir denken. Vielleicht kann meine zukünftige Frau Ihnen dabei helfen? Sie ist Partnerin in einem großen Büro, das sich auf die Instandsetzung alter Villenhäuser spezialisiert hat.«

»Eine wunderbare Idee! Ich fürchte nur, das kann ich nicht bezahlen … Törtchen machen glücklich, aber nicht reich …«

Wieder so ein Satz, der normalerweise nicht über Tildas Lippen käme. Was war nur mit ihr los? Als ob sie die Protagonistin eines Frauenromans wäre.

»Keine Sorge. Da lässt sich bestimmt etwas machen. Sie kann sich ja mal unverbindlich die Räume anschauen. Nach der Hochzeit, versteht sich, sonst würde ich mich ja verraten. Die Torte soll nämlich eine Überraschung sein!« Er grinste verschmitzt.

»Sehr gerne!« Tilda lächelte irritiert. Was er ihr da vorschlug, klang gut. Jetzt hieß es, sich besonders viel Mühe zu geben.

»Wie soll die Torte denn gefüllt sein? Buttercreme oder lieber etwas Leichtes, Fruchtiges? Gibt es Geschmacksvorlieben?«

Doch er schüttelte den Kopf. »Das überlasse ich ganz Ihnen! Bitte, ich habe überhaupt keine Ahnung. Zaubern Sie einfach eine Torte ganz nach Ihren Vorstellungen. Ich bin mir sicher, Sie werden mich nicht enttäuschen.« Wieder lächelte er sie an, und ihre Wangen wurden warm.

»Ich verspreche, es wird die schönste Torte der Welt!«, antwortete Tilda und notierte sich die Daten.

»Johannes Gärtner, welch treffender Name«, sagte sie. Noch so eine Bemerkung, die sie sich nicht verkneifen konnte. Tilda rollte insgeheim die Augen über sich selbst.

»Aber mit Tradition!«, behauptete er grinsend und wandte sich zum Gehen, hielt jedoch mitten in der Bewegung inne. »Was ist das?«, fragte er und deutete mit dem Kopf Richtung Hinterhof.

»Mein Dschungel?!«, versuchte es Tilda mit einem Witz.

»Ein verwilderter Garten, das sehe ich!« Johannes grinste. »Den meine ich nicht. Dieser Rosenstock … Darf ich mal?«

Ohne eine Antwort abzuwarten, durchschritt er das Café und öffnete die Tür. Kalte Luft wehte herein, es war noch empfindlich frisch, obwohl bereits die Forsythien blühten. In der Tat sah die Rose mickrig aus.

»Am Frost dürfte es nicht gelegen haben«, meinte Johannes, während er fachmännisch den Stock begutachtete. »Ich glaube, er gehört einmal ordentlich beschnitten. Und ein bisschen frische Erde täte ihm gut.«

»Sie glauben wirklich, der kommt wieder? Seit ich hier wohne, hat er nur ganz wenige Blüten angesetzt. Ich habe schon überlegt, ihn komplett zu entfernen.« Tilda beschlich ein schlechtes Gewissen. Vor lauter Arbeit hatte sie sich in den vergangenen Monaten überhaupt nicht mehr um die Pflanzen in ihrem Garten kümmern können.

»Was? Um Gottes willen, bloß nicht!« Johannes guckte entsetzt. »Dieser Rosenstock sitzt hier schon seit Jahrzehnten. Es gibt nur wenige Sorten, die so alt werden. Glauben Sie mir, ich kenne mich damit aus. In den Blankeneser Gärten gibt es viele Rosen …«

»Wenn Sie meinen … Ich wollte längst die Terrasse für den Sommer hergerichtet haben. Doch ich finde keine Zeit, mich darum zu kümmern. Und das nötige Kleingeld fehlt mir ehrlicherweise auch.«

»Verstehe.« Johannes sah sich nachdenklich auf dem verwilderten Grundstück um. »Ich mache Ihnen einen Vorschlag: Sie zaubern mir die schönste Torte von ganz Hamburg. Und ich kümmere mich um dieses Kleinod hier. Wenn ich mich nicht täusche, war das dahinten sogar mal ein Gartenteich. Den könnten wir ausheben und neu anlegen, vielleicht mit ein paar Seerosen …«

Bei seinen Worten war Tilda blass geworden. »Wie bitte? Einen Gartenteich? Bloß nicht!«

»Vorsicht!« Johannes hatte sie im letzten Augenblick am Arm gehalten, sonst wäre Tilda gestrauchelt. »Was ist denn los? Geht es Ihnen nicht gut? Warten Sie, ich bringe Sie rein und hole ein Glas Wasser.«

Fürsorglich wollte er Tilda Richtung Sofa führen, doch die winkte ab.

»Danke. Besser Sie gehen jetzt. Ich komme schon klar.«

Hinterher bereute Tilda ihr unwirsches Verhalten. Da hätte sich endlich mal jemand um ihren Garten gekümmert, und dann hatte sie ihn einfach hochkant hinausgeworfen. Ihr blieb kaum Zeit, darüber nachzudenken. Im Laden herrschte mittlerweile Hochbetrieb, ganz Hamburg, ach was: die Welt schien heute Limettentörtchen und Erdbeerkanapees kaufen zu wollen. Irgendwo hatte wohl irgendwer vom Bellefleur geschwärmt und ihr Ladenschild in die Kamera gehalten, wahrscheinlich eine dieser followersüchtigen Instaqueens von der Großen Freiheit. Als Tilda abends endlich die Ladentür schloss, war bis auf den letzten Krümel alles ausverkauft. Da würden sie morgen ordentlich früh mit dem Backen beginnen müssen, wollten sie später genügend anzubieten haben. Aber für heute reichte es.

Tilda wollte gerade, todmüde wie sie sich fühlte, die Treppe hinauf, da klopfte es an der Scheibe. Sonst drehte sie sich nie nach irgendwelchen Nachzüglern und Zuspätkommern um. An diesem Abend tat sie es. Es war Johannes, der ihr mit der Rosenschere in der Hand zuwinkte.

»Es tut mir leid, wenn ich heute früh etwas Falsches gesagt habe«, entschuldigte er sich, als sie die Tür öffnete. »Deswegen bin ich noch einmal hergekommen. Und vielleicht um schnell noch den Rosenstock zu beschneiden …« Er lächelte Tilda abwartend an.

»Ähm. Ja. Danke«, stammelte sie. Irgendwie kam sie an diesem Tag mit dem Fühlen kaum hinterher. Erst diese aufwühlende Nacht, der arbeitsreiche Tag und dann Johannes' Begeisterung für ihre Rose. Und die Bemerkung mit dem Gartenteich, an die sie die ganze Zeit denken musste. Jetzt lief er wie selbstverständlich nach draußen, zückte seine Rosenschere und schnitt dann fachmännisch etliche Triebe zurück.

»Und die kommt wieder?« Tilda schaute mit einer Mischung aus Entsetzen und Bewunderung auf den gestutzten Rosenstamm.

»Es muss eine Bourbonrose sein, wenn ich mich nicht täusche. Was denkst du, welche Farbe sie hat? Ich glaube Rosé. Leicht pudrig, mit einem vollen Bouquet.« Wie selbstverständlich war er zum Du übergangen. Beinahe liebevoll betrachtete er sein Werk, dann schob er mit den Schuhen die Zweige zu seinen Füßen zusammen.

»Das mache ich morgen«, winkte Tilda ab.

Einen Moment lang standen sie unschlüssig davor, beide in Gedanken versunken. Der Rosenstock wirkte nun seltsam korrekt inmitten dieser Wildnis. Es wurde wirklich höchste Zeit, den Garten neu anzulegen. Dann könnten die Gäste im Sommer draußen sitzen …

»Magst du noch einen Tee trinken?«, fragte Tilda unvermittelt. »Ich wollte mir gerade einen kochen.« Was nicht ganz stimmte. Aber Johannes' Gesellschaft tat ihr gut, sie wollte jetzt noch nicht wieder alleine sein.

»Gerne!«, antwortete er, als hätte er auf die Einladung gewartet. Dann trat er einen Schritt zurück und begutachtete abermals die Rose. »Noch ein bisschen frische Erde und ich verspreche dir eine Blütenpracht sondergleichen! Die noch anstehenden Nachtfröste werden ihr nicht schaden.«

Obwohl sie alles aufgeräumt und geputzt hatte, hing im Café noch der typische Geruch nach warmen Speisen und Getränken, diese süße Schwere, mit der sich Tilda so gerne umgab. Der schönste Ort, den sich Tilda vorstellen konnte, abgesehen von ihrem Bett. Besonders heimelig war das Sofa vor dem Kamin, auf dem sie es sich jetzt gemütlich machten.

»Schön hast du es hier, beneidenswert«, meinte Johannes und legte wie selbstverständlich ein Holzscheit nach.

»Ich bin mir sicher, du hast ein todschickes Haus, das nicht an allen Ecken und Kanten renoviert werden müsste.« Tilda balancierte zwei Tassen Tee auf einem Tablett.

»Superschick. Überall Beton. Schotter. Bambus. Das neue Grün.« Er verzog das Gesicht und prostete Tilda mit dem dampfenden Becher zu.

Eine Weile unterhielten sie sich über dies und das, die bevorstehende Hochzeit, die schwierige Anzugswahl, den passenden Brautstrauß, den Stress, den so ein Hochzeitsplaner verbreitete, obwohl er das Brautpaar eigentlich entlasten sollte. Deswegen hatte Johannes die Sache mit der Torte selbst in die Hand genommen.

Johannes erzählte von den wundervollen Gärten am Elbufer, die er betreute, von der herrlichen Pflanzenvielfalt, die er dort erleben durfte, all den Stauden, die jetzt noch unter der Erde versteckt im Winterschlaf verharrten, alsbald ihre ersten Triebe herausbilden und im Sommer bis zu eineinhalb Meter hoch wachsen würden.

»Unvorstellbar«, schwärmte er. »Alles karg und nur Erde. Und dann beginnt es zu blühen … der Kreislauf des Lebens. Das ist wirklich immer wieder faszinierend, findest du nicht? Und mancher Lebenswille ist so stark, den kannst du einfach nicht zerstören. Wie bei deiner Rose. Mich würde interessieren, was sie schon alles erlebt hat. Wer sie gepflanzt hat … und wie es hier früher einmal aussah. Dieser Garten mit seinem kleinen Teich muss wunderschön gewesen sein, ein Kleinod, mitten in der Stadt … Oh, entschuldige …« Er biss sich auf die Lippe.

»Meine Schwester ist vor meinen Augen ertrunken«, sagte Tilda unvermittelt.

»Deswegen.« Johannes guckte sie mit seinen dunklen Augen mitfühlend an. »Wie furchtbar. Das tut mir leid.«

»Wir waren unzertrennlich, musst du wissen, wie beste Freundinnen. Wir sind nur ein Jahr auseinander.«

Tilda hielt kurz inne. Es war, als wäre es gestern gewesen, so lebhaft hatte sie die Zeit mit ihrer Schwester noch in Erinnerung. Wie sie der Mutter beim Plätzchenbacken halfen. Wie Tina so viel schneller laufen konnte und immer gewann, immer verrückte Ideen hatte, die ihr schließlich zum Verhängnis wurden.

»Wir haben auf der Wiese am Seerosenteich gespielt, gemeinsam mit unserem Freund Ole. Ich war fast neun und Tina zehn Jahre alt. Wie immer haben wir die großen Sommerferien bei Tante Frauke und Onkel Frieder auf dem Hof verbracht«, begann sie zögernd. »Am Ufer war ein Stück Wiese abgebrochen, in der Mulde schwammen Kaulquappen. Die wollten wir fangen, allen voran Tina. Aber sie schaffte es nicht. Also ist sie zu ihnen in den Teich gestiegen … dabei ist sie ausgerutscht.«

Tilda hielt inne. Es war Jahre her, und doch war die Erinnerung an jenen Moment ganz klar. »Ich wollte ihr helfen, doch der Untergrund war so glitschig, dass ich selbst beinahe hineingefallen wäre. Ole ist losgelaufen, um Hilfe zu holen … und ich musste mit ansehen, wie Tina vergeblich versuchte, sich zwischen den Seerosenblättern über Wasser zu halten. Ihre Kleider hatten sich vollgesogen und zogen sie nach unten … Ich habe ihr einen Ast zugeschoben, um sie daran rauszuziehen, doch er war zu klein, ich war zu klein. Obwohl ich schwimmen konnte und sie auch.

Dann kam mein Onkel, er hatte sich bereits im Laufen die Kleider ausgezogen.«

Johannes hörte ihr aufmerksam zu, ganz ruhig saß er da und stellte keine Fragen, ließ sie einfach reden.

»Was dann geschah, daran erinnere ich mich nicht so genau, vieles weiß ich nur aus Erzählungen. Onkel Frieder hat sie nach etlichen Versuchen herausgefischt, immer wieder ist er auf der glitschigen Teichfolie ausgerutscht, bis er sie irgendwann zu fassen bekam und draußen reanimieren konnte. Im Krankenhaus hat man Tina dann ein paar Tage ins künstliche Koma versetzt. Als sie aufwachte, war sie gesund und konnte sich an alles erinnern.«

Tilda schüttelte unwillkürlich den Kopf, als könnte sie es selbst kaum fassen, dass ihre Schwester das Unglück überlebt hatte.

»Meine Eltern haben mich damals nicht zu ihr gelassen. Wahrscheinlich wollten sie mir den Anblick meiner Schwester auf der Intensivstation ersparen. Später habe ich erfahren, dass es ihr gut ging, sie konnte sogar mit ihren Freundinnen telefonieren. Nur mit mir nicht. Das beschäftigt mich bis heute …«

Tilda seufzte, dann beugte sie sich vor, die Tasse in ihrer Hand fest umklammert, und sagte wie zu sich selbst: »Alle haben gesagt: Zu deinem Geburtstag kommt sie wieder nach Hause. Doch einen Tag vor meinem Geburtstag ist sie an einer Hirnhautentzündung gestorben.«

Längst hatte sich die Dunkelheit über den Laden gesenkt, das Flackern im Kamin warf nur ein schwaches Licht in den Raum. Johannes hatte ihr aufmerksam zugehört, nun griff er nach ihrer Hand und drückte sie.

»Das … das muss sehr schwer für dich gewesen sein. Der Unfall, der Tod. Und alles, ohne Abschied nehmen zu können. Das tut mir aufrichtig leid.«

Wie lange sie an diesem Abend noch Hand in Hand vor dem Kamin saßen, vermochte Tilda im Nachhinein nicht zu sagen.

Denn auch als das Feuer längst erloschen war, fühlte sie sich so warm und geborgen wie noch nie zuvor in ihrem Leben.

***

»Das glaub ich jetzt einfach nicht!« Mit gespielter Empörung hielt Hannah ihr das Handy unter die Nase. »Du hast den Kontakt einfach gelöscht? Und was heißt hier: Ich bin gerne alleine?!«

»Typisch Tilda!«, grinste Anni. »Erzähl, woran lag's? Hatte er Mundgeruch, schiefe Zähne? War er aufdringlich?«

Wie jeden Montagabend saßen sie im Café. Ein Stammtischritual, das sich die Freundinnen über all die Jahre, Partnerschaften und Schwangerschaften erhalten hatten. Am späten Nachmittag trafen sie sich bei Tilda, bekamen einen Kaffee und eine ihrer neuesten Kreationen serviert. Nach Feierabend gesellte sich dann Tilda dazu und öffnete einen Crémant.

»Er war langweilig. Mehr gibt es nicht zu sagen«, meinte Tilda und schenkte sich entgegen ihrer sonstigen Gewohnheit noch mal nach. Sie trank selten Alkohol und vertrug ihn noch weniger. Aber heute war ihr danach.

»Was fandest du denn langweilig?«, hakte Mone nach, die immer alles genau wissen wollte.

»Du hast eben zu hohe Ansprüche«, kicherte Anni. »Nobody is perfect!«

»Du musst es ja wissen!« Tilda grinste. Sie wollte das Gespräch bloß nicht in ernste Bahnen abdriften lassen. »Er ist groß, schlank, sportlich, gut aussehend … und ich sehe aus wie ein Muffin mit Kirschsahnefrosting.«

»Passt doch!«

»… und er hat mir in einer Tour von seinen Erfolgen erzählt. Triathlet, müsst ihr wissen. Seine täglichen Trainingseinheiten, Schwimmtechnik, Lauf-ABC … der Typ hat sie doch nicht mehr alle. Außer Sport kennt der keine Themen.«

»Sagt eine, die jede Zuckerperle ihres Angebots persönlich aussucht.« Mone tockte sich spöttisch an die Stirn. »Komm schon, Tilda, das klingt doch mega interessant! Der ist Lehrer, hat ein sicheres Einkommen, mag Kinder …«

»… und hat sicher einiges auf dem Kasten!« Hannah machte eine anzügliche Bewegung, woraufhin sich betretenes Schweigen einstellte.

»Jetzt guckt nicht so prüde! Ohne Mann wird das nie was mit einer Familie! Wir werden nicht jünger. Mein Frauenarzt sagt immer …«

»… ab fünfunddreißig wird eine Schwangerschaft immer unwahrscheinlicher«, vollendeten die Freundinnen ihren Satz im Chor, und jetzt mussten sie doch alle lachen. Wie oft hatte Hannah davon erzählt, jedes Mal, wenn sie von einem Routinebesuch zurückkam. Auch wenn sie die toughe Karrierefrau gab, sehnte sie sich insgeheim nach einer Familie. Und nach einem Mann, der diese Sehnsucht mit ihr teilte.

»Und wenn ich das gar nicht will?« Tilda sagte es so dahin. Lieber über Kinderwunsch diskutieren als über einsame Stunden im Bett. Zumal es für sie außer Frage stand. Niemals wollte sie ein Kind haben. Die Verantwortung. Die Angst vor dem Verlust. Vor allem die Angst vor dem Verlust. Was, wenn es krank würde? Aus dem Haus ginge? Oder, noch viel schlimmer, vor ihr sterben würde?

Prompt sprang Mone darauf an. »Und warum willst du das nicht? Bewusst oder unbewusst sehnt sich doch jede Frau nach einem Kind. Es ist so etwas Wunderschönes, so ein kleines, zart duftendes Köpfchen an deiner Brust, das sich an dich schmiegt …«

»… und den letzten Tropfen Milch aus deinen Brüsten ausquetscht?« Anni schüttelte den Kopf. »Also sollte ich eines Tages doch einmal schwanger werden, gibt es erstens einen Kaiserschnitt und zweitens die Flasche.«

Woraufhin Mone die Augen rollte und ihr wortreich die Vorteile des Stillens und einer Spontangeburt auseinandersetzte.

Hannah war unterdessen immer stiller geworden. Angespannt drehte sie das Glas in ihrer Hand. Tilda fiel auf, dass sie bisher keinen einzigen Schluck getrunken hatte.

»Ich finde das unerträglich, diese ständige Fragerei. Bei jeder Familienfeier, beim Klassentreffen, immer diese Blicke. Und meine Mutter erst! Mich nervt das und setzt mich total unter Druck.« Jetzt prostete sie doch den anderen zu und trank das Glas in einem Zug leer.

»Das geht niemanden etwas an«, versuchte Anni, sie zu trösten, und schenkte allen nach. »Ich muss mich doch nicht dafür rechtfertigen, dass ich mir aus einer Herdprämie und Rotznasen nichts mache.«

»Und ich mich nicht dafür, dass ich bald zwei Kinder habe!« Mone schnaubte. Wie immer, wenn es um dieses Thema ging, fühlte sie sich angegriffen. Weil ihr Mann jobbedingt unter der Woche selten zu Hause war, kümmerte sie sich alleine um die Familienangelegenheiten, schmiss Küche, Kind und Haushalt. Alles blieb an ihr hängen, inklusive Eltern und Schwiegereltern, die mit zunehmendem Alter immer seltsamer und gebrechlicher wurden. Tilda wusste nicht, ob sie Mone bedauern oder bewundern sollte. In ihren Augen lebte sie ein Leben für die anderen und nicht für sich. Gleichzeitig war, was sie tat, so wichtig. Umsorgte mit Liebe und Hingabe ihre Angehörigen, tröstete, hörte zu, kochte und putzte. Und war unter ihren Freundinnen diejenige, die einen Topf Suppe samt einer Packung Aspirin vorbeibrachte, wenn eine von ihnen krank im Bett lag.

»Du bist wieder schwanger?« Hannah kapierte als Erste, was Mone so leichthin erwähnt hatte.

»Wie großartig, ich gratuliere!« Tilda fiel der Freundin um den Hals.

»Glückwunsch!« Das kam von Anni.

»Wann ist es denn so weit?«, fragte Tilda. »Damit ich rechtzeitig die Torte fertig habe«, fügte sie grinsend hinzu, weil Mone zögerte. Babytorten waren gerade groß in Mode.

»Komm mir bloß nicht mit so einer Gender Reveal Party!« Mone stand das blanke Entsetzen im Gesicht. »Es reicht, dass ich wieder schwanger bin.«

»Freust du dich denn gar nicht?« Hannah sah sie fragend an.

»Sehe ich so aus? Mir ist dauerübel, und müde bin ich auch. Meinst du, darauf nimmt irgendjemand Rücksicht?«

»Hättest ja verhüten können«, meinte Anni, wie immer direkt.

»Hätte, hätte. Passt schon, wie wir Franken sagen. Eigentlich wollte ich wieder arbeiten gehen, aber Luciano meint, ein Jobwechsel sei nicht in Sicht. Und wie soll das dann gehen? Er ist unter der Woche weg, ich mit zwei Kindern und dazu noch arbeiten?«

Die Freundinnen schwiegen. Nachdenklich schaute Tilda sie der Reihe nach an. Keine von ihnen wirkte heute besonders glücklich und entspannt. Vielleicht lag es an dem trüben Wetter da draußen. Auch wenn die Forsythien schon blühten, sah es noch lange nicht nach Frühling aus. Flüchtig spähte sie nach dem Rosenstock. Niemandem war bisher aufgefallen, dass er beschnitten worden war. Auch nicht, dass sie die Erde drum herum gelockert und erneuert hatte.

Tilda wollte gerade fragen, ob sie nicht alle mal wieder gemeinsam für ein langes Wochenende an die Nordsee fahren wollten, da fing Hannah wieder an.

»Wenn alle ständig von dir erwarten, dass du schwanger wirst, klappt es nicht. Kein Wunder.« Sie verzog ihr Gesicht.

»Jetzt sag bloß nicht, du lässt es jedes Mal darauf ankommen?« Anni stupste sie scherzhaft an die Schulter. »Mach mich nicht zur Tante! Dafür bin ich nicht gemacht. Im Ernst jetzt?«

Zur Antwort prostete ihr Hannah nur vielsagend zu.

»Als Alleinerziehende hast du keine Chance«, pflichtete Mone

Anni bei. »Da fällst du durch alle Raster! Ich weiß das von einer Mutter aus dem Kindergarten. Immer im Stress. Immer alleine. Kein Geld. Und nie hat sie Zeit, Kuchen zu backen oder mitzubasteln.«

»Na und?« Hannah zuckte mit den Schultern. »Das werden wir dann ja sehen.«

»Ich finde das unverantwortlich! Jedes Kind hat ein Recht auf seinen Vater. Und jetzt erzähl mir nicht, du würdest Jan, Sergio oder wen auch immer dann in die Pflicht nehmen.« Anni schüttelte den Kopf und öffnete die nächste Flasche Crémant.

»Nur weil du deine Eizellen hast einfrieren lassen.« Plopp. Hannahs Bemerkung knallte mit dem Korken in die Luft.

»Wie bitte?« Mone schaute Anni fragend an, und Tilda wäre am liebsten unter dem Tisch verschwunden. Oder noch lieber in ihrem Bett, alleine, völlige Ruhe, ungestört ... Schlafmaske auf, Augen zu und einfach nur schlafen, dem Irrsinn der Welt entfliehen.

»Was dagegen? Jetzt komm mir nicht mit moralischen Vorbehalten, die habe ich mit Hannah schon alle durchgekaut. Weil ich dachte, sie kann dieses Geheimnis für sich behalten.« Anni schaute die Freundin vorwurfsvoll an.

»Entspann dich. Mittlerweile bin ich ganz deiner Meinung. Wenn es beim nächsten Mal wieder nicht klappt, werde ich mich auch um einen Termin kümmern.« Hannah zuckte mit den Schultern. »Wir haben die Möglichkeit dazu. Feiern wir die beste Zeit unseres Lebens, machen wir Karriere! Und verschwenden wir unsere Zeit nicht mit Rotznasenputzen!« Sie prostete in die Runde, aber es wirkte nicht fröhlich.

»Du trinkst zu viel.« Mone nahm ihr das Glas aus der Hand, sie schien Hannahs Worte völlig falsch zu verstehen. »Du bist also der Meinung, ich verschwende meine Zeit? Hast du nicht gerade eben selbst gesagt, dass unsere biologische Uhr tickt? Ich sag dir mal was, Hannah, wenn der richtige Mann kommt, dann ist es egal, wie alt du bist, auf welchem Karriereleiterchen du gerade stehst oder ob du deine Nächte lieber im Club verbringen willst. Dann weißt du es nämlich: Er ist es, der eine, mit dem du alt werden möchtest, neben dem du einschlafen und aufwachen willst. Und der der Vater deiner Kinder werden soll. Mal abgesehen davon, dass ich auf den Elternabenden nicht für die Oma gehalten werden will.«

»Amen«, rief Tilda, um die Situation aufzulockern, und da mussten zum Glück alle lachen, selbst Mone. Und weil in diesem Moment ihr Handy eine Nachricht piepste und alle neugierig auf das Display starrten, war das Thema endlich vom Tisch. Zumindest fürs Erste.

»Ich dachte, Timon und du, das wird nichts?!« Hannah hatte als Erstes nach dem Handy gegriffen. *»Hey, das war schön mit dir. Hoffe, wir sehen uns bald wieder, T.«*, las sie vor. »Na, den hast du beeindruckt!«

»Nicht ich, sondern das Vanillepastetchen«, kicherte Tilda. Einen unvernünftigen Moment lang hatte sie gehofft, die Nachricht wäre von Johannes. Aber der war ja verlobt und würde sich erst melden, wenn der Hochzeitstermin näher rückte, um Details wie Füllung und Dekoration der Torte zu besprechen. Über die »Bauweise« konnte sie sich so lange schon Gedanken machen, schließlich galt es, seine Zukünftige zu beeindrucken – die Tochter eines der erfolgreichsten Architekten der Stadt.

»Gib das wieder her! Was hast du getippt?« Tilda nahm ihr rasch das Handy aus der Hand. »Nicht dein Ernst. *Das hoffe ich auch, Smiley*. Komm schon, Hannah, der Typ ist der Langweiler vor dem Herrn. Warum tust du mir das an?«

»Wahrscheinlich will sie ihn selber daten«, mutmaßte Anni und stupste Hannah in die Seite. »Dimetrios, Karsten und Sergio waren wohl nicht gut genug.«

»Vergessen wir's«, meinte Hannah gespielt düster und prostete in die Runde. »Dann sterb ich wohl als alte Jungfer!«

»Wir haben doch uns!«, tröstete Tilda sie. »Wozu brauche ich denn unbedingt einen Mann? Ich habe doch alles! Ein florierendes Café, tolle Freundinnen …«

»… ein baufälliges Haus, einen verwucherten Garten …«, meinte Mone

»… keine Freizeit, keinen Spaß, keinen Sex … nur einen alten Koffer und alte Kleider.« Das kam natürlich von Anni.

»Ich weiß nicht, was ihr habt! Ich bin zufrieden! Und ihr solltet auch stolz sein auf das, was ihr leistet.« Tilda trank ihr Glas in einem Zug leer. Was war nur heute mit ihren Freundinnen los?

Nachdem sie gegangen waren, saß Tilda noch eine Weile da. Auf dem Sofa. Ganz still und ruhig war es, nur die brennenden Holzscheite knisterten. Wie am Tag zuvor. Sie fühlte sich nicht alleine. Eine wohlige Wärme erfüllte sie, ein leises Lächeln umspielte ihre Lippen.

Beinahe hätte sie vergessen, wie das war: Die Vertrautheit mit einem anderen Menschen, Liebe, Hingabe, Zärtlichkeit. In all den Jahren war sie innerlich so leer gewesen, hatte diese Sehnsucht tief in ihrem Herzen vergraben, bloß nichts fühlen, nichts spüren, keine Verletzungen mehr. Ihre Freundinnen hatten recht, Tilda hatte verlernt zu lieben. Wollte sie es nicht mehr oder *konnte* sie es nicht mehr?

Unwillkürlich wanderte ihr Blick nach draußen zu dem Rosenstock, der einsam und verlassen der kalten Frühlingsluft trotzte. Wie schön wäre es, ihn wieder in voller Pracht zu erleben! Tilda stand auf und suchte nach einer Gießkanne.

NORDDEUTSCHLAND
1931

HALS ÜBER KOPF

Vickys Herz fühlte sich an wie ein Frosch. Auf und ab hüpfte es, ließ sich weder beruhigen noch festhalten. Der Puls rauschte in ihren Ohren, alles pochte. Völlig außer sich hatte sie ihren Koffer gepackt, Mieder, Blusen, Röcke, alles achtlos hineingeworfen und in der Eile die Zahnbürste vergessen. Während die Männer sich im Kaminzimmer bei einer Zigarre unterhielten, war sie durch den Dienstboteneingang geflohen. Martha hatte einen entsetzten Laut ausgestoßen und beinahe die Teller auf den Küchenboden fallen lassen, als Vicky an ihr vorbeigeeilt war, sie aber nicht daran gehindert, die Tür aufzustoßen und ins abendliche Dunkel zu entkommen. Es wäre ihr auch nicht gelungen, nichts und niemand hätte Vicky im elterlichen Haus halten können.

Freiheit. Endlich Freiheit. Für immer frei von Schuld und Vorwürfen sein. Niemand mehr würde über sie bestimmen.

Jetzt lief sie, ach, rannte sie durch den Willenbrock'schen Park, sah in der Dunkelheit kaum, wohin sie trat, rutschte beinahe in den Seerosenteich und stolperte durch eine Pfütze. Der Koffer polterte bei jedem Schritt an ihr Bein, Äste und Zweige schlugen ihr ins Gesicht und verfingen sich in ihren Haaren, doch Vicky spürte keinen Schmerz. Weiter, weiter, bloß nicht stehen bleiben, am Ende würde der Vater ihre Flucht doch noch bemerken und sie mit seinem Automobil einholen. Oder schlimmer, die Hunde auf sie jagen. Oder Johann mit dem Pferd. Ausgerechnet.

Beim Gedanken an den Gärtnerssohn hielt Vicky für einen Moment inne und schnappte nach Luft. Johann und sie waren aufgewachsen wie Geschwister, hatten zur gleichen Zeit die Windpocken durchlebt und zusammen die Schulbank gedrückt. Aber während sie als älteste Tochter des Hauses gesellschaftlichen Verpflichtungen nachkommen musste, arbeitete er bei seinem Vater im Gewächshaus, kümmerte sich um seine Setzlinge und trällerte dabei die Schlager der Comedian Harmonists. Wenn sie auf langweiligen Tanzabenden noch langweiligeren Jünglingen, die es auf ihr Erbe abgesehen hatten, Migräne vorschwindelte, veredelte Johann mit dem Okuliermesser Wildrosen oder studierte die Vererbungslehre Mendels. In jüngster Zeit waren sie einander fremd geworden, zu unterschiedlich ihre Interessen.

Schnell wischte Vicky den Gedanken zur Seite. Nein, Johann würde ihr ganz bestimmt nicht nachreiten, der war mit seinen Rosen beschäftigt. Versessen strebte er danach, endlich eine wetterfeste Art zu züchten, die den stürmischen Winden des Nordseeklimas trotzte.

»Da hast du dir etwas Schönes eingebrockt, Vicky Willenbrock«, tadelte sie sich selbst, zog die Nase hoch und lief weiter. Das hatte ihre Mutter immer gesagt, wenn ihre Älteste mit zerrissenen Röcken nach Hause gekommen war und erklären sollte, was geschehen war. Unmöglich zuzugeben, dass sie auf den Klippen herumgeklettert oder ohne Sattel geritten war. Stattdessen hatte Vicky behauptet, sie sei an einer der Strauchrosen hängen geblieben, weil sie Johann geholfen habe. Was glatt gelogen war. Johann duldete keine Hilfe. Er war ein Eigenbrötler und würde es immer bleiben. Für ihn gab es nur Gloria, sonst keine. Und die war eine Rose. Aus alter Freundschaft jedoch ließ er Vicky niemals auffliegen.

Eilig rannte Vicky weiter, duckte sich rasch in den Schatten einer Pappel, als ihr jetzt auf der Allee ein Automobil entgegenkam, die Scheinwerfer blendeten grell. Vicky hielt den Atem an und versteckte sich hinter dem Stamm, als das Auto stoppte und der Fahrer ausstieg. Hatte er sie bemerkt? Er lief nur einmal um den Wagen herum, wackelte am rechten Vorderreifen, um sich dann eine Zigarette anzuzünden und wieder einzusteigen. Eine Weile saß er noch rauchend im Auto, dann fuhr er mit quietschenden Reifen weiter Richtung Herrenhaus.

Erleichtert setzte Vicky ihren Weg fort, der Mond leuchtete zwischen Wolkenfetzen. Ihr Herz hämmerte immer noch, nur langsam beruhigte sich ihr Puls. Trotzdem blieb sie stehen. Unfähig, einen klaren Gedanken zu fassen, sich auszumalen, wohin das alles nun führen sollte und wie die Geschichte ausgehen könnte. Sie wusste nur eins: Sie würde nicht zurückgehen, sie musste weg aus Willenbrock, und zwar so schnell wie möglich!

Vicky hastete weiter, während in ihr ein nie gekannter Gefühlssturm tobte – Wut, Enttäuschung, Liebe. Die Flucht war ihre einzige Chance. Ein besseres Leben in der Stadt. Sie würde studieren, arbeiten, frei sein. Endlich die Anerkennung erfahren, die ihr gebührte. Und das schreckliche Unglück vergessen.

Was hatte sie nicht alles getan, um es ihrem Vater recht zu machen. Selbst wenn er sich immer einen Sohn gewünscht hatte, musste er nach all den Jahren doch einsehen und bemerken, dass sie als Frau genauso hart arbeiten konnte! Vicky hatte es ihm in jeder freien Minute, die sie nicht in der Schulbank verbringen musste, zu beweisen versucht. Hatte immer auf dem Hof mit angepackt, die Pferde angespannt und sie mit dem Pflug über den Acker getrieben, gemeinsam mit den Arbeitern die Hecken gestutzt und unzählige Wildlinge in die lehmige Erde gesetzt. Wenn sich dann im Sommer rund um Willenbrock ein farbenprächtiges Blütenmeer erstreckte, die Rosen einen lieblichen Duft sondergleichen verströmten, ein Fest für Augen und Nase, entschädigte sie das für entbehrungsreiche Stunden, in denen sie nicht ihrer Leidenschaft nachgehen konnte.

Vicky zeichnete für ihr Leben gern und nutzte jede Gelegenheit, um ihr rotes Büchlein mit Rosenporträts zu füllen. Über die Zeit hatte sie sich ein kleines Rosarium zugelegt. In wunderschönen Skizzen porträtierte sie die unterschiedlichen Bourbonrosen von ihrer blütenreichsten Seite. Sie zeichnete Rosenbögen, wie sie die Willenbrock'sche Terrasse schmückten, oder detailgetreue Studien der herzförmigen Blätter. Vicky wurde ob der Vielfalt, die es inmitten der Blütenpracht zu entdecken gab, des Zeichnens niemals müde. Und selbst wenn ihr am Ende des Tages Rücken und Beine schmerzten, die Hände rissig und aufgesprungen waren, würde Vicky die Arbeit auf den Rosenfeldern um nichts in der Welt gegen die Arbeit in der Küche tauschen. Das war ein Ort für Frauen wie ihre Schwester Marlene, die schon mit der Schürze auf die Welt gekommen war und alle Welt mit ihren Kuchen und Desserts verzückte. Vor allem den Vater. Der hatte einen Narren an seiner Jüngsten gefressen, verwöhnte sie nach Strich und Faden und lobte sie in den höchsten Tönen.

In der Tat war Marlene zu gut, um wahr zu sein, das musste Vicky neidlos zugeben. Marlene war der Liebreiz in Person, hatte immer ein Lächeln auf den Lippen und konnte jeder noch so unangenehmen Situation etwas Gutes abgewinnen. Andere hätten vielleicht gesagt, sie sei naiv, doch Marlene wusste sich einfach anzupassen und ihre Ziele auf diese Weise zu erreichen. Im Rahmen der Möglichkeiten, die ihr als Frau zugestanden wurden. Für einen Moment verdüsterte sich Vickys Miene. Nie im Leben wäre Marlene einfach abgehauen, nur weil sie sich dem Willen des Vaters nicht beugen wollte.

Vicky war ganz anders. Sie war auf Widerspruch gebürstet und nahm niemals etwas klaglos hin, was ihr gegen den Strich ging – sie konnte nichts dafür! Es empörte sie zutiefst, dass der Vater über alle Frauen auf dem Rosenhof bestimmen durfte. Er meinte es gut und war ein Ehrenmann. Erhob niemals die Hand, sorgte Tag und Nacht für seine Familie, verwaltete die Bücher und sparte bei sich an neuen Beinkleidern, um seiner Frau einen Herzenswunsch zu erfüllen. Den Angestellten zahlte er stets pünktlich die Löhne und kümmerte sich auch mal um den Arzt, wenn eines ihrer Kinder erkrankte.

Aber egal ob Mägde, Arbeiterinnen, Ehefrau oder Töchter – sie alle hatten zu tun, was der alte Willenbrock sagte. Und wehe, man wagte es, sich seinem Willen zu widersetzen. Dann wurde er furchtbar streng und bedachte einen mit eiskaltem Schweigen, was schlimmer war als jede andere nur erdenkliche Strafe.

Wer gab ihm das Recht dazu? Vicky stieß einen empörten Laut aus, ihr Atem hinterließ Kringel in der kalten Nachtluft. Schon sah sie sein Gesicht vor sich, wenn er die Nachricht von ihrem Verschwinden erhalten würde. Keine Regung, nur ein leichtes Beben der Nasenflügel würde verraten, wie sehr ihn das Verhalten seiner Ältesten verärgerte. Ein Willenbrock duldete keinen Widerspruch, das war seine Devise, und dass sich Vicky mit ihrer Flucht seinen Zukunftsplänen entzog, würde ihn persönlich tiefer verletzen und kränken, als er zugeben mochte. Aber sie musste fort. Ihren eigenen Weg gehen. Endlich frei sein, in der Stadt.

Der Gedanke an den Vater machte, dass Vicky ihre Schritte noch mal beschleunigte, auch wenn ihr die Arme vom Koffertragen längst wehtaten, inzwischen spürte sie sie kaum noch. Sie musste den letzten Zug nach Hamburg erwischen, auf dem Weg in den Süden hielt er in ihrer Stadt. In Hamburg lebte ihre Tante Carla, dort wäre sie in Sicherheit, weit genug weg von hier. Niemand würde sie finden.

Die Wolken am Himmel gaben nun den Weg frei, das Mondlicht glitzerte in den Pfützen, sodass Vicky doch fast trockenen Fußes den Bahnhof erreichte. Keine Minute zu spät, ihr blieb gerade noch Zeit, eine Fahrkarte zu lösen, dann kletterte sie in den Waggon und ließ sich erleichtert auf den nächstbesten Sitz fallen. Müde und erschöpft lehnte sie den Kopf an die Fensterscheibe. Zum Glück war sie allein in dem Abteil und lief nicht Gefahr, unliebsame Fragen beantworten zu müssen. Der Beamte am Schalter hatte sie schon befremdet gemustert, eine junge Frau, um diese Uhrzeit. Ohne Begleitung und mit einem schweren Koffer. Vicky konnte nur hoffen, dass er sie nicht erkannt hatte. Willenbrocks

Rosenzucht war im ganzen Land bekannt, wie ihr Vater zu sagen pflegte – weit über die Grenzen Schleswig-Holsteins hinaus –, hier im Ort war ihre Familie hoch angesehen.

Draußen vor dem Fenster sprach eine blonde Dame in einem Pelzmantel mit dem Schaffner und gestikulierte wild, augenscheinlich suchte sie den Schlafwagen. Der Gepäckträger wartete im Hintergrund geduldig mit seinem Kofferkarren auf ihre Anweisungen, um schließlich bis ans Zugende zu traben. Die Dame schritt würdevoll hinterher.

Mit ihrer hochgewachsenen Statur erinnerte sie Vicky an Carla, Mutters Schwester, die bald nach Kriegsende nach Hamburg gezogen war, wo das Leben pulsierte und alles im Umbruch war. In die Stadt der großen Freiheit, wo Frauen selbstständig denken durften und nicht durch eine Hochzeit in die althergebrachten Formen einer Lebensgemeinschaft gezwungen wurden. Wo Frauen einem Beruf nachgingen und für ihre Rechte demonstrierten.

Carla hatte es von jeher zu den feinen Pinkeln hingezogen, wie die Mutter es einmal ausgedrückt hatte, und ihre Schwester wiederum hatte nie verstanden, warum sie den Rosenzüchter Willenbrock geheiratet hatte, einen handfesten Gärtner, der sich nur sonntags im Anzug zeigte.

Die Schwestern waren von Teggerns, sie kamen aus einer reichen Unternehmerfamilie. Man besaß eine große Wollfabrik, unzählige Webstühle und beschäftigte zahlreiche Arbeiterinnen und Arbeiter. Während die Mutter zufrieden auf dem Land lebte, reiste Carla durch Europa, trug luftige Hosen statt einschnürender Kleider und interessierte sich sehr für Mode und die Geschäfte des Familienunternehmens. Sie hatte Vicky noch im Kindesalter den Umgang mit der Nähmaschine beigebracht. Nur zu gerne erinnerte sich Vicky an die Zeit, als sie unter Carlas strengem Blick und wohlwollender Anleitung das erste Nachthemd genäht hatte. Sie hatte von ihr gelernt, wie eine saubere Naht gelang, die

Spitzenvolants und die Lochsaumstickerei hatte die Tante dann in mühsamer Kleinarbeit abends am Kamin selbst erledigt. Vicky hatte sich beim Zubettgehen jedes Mal gefühlt wie eine Prinzessin, der Duft des Stoffes blieb unvergessen, das Surren der Nähmaschine klang noch in ihren Ohren.

Leider war das Nachthemd irgendwann zu klein geworden, Vicky eine junge Frau – da hatte die Mutter den Kontakt zu Carla längst abgebrochen. Der Vater hatte es so gewollt. Warum genau, wusste Vicky nicht, sie konnte nur ahnen, dass es etwas mit dem ausgefallenen Lebensstil zu tun haben musste, den Carla in Hamburg pflegte und der dem Vater ein Dorn im Auge war. Schließlich trug Carla ihre dunklen Locken zu einem feschen Bubikopf, was auf dem protestantischen Land einer Sünde gleichkam, und hielt sich auch sonst nicht mit spießbürgerlichen Regeln und Gewohnheiten auf. Ihr missfiel der autoritäre Erziehungsstil ihres Schwagers, und sie ermunterte ihre Nichten bei jeder Gelegenheit zur Selbstständigkeit.

»Marlene und Vicky sind doch keine Jungen!«, unterbrach sie der Vater jedes Mal, wenn Carla mit ihnen über Politik diskutieren wollte oder von der Frauenbewegung erzählte. Dann atmete die Mutter tief durch und versuchte, ihn zu beruhigen oder abzulenken. Später erlaubte sie dann ihren Töchtern, gemeinsam mit Carla an den Strand zu gehen, wohl wissend, dass sie dort Boxunterricht erhielten und keine Turnstunden und die Schwester ihnen weitere Lektionen in Sachen Frauenemanzipation erteilen würde.

»Ihr habt wunderschöne Köpfchen«, klang Vicky heute noch die Stimme der Mutter in ihrem Ohr, wenn sie ihre Töchter gehen ließ. »Setzt sie mit Bedacht, Stolz und Anmut ein, dann erreicht ihr auch euer Ziel. Und lasst euch von keinem Mann den Mund verbieten.«

Vicky hatte nie herausgefunden, ob ihre Mutter auf Willenbrock ein wirklich glückliches Leben geführt hatte. In ihrer Erinnerung gab es nie Streit. Nie hatte sie sich in aller Offenheit gegen ihren Mann gewandt, stets hatte sie ihre Aufgabe als treu sorgende Ehefrau und Gutsherrin erfüllt. Erst Jahre später hatte Vicky verstanden, dass die Mutter eine große Mitgift mit in die Ehe gebracht hatte und deshalb viel Macht besessen haben musste. Den Kontakt zu Carla hatte sie wohl all die Jahre heimlich aufrechterhalten …

Dank ihr wuchs Vicky zwischen Tradition und Fortschritt auf und konnte sich ihre eigene Meinung bilden. Je älter sie wurde, desto sicherer wurde sie, dass sie selbst niemals eine derart dienende Ehefrau und sanftmütige Mutter sein würde. Und schon gar nicht würde sie diesen Spagat schaffen: einerseits frei und unabhängig durch das Erbe, andererseits abhängig von den Entscheidungen des Mannes. Als Tochter des Gutsbesitzers Willenbrock hatte sie zu tun, was ihr Vater ihr sagte, aber es widerstrebte ihr zutiefst. Deswegen war sie nun auf der Flucht.

Vicky wusste nicht viel über ihre Tante Carla, außer dass sie in Hamburg lebte und alle Jahre wieder zu Weihnachten Pakete mit Kleidung für ihre Patentochter schickte. Ausgefallene Röcke und Jumperkleider, die für die Arbeit im Rosenfeld nicht unpraktischer sein konnten. Sogar eins dieser kurzen, funkelnden Tanzkleider war einmal dabei gewesen. Vicky hatte es heimlich angezogen und sich im Spiegel betrachtet, es stand ihr ausgezeichnet. Jetzt lag es zusammen mit den anderen zusammengefaltet im Koffer. In Hamburg würde sie die Sachen endlich tragen können, auf Willenbrock war so neumodisches Zeug verpönt. Als ob auf dem Land die Uhren stehen geblieben waren. Sie selbst trug ja auch noch Röcke und Kleider wie aus alten Zeiten.

Die Tante würde sich wundern, dass sie einfach so auftauchte, und sie dann sicher verstehen. Vicky lächelte bei der Vorstellung. Vorsichtig tastete sie nach dem Zettel in ihrer Manteltasche. Die Adresse hatte sie sich in letzter Sekunde noch notiert.

Hoffentlich würde sie überhaupt jemals dort ankommen! Denn gerade sah es nicht so aus, als wäre der Zug bald zur Abfahrt bereit. Vicky sah aus dem Fenster und zu ihrem Entsetzen stürmten jetzt Polizisten den Bahnsteig und begannen, den Zug zu durchsuchen. Suchten sie etwa sie? Hatte der alte Willenbrock das Fehlen seiner Tochter doch bemerkt? Erschrocken wollte sie aufspringen, doch zu spät. Schon stand ein Schnauzbärtiger in ihrem Abteil.

»Na, wo geht's denn hin, so alleine?«, fragte er und verlangte nach ihrem Billet. »Haben Sie einen Mann gesehen, Schwarz, hochgewachsen, etwa so groß?« Er machte eine vage Bewegung nach oben.

»Nein, habe ich nicht«, antwortete Vicky mit möglichst fester Stimme, innerlich zutiefst erschrocken. Noch mal Glück gehabt, nach ihr schien die Polizei nicht zu suchen. Dafür …

»Sie reisen alleine?«, hakte er nach.

»Nein, mein Mann holt noch die restlichen Koffer«, beeilte sich Vicky lächelnd zu lügen, und die Aussage schien den Beamten zu beruhigen. Zumindest gab er ihr das Ticket zurück, tippte sich zum Abschied an die Mütze und wunderte sich hoffentlich auch später nicht darüber, dass es nur eins gewesen war.

Erschöpft lehnte sich Vicky in den Sitz zurück, nicht minder angespannt als vorher. *Schwarz, hochgewachsen* – diese Worte beschleunigten ihren Pulsschlag. Die Beschreibung passte haargenau auf Johnny, jenen jungen Mann, der sich vor wenigen Wochen auf dem Rosenhof als Aushilfsarbeiter vorgestellt hatte. Ach was, vorgestellt! Zusammengestoßen waren sie, als sie gerade mit dem Stift in der Hand ein paar Grashalme skizziert hatte. Er hatte sie schlichtweg übersehen und sie ihn nicht rechtzeitig bemerkt. Im Anschluss hatte er sich, eingeleitet mit einem »I'm sorry, M'am«, wortreich bei ihr entschuldigt, und Vicky war sofort sein amerikanischer Akzent aufgefallen, der seiner Aussprache eine charmante Note verlieh. Dann hatte er ihr ein Ständchen auf der Gitarre gespielt. Bei der Erinnerung an jene Musik musste sie unwillkürlich lächeln. *Bam ba, tam ba, dadidelmtamba …* Er hatte ihr erzählt, dass er und seine Band diese Musik in der Stadt spielten, Jazz, Swing, Charleston. Die »Swinging Bananas« waren vor ein paar Jahren in Amerika entdeckt und nach Paris eingeladen worden, wo sie von Tanzsalon zu Tanzsalon tingelten, bis sie ein Engagement in Hamburg bekamen. Hingerissen hatte Vicky ihm zugehört, wie er von seinen glanzvollen Auftritten erzählte, wie sie dazwischen Anzüge, Hüte und Instrumente wechselten und sogar mit gewöhnlichen Haushaltsgegenständen musizierten. Zu ihrer Begeisterung konnte Johnny sogar Tierstimmen imitieren, er machte dabei die seltsamsten Verrenkungen und lachte die ganze Zeit. Obwohl ihm nicht sehr nach Lachen zumute war, wie er zwischendurch mit zerknirschter Miene zugab. Die Wirtschaftskrise hatte auch vor Hamburg nicht haltgemacht und für Veränderungen gesorgt. Ausgelassene Feste feierte man dort schon lange nicht mehr, manche Veranstaltungen waren sogar verboten worden, und seine Band stand kurz vor der Auflösung.

Trotzdem hatte Vicky sofort eine noch größere Sehnsucht gepackt. Johnny hatte es verstanden, *»I love Hamburg«*, wie er mit einem Strahlen in den Augen verkündete. Er sagte das, obwohl er aus Chicago kam und schon überall herumgekommen war. Doch leider gebe es in der Hafenstadt keinen Platz für Menschen wie ihn, behauptete er. Das wiederum hatte sie nicht verstanden. Fleißige Menschen brauchte man doch immer.

Johnny suchte Arbeit, wie so viele derzeit, und hatte überall vergeblich angeheuert. Deswegen war er nach Willenbrock gekommen, um dort sein Glück zu versuchen. Auch der Vater hatte ihn zunächst abweisen wollen, sich dann aber von seinem Vorarbeiter überreden lassen, ihn einzustellen. Jetzt im Frühjahr, wo es galt, die Rosen zu verschneiden, konnten sie jede Hand gebrauchen.

Ob Johnny wirklich hier im Zug war? Sie glaubte es kaum. Er war vor einer Woche Hals über Kopf abgereist, ohne sich von ihr zu verabschieden. Dabei war er so freundlich zu ihr gewesen und sie hatten sich unterhalten, wann immer sich die Gelegenheit dazu ergab. Er wusste so viel zu erzählen! Über das Leben in der großen Stadt, die vielen Schiffe im Hafen. Und über die Musik in den Varietés und Tanzlokalen, seine Freunde in der Band, Tommy und Sandro. Vielleicht würde sie Johnny in Hamburg begegnen, dachte sie, und wieder klopfte ihr Herz schneller. Sie hatten sich nur wenige Male getroffen, nur ein Atemkitzeln, ein tiefer Blick in seine lachenden Augen. Das hatte genügt, um in Vicky eine Sehnsucht zu wecken, die sie bisher nicht kannte. Seither glimmte ein Funke in ihrem Bauch, machte sie unruhig und beseelt zugleich.

Unruhig spähte Vicky nach draußen auf den Bahnsteig, hoffentlich fuhren sie bald los und ihr Vater tauchte nicht doch noch im letzten Augenblick hier auf. Ganz bestimmt saß er noch mit Arthur Jansen am Kamin und rauchte, versunken in »Männergespräche« über die Zukunft von Willenbrock, versuchte sie sich zu beruhigen. Und doch verdüsterte sich Vickys Miene bei dem Gedanken.

Seit sie ein junges Mädchen war, hatte sie für Arthur Jansen geschwärmt, diesen groß gewachsenen, attraktiven Mann, der ehrgeizig an seiner Karriere arbeitete und wie kein anderer über die Welt Bescheid wusste. Seit einiger Zeit sprach er von dieser neuen Partei, die ihr Vater mit Sorge erstarken sah. Ihm widerstrebten die Allmachtsfantasien dieses Adolf Hitlers, wie er beim Zeitunglesen einmal sagte, warnend sprach er immer wieder davon, was sie für die Deutschen bedeuten könnten. Er befürchtete einen Krieg.

Arthur sah das anders. Er war ein aufstrebender Kaufmann und genoss großes Ansehen bei ihnen im Ort. Weil der Vater sich neben Rosen vor allem für die aktuellen Entwicklungen in Politik und Wirtschaft interessierte, war Arthur ein gern gesehener Gast auf dem Willenbrock'schen Rosenhof, wo er in den letzten Monaten ein und aus gegangen war. Wann immer sie sich trafen, diskutierten die beiden Männer über Politik und die aktuellen Zahlen an der Börse, die ihnen beiden große Sorgen bereiteten, jeden Tag mehr. Nicht nur Willenbrock machte große Verluste, der gesamte Welthandel stand Kopf.

Vicky war lange Zeit heimlich in Arthur verliebt gewesen und hatte davon geträumt, er würde um ihre Hand anhalten. Sie hätte dann Nein gesagt, zumindest bis er ihr das Studium erlaubte, von dem sie ebenfalls träumte, seit sie das erste Mal ein Stück feinen Stoff in den Händen gehalten hatte. Sie hätte dann in der Wollfabrik die schönsten Ornamente und Muster weben lassen. Und Carla hätte aus Vickys Stoffen in ihrem Modesalon die schicksten Kleider für die Frau von heute geschneidert …

Vicky seufzte. Arthur kam ganz bestimmt nicht auf den Rosenhof, um den Vater bezüglich neu aufzunehmender Kredite zu beraten. Auch nicht, um mit ihm über Politik zu diskutieren und von den Nationalsozialisten zu schwärmen. Und genauso wenig, weil er die dicken Zigarren so liebte, die nach dem Essen im Salon gereicht wurden.

Nein, er kam wegen Marlene.

»Er ist so adrett«, hatte die jüngere Schwester zu schwärmen begonnen, und da wusste Vicky Bescheid. »Und so zuvorkommend!«

Ließ Marlene ihr Taschentuch oder eine Serviette fallen, tat Arthur ihr den Gefallen, das jeweilige Stück aufzuheben und es ihr mit einem galanten »Sie haben da etwas verloren« zu reichen. Dann lächelten sich die beiden verlegen zu, senkten den Blick und taten wieder so, als interessierten sie sich nicht füreinander. Vicky hatte lange nicht wahrhaben wollen, was sie so deutlich sah, so überzeugt war sie gewesen, doch ganz sicher die bessere Frau für Arthur zu sein. Aber dann hatte sie Johnny getroffen. Johnny, der so anders war als Arthur, viel lebendiger und interessierter, der ihr die Freiheit versprach, nach der sie sich sehnte. Sollte Marlene Arthur doch haben, diesen Verräter.

Da endlich setzte sich der Zug in Bewegung und riss Vicky aus ihren Gedanken. Draußen war alles ruhig geblieben, offensichtlich hatten sie niemanden gefunden, niemanden verhaftet. Wen auch immer sie gesucht hatten, er hatte sich in Sicherheit bringen können.

In ein paar Stunden würde sie ein neues Leben anfangen, in ein paar Stunden hätte der Vater seine schreckliche Absicht vergessen und würde bereuen, was er gesagt hatte.

Vicky musste eingeschlafen sein, sie wurde wach, als der Zug abrupt bremste und sie unsanft gegen den gegenüberliegenden Sitz geschleudert wurde. Sie waren mitten auf offener Strecke zum Halten gekommen. Draußen war finstere Nacht, nur der Mond leuchtete gespenstische Schatten auf das Feld. Fröstelnd zog Vicky den Mantel enger um sich, sie saß immer noch allein im Abteil und lauschte in die Dunkelheit hinein. Nichts schien sich zu rühren, die Reisenden waren wohl alle eingeschlafen, die vornehme Dame von vorhin schlummerte in ihrem Schlafwagenabteil sicherlich in den weichen Kissen. Und Vicky saß hier in der Holzklasse, für eine Willenbrock ganz sicher nicht standesgemäß, doch sie musste sparsam mit dem Geld sein.

Plötzlich kamen Vicky Zweifel. Hätte sie doch lieber bleiben sollen? Man würde auf dem Willenbrock'schen Hof sicher vor Sorge vergehen, wenn man ihr Ausbleiben bemerkte. Recht geschah es ihnen, dachte sie trotzig. Was hatte sich der Vater bloß dabei gedacht! Wenn ihre Mutter noch leben würde … dann würde sie jetzt nicht im Zug sitzen, weil Arthur sie dann nicht an den Vater verraten hätte, nur um sie aus dem Weg zu schaffen.

Vicky schüttelte den Kopf, doch sie wurde die schwermütigen Gedanken nicht los. So viele Hättes und Was-wäre-wenns. Weil an Schlaf nicht mehr zu denken war, stand sie auf und öffnete das Fenster. Die Nacht war sternenklar, und Vicky meinte, ein paar Wölfe am Waldrand zu erkennen. Sie erschauerte. Wölfe hatten vor gar nicht allzu langer Zeit ihre Schafsherde gerissen, nur zwei Tiere hatten überlebt, ein furchtbares Massaker … Bevor Vicky weiter in Erinnerungen versinken konnte, setzte sich der Zug wieder in Bewegung. Langsam wurde es kalt in dem Abteil, und Vicky schloss schnell das Fenster und nahm wieder Platz. Sie würde jetzt ganz sicher kein Auge mehr zumachen können, zumal sich nun unüberhörbar laut ihr Magen meldete. Sie hatte seit Stunden nichts mehr zu sich genommen, und solche plötzlich auftretenden Hungergefühle, die es ihr unmöglich machten, noch an irgendetwas anderes zu denken, waren eine Schwachstelle von ihr. Dabei war Vicky weder korpulent noch verfressen, eher bewegungsfreudig statt träge, wenn auch im Vergleich zu Marlene etwas kräftiger gebaut. Es war einfach dieses Loch im Bauch, das sich von jetzt auf gleich meldete, sie unruhig werden ließ und all ihre Gedanken bestimmte.

Normalerweise lief sie dann in die Küche, um in den Vorräten zu stöbern, ein Stück Kuchen, ein Schüsselchen Nachtisch, einen Rest vom Mittagsmahl. Martha hob ihr immer eine Kleinigkeit auf, sie wusste um die Zwischenmahlzeiten der ältesten Tochter des Hauses. Jetzt stand Vicky auf, um ihren Koffer von der Ablage zu wuchten. Mit fliegenden Fingern öffnete sie die Schnallen, hoffte, zwischen den hastig hineingeworfenen Kleidungsstücken etwas Essbares zu finden. Ein Stück Hartwurst vielleicht. Oder Kuchen. Aber nichts dergleichen, bei ihrem überhasteten Aufbruch war ihr Essen nicht in den Sinn gekommen. Stattdessen fand sie ihr rotes Büchlein.

Vicky schluckte. Sofort waren sämtliche Hungergefühle verschwunden. Beinahe andächtig nahm sie es in die Hand, im schwachen Licht der Leselampe konnte sie kaum etwas entziffern, als sie über die Seiten strich. Das brauchte sie auch nicht. Sie wusste auch so, was sie in den letzten Wochen und Monaten gezeichnet und aufgeschrieben hatte. Als Vicky sich wieder auf ihren Platz setzte, fielen ihr ein paar Blütenblätter in den Schoß.

Sie gehörten zu der getrockneten Rose, die sie an jenem Tag in ihr Tagebuch gelegt hatte. An jenem Tag, der ihr Leben mit einem Schlag verändert hatte. Nachdenklich nahm Vicky die rosafarbenen Blättchen in ihre Hand, immer noch muschelzart wie frisch vom Strauch. Sie stammten von einer Reine Victoria, einer so üppig blühenden wie sensiblen Rose, anfällig für Krankheiten, wenn man sie nicht mit umsichtiger Züchterhand pflegte. Dafür belohnte sie das Auge mit aufrechtem Wuchs und vollen Blüten, kugelig, dicht gefüllt und intensiv duftend. Unter hundert Rosen würde sie sie sofort wiedererkennen. Dazu die Worte ihrer Mutter, als sie gemeinsam den Rosenstrauch in seiner vollen Blüte bewunderten.

»Die Königin der Rosen … Erinnerst du dich an das Märchen, das ich euch immer erzählt habe? *Blühe, blühe, blühe, aus der Erde auf! Bist du rein, wirst du hold gedeihen. Aber treibe wilde Dornen, wenn du bös wirst sein …* Lass dich nicht beirren, mein Kind, lass dich von deinem Vater nicht klein machen. Denke immer an die Rosenkönigin«, hatte die Mutter gesagt und ihr die Stirn geküsst.

Vicky hatte den Ernst in ihren Worten gespürt, und sie wollte sich diese Lebensweisheit zu Herzen nehmen. Sorgfältig hatte sie sich eine Blüte abgeschnitten und sie zwischen dicken Buchseiten gepresst. Als ihr Vater immer ungerechter zu ihr wurde, hatte sie sie in ihr rotes Büchlein gelegt, und jedes Mal, wenn sie sie betrachtete, an die Worte der Mutter gedacht.

Vielleicht wollte sie dem Vater beweisen, dass sie das Gegenteil dieser Rose war, zuverlässig, schlank und stark. Vielleicht sollte sie sie jeden Tag daran erinnern, dass es Marlene war, die vor sich hin kränkelte, dieses zarte Wesen, und nicht sie.

Trotzdem litt sie jeden Tag unter seiner Ablehnung, spürte sie seine Enttäuschung darüber, dass sie kein Sohn geworden war. Keine würdige Erbin für den Rosenhof. Und jetzt … Jetzt war alles anders geworden, die Karten neu gemischt und Vickys

Flucht die einzige Möglichkeit, sich dem väterlichen Druck zu entziehen. Wäre sie geblieben, wäre sie unweigerlich eines Tages doch krank geworden.

Manchmal malte sie sich aus, wie alles gekommen wäre, wenn sie des Vaters gewünschter Sohn gewesen wäre. Ein Mann, der von klein auf lernt, Befehle zu erteilen, statt zu befolgen. Der per Geburt Recht und Macht auf seiner Seite hat, egal ob es sich um wirtschaftliche oder gesellschaftliche Belange handelte. Jemand, dem selbstverständlich die ersten Bissen von der Gabel zuteilwurden. Gewohnt, das Wort zu ergreifen, wann immer ihm danach war, anderen den Mund zu verbieten und Wissen zurückzuhalten, egal ob es um Politik oder die Rosenzucht ging. Seine Durchsetzungskraft war ihm in die Wiege gelegt worden, sie als Frau hingegen hatte sich zurückzuhalten, an zweiter Stelle zu stehen, war nur durch den Mann ein ganzer Mensch.

Vicky seufzte tief. Wie sehr sie das hasste! Zum Schweigen verdonnert zu sein, immer brav den Anweisungen zu folgen. Keinen Widerspruch leisten zu dürfen. Aber das würde sich jetzt ändern. Wenn sie endlich in Hamburg war, würde sie sich von nichts und niemandem mehr den Mund verbieten lassen. Sie konnte es kaum erwarten! So viel hatte sie schon davon gehört und gelesen, man schwärmte von dem lockeren Leben, den unbeschwerten Tanzabenden, den Freiheiten der Hansestadt. Das Kapitel »Rosenhof Willenbrock« mit all seinen spießbürgerlichen Einschränkungen wäre dann ein für alle Mal abgeschlossen.

Entschieden lehnte sie sich in ihrem Sitz zurück. Mittlerweile dämmerte der Morgen zu ihr ins Abteil hinein, ein Lichtstreif am Horizont. Er verhieß Hoffnung und stimmte sie zuversichtlich.

GROSSE FREIHEIT

»Na, min Deern, wohin soll's gehen?« Der Gepäckträger schaute Vicky erwartungsvoll an, als sie aus dem Waggon kletterte. In der letzten Stunde musste sie dann doch eingeschlafen sein und war mit einem Schrecken wach geworden, als der Zug plötzlich im Bahnhof hielt. Sie war da!

»Immer der Nase nach, wohin denn sonst?«, antwortete sie keck, straffte die Schultern und marschierte an dem verdutzten Uniformierten vorbei.

»Wenn dat man gut geht!«, hörte sie ihn hinter sich murmeln. Aber das kümmerte sie nicht. Sollte er sich doch um die Dame im Pelzmantel kümmern, die ihm jetzt mit einem umwerfenden Lächeln ein paar Münzen in die Hand drückte. Sie wirkte frisch wie der Morgen, perfekt frisiert und geschminkt, wie es gerade Mode war. Wenn ich die Nacht zwischen weißen Bettlaken verbracht und eine Waschschüssel zur Verfügung gehabt hätte, würde ich auch so aussehen, dachte Vicky, als sie sich noch einmal umwandte. Und sicherlich hatte die Dame auch ein richtiges Frühstück mit Kaffee und Toast bekommen. Doch die Neugier siegte schnell über ihr Hungerfühl, und Vicky lief aufgeregt durch die volle Bahnhofshalle nach draußen. Menschen strömten ihr entgegen, immer wieder rempelte sie jemandem den Koffer in die Seite, immer wieder erntete sie ein »Passen Sie doch auf!«.

»Deswegen bin ich hier«, murmelte Vicky grinsend.

»Deswegen bin ich hier!«, wiederholte sie, diesmal lauter, als sie vor dem Bahnhofsgebäude stand. Erwartungsvoll schaute sie sich um, es kribbelte sie vom Kopf bis in die Fußspitzen. Ja, es war genau richtig gewesen hierherzukommen. Hamburg erwartete sie. Und sie hatte nur auf Hamburg gewartet. Sie musste sich unbedingt erst noch ein wenig umsehen, bevor sie sich zur Tante aufmachte. So schnell würde sie ihre frisch gewonnene Freiheit nicht wieder aufgeben! Zu lange hatte sie darauf gewartet, zu oft davon geträumt, wie es wäre, den strengen Regeln auf Willenbrock zu entkommen. Die Liebe zur Nordsee, die endlosen Ausritte – der Preis dafür war die totale Kontrolle durch den Vater, die fast an eine Überwachung grenzte und machte, dass Vicky sich wie in einem Käfig gefangen fühlte. Seit dem Tod der Mutter war es noch schlimmer geworden.

»Hallo, Stadt! Hallo, Leben!«, rief sie übermütig in das Tosen des Vorplatzes hinein. »Treten Sie zur Seite, hier kommt Ihre neue Mitbürgerin!« Vicky schwenkte den Koffer in der Hand und stieß ihn aus Versehen einem Herrn in die Kniekehle.

»Können Sie nicht aufpassen!«, knurrte der, und noch bevor Vicky sich entschuldigen konnte, war er in Richtung der Gleise verschwunden.

»Hallo, Hamburg! Hier bin ich!«, rief ihm Vicky hinterher und erntete prompt ein paar amüsierte Blicke der Umstehenden. Dann drehte sie sich einmal im Kreis und tänzelte die Treppe hinunter. »Ich brauche euch, und ihr braucht mich!«

Um sie herum wimmelte es vor Menschen. Vicky vermochte sie nicht zu zählen, Frauen, Männer, alle geschäftig unterwegs, nun machte man ihr wie selbstverständlich Platz, als sie durch die Menge schritt, sich einreihte. Autos fuhren umher, zwischendurch Pferdedroschken und die Straßenbahn, ein Wunder, dass nichts passierte. Und wie laut das war! Vicky breitete die Arme aus, als wollte sie den Lärm in sich hineinsaugen. Das Bimmeln der Straßenbahn mischte sich mit dem Hupen der Autos, dem Klappern der Pferdehufe, ein Willkommenskonzert in Vickys Ohren. Kein Vergleich zu der Abgeschiedenheit der Willenbrock'schen Scholle, den ruhigen Nachmittagen zwischen den Rosenbeeten, wenn jeder in seine Arbeit vertieft war, oder den beschaulichen Abenden am Kamin, wenn draußen der Wind um das Haus heulte. Hier pulsierte das Leben, jeder Atemzug war gefüllt mit Abenteuer und Geschichten, Vicky spürte es genau, und für diesen einen Moment war sie so glücklich wie noch nie in ihrem Leben. Vergessen der Grund für ihre Flucht, vergessen Trauer und Tränen.

Und wie modern die Menschen gekleidet waren! Als ihr das bewusst wurde, schaute Vicky an sich herunter und schämte sich für ihr Kleid, dessen Saum die Knöchel umspielte. Sobald sich die Möglichkeit ergab, musste sie es gegen eines aus ihrem Koffer tauschen. Hier in der Stadt trugen sämtliche Frauen knielange Kleider und kurze Haare dazu, die sie unter Glockenhüten versteckten. Keck und frech wirkten sie, ihre Augen blitzten unternehmungslustig, nichts schien sie einzuengen, in ihren kurzen Röcken konnten sie sogar über Pfützen springen.

Ausgelassen ließ sich Vicky vom Menschenstrom weitertreiben, eine Flut an Eindrücken überrollte sie und riss sie mit, was blieb ihr auch anderes übrig, sie musste mit dem Strom schwimmen, sonst würde sie untergehen. Wer an der Nordsee aufgewachsen war, so wie sie, wusste das von der ersten Welle an, mit der er in Berührung gekommen war. Abtauchen, Luft anhalten, kräftige Züge machen und sich aus dem Strudel hinaustreiben lassen, um dann in einem großen Bogen wieder an Land zu schwimmen und Fuß zu fassen. Immer wieder musste Vicky anderen ausweichen, beinahe wäre ein Radfahrer direkt in sie hineingefahren.

»Pass doch auf«, pflaumte er sie an, doch bevor Vicky ihm ein »Selber!« hinterherschleudern konnte, war er auch schon wieder in der Menschenmenge verschwunden. Vicky blieb keine Zeit, sich über sein unflätiges Verhalten aufzuregen, sie durfte nicht stehen bleiben. Eine Weile ließ sie sich so mit der Masse treiben und genoss das Gefühl, Teil eines großen Ganzen zu sein, geborgen und beschützt, trotz des Lärms und der vielen Menschen. Irgendwann hatte Vicky genug und bog, neugierig wie sie nun mal war, an der nächsten Straßenkreuzung einfach ab, sie lief ein paar Meter in eine schmale Gasse hinein. Hier duftete es verführerisch nach Brötchen, und sofort meldete sich Vickys Magen wieder. Kein Wunder, dass sie hungrig war, seit gestern Nachmittag hatte sie nichts mehr zu sich genommen. Was gäbe sie jetzt für eine von Marthas frisch gebackenen Zimtwaffeln zum Frühstück! Beim Anblick der Torten im Schaufenster lief Vicky das Wasser im Mund zusammen, und sie kramte in ihrem Portemonnaie nach ein paar Münzen.

Drinnen im Laden duftete es nach frischem Brot. Teegebäck lag auf bunten Tellern, und Vicky hörte, wie die Bäckersfrau ihrer Kundschaft stolz von der Maschine berichtete, die sie gerade aus Amerika geliefert bekommen hatte und die in der Backstube großartige Dienste leistete.

»Damit kann ich innerhalb kürzester Zeit zwanzig verschiedene Formen von Dressiergebäck herstellen«, erklärte sie einem vornehm aussehenden Herrn und stellte eine Auswahl auf einem Tablett zusammen. Stolz schwang in ihrer Stimme mit. »Und gerade warten wir auf unsere Brotschneidemaschine! Sie werden sehen: Nie wieder ungleichmäßige Kanten, nie wieder geschnittene Finger. Nie wieder Etagenbrot.« Sie kicherte und plauderte eifrig weiter, während sie dem Herrn Brot und Brötchen einpackte und Vicky einen Blick in die Backstube zu erhaschen versuchte. Dort waren zwei Männer dabei, Brotlaibe in den Ofen zu hieven, ein anderer stand an der Brötchenmaschine. Ruckzuck ging das, wie am Fließband, Vicky wurde allein schon vom Zugucken schwindelig. So etwas hatte sie noch nie gesehen. Auf Willenbrock arbeitete man noch mit der Hand, da hatten sie gerade mal eine Kraftwaschmaschine mit Elektromotor, und die Küchenarbeit erledigten die fleißigen Hände der Mägde.

Beinahe ehrfürchtig nahm sie dann ihre Brötchentüte entgegen – zwei Rundstücke, die sich glichen wie ein Ei dem anderen. Marthas Exemplare waren auch immer sehr ordentlich, aber mit diesen hier konnten sie nicht mithalten. Kein Wunder, sie waren ja auch mit der Maschine hergestellt.

Vicky lief und lief, und irgendwann kam sie an die Alster. Am helllichten Tag spazierten hier die Pärchen umher, junge Männer ruderten ihre Liebsten über das ruhige Binnengewässer, kein Vergleich zur tosenden Nordsee. Dem Sonnenstand nach zu urteilen, musste es bereits auf die Mittagszeit zugehen. Sicher hatte man auf Willenbrock ihr Fortbleiben längst bemerkt und der Vater suchte sie überall, machte sich die größten Sorgen. Recht geschah ihm.

»Du kannst mich nicht einsperren, Heinrich Willenbrock!«, murmelte Vicky trotzig, während sie in ihr Brötchen biss. »Ich bin nun mal kein Tugendschaf wie Marlene. Gehorsam und Disziplin, wie es sich gehört – nicht mit mir!« Energisch schüttelte sie den Kopf. Sie hatte gelesen, wohin das führte, in dem Buch, das ihr ihre Mutter zum Geburtstag geschenkt hatte. Darin ging es um eine junge Frau, die gegen ihren Willen mit einem doppelt so alten Mann verheiratet werden sollte, das sollte ihr die Flausen austreiben. Am Ende hatte sie eine Affäre und einen toten Liebhaber, war eine geschiedene Frau – und wurde verstoßen von den eigenen Eltern. Ihr Schicksal hatte Vicky gerührt. Es war ein Gesellschaftsroman, wie der Vater missbilligend anmerkte, das sei nichts für Frauen. Zu politisch, zu gesellschaftskritisch. Zu seinem Unmut hatte Vicky jede freie Minute zum Lesen genutzt und dieses Buch bestimmt dreimal hintereinander geradezu verschlungen.

Warum sie diesen unglaublichen Freiheitsdrang in sich verspürte, vermochte Vicky nicht zu sagen, er war einfach da, zeigte sich in den ungünstigsten Momenten, und dann musste sie dem Vater einfach widersprechen. Wenn er von ihr verlangte, dass sie Klavier üben sollte, statt Skizzen von Blüten und Bäumen anzufertigen. Wenn sie körbeweise Kirschen entkernen sollte, statt gemeinsam mit Johann den besten Standort für die ertragreichen Apothekerrosen zu finden. Oder in weißen Kleidern auf diesen langweiligen Empfängen für den Landrat und seine noch langweiligeren Sekretäre herumstehen, statt in Gummistiefeln die Rosenstöcke anzuhäufeln.

Dann flüchtete sie ans Meer, galoppierte nicht sehr damenhaft ohne Sattel durch die Brandung und vergaß alles um sich herum. Sie war es leid, vom Vater vor allen getadelt zu werden, seine Strafpredigten über sich ergehen zu lassen oder gar von ihm eingesperrt zu werden. Was fiel ihm ein! Vicky war immerhin volljährig, da hatte er sie nicht mehr zu behandeln wie ein kleines Kind.

Genau deswegen bin ich hier, dachte Vicky wieder, und warf dem Spatz ein paar Meter vor ihr ein paar Brötchenkrumen zu. Es war ein Jungtier, dem Schnabel nach zu urteilen. »Weil ich im Gegensatz zu dir eine erwachsene Entscheidung getroffen habe«, rief sie ihm zu. »Weil ich ab heute mein Leben selbst in die Hand nehme und mir eine Arbeit suche. Und mich nicht mehr wie du von meinem Vater durchfüttern lassen muss.« Lachend warf sie dem Spatzenjungen noch einen letzten Brotkrumen hin. Dann griff Vicky nach ihrem Koffer und lief weiter.

Im Alsterpavillon saßen sie im Pelzmantel und rauchten, vielleicht war die vornehme Dame aus dem Zug auch dabei, sie würde hier gut hinpassen. Sicher tranken sie Kaffee aus goldumrandeten Tassen, bestimmt gab es ein Stück Sahnetorte dazu. Und Kluntje für den Tee? Das war so eine Sitte auf dem Willenbrock'schen Hof gewesen. Bei der Erinnerung musste Vicky unwillkürlich lächeln. Das hatte sie gemocht, *teatime*, wenn alle Frauen zusammenkamen, bei Martha in der Küche. Kein vornehmes Getue mit Porzellan und Silberlöffel, niemand musste sich in Tuch und Seide hüllen. Man saß zusammen, zufrieden mit dem Tagwerk, machte eine kurze Pause, bevor es wieder nach draußen auf den Hof ging, zu Rosen und Pferden, dem Abend entgegen. Jeder lobte dann die Küchlein, die Marlene am Vormittag liebevoll gebacken und aufwendig verziert hatte. Sie schmeckten wirklich ausgezeichnet, und die Schwester genoss es sichtlich, im Mittelpunkt zu stehen. Vicky schüttelte grinsend den Kopf bei der Erinnerung, dann lief sie weiter, aufs Geratewohl. Ließ sich durch die Straßen treiben, bestaunte die Schaufensterauslagen und gelangte schließlich in einen großen Park, wo sie sich müde und erschöpft auf einer Bank unter einer großen Kastanie niederließ und den Koffer abstellte. Die Sonne blinzelte durch die Zweige, das Gras war weich und warm, Vicky spürte, wie die Müdigkeit sie übermannte. Das Gemurmel der Stadt drang wie von Ferne an ihr Ohr, es klang wie Kuhglocken, die Vicky gemächlich in den Schlaf läuteten. Nur für einen Moment die Augen schließen, eine kurze Erholung, die Schuhe von den Füßen streifen, dann ginge es gleich weiter, die Adresse der Tante aufsuchen.

Von wegen gleich. Sie musste eingenickt sein, denn ein Regenschauer sondergleichen weckte sie unsanft. Erschrocken blickte sie auf.

»Hallo, die Dame, höchste Tiet, nach Hause zu gehen. Alles in Ordnung? Geit dir das nich gut?« Eine freundliche Stimme drang an ihr Ohr, vor ihr stand eine junge Frau. Nur langsam kam Vicky zu sich, nur langsam verstand sie, was geschehen war.

»Wo … wo sind meine Sachen? Mein Koffer, meine Handtasche …«, flüsterte Vicky und schaute sich suchend um.

»Hier man nich … Oh nein, sag nicht, du hast nu kein Plünnkram.«

»Sieht ganz so aus.« Benommen versuchte Vicky zu begreifen. Unterdessen regnete es in einer Tour, mittlerweile war sie pitschnass.

Die Frau schaute Vicky forschend an. »Du bist man nich von hier, sonst tätst du dich jetzt nicht so wundern tun. Seine Sachen kann man doch nicht so einfach stehen lassen! Und erst recht nicht am helllichten Tag einschlafen. Komm, geh nach Hause! Da wartet sicher jemand auf dich und macht sich schon Sorgen.« Der Frau schien der Regen nichts auszumachen, sie trug weder einen Hut, noch hatte sie ihren Mantelkragen hochgeschlagen. Sie wirkte ärmlich, aber nicht verwahrlost, und sicher war sie jünger, als sie aussah. Es mochte an der fahlen Haut liegen, dass sie so alt erschien, vielleicht auch an dem leichten Alkoholdunst, den sie verströmte.

Statt einer Antwort schüttelte Vicky nur stumm den Kopf. Wo sollte sie jetzt hin? Man hatte sie bestohlen, sämtliche Unterlagen, ihre Kleider, alles war weg. Und das Schlimmste war: ihr rotes Büchlein mit den Skizzen auch, mit all den Mustern und Rosenstudien, den Blütenblättern der Königin. Hastig tastete sie nach dem Zettel in ihrer durchweichten Manteltasche. Das Papier zerkrümelte in ihrer Hand, die Schrift darauf unlesbar. Vicky war kurz davor, in Tränen auszubrechen.

Die Frau musterte sie neugierig von oben bis unten. »Verstehe. Dann komm man mit tu mir. Ich bin Imke«, sagte sie, als könnte sie ihre Gedanken lesen.

»Danke … ich kann doch nicht einfach so … ich habe kein Geld und nichts mehr«, stammelte Vicky. Sie schlotterte am ganzen Körper, alles wirbelte in ihr durcheinander, sie konnte kaum klar denken.

»Mann, Mann, Mann.« Imke rieb ihr die Schultern warm, dabei prasselte der Regen immer noch auf sie ein. »Komm, min Deern. Zeit für eine warme Suppe.«

Vicky nickte Imke dankbar zu. Die Leere in ihrem Bauch brachte sie schier um den Verstand, kaum war sie aufgestanden. Tapfer folgte sie der Frau durch etliche Gassen, längst hatte sie die Orientierung verloren, und hätte Imke sie nicht geführt, wäre sie wohl zusammengebrochen. Schließlich standen sie vor dem mächtigen Portal einer Brücke wie aus einer anderen Zeit.

»Hier?«, fragte Vicky verwundert und hielt einen Moment inne. Die mittelalterlich anmutenden Türme flößten ihr Angst ein, sie fühlte sich an die alten Märchen und Geschichten erinnert, die ihre Mutter ihr erzählt hatte. Öffnete sich nicht beim Durchschreiten solcher Portale der Eingang in eine finstere Welt?

»Keine Angst, das ist nur der Weg nach Jammerbrook.« Imke lächelte und drückte ihr die Hand.

»Jammerbrook?«

»So nennen sie unseren Stadtteil … du wirst gleich verstehen, warum.«

Schon kamen sie in ein Wohnviertel, wie es ärmer nicht sein konnte. Das Mauerwerk bröckelte, die Leinen hingen voller Wäsche, und Kinder in schmutzigen Kitteln spielten trotz des Regens in Hinterhöfen. In den Straßen hing ein undefinierbarer Geruch, eine Mischung aus Fisch, Bohnensuppe, Kohl, Rauch und Brackwasser. Von überallher dröhnte es, Signalpfeifen vom Rangierbahnhof, Hämmern von den Werften, Pferdefuhrwerke klapperten vorbei. Und zwischendurch tutete ein Ozeandampfer. Vicky atmete tief durch und hielt sich die Ohren zu. Hatte sie den Lärm der Stadt vor ein paar Stunden noch genossen und in dem Geräuschpotpourri den Ruf der Freiheit gehört, hatte diese Lautstärke etwas Bedrohliches. Sie liefen jetzt durch dicht bebaute Straßen, Vicky fühlte ihre Brust enger werden. Hier standen große Wohnhäuser mit mächtigen Fassaden und Läden im Erdgeschoss, selbst ohne graue Wolken am Himmel würde hier kaum die Sonne bis ganz nach unten dringen.

Endlich führte Imke Vicky durch einen Eingang zu einem Hinterhaus.

»Das ist ein Mief, was?« Imke war nicht entgangen, dass Vicky sich die Nase zuhielt. »Liegt an der Darmhandlung und der Fischräucherei. Und nebenan ist gleich die Rösterei. Wenn der Wind wieder dreht, riechen wir auch noch die Müllverbrennungsanlage am Bullerdeich …«

Sie folgte Imke eine schäbige Holzstiege hinauf in den fünften Stock. Ein paar Kinder liefen ihnen neugierig hinterher.

»Hier kannst du dich umziehen!«, sagte Imke, öffnete die Tür und ließ Vicky in die Küche eintreten, die zugleich auch Wohnzimmer und Bad zu sein schien. Vicky schüttelte sich. Dagegen schienen ihr selbst die Baracken der Landarbeiter auf Willenbrock kleine Paläste zu sein. Die junge Frau deutete auf einen Vorhang, der kaum Schutz vor den neugierigen Blicken ihrer Töchter bot, die sofort an Imkes Rockzipfel hingen, sobald sie eingetreten waren. Neugierig beäugten sie Vicky in ihrem durchnässten Aufzug.

»Hier?« Beklommen sah sich Vicky in der engen Wohnung um. Dass ein Mann im Unterhemd am Tisch saß und vor sich hin starrte, machte die Situation für sie nicht angenehmer.

»Hier«, erwiderte Imke mit fester Stimme. »Und jetzt raus aus dem Plünn, damit das trocknen kann und du dich nicht auch noch erkälten tust.« Sie reichte ihr ein Handtuch, das schon bessere Tage gesehen hatte. Imke selbst zog ihren Mantel aus.

So blieb Vicky nichts anderes übrig, als sich hinter dem Vorhang auszukleiden, sich notdürftig mit dem Schwamm abzuseifen und in die frischen Sachen zu schlüpfen, die Imke ihr hingelegt hatte.

Imke feuerte unterdessen den Ofen an, befahl ihrem Mann, bei der Gemüsefrau fünf Kartoffeln zu kaufen, wusch dann sorgfältig Vickys Unterwäsche aus und hängte den Mantel zum Trocknen auf.

Zwischendurch nippte sie immer mal wieder an ihrem Flachmann, wie Vicky aus den Augenwinkeln bemerkte. Ihr waren die roten Augen sofort aufgefallen, sie hatte sie schon mal gesehen. Bei ihrem Vater, wenn er Besuch von den Ratsherren hatte und Martha eine Flasche nach der nächsten bringen musste. Und sie wusste, was es bedeutete, wenn man sich einen schon vor Sonnenuntergang einschenkte. Der Vater hatte auch immer einen

Grund gesucht, und dann war sein Bauch immer wohlgefälliger geworden und sein Gesicht immer röter, der Atem kürzer.

Imke schien im Gegenteil viel zu dünn, Vicky wunderte sich, wo sie wohl all die Kraft hernahm. Ein weinendes Kind auf dem linken Arm, das andere hing an ihrem Rockzipfel, während sie mit der rechten Hand den Wäschetopf auf den Herd hievte. Und sie schien wieder schwanger zu sein.

»Seit die Werft schließen musste, wird es jeden Tag schlimmer mit ihm. Was er auch unternimmt, er findet keine Arbeit. Ich bin froh, wenn er mal für ein paar Minuten zur Tür hinausgeht«, meinte Imke wie zur Entschuldigung, als sie Vickys fragenden Blick bemerkte.

»Und was ist mit dir?«, fragte Vicky vorsichtig. Imkes Verhalten rührte sie.

»Ich hab zwei Kinder und bald drei, wenn du das meinst. Ich habe keine andere Wahl, als durchzuhalten«, kam es lapidar zurück. Imke setzte ihre jammernde Tochter auf den Boden und erwiderte Vickys forschenden Blick, ohne auch nur mit der Wimper zu zucken. »Und du? Warum schläfst du wie eine Dahergelaufene im Park … Wo kommst du überhaupt her? Biste abgehauen?«

»Bisschen viele Fragen auf einmal, findest du nicht?« Vicky fühlte sich in die Enge getrieben. Dann nahm sie kurzerhand die Kleine auf den Schoß, um ihr die Nase zu putzen. Sie schrie und schrie und ließ sich nicht beruhigen, keiner von Marthas Kniereitern, kein Liedchen half.

»Sie hat Hunger. Aber meine Brüste geben keine Milch mehr.« Imke zuckte mit den Schultern. »Ich mache ihr einen Brei aus Mehl mit Zwieback, dann hört sie wenigstens auf zu plärren.«

Vicky schluckte. Ihr selbst war auch zum Heulen zumute, und das nicht nur, weil sie vor lauter Hunger kaum noch denken konnte. Ihr Koffer mit dem Skizzenbuch, die Handtasche mit dem Geld – alles futsch. Sie hatte sich doch nur kurz ausruhen wollen. Außerdem fror sie noch immer, auch wenn sie längst ein wollenes Kleid trug und Imke ihr einen Tee bereitet hatte. Nie im Leben würde sie das in dieser armseligen Küche zugeben! Auch nicht, dass das Kleid furchtbar kratzte, mal ganz zu schweigen von dem altmodischen Schnitt, der garantiert noch aus Kaiserzeiten stammte.

Vicky lächelte Imke dankbar zu. Immerhin hatte die Kleine endlich aufgehört zu schreien, weil Imke ihr einen Löffel in die Hand gedrückt hatte, an dem sie jetzt ausgiebig lutschte. Zaghaft schaute sich Vicky in der kleinen Bleibe um: Die Tapete löste sich von den Wänden, alles wirkte ärmlich und karg, dazu noch der modrige Geruch. Und doch fühlte es sich auf besondere Weise wie ein Zuhause an, was wiederum an Imke lag, die eine mütterliche Wärme ohnegleichen ausstrahlte. Wie sie ihre Kinder herzte, mit ihnen spielte, versuchte, sie von ihrem Hunger abzulenken. Augenblicklich fühlte sich Vicky wohler, entspannte sich, und auch die Übelkeit ließ nach.

Um ihre beiden Kinder zu ernähren, schien Imke sich jeden Bissen vom Munde abzusparen, gab ihren letzten Penny, um ihnen eine Suppe zu kochen. Und dann so einen Taugenichts als Mann, der den lieben langen Tag nichts anderes tat, als herumzusitzen und in sein leeres Glas zu starren. Sicher, selbst Tagelöhner fanden keine Arbeit mehr, davon hatte Vicky gehört. Die Schlangen der Suchenden waren lang, an jeder Ecke standen sie herum. Und in den Volksküchen wurden längst nicht mehr alle satt. Vicky hatte sie auf ihrem Weg vom Bahnhof gesehen. Und hatte nicht Johnny nur deshalb bei ihnen auf dem Rosenhof angeheuert, weil es in der Stadt keine Arbeit mehr gab?

»Wer bist du?«, fragte Imke abermals. Das Mädchen quengelte an ihrem Rock, und sie nahm es auf den Arm.

»Das ist eine lange Geschichte«, begann Vicky.

»Wir haben Zeit«, antwortete Imke lächelnd, bevor sie entschieden hinzufügte: »Eins ist wohl man klar: Du bleibst heute Nacht hier.«

»Das ist … das kann ich nicht annehmen«, stotterte Vicky. »Ihr habt doch selbst kaum Platz.«

In diesem Moment kam der Mann mit den Kartoffeln zurück, drückte Imke die Tüte in die Hand und setzte sich wieder an den Küchentisch. Er hatte eine Flasche Korn mitgebracht, die er nach einem kurzen Blickwechsel mit seiner Frau in den Küchenschrank stellte.

»Platz ist in der kleinsten Hütte«, murmelte der Mann. »Morgen suchst du dir dann eine andere Bleibe. Min Fru hat so ein gutes Herz …« Und damit war für ihn die Angelegenheit erledigt. Für den restlichen Abend blieb er in seine Grübelei versunken, auch beim Essen sprach er kein Wort. Nur einmal blickte er auf, nämlich als Imke die Flasche von der Anrichte nahm und sich und Vicky einschenkte.

»Danke, ich …« … trinke nicht, wollte Vicky sagen. Doch aus Höflichkeit schwieg sie lieber und ließ das Glas einfach unberührt stehen. Als Imke die Kinder ins Bett brachte, stand sie auf und setzte sich dazu.

»Soll ich euch ein Märchen erzählen?«, fragte sie. »Oder lieber etwas vorsingen?«

»Beides!«, rief die Große.

»Also singe ich ein Märchen …« Vicky lächelte versonnen und begann. »Es war einmal ein König, der lebte sehr glücklich mit seiner schönen, tugendsamen Gemahlin …« Es war das Märchen von der Rosenkönigin, das ihre Mutter ihnen immer erzählt hatte. Wie der Prinz sein Gärtnermädchen anhand ihres reinen Herzens erkannte und die böse Stiefmutter einsehen musste, dass nur die Liebe die schönste Rose hervorbringt … Als sie danach ein Abendlied anstimmte, kam es Vicky so vor, als säße ihre Mutter neben ihr und sänge für sie. So wie früher, wenn sie sie zu Bett gebracht hatte. Damals. Bevor dieses schreckliche Unglück geschah.

Vicky atmete tief durch, sie hatte es fast vergessen, und jetzt war plötzlich alles wieder da. Sie schluckte, strich den Kindern über die Haare und stand auf.

»Du kannst in unserem Bett schlafen«, meinte Imke. »Wir schlafen bei den Mädchen. Und keine Widerrede!«

»Danke.« Was blieb Vicky da anderes übrig, als es sich in dem schmalen Bett bequem zu machen, so gut es eben ging. Die Decke kratzte. Unvorstellbar, dass sie hier sonst zu zweit schliefen und jetzt zu viert nebenan. Unruhig wälzte sie sich hin und her, an Schlaf war nicht zu denken. Dass Imke und ihr Mann nebenan miteinander flüsterten, machte die Sache nicht besser.

Als sie ihren Namen hörte, horchte Vicky auf.

»In der Suppenküch saachn se, dass sie in Fru söken, die nach Hamburg abgehaun is. Soll ihrn Kerl umgebracht haben …«

»Du vertälst Plünnkram«, widersprach ihm Imke. »Vicky ist die ehrlichste Haut in Person! Die haben ihr den Koffer geklaut und sonst nichts!«

Ihr Mann schien anderer Meinung. »Es gibt eine Belohnung, viel Geld. De Fründskupp scheddt sük in de Püüt, moin lop ich zur Polizei.«

Was sagte er da, bei Geld hört die Freundschaft auf? Mit einem Ruck setzte sich Vicky auf. Eine Anzeige fehlte ihr gerade noch, dann wäre sie schneller zurück in Willenbrock, als ihr lieb war. Eilig suchte sie nach dem Kleid und warf es sich über, dann schlich sie leise zur Tür. Erst später fiel ihr auf, dass sie den Mantel vergessen hatte.

Eve

Schon immer hatte sie Frauen geliebt. Was sich zunächst noch gut verbergen ließ, bereitete ihr als Backfisch zunehmend Schwierigkeiten. Wenn ihre Freundinnen von den jungen Männern in der Tanzschule schwärmten und trotz des Krieges von pompösen Hochzeitsfeiern träumten, überkamen sie Unmut und Ekel. Eve Longchamps war hübsch, ohne Frage – an Verehrern mangelte es ihr sicher nicht. Und beinahe hätte sie der Familienehre zuliebe auch zu einem Ja gesagt. Es wäre ein Glück gewesen, in den Nachkriegsjahren versorgt zu sein, erst recht von einem Mann, der es gut mit ihr meinte, erst recht als orthodoxe Jüdin. Doch am Abend vor den Feierlichkeiten lief sie davon, fand in einem Kloster Unterschlupf, lernte nähen und küssen. Und irgendwann ertrug sie das Leben dort, so eingesperrt hinter den Mauern, auch nicht mehr und flüchtete nach Paris, wo sie in einem Bekleidungsgeschäft Arbeit fand. Eve war keine klassische Schönheit, verfügte aber über Witz und Geist und erregte mit ihrer besonderen Art rasch Aufsehen. Sie verstand es, schlichte Kleidungsstücke und einfache Hüte mit allerlei Schnickschnack zu verzieren, aus allem etwas Extravagantes zu kreieren, und rasch begeisterte man sich für ihren ausgefallen Stil. Auch Gräfin Balsonero wurde auf sie aufmerksam und fand Gefallen an ihrer Mode.

So begann für Eve ein neues Leben an der Seite der Gräfin, deren Geliebte sie wurde. Die Gräfin genoss es, das junge Mädchen in den illustren Kreis von Künstlerinnen, Tänzerinnen und Schauspielerinnen einzuführen, mit dem sie sich umgab, und sich selbst als ihre Gönnerin zu zeigen. Man feierte bis zum Morgengrauen, verschlief den Tag und kümmerte sich dann um Garderobe und Frisur, bevor man sich nachts wieder ins wilde Getümmel stürzte.

Eve lebte ihre neue Freiheit in vollen Zügen, liebte sich durch die französischen Betten und begann, inspiriert von der Stadt und ihren neuen Freundinnen, sich noch mehr für Mode zu interessieren. Denn spätestens nach dem Krieg war klar: Es musste sich etwas ändern, Frauen gehörten nicht in Miedern eingeschnürt, der Busen hochgedrückt, hineingezwängt in enge Kleider. Talentiert im Umgang mit Stoffen und Farben, entwarf Eve Kleider, die ihre Trägerinnen frei atmen ließen, ohne Korsett und aus fließendem Baumwollstoff, die Röcke kürzer. Eines Tages wagte sie es und entwarf sogar einen Hosenanzug für Frauen. Die Gräfin zeigte sich begeistert von ihren Kreationen, förderte ihre junge Geliebte, wo sie nur konnte, und wollte Eve sogar einen eigenen Laden schenken. Doch die mochte mittlerweile nichts mehr geschenkt bekommen und bat stattdessen um ein Darlehen, das ihr die Gräfin gerne und großzügig gewährte.

So begann Eves Karriere als Modeschöpferin mit einem kleinen Laden in der Rue de la Bellefleur. Schnell sprach sich in Paris herum, dass hier ganz besondere Mode geschneidert wurde, und Eve konnte sich vor Aufträgen kaum retten. Bald schon musste sie weitere Näherinnen einstellen und konnte der Gräfin ihr Geld zurückzahlen. Eve trank auf den Erfolg und feierte Nacht für Nacht rauschende Feste. Endlich stand sie auf eigenen Füßen, endlich war sie frei! Konnte leben und lieben, wie und wen sie wollte.

Wäre da nicht diese Sehnsucht in ihrem Herzen gewesen, dieses Gefühl der Einsamkeit, wenn sie sich aus irgendeinem fremden Bett schälte und durch die dunklen Straßen allein nach Hause schlich. Wenn sie am Morgen aufwachte, der Körper noch im Rausch und der Kopf benebelt, voll kleiner Erinnerungslücken, dann blieb da diese innere Leere. Unmerklich war es eine Sucht geworden, sich mit Absinth und Küssen zu betäuben.

Beinahe hätte Eve all das, was sie sich erarbeitet hatte einfach wieder verspielt, hätte sie nicht eines Tages Johnny getroffen. Ausgerechnet ein Mann war es, der ihr die Augen öffnete, der sie nach einer durchfeierten Nacht in seine Arme zog, weg von noch mehr Alkohol und küssenden Mündern, und sie sicher nach Hause geleitete. Der sich von ihr den Schlüssel geben ließ und die schwankende Eve ins Bett brachte. Johnny war gerade mit einer Truppe Musiker aus Amerika nach Paris gekommen. Nacht für Nacht spielte er mit den »Swinging Bananas« im Casino, nebenan im Théâtre des Champs-Élysées feierten sie die Revue Nègre, und überhaupt war die Stadt plötzlich mit der verrücktesten Musik gefüllt, die Eve je gehört hatte. Als hätte ganz Paris nur darauf gewartet, feierten sie den Jazz als Zukunftsmusik, man tanzte Swing und Charleston, ausgelassen wie nie zuvor.

Johnny spielte virtuos Gitarre, Klarinette und Klavier, brachte die Menge zum Tanzen, ein Auftritt jagte den nächsten. Kein Wunder, diese Rhythmen gingen sofort ins Blut, ließen die Füße wippen und die Beine zucken. Auch Eves. Diesen Tanz konnte man auch alleine tanzen, ohne festen Partner oder feste Partnerin. Wenn sich Eve Johnnys Liedern hingab, die Gedanken fallen und ihren Körper der Musik folgen ließ, hatte sie das Gefühl, wirklich frei zu sein. Zum ersten Mal in ihrem Leben spürte sie sich. Als Mensch. Als Frau. Herrin ihrer selbst und ihrer Sinne zugleich. Dazu brauchte sie weder Absinth noch Zigaretten, keine teuren Kleider und schon gar nicht die Gräfin oder eine andere Geliebte, die sowieso nur in Eves Glanz mitstrahlen wollten. Sie brauchte nur diese Musik, die das Herz vor Freude hüpfen ließ.

Eve fühlte sich Johnny vom ersten Augenblick an verbunden. Er wurde ihr Freund, ihr Verbündeter, vielleicht auch ihr Sohn. Johnny machte wenig Aufhebens um Eves mütterliche Zuneigung, erwiderte diese jedoch mit ebenso großer Zärtlichkeit. Wie ein Wächter positionierte er sich in ihrer Wohnung, bezog die Kammer gleich neben der Eingangstür. Fortan sorgte er dafür, dass sie nicht mehr trank und sich noch weniger von irgendwelchen Sternchen am Künstlerhimmel ausnutzen ließ. So konzentrierte Eve sich endlich wieder auf die Mode und schöpfte Kraft aus ihrem Wirken und ihrem Erfolg. Entwarf neue Modelle, noch kürzere Röcke und maskuline Schnitte für Frauen. Befreite die Damenwelt von althergebrachten Konventionen. Mit ihren weiten Kleidern und schwingenden Hosen stärkte sie ihr Selbstbewusstsein im Kampf um Emanzipation und Frauenrechte. Unmerklich war Eve zur Unterstützerin der Frauenbewegung geworden, ihre Mode wurde zum Ausdruck einer Generation von Frauen, die sich nicht mehr länger in traditionelle Rollen drängen lassen wollten. Frauen, die frei leben und lieben wollten. So wie sie, Eve Bellefleur, wie sie sich mittlerweile nannte.

Und dann stand eines Tages Carla von Teggern in ihrem Laden.

TANZ AUF DEM VULKAN

Draußen auf der Straße atmete Vicky tief durch und fühlte sich miserabel, sie hatte sich noch nicht einmal bei Imke für ihre Hilfe bedankt. Aber dafür besaß die jetzt einen warmen Mantel, versuchte Vicky sich zu trösten. Jetzt stand sie mitten in der Nacht allein in einem alten Kleid auf der Straße, in einer Gegend, die armseliger nicht sein konnte. Es war tiefdunkle Nacht, allerdings nicht so wie in Willenbrock, wenn die Sterne über den Rosenfeldern funkelten. Von weiter Ferne schimmerte Licht, und die Stille wurde immer wieder von unbekannten Geräuschen durchbrochen.

Wohin jetzt? Sosehr Vicky auch grübelte, ihr fiel die Adresse von Tante Carla nicht mehr ein. War es am Gänsemarkt? Oder an der Elbchaussee? Ob ihr Modesalon wohl *Madame von Teggern* hieß, wie die Tante? Oder hatte sie ihm einen vollkommen anderen Namen gegeben?

Weder das eine noch das andere konnte sie erraten, doch obwohl sie kein Ziel hatte, musste sie fort von hier. Eilig lief sie durch die dunklen Gassen, über die Brücke, hoffte, dass sie unbehelligt wieder ins Bahnhofsviertel kam. Dort gab es Hotels, das hatte sie heute Morgen gesehen. Doch je weiter sie lief, desto weniger wusste sie, in welcher Richtung es lag. Sie hatte sich verirrt, jegliche Orientierung verloren, sie war jetzt bestimmt schon eine Stunde unterwegs. Verzagt wollte sie schon aufgeben, da bemerkte sie Schienen zwischen dem Kopfsteinpflaster. Ein gutes Zeichen! Also lief sie weiter und weiter, endlich führte sie der

Weg auf eine belebte Straße, irgendwann stand sie plötzlich auf der Flaniermeile, überall blinkte Leuchtreklame, hell und einladend.

Sie blinzelte dreimal, um zu erkennen, was da alles geschrieben stand, man überbot sich gegenseitig mit Angeboten und Lustbarkeiten. Während man auf dem Rosenhof nach dem vollendeten Tagwerk die Abendruhe genoss, schien die Stadt nicht zu schlafen und jetzt erst zum richtigen Leben zu erwachen. Zwar waren keine Kutscher mehr unterwegs, dafür chauffierten Autos vornehme Herrschaften, Menschen liefen umher. Und wie schön sie alle aussahen! Die Damen trugen schicke Hüte und Mäntel, die Herren waren im Anzug, galant. Da konnte Vicky nicht anders und tauchte ein in das Treiben, ließ sich wie am Morgen von dem Menschenstrom forttragen, vorbei an leuchtenden Schaufenstern und bunten Auslagen. Merkwürdig musste sie aussehen, in Imkes altem grauem Wollkleid zwischen all den modern gekleideten Männern und Frauen, die vor Vergnügen kicherten und herumalberten. Hinter den Türen der Tanzsalons erklang Musik. Und was für eine! Sie war ganz anders als alles, was sie bisher kannte. Dieser Rhythmus folgte keinem Viervierteltakt, dieser Rhythmus ging direkt ins Blut, ließ ihre Beine zucken und zauberte ein verzücktes Lächeln in ihr Gesicht. *Bam ba, tam ba, dadidelmtamba …* Sofort fühlte sich Vicky an Johnny erinnert, daran, wie er ihr mit nur wenigen Takten den Rhythmus in die Füße gelockt hatte. Ob er hier irgendwo mit seiner Band spielte? Was würde er sagen, wenn er sie hier entdeckte? Angeblich hatte er Arthur Geld gestohlen, deswegen sei er abgehauen, hatte der behauptet. Arthur war äußerst erzürnt gewesen und hatte aufs Übelste über »diesen Neger« hergezogen. Vicky glaubte kein Wort seiner ungeheuerlichen Anschuldigungen. Sie hatte Johnny in die Augen geguckt, sie wusste es besser. Einer, der so lachte und spielte, war ganz bestimmt kein Dieb.

Vicky blieb vor einem Tanzsalon stehen, um der Musik zu lauschen. »Alkazar« funkelte der Name über dem Portal, und ehe

Vicky sichs versah, hatten zwei gut gelaunte Paare sie mit sich hineingeschoben.

Neugierig sah sie sich um, schummrig-rot war der Saal, und vorne auf der Bühne – Vicky traute ihren Augen kaum! – ließ gerade eine Dame im Licht getönter Scheinwerfer ihren Gazeschleier fallen. Überhaupt waren sämtliche Damen ringsum nur spärlich bekleidet, auf Willenbrock hätte man ihren Aufzug abfällig als Dirnenkostüme bezeichnet. Sie trugen kurze Kleider mit tiefen Ausschnitten an Rücken und Dekolleté, die teilweise nur von schmalen Trägern gehalten wurden, dafür waren sie über und über mit Perlen und Federn behangen. Die Herren hatten die Ärmel ihrer Hemden hochgekrempelt und die Kragen aufgeknöpft. Andere waren in elegante Frackanzüge gekleidet und wirkten seltsam blasiert, beinahe geistlos, und doch starrten sie gebannt nach vorne. Einer von ihnen war sogar auf die Bühne geklettert und tanzte mit anzüglichen Gesten an die Frau dort heran. Peinlich berührt schlug sich Vicky die Hand vor den Mund, konnte aber nicht anders, als weiter zuzuschauen. Schließlich versteckte sie sich hinter einer der Säulen, um dem Spektakel heimlich beizuwohnen. Die Musik spielte nun wilder, als man sich vorstellen konnte, immer wieder versperrten ihr ausgelassen tanzende Paare den Blick.

Da! Ein Tusch ertönte, und die Menge stob auseinander. Ein großer Kronleuchter sank von der Decke mitten auf die Bühne, Wasserfontänen nach allen Seiten sprühend. Männer wie Frauen liefen lachend nach vorne, drängelten sich um den Brunnen und ließen sich nass regnen. Dabei tanzten sie weiter, die Musik spielte noch lauter als zuvor, die Klänge peitschten durch den Saal. Die Mutigsten knöpften sich Hemden und Blusen auf, so viel nackte Haut, so viel Lust und Ekstase. Vicky durchströmte es heiß. Ohne lange nachzudenken, lief auch sie nach vorne, vergaß völlig, dass sie dieses altmodische Kleid trug, geschweige denn passende Schuhe. Doch das schien niemanden zu interessieren, und so ließ sie sich von den anderen mitreißen und tanzte in der Menge einfach mit. Plötzlich erloschen Lichter wie Wasserfontänen, und alle liefen kichernd auseinander. Vicky brauchte einen Moment, um sich zu fangen, dann schüttelte sie lächelnd den Kopf und wollte nach draußen. Just in diesem Moment spielte die Musik wieder auf, das Licht ging an, und alles tanzte aufs Neue los. Man feuerte eine schwarze Frau an, die jetzt zappelnd über die Bühne tanzte, mit wippenden Brüsten, dicken Ketten und vielversprechend wackelnden zweigeteilten Aussichten auf ein pulsierendes Geschlecht, nur verdeckt von anzüglich abstehenden Pflanzenteilen.

»Du musst nicht so schockiert gucken, sie verdient in ihrem Bananenröckchen viel Geld«, meinte plötzlich ein junger Mann, der unbemerkt neben Vicky getreten war. »Sie und ihre Musiker kommen aus Amerika. Dort lässt man sie wegen ihrer Hautfarbe nicht auftreten. Hier ernten sie Beifall dafür, ihretwegen geht man in die Tanzlokale. Weil sie so wilde, verrückte Musik machen! Und weil sie noch wilder und verrückter tanzen«, klärte er Vicky auf und musterte sie ungeniert von oben bis unten. Wenn ihn ihr altmodisches Kleid irritierte, so ließ er sich das nicht anmerken. Vicky war ihm dankbar dafür, dass er keine Fragen stellte. Aber so war Hamburg! Hier durfte man einfach sein.

»Ich verstehe …« Vicky versuchte ein Lächeln. Er wirkte sympathisch, in seinem aufgekrempelten Hemd mit den Hosenträgern. Über seinem schmalen Oberlippenbärtchen hatten sich kleine Schweißperlen gebildet, der Stoff seines Hemdes klebte an seinem Körper. Offensichtlich gehörte er zu den ausgelassenen Tänzern.

»Gestatten, ich bin Ludwig!«, stellte er sich vor und lächelte sie auf die charmanteste Weise an. »Komm, lass uns etwas trinken, ich lade dich ein …«

Obwohl Vicky vor Hunger und Durst beinahe umkam, schüttelte sie den Kopf. Wer weiß, ob das hier nicht gefährlich werden konnte.

»Vielen Dank, der Herr, ich bin schon vergeben«, beeilte sie sich zu sagen, schenkte ihm ihrerseits ein bezauberndes Lächeln und machte, dass sie das Tanzlokal verließ. Dabei hätte sie am liebsten diesem Spektakel noch weiter zugeschaut.

»Sind wir das nicht alle?«, rief er ihr noch hinterher, doch seine Worte gingen im Jubel der Menge unter. Er galt einer Sängerin mit Menjou-Bärtchen, die jetzt im Lichtkegel auf der Bühne stand.

Wieder draußen, ließ sich Vicky einfach durch die Straßen treiben, fühlte sich magisch angezogen von der Musik, die aus den unzähligen Varietés und Tanzlokalen dröhnte. Und sie in ihrem Wollkleid mittendrin, wie aus einer anderen Zeit.

»Na, Kleine, wo kommst du denn her? Heute schon was vor? Darf ich Ihnen meine Begleitung anbieten?« Immer wieder zückten Herren vor ihr den Hut, immer wieder schüttelte Vicky verlegen den Kopf und lief weiter.

Die Stadt kam nicht zur Ruhe, überall blinkten Lichter, unwiderstehlich und einladend, abermals blieb Vicky vor einem Tanzpalast stehen, spähte durch den Eingang ins Innere, wo unter glänzenden Lüstern Männer und Frauen ausgelassen miteinander tanzten. Übermütig drängten sich Paare an ihr vorbei, Frauen lachten, wollten sie mitreißen. Andere wiederum musterten sie ungeniert von oben bis unten, tuschelten hinter vorgehaltener Hand. Vicky wusste nicht, ob ihr das Gewimmel Angst machen sollte oder ob es nicht einfach großartig war. Hatte sie sich nicht während all der langweiligen Abende zu Hause genau danach gesehnt? Ausgehen, tanzen, ausgelassen mit Freundinnen herumalbern?

Genau das war ja das Problem gewesen: die Freundinnen. Die gab es in Willenbrock nicht. Nicht für Vicky. Seit sie denken konnte, hatte sie immer allein gespielt oder höchstens mit ihrer Schwester. Oft war sie einfach bei den Pferden gewesen, in der Schule galt sie als Außenseiterin. Eine, die lieber studieren statt heiraten wollte, das war vielen suspekt. Und jetzt war sie in der großen Stadt, wo jeder machte, wonach ihm der Sinn stand, frei von Konventionen und Gehorsam, besuchte anrüchige Etablissements, atmete die Freiheit – aber sie war wieder allein und wusste nicht wohin.

»Wenn du Carla nicht findest, musst du jetzt ins Hotel und morgen weitersuchen. Das mit der Bezahlung wird sich dann schon irgendwie regeln lassen«, sagte sie sich und schaute sich um. Die Hotels jedoch schienen ihr wenig einladend, Namen wie *Blauer Engel* oder *Lola Liebe* klangen nicht nach einem Hotel Garni, wo eine alleinstehende junge Frau unterkommen konnte. Sie musste die Amüsiermeile verlassen, am besten Richtung Bahnhof. Eilig lief Vicky durch die Straßen, hastete vorbei an den hell erleuchteten Portalen, den fröhlichen Menschen.

Vicky lief und lief, ohne es zu merken, wieder aus dem Licht ins Dunkle. Noch standen einige sparsam bekleidete Damen in den Häusereingängen, Männer mit dubiosen Absichten lungerten herum. Doch je weiter sie lief, desto ruhiger wurde die Dunkelheit. Und desto bedrohlicher wurde die Enge der Gassen, desto armseliger die Gegend. Ganz sicher war dies nicht der Weg zum Hauptbahnhof, eher hatte sie den Eindruck, bald wieder in Imkes Viertel zu landen. Vicky hätte umkehren können, doch irgendwie zog es sie in die Einsamkeit. Das war das Gefühl, das sie kannte, daran war sie gewöhnt. Allein sein. Ohne die Vorwürfe des Vaters, die forschenden Augen der Mutter, die Angeberei der Schwester. Hier konnte sie sich verstecken, fast unsichtbar werden.

Jede andere wäre wahrscheinlich vor Angst und Sorge umgekommen. Hätte sich gefürchtet, angegriffen und ausgeraubt zu werden. Nicht so Vicky. Mit erhobenem Kopf lief sie die nachtdunklen Straßen entlang, enttarnte die vorbeihuschenden Schatten als Ratten, ballte die Fäuste in ihrem Kleid, wenn sich ihr jemand näherte. Niemand wagte sich an sie heran. Alles wäre gut gegangen, das Adrenalin in den Adern hätte sie achtsam gehalten, hätte nicht irgendwann ihr linker Fuß gestreikt. Seit sie sich damals im Watt den Knöchel verstaucht hatte, war das ihre Schwachstelle. Immer wieder zwang die Verletzung sie zur Pause, hinderte sie am Weiterlaufen.

So auch jetzt. Höchste Zeit, einen Unterschlupf für die Nacht zu finden, an dem sie sicher war. Und wo sie nicht erfrieren würde. Auch wenn die Frühlingstage schon warm und sonnig waren, konnten die Nächte immer noch empfindlich kalt sein. Vicky atmete tief ein und aus, die Luft schmeckte feucht und ein bisschen nach Meer, sie musste in der Nähe des Hafens gelandet sein. Jetzt lief sie über den verlassenen Marktplatz hinüber zu den Anlegern. Über das Kopfsteinpflaster, wo nur ein Haufen Pferdeäpfel noch von den schwer beladenen Karren der Bauern zeugte, die hier am Tag ihre Ware feilgeboten haben mussten.

Vicky lief weiter am Ufer entlang. Die Elbe plätscherte in leisen Wellen vor sich hin, die Seile an den Pollern knarzten, und Vicky schwankte ein bisschen, als sie jetzt über den Ponton lief. Sie hatte eine Idee: Wenn sie auf eine der Barkassen kam, die tagsüber durch den Hamburger Hafen schipperten, hätte sie eine sichere Schlafstätte für die Nacht. Der Reihe nach probierte sie die Boote am Anleger aus – und hatte schließlich Glück. Mit ein bisschen Rütteln ließ sich die Tür von *Gerda* öffnen. Erleichtert schlüpfte Vicky hinein und gratulierte sich insgeheim zu dieser genialen Idee. Hier war es warm, abgestandener Zigarettenrauch mischte sich mit dem Dunst, den die Fahrgäste des Tages hinterlassen hatten.

So gut es ging, machte sie es sich auf einer der Bänke bequem, schlang die Arme wärmend um sich. Doch an Schlaf war nicht zu denken. Weil eine Mäusefamilie auf der Suche nach Nahrung umhertrippelte und dabei auch mal über Vickys Kopf huschte, und auch weil überall noch die Stimme des Kapitäns herumzuschwirren schien, Seemannsgarn und dumm Tüch in ihre Ohren wisperte, Klabautermänner überall, die an ihrem Kleid herumzupften.

Vor allem aber störte es sie, dass plötzlich der Wind immer lauter heulte, er pfiff in allen Ecken und ließ die Barkasse auf den Wellen tanzen. Es gluckerte wie in einer Waschtrommel, hin und her und her und hin, folgte keinem gleichmäßigen Rhythmus, ein unruhiges Auf und Ab. Bis zu diesem Moment hatte Vicky nicht gewusst, dass sie seekrank war, doch nun spürte sie, wie Übelkeit in ihr hochkroch. Mühsam setzte sie sich auf, wollte nicht wahrhaben, dass ihr schöner Plan nicht aufgegangen war. Sie versuchte, ihre Enttäuschung mitsamt den bitteren Magensäften hinunterzuschlucken, was ihr nur mühsam gelang.

So schnell ließ sie sich nicht unterkriegen, bloß nicht zimperlich sein. Also sprang sie auf und wollte schon wieder zur Tür hinaus, da besann sie sich und suchte den Abort auf, um sich zu erleichtern, die ganze Zeit schon hatte sie nach einer Gelegenheit dazu gesucht.

Kurz darauf stand sie in der dunklen Nacht wieder auf sicherem Boden und wusste nicht wohin. Vielleicht in das Kassenhäuschen, wo man die Tickets für die Hafenrundfahrt kaufen konnte … Das Glück war erneut auf Vickys Seite, die Tür nicht abgeschlossen. Erleichtert sank sie auf den Stuhl hinter dem Schalterfensterchen und schlief ein, den Kopf auf den Tisch gelegt. Sie bemerkte noch nicht einmal, wie Ratten vorbeihuschten und sich an den Krümeln guttaten, die am Tage hinuntergefallen waren, und dabei immer wieder um ihre Beine strichen.

Erst als sie draußen Stimmen vernahm, schreckte sie auf. Genau vor ihrem Fenster standen zwei Männer und gestikulierten, offenbar ging es um ein Schiff, das immer noch nicht angelegt hatte, sie sprachen nicht gerade leise. Vicky stockte der Atem. Nicht auszudenken, wenn sie den Männern unten am Anleger begegnet wäre! Sie wagte keine weitere Bewegung, sondern blieb stocksteif sitzen und verfolgte jetzt mit weit aufgerissenen Augen, wie sich die Männer langsam entfernten. Dann hörte man einen Bootsmotor tuckern, immer wieder versackte er, kein Wunder, bei dem

Wellengang. Beim Gedanken daran wurde Vicky abermals übel. Vorsichtig stand sie auf und spähte den Männern hinterher. Sie konnte nichts mehr erkennen, sie waren wohl hinunter zum Anleger gelaufen. Eilig verriegelte Vicky die Tür von innen, dann schaute sie sich um. Nein, hier gab es kein Versteck. Jeder würde sie sofort entdecken, egal in welcher Ecke des winzigen Räumchens sie sich aufhalten würde. Dann konnte sie auch vorne am Fenster sitzen bleiben. Das Häuschen war und blieb ihre einzige Rettung, wollte sie nicht noch mal draußen nach einer Schlafgelegenheit suchen, die hier in der Hafengegend ganz bestimmt nicht sicherer war. Und warm schon gar nicht.

Mit diesem tröstlichen Gedanken schlief Vicky wieder ein.

»Kiek mol einer an. Wen haben wir denn da?« Eine helle Frauenstimme riss Vicky diesmal aus dem Schlaf. Jemand klopfte von außen an die Scheibe. Es war helllichter Tag, die Sonne stand bereits hoch am Himmel.

»Schnell, mach auf! Bevor dich der alte Hinnerk hier bemerkt.«

Vicky war mit einem Schlag hellwach und öffnete die Tür.

»Was machst du hier?« Die junge Frau zog umständlich ihren Mantel aus, bevor sie im Taschenspiegel den Sitz ihrer kurzen blonden Locken kontrollierte und sich die schmalen Lippen nachzog.

»Hier, nimm, du siehst aus, als könnte dein Leben etwas Farbe vertragen.« Sie reichte Vicky ohne Umstände ihre Puderdose und das Rouge. »Hast du etwa die Nacht hier verbracht? Lass man bloß niemand wissen, dass ich vergessen habe abzuschließen, dann bin ich geliefert. Ich bin übrigens Luise. Luise Nelken, wie die Blumen, nur nicht verwelkt«, stellte sie sich vor und reichte Vicky treuherzig die Hand. »Und wer bist du? Wo kommst du her? Bist du vor deinem Mann abgehauen? Hat er dich geschlagen?« Ohne Vickys Antwort abzuwarten, öffnete sie den Schalter, sortierte die mitgebrachten Scheine und Münzen in einer Geldkassette und bereitete auf dem Tischchen alles für den Verkauf der Billets vor. Draußen auf der Promenade tummelten sich bereits etliche Menschen, Pärchen flanierten, und die Kinder spielten Fangen, ständig ermahnt von ihren Müttern, bloß nicht ins Hafenbecken zu fallen. Von alldem hatte Vicky nichts mitbekommen, so tief hatte sie geschlafen.

»Hinnerk ruft bereits die ersten Fahrten aus, gleich geht's los, warte es nur ab«, meinte Luise. Sie musterte Vicky ungeniert von oben bis unten. »Himmel, aus welchem Jahrhundert bist du denn gefallen? Du kannst mir helfen, wenn du willst.«

Kaum hatte sie das gesagt, drängelten sich vor dem Schalter die Menschen, schubsten sich gegenseitig weg, auch wenn Luise immer wieder rief: »Mach man sutsche, die Herrschaften, bei Hinnerks Hafenrundfahrt dürfen alle mit, jung und alt, Mann und Frau, nur niemand mit Damenbart …« Worauf alle in schallendes Gelächter ausbrachen und geduldig warteten, bis sie an der Reihe waren.

»Du kannst das Wechselgeld abzählen«, meinte Luise zu Vicky, die immer noch stumm zuschaute. »Auch wenn hier ein großes Schild steht, alle bezahlen mit großen Scheinen. Ich kenne doch die Herrschaften.« So plauderte sie in einer Tour, fragte nicht weiter, und Vicky war ihr dankbar dafür.

Es fiel ihr schwer, sich auf die Münzen zu konzentrieren, die Nacht hing ihr noch bleiern in den Knochen, immer wieder musste sie gegen die Müdigkeit anblinzeln und auch gegen den Hunger, mehr als einmal verzählte sie sich, mehr als einmal wurde sie deswegen von Luise ermahnt.

Schließlich waren alle Billets für die Hafenrundfahrt verkauft – und die Kasse stimmte nicht, es fehlten genau drei Mark.

»Wenn das der Hinnerk mitkriegt, bin ich geliefert.« Luise war blass geworden, nachdem sie die Einnahmen wieder und wieder gezählt hatte.

»Es … es tut mir leid. Ich bin mir sicher, ich habe ganz genau herausgegeben.« Vicky fühlte sich elend. Aus lauter Gewohnheit wollte sie nach dem Portemonnaie in ihrer Handtasche suchen. Aber die war ja nicht mehr da. Mit den Scheinen darin hätte sie den Betrag ausgleichen und Luise dazu noch mehr als großzügig entschädigen können. Jetzt befanden sie sich in der Hand von wer-weiß-wem. Und ihr Koffer war auch weg. Ihr war nichts geblieben. Verzagt ließ sie sich auf den Stuhl sinken.

»Ja, das hast du bestimmt.« Luise nickte, für einen kurzen Moment zuckte es in ihrem Gesicht. Der Schock schien ihr die Sprache verschlagen zu haben, mit ihrem fröhlichen Geplapper war es vorbei. »Es ist besser, du gehst jetzt, bevor Hinnerk von seiner Tour zurückkommt.«

»Tut mir leid«, wiederholte Vicky und schlich zur Tür. »Ich mach das wieder gut, versprochen. Ich such mir Arbeit, bei meiner Tante, die wohnt hier in Hamburg …«

Luise lachte bitter auf. »Das sagen sie alle! Ich glaub dir kein Wort. Und jetzt mach schon, bevor ich die Polizei hole und ihnen erzähle, dass du mir Geld gestohlen hast! So wie du aussiehst, glauben sie dir sowieso nicht!«

Draußen blinzelte Vicky die Sonne hell ins Gesicht, sie musste die Augen schließen, am liebsten würde sie sich gleich wieder schlafen legen, so müde und kraftlos, wie sie sich fühlte. Wenn sie doch nur wüsste, wo Carla wohnte! Vielleicht ließ sich ein Fernsprechbuch auftreiben, da könnte sie nach dem Nachnamen schauen. So viele von Teggerns konnte es in Hamburg ja nicht geben. Oder sie könnte nach Anzeigen der Modesalons in der Zeitung suchen. Ob sie Luise um Rat fragen sollte?

Ein Blick zurück belehrte sie eines Besseren. Ein Mann in Anzug und Hut stand jetzt bei ihr am Schalterhäuschen, und Vicky traute ihren Augen kaum. Es war jener Ludwig, der sie in dem Tanzlokal angesprochen hatte. Den wilden Gesten nach zu urteilen stritten sie, Umstehende waren schon aufmerksam geworden.

Bedrückt schlich Vicky weiter und mischte sich unter die flanierenden Leute. Was sie gestern noch so begeistert hatte, bereitete ihr heute Unbehagen, machte ihr Angst. Da half auch das strahlende Frühlingswetter nichts und die unbeschwert lachenden Menschen um sie herum. Wo sollte sie in dieser großen Stadt unterkommen, ganz ohne Geld? Als Verkäuferin hatte sie schon mal kein Talent, so viel stand fest. Eine Rosenzüchterin würden sie hier in der Stadt nicht gebrauchen können. Und wie sollte sie sich jemals an der Hochschule einschreiben, wenn ihr Büchlein samt Zeugnis abhandengekommen waren?

Verzagt ließ sich Vicky auf einem Poller nieder, ihre Beine wollten keinen Schritt weitergehen, der Fuß schmerzte. Es schickte sich nicht, als Frau hier einfach herumzusitzen, erst recht nicht ohne Begleitung, aber die anderen waren ihr in diesem Moment völlig egal. Vicky wusste einfach nicht weiter. Düster starrte sie vor sich hin, ihr war elend zumute.

»Hier steckst du, ich habe dich gesucht. Komm mit, wir müssen hier weg. Schnell!« Schon hatte Luise sie bei der Hand genommen und mit sich weggezogen. »Wie war noch gleich dein Name?«

»Vicky«, rief diese und wusste nicht, ob sie erleichtert oder erschrocken sein sollte über Luises plötzliches Auftauchen. Die fing jetzt an zu rennen, bahnte sich einen Weg durch das Gewimmel, lief im Slalom an den Marktständen vorbei, stolperte beinahe über die Beine einer Bettlerin. Immer wieder blickte sie sich panisch um, ob ihr auch ja niemand folgte.

»Was ist passiert? Warum rennst du so?«, rief Vicky außer Atem, hinkte hinterher und biss die Zähne zusammen. Luise hörte nicht, sondern hastete weiter, zog Vicky mit sich, die Treppen hinunter und immer weiter, hinein in die Speicherstadt, wo sie auf schmalen Stegen entlangbalancieren mussten, um nicht ins Wasser zu fallen. Weiter ging's, vorbei an den Hafenarbeitern, die Säcke auf ihren Schultern schleppten.

Irgendwann verlangsamte Luise ihr Tempo und bog in eine schmale Gasse ein, lief eine Treppe hoch. Auf der Brücke blieb sie endlich stehen. Sie war noch nicht mal aus der Puste.

»Ist das nicht großartig?«, rief sie und breitete die Arme aus. »Immer, wenn ich hier auf der Brooksbrücke stehe, weiß ich, dass alles gut wird. Weißt du, Hamburg besitzt glänzende Aussichten, hier trifft sich die Welt! Und eines Tages treffe ich hier meinen Millionär!«

»Dein Wort in Gottes Ohr.« Vicky japste immer noch nach Atem und versuchte, Luises Blick zu folgen. In der Tat war die Aussicht atemberaubend. Das hektische Treiben des Hafens schien in weiter Ferne, die Menschen waren nur noch kleine Punkte, die Sonne glänzte auf den Wellen. Alles wirkte friedlich. Und frei.

Vicky spürte, wie sie plötzlich ganz ruhig wurde. Sie lehnte neben Luise am Brückengeländer und schaute hinunter auf die Elbe, folgte der Flucht der Fleete, beobachtete den Kahn, der jetzt mit seiner Fracht durch den Zollkanal schipperte. Vielleicht hatte Luise recht.

»Das war knapp. Hinnerk war nicht begeistert, als er die Kasse gezählt hat. Sein Gesicht hättest du sehen müssen.« Luise kicherte. »Aber dank dir muss ich jetzt nicht mehr bei dem Halsabschneider antanzen.«

»Er hat dich rausgeschmissen?« Vicky guckte Luise erschrocken an und fühlte sich miserabel. Ihretwegen hatte sie ihre Arbeit verloren. Und das ausgerechnet in diesen Zeiten, wo alle Welt Geld brauchte und gut bezahlte Arbeit rar war.

»Ach, na und? Suche ich mir einfach etwas Neues.« Das klang nicht mehr ganz so zuversichtlich.

»Ich suche auch Arbeit«, beeilte Vicky sich zu sagen. »Ich dachte, vielleicht weißt du was …«

»Dachte ich mir schon.« Sie erntete einen abschätzenden Blick. »Nur in dieser Aufmachung wird das nichts. Wo kommst du überhaupt her?«

»Willst du das wirklich wissen?«

»Würde ich sonst fragen?« Luises Blick war ernst geworden, sie musterte Vicky ungeniert von oben bis unten. »Wie eine von der Straße siehst du schon mal nicht aus, auch wenn dein Kleid sicher schon bessere Zeiten erlebt hat … Lass mich raten: Du kommst vom Land und bist deinem Geliebten in die Stadt gefolgt, weil er dir hier ein schönes Leben versprochen hat. Doch in Wirklichkeit ist er ein armer Schlucker, verheiratet und hat mindestens zwei Kinder.«

»Haha, du hast eine blühende Fantasie!« Vicky musste lachen und erzählte, dass man ihr Koffer und Handtasche geklaut hatte und die Adresse des Modesalons ihrer Tante dem Regen zum Opfer gefallen war. Dass ihr Vater sie gegen ihren Willen verheiraten wollte, verschwieg sie. Zu sehr wog die Schmach, von Arthur an den Vater verraten worden zu sein.

»Schade«, seufzte Luise. »Das wäre so romantisch gewesen.«

»Romantisch? Dass er sie mit falschen Versprechungen in die Stadt lockt?« Vicky tockte sich an die Stirn. »Du liest zu viel in den Gartenlaube-Heften.«

»Die Stadt ist voller falscher Versprechungen … aber gut, wenn du mir nicht vertraust und erzählen willst, dass du in Wahrheit deinen Geliebten suchst …« Luise zuckte mit den Schultern und tat beleidigt. »… dann müssen wir eben so schnell wie möglich deine Tante finden. Ich kenn da eine, die hilft uns bestimmt weiter. Und dann können wir dafür sorgen, dass dein Traum Wirklichkeit wird, und dir hier in Hamburg einen Mann suchen, der dich rettet.«

»Was?! Alles, nur das nicht.« Vicky glaubte nicht recht zu hören. »Ich bin hierhergekommen, um zu arbeiten. Nicht, weil ich heiraten will!«

»Ach, papperlapapp! Wer will denn freiwillig arbeiten?« Luise ging nicht weiter auf Vickys Einspruch ein. Sie zupfte an Vickys Hochsteckfrisur herum. »Schmachtlocken sehen anders aus …

Mit einem schicken Mann an deiner Seite ist doch alles viel einfacher.«

»Lass das.« Vicky griff nach ihrer Hand.

»Hallo, nicht so kratzbürstig, ich hab dich gerettet, schon vergessen?« Luise lächelte charmant und holte ihr Zigarettenetui aus der Handtasche. »Auch eine?«

»Nein danke«, wehrte Vicky ab.

»Mann, Mann, Mann, biestig wie 'ne Auster, was, min Deern.« Kopfschüttelnd zündete sich Luise eine Zigarette an. Dann zog sie Vicky von der Brücke mit sich fort. »Komm, gehen wir zu mir nach Hause. Da kannst du dich waschen und ausruhen ... Hast du wirklich keine Kleider mehr?« Sie musterte Vicky von oben bis unten. »So was trägt man hier ja nun wirklich nicht mehr, und in meine wirst du nicht hineinpassen, bist ja viel kräftiger gebaut als ich. Vielleicht weiß Beeke Rat.«

»Beeke?«

»Die hat einen Textilladen in der Speicherstadt, bestimmt weiß sie auch etwas über deine Tante, wenn die wirklich einen Modesalon hat. Und bei Beeke findest du fürs Erste sicher eine Bluse und einen Rock. Und nicht so happige Gwänder wie in den Salons, wo nur die Aufgetakelten hingehens.«

»Wie bitte?« Vicky schaute Luise verwundert an. Die hatte ihren Worten plötzlich eine andere Färbung verliehen. Anscheinend gab sie sich sonst große Mühe, den süddeutschen Akzent zu verbergen.

»Die vornehmen Damens, meine ich«, schob Luise erklärend hinterher.

»Verstehe. Ich hab nur gar kein Geld, um mir etwas zu kaufen«, antwortete Vicky.

»Das hat niemand.« Luise lachte. Dann klopfte sie Vicky herzhaft auf die Schulter. »Na, du wirst schon Gelegenheit finden, welches zu verdienen ...«

Bei Beeke im Laden hingen die Kleiderständer voll mit Blusen, Röcken und Kleidern. Vom Schnitt alle ähnlich, unterschieden sie sich nur in Farbe und Muster. Es waren nicht die feinsten Stoffe, das sah Vicky auf den ersten Blick, da brauchte sie gar nicht erst das Tuch zu befühlen.

»Na, wen bringst du mir denn mit?« Mit unverhohlen neugierigem Blick musterte Beeke Vicky. »Hilfe, ein Notfall«, rief sie dann übertrieben theatralisch. »Aber da lässt sich was machen …«

»Wusste ich's doch, auf Beeke ist Verlass!« Luise grinste zufrieden. »Dabei hat Vickys Tante einen Modesalon. Wie hieß sie gleich, was hast du gesagt: Carla von Teggern?«

»Nie gehört!« Beeke schüttelte den Kopf. »Das scheint dann wohl eine von den Reichen zu sein, da kennt sich unsereins nicht mit aus. Ich höre mich mal um, versprochen!«

»Und jetzt?« Vicky ließ verzagt die Schultern hängen. »Wo soll ich denn nun hin?«

»So eine süße Deern! Merkt nicht, dass wir sie längst adoptiert haben und sie sich keine Sorgen machen muss, oder?« Beeke lächelte breit und zeigte hinter ihren rot geschminkten Lippen eine Reihe gelber Zähne. Dann zündete sie sich eine Zigarette an.

»Na, du kommst mit zu mir!«, rief Luise und lachte. »Und jetzt zieh dich schon mal aus, wir suchen dir was zusammen.« Mit diesen Worten schob sie Vicky Richtung Hinterzimmer.

»Ich hab kein Geld«, wiederholte Vicky. »Ich kann mir keine neuen Kleider kaufen.«

»Du willst doch arbeiten, oder?« Luise hatte Vicky an den Schultern gefasst und schaute ihr jetzt direkt in die Augen. »Wenn du aussiehst wie eine vom Land, bekommst du höchstens Arbeit in einer Lagerhalle … Das willst du doch sicher nicht, oder?«

Vicky schluckte. Natürlich suchte sie eine Anstellung. Nur – was konnte sie überhaupt arbeiten? Darüber hatte sie sich noch gar keine Gedanken gemacht. So wie es aussah, schien Luise die Lösung für all ihre Probleme zu kennen. Die wirbelte nun durch den Laden, suchte gemeinsam mit Beeke Unterwäsche, Kleider und Röcke zusammen und ließ Vicky der Reihe nach alles anprobieren.

Vicky schämte sich dafür, halb nackt vor zwei unbekannten Frauen dazustehen, die ihr halfen, eine Bluse überzuziehen, und offenbar nichts dabei fanden, sie zu berühren und zu bewundern.

»Du hast hübsche Brüste«, meinte Beeke, nachdem sie Vicky zum wiederholten Male ausgiebig begutachtet hatte. Sie zauberte aus einer der unzähligen Schubladen einen Büstenhalter hervor, wie Vicky noch nie einen gesehen hatte.

»Wie bitte?« Sie wurde rot, ließ Beeke dennoch gewähren, die schon dabei war, ihr das weiße Leibchen aufzuknöpfen. »Dann wollen wir dich mal von diesen stofflichen Behinderungen am Weiblichsein befreien!«

Jenes Leibchen hatte sie sich unter Carlas kritischem Blick einst selbst genäht, ein aufwendiges Teil aus Leinen und Baumwolle, das einerseits ihre Taille betonte und ihr andererseits die nötige Bewegungsfreiheit ließ, beim Reiten und vor allem bei der Arbeit auf dem Rosenfeld. Vicky zuckte bei der Erinnerung und schob sie schnell wieder beiseite, denn Luise streifte ihr nun ein blaues Kleid über.

»So, und jetzt schau dich an! Gefällst du dir?« Luise war hinter sie getreten und schaute ihr über die Schulter. Ihre Blicke trafen sich im Spiegel.

»Bin das ich?« Überrascht strich Vicky über den weich fallenden Stoff. Der Saum endete kurz unter dem Knie, und der Schnitt schmeichelte ihrer Figur. Sie drehte sich, betrachtete sich von allen Seiten, lächelte in den Spiegel.

»Du hast Glück! Beekes Kleiderkammer ist nicht für jede geöffnet, wenn du verstehst, was ich meine.« Luise lächelte. »Es ist zwar auch nicht der neueste Schrei aus Paris, aber dir steht es ausgezeichnet.«

»Danke.« Vicky wusste nicht, was sie sagen sollte. Andächtig strich sie über den schönen Stoff. So lange hatte sie davon geträumt, und jetzt endlich durfte sie eins dieser modernen Kleider tragen. Ohne Korsett und Einschnürungen. Wie oft hatte sie auf Willenbrock heimlich die Zeitschriften studiert und nach Schnittmustern geforstet, doch dort wollte man von der neuen Frauenmode nichts wissen. Deswegen hatte sie Tante Carlas Kleider all die Jahre in ihrem Koffer verstecken müssen. In dem Koffer, der ihr nun gestohlen worden war. Vicky bekam eine Gänsehaut, doch sie versuchte ein Lächeln.

»Nur eine Sache fehlt noch.« Luise stand immer noch hinter Vicky und ließ ihre Finger durch deren lange dunkle Haare gleiten. »Du brauchst dringend eine neue Frisur!«

Dann pustete sie ihr Rauch ins linke Ohr.

BESTE, BESTE FREUNDIN

»Und hier ist mein Zuhause!« Schwungvoll öffnete Luise die Tür zu einer kleinen Mansardenwohnung. »Nicht groß, aber hier kannst du fürs Erste bleiben, bis du etwas Eigenes in einer Pension gefunden hast.«

Während sie ihren Mantel an der Garderobe ablegte, deutete sie mit einer einladenden Geste in den Flur, von dem zwei Zimmerchen abgingen.

»Du wohnst nicht alleine?«, fragte Vicky und musterte mit gerunzelter Stirn das Paar Männerschuhe, das in der Ecke stand. »Du hast mir gar nicht erzählt, dass du verheiratet bist?«

»Bin ich auch nicht. Ludwig ist mein Bruder, den wirst du später kennenlernen. Er wird dir sicher gefallen, galant und zuvorkommend, wie er ist. Nimm dich in Acht, der alte Charmeur bricht die Herzen aller Frauen ...«

»Ludwig?«

Luise ignorierte Vickys Frage und öffnete die Tür zu ihrer Schlafkammer, in der gerade genug Platz für ein Bett, eine Kommode und einen schmalen Schrank war. In dem kleinen Raum war es schummrig und roch stickig. Vicky fragte sich, wie lange hier wohl nicht mehr gelüftet worden war.

Luise klopfte einladend auf ein Kissen, worauf Staubkörnchen in der Luft tanzten. Im Sonnenlicht funkelten sie wie Glitzerperlen und ließen das kleine Zimmerchen aufleuchten.

»Wenn ich das Fenster zu lange offen lasse, fliegen die Tauben herein und machen Dreck«, meinte Luise entschuldigend, als hätte sie Vickys Gedanken gelesen. »Hier unter dem Dach wird es immer schnell warm. Das ist im Winter von Vorteil – und im Sommer die Hölle!«

»Besser Tauben als Ratten!« Vicky schüttelte sich bei der Erinnerung an die vergangene Nacht. Dann griff sie nach Luises Hand und drückte sie. »Warum machst du das? Warum tust du das alles für mich?«

Luise zuckte kurz zusammen und schien etwas erwidern zu wollen, doch dann lächelte sie nur. »Komm mit«, sagte sie und zog Vicky in die Küche.

Die war zwar nicht größer als das Schlafzimmer, doch immerhin gab es einen Tisch mit zwei Stühlen sowie einen Ofen, den Luise jetzt anzündete.

»Ich bereite uns jetzt erst mal eine schöne Tasse heißen Kaffee. Und dann kümmern wir uns um deine Haare.«

»Kaffee? Ist der nicht viel zu teuer?«

»Du vergisst, dass du jetzt in einer Hafenstadt lebst! Das schwarze Gold ist unser Elixier ... wir bekommen es immer und überall.« Luise grinste und setzte einen Kessel mit Wasser auf.

»Wie meinst du das?«

Wieder überging Luise ihre Frage, statt einer Antwort befüllte sie mit geschickten Händen die Kaffeemühle. Dann drehte sie an der Kurbel – wobei die Mühle zu Vickys Erstaunen »Alles neu macht der Mai« spielte – und schüttete das Kaffeepulver in den vorbereiteten Filter.

»Zu Hause hatten wir natürlich auch immer Kaffee«, beeilte sich Vicky zu sagen, obwohl es nicht ganz stimmte. Man trank auf Willenbrock mit Vorliebe Tee, und in jüngster Zeit war man mit Luxusgütern dieser Art sehr sparsam geworden. Deswegen fragte sich Vicky, woher Luise die Kaffeebohnen haben mochte, sie wirkte nicht sonderlich wohlhabend. Und mal eben aufsammeln konnte man die »schwarzen Perlen« auch hier in der Stadt nicht. Vorhin, als sie durch die Speicherstadt gelaufen waren, schienen die Ladeluken fest verschlossen und die Straßen blank gefegt.

Sofort schämte sich Vicky für ihre schlechten Gedanken Da hatte Luise sie selbstlos aus der Gosse gerettet und vor dem Schlimmsten bewahrt, und sie hatte nichts Besseres zu tun, als ihre Rechtschaffenheit infrage zu stellen. Alles an Luise schien so widersprüchlich, sie wurde nicht schlau aus ihr. Einerseits schien sie kein Geld zu haben und hier in Hamburg gestrandet zu sein. Andererseits kochte sie Kaffee und tat auf piekfein. Vielleicht tat sie ihr auch unrecht. Vielleicht war Vicky selbst diejenige, die zu viel *Gartenlaube* las.

»Du wunderst dich, ich sehe es dir an der Nasenspitze an«, lachte Luise ihre Bedenken weg und stellte ihr eine dampfende Kaffeetasse hin. »Ich sag dir eins: Wenn du hier in der Stadt überleben willst, brauchst du Freunde. Gute Freunde.« Und mit diesen Worten prostete sie ihr über den Goldrand ihrer Tasse hinweg zu, bevor sie sich eine Zigarette anzündete.

Vicky wusste nicht recht, wie ihr in den folgenden Stunden geschah. Ihr blieb keine Gelegenheit zu widersprechen, als Luise beschloss, ihr hier und jetzt eine neue Frisur zu verpassen. Die neue Freundin platzierte sie auf einem Stuhl, räumte rasch das Kaffeegeschirr beiseite und begann, sich Vickys Haaren zu widmen. Nach und nach zog sie die Klemmen und Nadeln aus Vickys Hocksteckfrisur, bis nur noch ein langer Zopf übrig blieb.

Vicky kannte die Prozedur des Haarewaschens und -legens aus Willenbrock, eine umständliche Angelegenheit, die man dort deswegen so selten wie möglich praktizierte. Das Wasser wurde in Kesseln erhitzt und währenddessen das Haarwaschmittel zubereitet, bevor man die Haare über der Schüssel einschäumte und wieder auswusch. Martha mischte dazu immer Seifenflocken mit Kräutern und kochte daraus einen Sud, der die Haare glänzend und duftend machte. Nicht so Luise. Sie zauberte einfach aus einer Schublade ein Fläschchen hervor.

»Was ist das?«, wollte Vicky wissen.

»Da staunst du, was?« Luise lächelte und schraubte den Deckel auf. »Flüssiges Haarwaschmittel ... Aber bevor ich damit deine Haare wasche, müssen sie ab, sonst wäre es ja Verschwendung!«

»Sie müssen was?« Vicky glaubte nicht recht zu hören. Längst war ihr aufgefallen, dass sie eine ziemlich altmodische Frisur hatte, die nicht recht ins Bild der Stadt passen wollte. Hier trugen die Frauen ihre Haare kurz, nicht länger als bis zur Schulter, die meisten legten sie in weiche Wellen. Und darüber trugen sie diese Hüte. Vicky hatte das insgeheim schon lange bewundert, hätte sich jedoch nie im Leben getraut, ihre Haare abzuschneiden, geschweige denn auffallenden Haarschmuck zu tragen. Auf Willenbrock galt Tradition, und dazu gehörte die Haartracht der Frauen. Undenkbar, den jahrelang gepflegten Zopf einfach abzuschneiden, wie es Luise zu Vickys Entsetzen offensichtlich vorhatte. Denn die hatte bereits die Schere in der Hand.

»Was guckst du so? Meinst du, ich mühe mich mit deinen Haaren in der Waschschüssel ab, wenn ich es mir auch einfach machen kann?« Sagte es und ehe Vicky widersprechen konnte, hatte es *Schnipp!* gemacht.

»So ein Prachtstück!« Luise ließ den Zopf vor Vickys Nase baumeln. »Den verkaufen wir an Fiete. Das gibt eine Stange Geld!«

»Was?«

»Jetzt guck nicht so, lass mich nur machen! Vertrau mir, ja?«

Was sollte Vicky also anderes tun, als Luise gewähren zu lassen, die inzwischen mit geübten Fingern ihre Haare einschäumte. Augenblicklich entspannte sie sich unter der Berührung, was vielleicht auch an dem vertrauten Duft lag, den Luises Haarwaschmittel verströmte. Rosen. Es war das zart-weiche Aroma, das von den Blütenblättern ausging, sobald sich die Knospe geöffnet hatte. Wenn die Sonne den Blütenstempel wärmte, die Bienen ihre Arbeit taten und die Blüte sich immer weiter entfaltete, dann verströmten die ätherischen Öle ihren typischen Duft, kitzelten einen in der Nase. Niemand kannte ihre Bestandteile, niemand wusste, wo genau die Duftknoten saßen. Sicher war, dass Bienen, Hummeln und Hornissen von den Rosenalkoholen auf den äußeren Blütenblättern angezogen wurden.

»Und dann sind sie im Rausch, betrunken vom Alkohol! Kriechen betäubt weiter bis zur Mitte der Rose, wo es nach Zitrus und Nelken duftet, Eugenol und Citral, Düfte, die sie aus dem Bienenstock kennen«, hörte sie die Mutter dozieren und musste innerlich lächeln bei der Vorstellung, wie eine betrunkene Hummel oder Biene sich torkelnd auf dem hellroten Rosenblatt zu halten versuchte. Wie sie dabei mit ihren Körpern wedelten und den Pollen anderer Blüten abstreiften, sodass es zur Bestäubung kam – und das, obwohl Bienen die Farbe Rot gar nicht wahrnehmen konnten. Es war allein der Duft der Rosen, der sie anzog.

Vicky atmete tief ein, für einen kurzen Moment packte sie die Sehnsucht nach dem endlosen, farbenfrohen Blütenmeer, nach der unbeschwerten Zeit, die sie auf Willenbrock gemeinsam mit Johann und den anderen verbracht hatte. Das Summen der Bienen und Hummeln im Ohr, die jetzt im Frühjahr von einer Blüte zur nächsten flogen.

Vicky dachte daran, wie ihre Mutter ihr die Haare gewaschen und gekämmt und mit endloser Geduld zu Zöpfen geflochten hatte, um sie ihr dann in kleinen Schnecken ums Ohr zu stecken. Ihre Mutter …

»Au!« Erschrocken fuhr Vicky aus ihren Erinnerungen. Luise rubbelte jetzt unsanft ihre Haare trocken. »Kannst du nicht aufpassen?«

»Schon gut, tut mir leid.« Sorgfältig bearbeitete Luise das feuchte Haar mit dem Kamm und begann, Vicky eine Kurzhaarfrisur zu schneiden. Vicky mochte gar nicht hinsehen, Strähne für Strähne fiel zu Boden.

»Woher kannst du das?«, fragte Vicky. »Du kannst das doch, oder?«, hakte sie sicherheitshalber nach.

»Ich kann alles«, behauptete Luise kühn. »Du kannst mir vertrauen.« Sie hantierte jetzt mit Klemmen und Lockenwicklern, arbeitete mit den Fingern und schien Spaß daran zu haben, Vicky zu frisieren.

»Was bleibt mir anderes übrig!«, seufzte Vicky und ließ zu, dass Luise ihr die Augenbrauen zupfte. »Autsch!«

»Stell dich nicht so an! Was willst du denn mit so vielen Haaren im Gesicht? Willst du aussehen wie ein Mann?« Mit diesen Worten puderte Luise energisch ihr Gesicht, zog ihr die Augenbrauen nach und verpasste ihr einen Lidstrich.

»Wenn du in der Stadt eine Arbeit finden möchtest, musst du wie eine moderne, unabhängige Frau aussehen, eine, die arbeiten gehen *will*«, behauptete Luise und malte ihr die Lippen rot aus.

»Ich hab mich noch nie geschminkt«, versuchte sich Vicky zu verteidigen. »Bei uns war das nicht üblich. Höchstens mal zu den Neujahrsempfängen.«

»Du bist wunderschön … schau dich an!«, sagte Luise nach einer Weile und hielt Vicky einen Handspiegel vor die Nase.

»Oh! Bin das wirklich ich?« Verzückt griff Vicky in ihre kurzen Haare, die Luise in leichte Wellen gelegt hatte. Wie ungewohnt sich das anfühlte! Und wie ausdrucksvoll ihre Augen waren. Ihre neue Freundin hatte recht, sie sah schön aus. Die moderne Vicky gefiel ihr ausgezeichnet.

»Wo hast du das gelernt?« Bewundernd lächelte Vicky Luise an. »Also, wenn du jetzt keine Arbeit mehr hast, versuch es doch mal als Friseurin …«

»Alles schon ausprobiert.« Luise winkte ab. »Leider bin ich zu ungeschickt mit dem Brenneisen. Was meinst du, wie viele Haare ich schon verbrannt habe … Und mit der Bleiche kann ich auch nicht besonders gut umgehen.«

»Dann habe ich ja heute Glück gehabt!« Vicky drückte ihr dankbar die Hand. Vielleicht hatte das alles so kommen müssen, dachte sie. Die Flucht, der Verlust von Koffer und Geld, die aufgeweichte Adresse. Damit sie in Luise endlich eine Freundin fand, die herzlicher nicht sein konnte.

»Und nu vertäl noch mal«, hakte die nun abermals nach, die Neugier brannte unter ihrem Mieder, das war nicht zu übersehen. »Warum bist du wirklich hier? Mir kannst du vertrauen. Es ist doch wegen eines Mannes, oder? Es geht immer um Männer Wir hassen und wir lieben sie, sie machen uns das Leben zur Hölle, und doch können wir nicht ohne sie sein … Suchst du ihn hier in der Stadt?« Luise hatte die Schminkutensilien weggeräumt und sich einen Stuhl herangezogen.

»Wenn du wüsstest!« Für einen winzigen Moment verdüsterte sich Vickys Miene. Nie im Leben würde sie ihr die Wahrheit erzählen, da konnte Luise sie noch so hübsch frisieren und schminken.

»Ich weiß es nicht! Wie sieht er aus? Erzähl schon! Wenn Ludwig gleich nach Hause kommt, können wir nicht mehr so offen reden, er hat seine Ohren immer überall. Außerdem will er dann ein Essen haben. Und seine Ruhe.«

»Seine Ruhe? Was arbeitet er denn?«

»Ach, dies und das … Jetzt lenk nicht ab, du bist dran!«

»Das ist eine lange Geschichte.« Vicky druckste herum.

»Ich liebe lange Geschichten!« Erwartungsvoll rückte Luise an sie heran, und Vicky brachte es beinahe nicht übers Herz, sie zu enttäuschen. Und weil ihr Luise über alle Maßen sympathisch war und so ehrlich wirkte wie nur irgendwer, antwortete sie: »Ich bin wegen eines Mannes abgehauen, aber nicht wie du denkst …«

»Also doch! Wusste ich's doch. Du bist eine Tochter aus reichem Haus und suchst deinen armen Geliebten in der Stadt! Bestimmt ein Musiker, oder?«, rief Luise begeistert aus. »Einer, der diese neuen, modernen Stücke spielt, zu denen man so wild tanzen kann!«

»Halt, ja, nein, stopp, so ist es nicht!«, beeilte sich Vicky, das Missverständnis aufzuklären. Zu spät. Luise hatte sich die Geschichte längst in den schillerndsten Farben ausgemalt und war nicht mehr davon abzubringen. Sie konnte ja nicht ahnen, dass Vicky tatsächlich einen Musiker kannte, der hier in der Stadt lebte.

»Wir finden ihn, ganz bestimmt! Hamburg ist ein Dorf! So viele Musiker gibt es hier nun auch wieder nicht. Nicht mehr … Am Wochenende machen wir uns auf die Suche, das wird grandios«, schwärmte sie und verdrehte verzückt ihre Augen. »Ich kenne da ein paar Tanzlokale und Revuepaläste.« Plötzlich stockte sie.

»Was ist? Geht es dir nicht gut?«, fragte Vicky.

»Doch. Ich hatte nur ganz vergessen …«

»Was hast du vergessen?«

»Nichts.« Luise versuchte ein Lächeln und wich Vickys forschendem Blick aus. Zum ersten Mal, seit sie sich kannten, beschlich Vicky ein ungutes Gefühl. Diesmal war es ihre Freundin, die ein Geheimnis vor ihr verbarg.

Dass wenig später Ludwig in Großherrenmanier hereinspazierte und für seine kleine Statur einen riesigen Aufstand veranstaltete, weil das Essen nicht pünktlich auf dem Tisch stand, schürte weiteres Misstrauen. Es war der Mann, der sie im Alkazar hatte einladen wollen, Vicky erkannte ihn sofort. Er sie sicher auch, trotzdem ließ er sich nichts anmerken.

»Soso, abgehauen. Diese emanzipierten Frauen heutzutage …«, sagte Ludwig kopfschüttelnd und zwinkerte ihr zu. Er zeigte sich nicht begeistert von der neuen Untermieterin seiner Schwester. »Ihr müsst wissen, was ihr tut.«

»Keine Sorge, du kannst Ludwig vertrauen«, meinte Luise, der Vickys skeptischer Blick nicht entgangen war. »Er ist mein Bruder. Und er tut keiner Fliege etwas zuleide, glaube mir. Ludwig will mich nur beschützen, deswegen lässt er niemanden in meine Nähe.«

»Aber mein Schwesterchen kümmert das wohl nicht! Was, wenn sie eine Spionin ist?« Ludwig knuffte Vicky liebevoll in die Seite und klang jetzt freundlicher.

»Bitte was soll ich sein?« Vicky wehrte seine Hand ab. Die Geschwister schienen beide eine blühende Fantasie zu haben.

»Schon gut.« Luise schaute ihren Bruder missbilligend an und grinste frech. »Willst du gar nicht wissen, wo wir uns morgen bewerben wollen?«, fragte sie, um vom Thema abzulenken.

»Vielleicht endlich bei der Telefongesellschaft?«, gab Ludwig zurück. Er löffelte in aller Seelenruhe den Bohneneintopf in sich hinein, den Luise ihm hingestellt hatte, sie selbst hatten kleinere Portionen auf ihren Tellern gehabt. Die warme Suppe tat gut und füllte endlich Vickys Magen. Zufrieden lehnte sie sich zurück.

»Genau!«, rief Luise aus und Vicky wunderte sich, aus welchem Grund sie ihn anlog. Von einer Bewerbung als Telefonistinnen war nie die Rede gewesen. »Da werden wir uns morgen persönlich vorstellen! Meine neue Freundin bringt mir Glück. Wirst schon sehen!«

»Neue Freundin, soso«, hörte Vicky Ludwig sagen, als sie gerade vom Etagenklo wieder in die Wohnung trat. Unwillkürlich blieb sie stehen, als sie ihren Namen hörte, neugierig, was Luise wohl antworten würde.

»Du kannst ihr vertrauen! Vicky ist die Unschuld vom Lande, das schwöre ich bei allem, was … «, tönte Luise, doch ihre restlichen Worte gingen im Geschirrgeklapper unter.

»Wenn du dich da mal nicht täuschst! Weißt du, wo sie sich herumtreibt? In der Zeitung steht, dass sie eine Mörderin suchen … eine junge Frau vom Land. Was, wenn sie jetzt sie verdächtigen und dabei dir auf die Spur kommen?«

Was? Luise, eine Mörderin? Vicky hielt in ihrem Versteck die Luft an und lauschte angespannt.

»So ein Quatsch! Vicky ist so naiv wie ein Schaf. Und ich habe mir nichts zuschulden kommen lassen, das weißt du genau. Wozu habe ich denn die neuen Papiere? Sie werden mich schon nicht finden.«

»Ich warne dich, Luise, noch bist du hier sicher, noch schöpft niemand Verdacht. Wenn du dich jetzt von so einer Wildfremden um den Finger wickeln lässt, riskierst du, dass alles ans Licht kommt.«

Vicky zuckte unwillkürlich zusammen. Was hatte das alles zu bedeuten? Welches Geheimnis hatte Luise zu verbergen?

»Ach ja? Das wollen wir ja mal sehen! Wer von uns beiden kann denn keiner Frau widerstehen?«

»Luise, du lebst gefährlich. Pass auf, mit wem du dich einlässt. Bei Hinnerk warst du in Sicherheit, aber jetzt?« Ludwigs Stimme hatte einen warnenden Ton angenommen. »Ich meine es nur gut mit dir«, fügte er dann wieder sanfter hinzu.

»Ich weiß.« Jetzt schluchzte Luise auf.

Vicky atmete dreimal tief durch, dann trat sie mit energischen Schritten ein.

»Kann ich beim Abwaschen behilflich sein?« Sie beeilte sich, die streitenden Geschwister zu trennen, und griff nach einem Handtuch.

Die beiden wechselten noch einen bedeutungsvollen Blick, dann tippte sich Ludwig an einen imaginierten Hut und verließ ohne ein weiteres Wort die Küche. Kurz darauf hörte man die Tür ins Schloss fallen.

Luise ließ sich erschöpft auf den Stuhl sinken und schlug die Hände vors Gesicht.

»Was sollte das? Warum hat er dich so angegriffen?« Vicky hatte das Geschirrtuch zur Seite gelegt. Sie mochte Luise, sie war ihr vom ersten Augenblick an sympathisch gewesen. Ihre energische Art, ihr selbstsicheres Auftreten.

»Ach, das ist eine lange Geschichte!« Luise wischte sich die Tränen ab. »Mach dir keine Sorgen um mich.«

»Ich hab Zeit. Und es tut mir leid, wenn du meinetwegen jetzt in Schwierigkeiten steckst.« Vicky versuchte ein Lächeln. Da hatte ihr jemand einfach so geholfen und schien selbst Hilfe zu brauchen. So musste sich Freundschaft anfühlen, dachte sie und drückte Luise dankbar die Hand.

»Also gut …«, begann diese umständlich. »Ludwig und ich sind Vollwaisen, musst du wissen, wir haben nur noch uns. Deswegen hänge ich so an ihm und will ihm keinen Kummer bereiten.«

»Das tut mir leid. Der Krieg?«

»Pah, der Krieg! Meine Eltern waren an der Front im Einsatz, beide haben es überlebt, und für uns war gut gesorgt. Wir sind bei der Tante aufgewachsen, hier in der Stadt, genau in dieser Wohnung.«

»Was ist dann passiert? Warum leben sie nicht mehr?«

»Die Spanische Grippe. Es war wie die Pest. Binnen kürzester Zeit hatten sie hohes Fieber, schwere Lungenentzündung, Zackbum, tot, aus, zu Ende. Alle beide. Also sind Ludwig und ich wieder zur Tante gezogen, doch die ist auch kurz darauf gestorben. Und seitdem leben wir hier alleine. Er tut so, als wäre er mein Vater, und spielt sich auf wie der größte Tyrann. Dabei ist er ein herzensguter Mensch, der beste, den du dir denken kannst.« Luise atmete tief durch, ihr war anzusehen, welchen Schmerz die Erinnerung an die Eltern ihr verursachte.

Vicky nickte voll Mitgefühl. Von den vielen Toten der Spanischen Grippe hatte sie gehört, auf Willenbrock hatte es damals auch etliche Landarbeiter getroffen, ihre Familie war zum Glück verschont geblieben. Bis auf Marlene, die damals noch sehr jung war. Tagelang hatte der kleine Körper mit dem Fieber gekämpft, Mutter und Vater waren vor Sorge vergangen und nicht von ihrer Seite gewichen, Martha hatte Essigwickel gemacht, und der Doktor kam zweimal täglich vorbei. Irgendwann hatte Marlene es geschafft und die Grippe besiegt. Seitdem hatte der Vater noch mehr Angst und Sorge um sie und achtete streng darauf, dass seinem kleinen Liebling nichts geschah.

»Das klingt schlimm … Aber es ist nicht nur das, oder?«, hakte Vicky sanft nach. Luise schien noch etwas anderes zu bedrücken.

Doch die schüttelte den Kopf. »Ludwig hilft mir, wo er kann. Er meint es gut. Du brauchst keine Angst vor ihm zu haben. Außer«, und jetzt grinste sie schelmisch, »er will dich verführen!«

»Ach, das glaubst du doch selbst nicht!« Vicky stupste sie verlegen in die Seite. Ihr waren die Blicke nicht entgangen, die Ludwig ihr vorhin zugeworfen hatte. Während des Essens war er in einen freundlichen Plauderton verfallen und hatte ihr Komplimente für ihre Frisur gemacht. Er wirkte sehr charmant, und Vicky kam nicht umhin, sich geschmeichelt zu fühlen.

»Meinst du wirklich, wir werden meine Tante finden?«, fragte sie schnell, um Luises forschendem Blick auszuweichen.

»Ja, natürlich. Am Wochenende machen wir uns hübsch und fragen nach ihr ... wobei ...« Abermals verfinsterte sich Luises Miene. »Da ist noch etwas, was ich dir sagen möchte, denn ich möchte ehrlich zu dir sein.« Sie atmete tief durch, und Vicky hörte ihrer Stimme an, dass es etwas Kompliziertes sein musste.

»Also gut ... ich erzähle es dir. Es muss bitte unter uns bleiben, versprich mir das!« Luise war aufgestanden, um zwei Gläser zu holen. Aus den Tiefen des Küchenschranks angelte sie eine Flasche mit einer goldenen Flüssigkeit und schenkte großzügig ein.

»Wenn Ludwig das erfährt, dass wir am helllichten Tag trinken«, kicherte sie und stieß mit Vicky an, dass das Kristall klirrte.

Vicky schüttelte amüsiert den Kopf und nippte am Wermut. Er schmeckte krautig, ein bisschen nach Zitrone, sofort verliebte sie sich in den bitteren Geschmack. Auf Willenbrock hatte Vicky nur Wein getrunken und höchstens mal am Sekt genippt.

»Und, gefällt dir, oder?« Luise hatte Vicky aufmerksam beobachtet. »Wenn wir später vor die Tür gehen, musst du dir unbedingt vorher die Zähne putzen. Es schickt sich nicht für eine Dame, angetrunken zu sein. Also pass auf, dass du nicht zu viel davon naschst.«

»Natürlich!« Vicky grinste. »Und jetzt erzähl mir endlich deine Geschichte!«

»Ich bin verheiratet«, begann Luise, nachdem sie sich noch einmal nachgeschenkt hatte, anscheinend musste sie sich Mut antrinken.

»Was bist du?« Vicky glaubte nicht recht zu hören.

»Ich will die Ehe beenden, aber mein Mann willigt nicht in die Scheidung ein. Da habe ich keine Chance.« Luise schluckte. Dann rückte sie ein Stück näher an Vicky heran. »Er hat mich geschlagen. Grün und rot und blau. Wieder und immer wieder. Deswegen … deswegen hab ich eines Tages meine Koffer gepackt und bin abgehauen. Georg sucht mich überall, zum Glück weiß er nichts von dieser Wohnung. Er lebt in Süddeutschland und müsste erst mal auf die Idee kommen, in Hamburg zu schauen.«

»Das ist ja furchtbar!« Vicky hatte sich erschrocken die Hand vor den Mund geschlagen. Jetzt ergab Ludwigs Bemerkung einen Sinn.

»Er ist ein widerlicher Dreckskerl!« Luise schüttelte den Kopf. »Ich hoffe, ich muss ihn in meinem Leben nie wiedersehen!«

»Ganz bestimmt nicht!« Vicky hatte nach ihrer Hand gegriffen und drückte sie zuversichtlich. »Und gleich morgen gehen wir los und bewerben uns bei der Telefongesellschaft. Bestimmt suchen sie jetzt Telefonistinnen, wo doch die Fernsprecher so in Mode sind. Da brauchen sie doch jede Hand.«

»Dein Wort in Gottes Ohr!« Luise nahm noch einen letzten Schluck, dann verstaute sie die Flasche wieder im Schränkchen. »Zurzeit findet man kaum Arbeit, es wird immer schlimmer. Da brauchst du schon ausgezeichnete Unterlagen. Oder noch besser einen Leumund. Einen Mann, der gut für dich sorgt.« Sie starrte düster vor sich hin.

»Johnny hat gesagt, Frauen wie ich finden immer Arbeit in der Stadt«, warf Vicky ein, um sie zu trösten.

Da lachte Luise schallend auf. »Johnny? *Ich träum so viel von dir, ach komm doch mal zu mir …*«, trällerte sie los.

Vicky tat so, als hörte sie das Liedchen nicht. »Ein Landarbeiter, der mal bei meinem Vater angeheuert hatte …« Dass er dabei Vickys Herz verdreht hatte, brauchte Luise nicht zu wissen.

»Aha … verstehe.« Luise grinste immer noch. »Dein Johnny ist mir einer! Da weiß ich ja, wo wir ihn finden. Himmel, Kindchen, aus welchem Dorf kommst du noch mal?«

»Ich verstehe nicht …« Vicky schüttelte empört den Kopf. Dann verstand sie und wurde rot. »Nein, so war es ganz bestimmt nicht gemeint. So eine bin ich nicht. Und so einer ist Johnny ganz bestimmt auch nicht.«

»Sicher?« Luise grinste sie amüsiert an.

Am nächsten Morgen kam Vicky kaum aus den Federn, so tief und fest hatte sie in Luises Bett geschlafen. Die Freundin war schon längst auf den Beinen und mit der Morgentoilette beschäftigt.

»Hallo, Dornröschen! Wusste gar nicht, dass ein so zierlicher Körper solche Töne von sich geben kann … Du schnarchst wie ein Dampfer!«

»Und ich wusste nicht, dass man hier in der Stadt auch schon mit dem ersten Hahnenschrei auf den Beinen ist«, erwiderte Vicky und gähnte ausgiebig. Unbeeindruckt von Luises Aktivitäten ließ sie sich noch mal ins Kissen fallen.

»Dann weißt du sicher auch nicht, dass einem die Arbeit nicht hinterhergetragen wird«, meinte Luise und warf den Schwamm nach ihr. »Komm, du Faulpelz, steh auf, damit wir gleich die Ersten sind!«

»Na warte! Das lass ich mir nicht zweimal sagen.« Mit einem Satz sprang Vicky aus dem Bett und zog sich in Windeseile an.

»Und wo ist Ludwig?«, fragte Vicky, als sie kurz darauf am Frühstückstisch saß und wie Luise ihr Milchbrötchen in den Kaffee tunkte. Eine ungewohnte Art zu essen, so ohne Teller, Messer und Marmelade, aber Vicky mochte sie, und schmecken tat es auch.

»Der ist arbeiten, erst in der Bank und später in der Parteizentrale.« Luise spülte den letzten Bissen hinunter, dann stand sie auf. »Komm, den Abwasch machen wir nachher. Wir sind sowieso schon spät dran.«

»Wo gehen wir denn hin?«, fragte Vicky und prüfte im kleinen Spiegel über der Spüle den Sitz ihrer neuen Frisur. Sie wagte nicht zu fragen, welcher Partei Ludwig angehörte. In Zeiten wie diesen war es kompliziert, Position zu beziehen, denn wenn man eine andere hatte als das Gegenüber, konnte es regelrecht gefährlich werden. Es gab unzählig viele Parteien und noch mal so viele Zeitungen, die die unterschiedlichsten Meinungen vertraten. In Willenbrock hatte sie die Männer oft darüber reden hören wie schwierig die wirtschaftliche Lage war und wie viele Menschen unter Arbeitslosigkeit und Hunger litten. Rechte wie linke Parteien machten sich den Unmut der Menschen zunutze, gaben sich gegenseitig die Schuld. Oder es waren die Ausländer, Juden, Zigeuner, irgendein Sündenbock fand sich immer, und das heizte natürlich die Stimmung an.

»Wir gehen zur Telefongesellschaft … und dann zur Zeitung. Wenn sie da nichts haben, an den Hafen, ach nee, halt, da kann ich mich fürs Erste nicht mehr blicken lassen, wegen Hinnerk. Und wenn heute nicht, dann suchen wir morgen weiter und dann übermorgen …« Während Luise redete, hatte sie ihre Schminksachen gezückt und sich die Lippen rot nachgezogen.

»Hier, jetzt du!« Sie hielt Vicky den Lippenstift hin. Die guckte sie verwundert an.

»Nicht fragen, machen! Oder willst du keine Arbeit?« Luise machte einen Kussmund, puderte erst sich selbst und danach auch Vicky noch mal die Wangen, dann griff sie nach Mantel und Handtasche und wollte los.

»Was ist?« Sie schaute Vicky fragend an. »Wo sind deine Papiere?«

»Ich habe keine, schon vergessen?« Vicky schüttelte den Kopf.

»Ich hatte sie in meiner Handtasche, mein Zeugnis, den Ausweis, mein Geld …«

»Ach, das macht nichts!« Luise winkte ab. »Jetzt komm, beeil dich, bevor es zu spät ist.« Sie drückte Vicky eine Cloche in die Haare, trat einen Schritt zurück und kniff die Augen zusammen. »Perfekt, so machen wir das! Ohne Begleitung, aber nie ohne Hut!«

»Ich habe keinen Mantel! Kann ich diesen hier nehmen?«, rief Vicky und wollte nach dem schicken Webpelz greifen, der einladend an der Garderobe hing.

»Um Gottes willen, nein!« Luise entfuhr ein entsetzter Schrei.

Erschrocken wich Vicky zurück. »Es tut mir leid … ich wusste nicht …«

»Schon gut. Du konntest es ja nicht ahnen.« Luise atmete tief durch. »Der Mantel ist ein Erbstück meiner verstorbenen Mutter … Ich trage ihn nie.«

»Tut mir leid«, wiederholte Vicky und schaute betreten zu Boden. »Nur in diesem Kleid kann ich nicht auf die Straße, ich brauche etwas Warmes zum Überziehen«, fügte sie hinzu, nachdem sich Luise wieder beruhigt hatte.

Luise dachte kurz nach. »Du kannst meinen Mantel haben, ich leihe mir einen von Ludwig aus. So lange, bis ich meinen eigenen Blaufuchs habe!« Sie kicherte und schien die unangenehme Situation schon wieder vergessen zu haben.

Kurz darauf liefen sie durch den frühen Morgen. Es war frisch, und Vicky fröstelte, zum Glück hatte ihr Luise in letzter Sekunde noch einen Schal umgelegt. Sie marschierten Richtung Rathaus, und noch waren kaum Leute unterwegs. Kein Vergleich zu neulich, als es auf der Straße vor Autos und Menschen nur so wimmelte.

»Es ist wichtig, dass man eine Arbeit hat«, sagte Luise. »Das macht uns Frauen frei und unabhängig. Dann brauchst du keinen Mann.« Sie hatte sich bei Vicky untergehakt und schien frisch und frech und bester Laune.

Vicky schaute sie verwundert an. Hatte Luise nicht gerade gestern erst das Gegenteil behauptet? Sie wurde aus ihrer neuen Freundin nicht schlau. Zudem bereiteten ihr die bevorstehenden Bewerbungsgespräche Unbehagen. Sicherlich brauchte sie Arbeit, und natürlich wollte sie fleißig sein, Geld verdienen und sich gegenüber Luise erkenntlich zeigen – und endlich eigene Kleider besitzen.

Doch sie müsste ihre Personalien nennen, sagen, wie sie hieß. Wo sie wohnte. Was, wenn man sie wirklich für diese gesuchte Mörderin hielt? Oder noch schlimmer, wenn ihr Vater eine Vermisstenanzeige in Hamburg geschaltet hatte? Denn dass sie zu ihrer Tante geflüchtet war, konnte sich der alte Herr bestimmt denken. Starrsinnig war er, aber nicht dumm.

»Was ist?«, hakte Luise nach, der Vickys Schweigen und ihre bedrückte Stimmung wohl nicht entgangen waren.

Da rückte Vicky mit der Sprache raus. »Ich habe weder Ausweis noch Zeugnis, wie soll ich mich da vorstellen. Die lachen mich doch aus!«, wiederholte sie ihre Bedenken.

»Meinst du, da bist du die Einzige?« Luise schüttelte den Kopf, und bevor Vicky etwas erwidern konnte, hatte sie sie schon durch eine schwere Holztür ins Innere der Telefongesellschaft gezogen. Sie straffte die Schultern und setzte ein charmantes Lächeln auf.

»Sie wünschen?«, wurden sie von der Empfangsdame begrüßt. »Bewerbungen können Sie hier abgeben.« Sie deutete auf einen Briefschlitz neben sich.

»Wir haben einen Termin«, behauptete Luise. So schnell ließ sie sich nicht abwimmeln. Vicky bekam einen Schreck. Was hatte sie vor?

»Und wen darf ich bitte melden?« Die Empfangsdame glaubte Luise kein Wort, das war ihr deutlich anzumerken. Trotzdem spielte sie das Spiel mit, musterte Vicky jedoch ausführlich von oben bis unten. Verlegen senkte sie den Blick, unter dem Hut sah man ihr Gesicht kaum. Gut so.

»Fräulein Luise Nelken, wie die Blumen. Und das hier ist Fräulein Vicky … äh … Holsten, stimmt's?« Bevor Vicky den falschen Nachnamen korrigieren konnte, hatte die Frau am Empfang ihn schon notiert.

»Zu Herrn Direktor Rickmer, nehme ich an?«

»Äh, ja, genau.« Luise stupste Vicky in die Seite. Der huschte ein Grinsen übers Gesicht. Das lief ja besser als geplant.

Die Empfangsdame telefonierte kurz, nickte, dann sagte sie: »Nehmen Sie den Fahrstuhl. Unsere Buchhaltung liegt im zweiten Stock. Der Herr Direktor erwartet Sie.«

Wenig später standen sie bei einem stattlichen Herrn im Büro. Vicky schluckte.

Der Direktor ließ sich jetzt von Luise die Unterlagen reichen und hörte sich geduldig ihre Bewerbung für eine Stelle als Telefonistin an, während er darin herumblätterte.

»Schön, schön. Das sind wirklich ausgezeichnete Zeugnisse, Fräulein Nelken. Nur leider sind Sie da nicht die Einzige … Sobald wir eine Stelle frei haben, melde ich mich bei Ihnen. Bitte hinterlassen Sie am Empfang Ihre Adresse.« Herr Rickmer nickte ihr freundlich zu und reichte ihr die Zeugnisse zurück. »Und Sie, hübsches Fräulein, was haben Sie für mich?« Er lächelte Vicky erwartungsvoll an. »Sie haben wirklich außerordentlich schöne Augen, wenn ich das mal sagen darf. Und so ein hübsches Kleid …« Er zwinkerte ihr unmerklich zu.

»Ich …« Vicky spürte, wie sie rot anlief, der Direktor stand jetzt direkt neben ihr und ließ wie nebenbei seine Hand über ihren Arm streichen. Eine unmissverständliche Geste.

»Nicht wahr? Und eine wunderschöne Stimme erst recht!« Luise lobte Vicky in den höchsten Tönen.

»Ja, ich bin gerade nur etwas erkältet.« Vicky hustete dreimal. Dann zog sie Luise eilig aus dem Büro und Richtung Fahrstuhl.

»Spinnst du?«, sagte Luise, als sie Richtung Ausgang liefen. »Du hattest die Stelle so gut wie sicher ...«

»So, wie der mich angesehen hat? Für den arbeite ich nicht eine Sekunde! Nein, wenn, dann suche ich mir meinen Chef schon selbst aus!« Vicky warf selbstbewusst den Kopf in den Nacken.

»Du musst noch viel lernen«, stellte Luise fest. »Ich an deiner Stelle hätte mich nicht so geziert ... Also, ich erklär dir mal was: Du musst schon mit deiner Mieze maunzen, sonst wird das hier nichts, verstehst du? Das ist nun mal das Geschäft: Wir machen die Männer glücklich, und sie sorgen dafür, dass wir mit ihrem Geld gut leben und uns schicke Kleider kaufen können ...«

Vicky schluckte. Verstand Luise etwa das unter *arbeiten?* Und der Rickmer offensichtlich auch.

Schweigend liefen sie an der Alster entlang. Es schien Vicky eine Ewigkeit her, dass sie hier gestanden und den Spatz gefüttert hatte.

»Was machen wir nur mit dir?«, fragte Luise. Sie saßen nebeneinander auf der Bank, Vicky hatte den Kopf in die Hände gestützt, ihr war zum Heulen zumute. »Ohne Unterlagen bringt es so nichts. Oder gibt es etwas, was du richtig gut kannst? Studieren wolltest du, oder?«

»Textile Webkunst ... an der Hochschule für bildende Künste, ja.« Vicky seufzte und richtete sich auf. »Ich fürchte, ich habe keine Wahl, ich muss wieder zurück«, sagte sie und spürte wie Tränen in ihr aufstiegen. »Ich bring dir nur Unglück ... ohne mich hättest du deine Stelle behalten.«

»Jetzt wirf mal nicht gleich die Flinte ins Korn«, meinte Luise. »Nur weil dir der Rickmer nicht gefallen hat.«

»Das hat doch damit nichts zu tun! Siehst du nicht, was hier läuft? Arbeitslosigkeit überall, die warten doch nicht auf eine wie mich, die nichts kann. Es sei denn ...«

»… du heiratest einen Chef!« Luise lachte. »Genau das ist der Plan!«

»Nicht dein Ernst!« Vicky schaute sie entsetzt an.

»Mir war es noch nie so ernst«, erwiderte Luise und verzog keine Miene. Die folgenden Sätze klangen fast wie ein Schwur. »Ich werde ganz bestimmt nicht den Rest meines Lebens in dieser kleinen Butze verbringen. Und schon gar nicht unter der Fuchtel meines Bruders. Ehrlich, Vicky, jemand wie Herr Rickmer wäre für mich wie ein Lottogewinn. Nur leider hatte er gerade nur Augen für dich. Aber das werde ich ändern. Ich werde dafür sorgen, dass er am Sonnabend im Bellefleur sein wird, allein. Ich werde ihm Gesellschaft leisten. Und dann werden wir ja sehen …«

»Ich weiß nicht.« Vicky versuchte, zu lächeln und sich ihre Verwunderung über Luises Plan nicht anmerken zu lassen. War sie nicht auf der Flucht vor ihrem furchtbaren Mann? Offensichtlich war ihr Wunsch nach Prestige und schönen Kleidern größer als die Sehnsucht nach Freiheit und Unabhängigkeit. Sie wollte vom Geld eines reichen Mannes leben, ihm gefällig sein, damit sie in anderen Bereichen Freiheiten hatte, sich auszuleben. Was für ein Handel! Nein, alles in Vicky sträubte sich dagegen, das entsprach nicht ihrer Vorstellung von einem neuen Leben.

»Lieber klappere ich in den nächsten Tagen die Straßen nach dem Laden meiner Tante ab«, sagte sie. »So viele Modegeschäfte kann es in dieser Stadt ja gar nicht geben! Wenn ich so lange noch bei dir wohnen darf … ich zahle dir auch alles zurück, sobald ich erst mal eine Anstellung habe.«

»Also Beeke hat bisher noch nichts herausgefunden. Und die weiß man mehr als die Morgenpost. Am Ende gibt es deine Tante überhaupt nicht, und du vertälst dumm Tüch.« Luise verzog skeptisch ihr Gesicht.

»Natürlich gibt es sie!« Empört schüttelte Vicky den Kopf.

»Natürlich.« Luise hakte Vicky unter und zog sie mit sich. »Na komm, machen wir weiter. Wäre doch gelacht, wenn uns niemand will.«

So liefen sie an diesem Tag und in den folgenden Tagen weiter, und egal wie viele Absagen es hagelte, Luise verlor niemals ihre gute Laune, hatte immer ein Liedchen auf den Lippen und kannte Gott und die Welt. Immer wieder kehrte sie irgendwo ein, um eine Seife oder eine Bürste oder Garn zu erstehen, immer wieder grüßte sie freundlich im Vorübergehen die wortkargen Hanseaten. Dabei trällerte Luise vor sich hin: »Wir sind Freundinnen, beste Freundinnen, allerbeste Freundinnen …« Und Vicky, die bis dahin nie eine Freundin geschweige denn eine allerbeste Freundin hatte, stimmte fröhlich mit ein. »Wir sind Freundinnen, beste Freundinnen, allerbeste Freundinnen …«

Marlene

Sie konnte ihr Glück einfach nicht fassen. Alles schien plötzlich so leicht, so wunderbar! Mit einem Lächeln zog sich Marlene die Decke bis zum Kinn und schaute aus dem Fenster. Wie sie die frühen Morgenstunden liebte! Wie sie das Leben hier auf Willenbrock liebte! Jetzt war alles noch so schön still und ruhig, nur irgendwo krähte ein Hahn, und Hufe klapperten über den Hof. Das war bestimmt Johann, der seinen Fuchswallach zum Morgenausritt führte. Der Himmel vor dem Fenster leuchtete blau, es versprach ein sonniger Tag zu werden. Ganz anders als gestern, wo der Regen stundenlang gepladdert hatte, eine einzige graue Wand, man konnte die eigene Hand nicht vor den Augen erkennen. So war das hier eben an der Nordsee, das Wetter wechselhaft und unbeständig. Doch auf Regen folgte Sonne, darauf konnte man sich verlassen. Genauso wie auf Johann, der sich stets zuverlässig mit den anderen Arbeitern um die Rosenäcker kümmerte, all die Strauch- und Edelrosen im Blick hatte. Und auf ihren Vater, der mit strenger, aber gütiger Hand die Geschäfte steuerte.

Und auch auf Arthur Jansen.

Beim Gedanken an den attraktiven Kaufmann huschte wieder ein Lächeln über Marlenes Gesicht. Seit letzter Woche waren Arthur und sie verlobt. Lange Zeit schon war ihr aufgefallen, dass er sich immer öfter und besonders gerne in ihrer Nähe aufhielt, der Vater schien es wohlwollend zur Kenntnis zu nehmen und nichts dagegen zu haben. Zumindest hatte er Arthur dann zum gemeinsamen Essen an den Familientisch gebeten, das hatte es bisher nicht gegeben, auch wenn es auf Willenbrock vor jungen Männern, die sich für die Töchter interessierten, nur so wimmelte, Julius Cordes war auch einer von ihnen.

Marlenes Miene verdüsterte sich. Ob Vicky merkte, dass all die jungen Männer nur ihretwegen kamen? Jeder im Dorf mochte sie, ihr lebhaftes Wesen, ihre charmante Art, Fragen zu stellen, Vicky konnte sich vor Verehrern kaum retten. Dabei schienen die wenigsten von ihnen zu wissen, dass ihre Schwester davon träumte, sich in Hamburg an der Kunsthochschule einzuschreiben und eine große Modeschöpferin zu werden, sonst würden sie sich ja wohl kaum Hoffnungen machen. Denn wer wünschte sich schon ein studiertes Mädel zur Frau? Vicky würde schon sehen, wohin ihr emanzipiertes Getue führte, und wenn sie erst mal den Richtigen kennenlernen würde, wäre es vorbei mit Studieren, Arbeiten und Stoffe entwerfen. Die Bestimmung der Frau war es schließlich, für ihre Familie und die Kinder zu sorgen. Sagte der Vater. Und Arthur auch.

Marlene lächelte versonnen und griff zur Bürste auf ihrem Nachttisch.

An Arthur Jansens Seite erwartete sie eine glänzende Zukunft, sie würde es gut mit ihm haben, dessen war sie sich sicher. Erst gestern hatte er Andeutungen über seine neuen Geschäftsideen gemacht. Zudem hatte er sie mit Komplimenten überhäuft und ihr zum Abschied einen Kuss auf den Handrücken gehaucht, das hatte er zuvor noch nie getan. Heute Abend wollte er zum Essen kommen und vorher etwas Dringendes mit dem Vater besprechen. Danach könnten sie ja noch ein bisschen spazieren gehen, hatte er gesagt und sie so vielsagend dabei angeschaut, dass ihr die Röte in die Wangen geschossen war. Und ob sie denn glücklich wäre, hatte er gefragt. Da hatte sie nur verlegen gelächelt und den Blick gesenkt.

Natürlich war sie glücklich, daran gab es keinen Zweifel, dachte Marlene, während sie sich jetzt zwei Zöpfe flocht und sie mit zwei Haarnadeln auf dem Kopf feststeckte. Vicky würde sie glatt auslachen, dessen war sie sich sicher. Sie würde sie mit Vorwürfen überhäufen und ihr erklären, dass sie lieber einen Beruf lernen sollte, anstatt sich als Ehefrau und Mutter einem Mann auszuliefern, der über alles in ihrem Leben bestimmte. Aber Marlene war nicht Vicky. Sie hatte weder Spaß noch Freude an politischen Diskussionen, die Belange der Frauenbewegung interessierten sie nicht. Mutterschutz, Wahlrecht, Abtreibungsparagraf, was sollte das? Und was hatte sie mit der Rezession zu tun? Hier auf dem Land waren sie in Sicherheit, das spürte sie ganz genau. Ihre Schwester sollte nur nicht so undankbar sein. Im Gegenteil, sie konnte sich glücklich schätzen, dass man sie nach dem schrecklichen Unglück nicht mit Schimpf und Schande davongejagt hatte.

Marlene atmete tief durch. Schnell wischte sie die unschönen Erinnerungen zur Seite, das Leben ging weiter, für sie alle. Auf Willenbrock ging es ihnen doch gut! Willenbrock war ihr Zuhause, ihre Heimat. Sie hatten nach den entbehrungsreichen Nachkriegsjahren endlich wieder genügend zu essen und brauchten sich keine Sorgen zu machen. Längst feierte man wieder ausgelassene Feste, gab Empfänge und genoss das Leben. Der Rosenhandel mit den verschiedenen Sorten lief prächtig, und wenn sie nicht alles täuschte, hatte Arthur dem Vater ein Geschäft vorgeschlagen: Er wollte in den Blumenhandel einsteigen und Rosen nach Amerika exportieren. Das waren doch wahrhaftig rosige Aussichten!

Sie würde eine erstklassige Gutsherrin abgeben, die an der Seite ihres Mannes die Geschicke des Hofes lenken würde. Die mit den Bediensteten die Pläne für Haus und Hof besprechen würde, dafür sorgen, dass es allen gut ginge. Vicky hielt sie für naiv und schwach, sie konnte ja nicht ahnen, dass Marlene längst ihre Bestimmung gefunden hatte. Anders als die Schwester war sie nicht mehr auf der Suche, sie wusste längst, wo ihre Zukunft lag: hier auf Willenbrock! Sie würde alles dafür tun, um das Andenken an die Mutter zu schützen und zu bewahren. Und mit diesen Gedanken sprang Marlene endlich mit einem Satz aus dem Bett und zog sich die Kleider an.

DIE NACHT IST NICHT ZUM SCHLAFEN DA

Nachdem sie unzählige Stellenangebote abgehakt und vergebens vorgesprochen hatten, hatte sich Vicky am Samstagabend für einen Moment auf Luises Bett gelegt und hing dort nun ihren Gedanken nach. Luise selbst war zum Einkaufen gegangen, und Ludwig war noch in der Bank. Er war Buchhalter und trug die Zahlen zusammen, die angesichts der gegenwärtigen Wirtschaftskrise immer röter werden dürften. Denn dass man in Deutschland jetzt die Gürtel enger schnallen musste, hatte Vicky sehr wohl mitbekommen. Im Gegensatz zu ihrer Schwester interessierte sie sich für Politik und Zeitgeschehen und hatte die Kamingespräche des Vaters stets aufmerksam verfolgt. Wenn Marlene und die Mutter über ihre Handarbeiten gebeugt im Salon saßen, hatte sie sich möglichst unauffällig mit ins Herrenzimmer geschlichen und gelauscht, was die Männer zu sagen hatten. Angelegenheiten, über die man nicht mit Frauen sprach.

Die Inflation hatte bereits vor einigen Jahren schon die Existenz des Unternehmens bedroht, man sorgte sich um die Wirtschaft, auch auf Willenbrock. Rosen waren ein begehrtes Gut, und das nicht nur in der Umgebung. So überlegte der Vater seit geraumer Zeit, seinen Handel zu erweitern, erste Gespräche mit Senatoren in Hamburg schienen vielversprechend gewesen zu sein, und er plante, sein Geschäft auch nach Übersee auszubauen. Die Amerikaner liebten deutsche Rosen, einen langen Schiffstransport würde sie jedoch kaum überstehen. Also musste man erfinderisch sein und die Rosen als Wurzelstock verschicken, vielleicht würde sich dort ein Rosenzüchter mit umsichtiger Hand finden, oder man suchte am besten gleich jemanden, der gemeinsam mit den Pflanzen auswanderte und dort vor Ort die Geschäfte betreute. Pläne über Pläne, die Vicky gebannt verfolgte. Noch lieber hörte sie zu, wenn die Herren von ihren Erlebnissen in der Stadt erzählten. Groß, bunt und laut musste es dort zugehen, sie übertrafen sich gegenseitig mit Schilderungen ihrer Amüsements, wenn nachts alles hell erleuchtet war und man bis ins Morgengrauen tanzte und feierte. Manche Details waren ihr allerdings zu pikant, dann versuchte sie wegzuhören. Und gleichzeitig träumte sie von einer lebendigen Dusche des Lebens, wenn ihr das Dasein auf dem Land wieder einmal zu klein vorkam.

Und jetzt war sie selbst in der Stadt, mittendrin, und würde heute noch mit Luise die Nacht zum Tag machen. Sie konnte es kaum erwarten.

»Aufstehen, Dornröschen, Zeit, dich wach küssen zu lassen«, wurde Vicky unsanft von Luise geweckt, und sie fragte sich, woher diese Frau bloß ihre Energie nahm. »Jetzt werfen wir uns in Schale, und dann werden wir ja mal sehen, wer heute Nacht nicht allein nach Hause geht.«

Vicky fühlte sich noch nicht wach genug, um zu fragen, wie sie denn das nun wieder meinte. Ganz bestimmt war sie keine von denen, die sich dem nächstbesten Kerl an den Hals schmissen. Luise hatte ihr ja längst erklärt, wie das ging, und langsam freundete sich Vicky mit dem Gedanken an, dass es vielleicht besser wäre, sich einen reichen Mann zu angeln, bevor das Geld gar nicht mehr reichte.

Auf den Dorffesten in Willenbrock hatte sie es ja auch nicht anders erlebt. Die wenigsten der jungen Frauen strebten nach einem eigenen Beruf, wollten weder studieren noch arbeiten, sondern einfach nur Hausfrau und Mutter sein. Wie ihre Lehrerin Elke Petersen. Die hatte Vicky stets bewundert dafür, wie sie ihren Unterricht gestaltete und ihre Schülerinnen für Rechnen, Schreiben, Lesen begeisterte. Fräulein Petersen verdankte sie ihre Einblicke in die Bücher von Fontane und Kafka, sie lasen aber auch Vicki Baum und Mascha Kaléko, zeitgenössische Literatur, modern, wie man sagte. Vicky verehrte Elke Petersen zutiefst und war der festen Überzeugung gewesen, dass sie selbst auch einmal Lehrerin werden würde. So schlau! So belesen! So aufgeschlossen gegenüber dem Weltgeschehen! Teilhaben am öffentlichen Leben wollte sie, kulturelle Angebote genießen, politische Themen diskutieren. Doch dann hatte das geliebte Fräulein eines Tages strahlend verkündet, dass sie endlich den Richtigen gefunden habe, sie würde heiraten und Kinder kriegen und fortan nicht mehr unterrichten. Ihre gelehrten Bücher schenkte sie der hiesigen Bibliothek und erklärte jedem, der sich über ihren plötzlichen Sinneswandel wunderte: »Wenn man erst einen getroffen hat, den man richtig liebt, ist der Beruf ganz und gar unwichtig.«

»Die Familie ist eben die wahre Bestimmung der Frau! Jetzt muss sie nicht mehr jeden Tag arbeiten und Geld verdienen«, lautete der Kommentar der Mutter, der die Enttäuschung ihrer Tochter über Elke Petersens Entscheidung natürlich nicht verborgen blieb. Zu sehr hatte Vicky das Fräulein verehrt, sie hatte sogar deren Kleidungsstil und ihre Art zu sprechen nachgemacht, sich Hüte aufgezogen und Fremdwörter benutzt. Jetzt schien es ihr wie ein Verrat an ihren Träumen, zumal der Vater seine Suche nach einem Ehemann für seine Tochter zu dieser Zeit intensivierte.

»Studierte Deern, so ein Spleenkram«, pflegte er zu sagen, wenn Vicky ihm mal wieder in den Ohren lag, ihr doch bitte, bitte das Studium in der Stadt zu erlauben. Das war ihr Wunsch, das war ihr Traum! An der Hochschule für bildende Künste waren Frauen zugelassen, es gab sogar eine Professorin, die textile Techniken unterrichtete.

Der Vater hielt das für eine überkandidelte Idee, auf die nur die Tochter einer von Teggern kommen konnte. Auf Willenbrock arbeiteten die Frauen auf dem Feld oder in der Küche, hübsche Stoffe brauchten sie nur für ihre Garderoben anlässlich besonderer Festlichkeiten. Und nicht, um ihrer Selbstbestimmtheit und Persönlichkeit Ausdruck zu verleihen, wovon Vicky träumte.

Vicky schüttelte sich bei der Erinnerung an die unzähligen Diskussionen und Streitereien mit dem Vater, die immer in Tränen und Vorwürfen endeten. Oft genug ging die Mutter dazwischen, während Marlene still mit ihrer Stickarbeit in der Ecke saß. Welch Glück, dass sie nun in Hamburg war. Alles war in dieser Stadt jetzt schon besser als auf Willenbrock. Selbst Ludwig, bei dem Vicky immer noch nicht wusste, ob sie ihm vertrauen konnte.

Dieser stand jetzt in der Küche und brühte Kaffee. Ohne lange zu fragen, stellte er Vicky eine Tasse hin.

»Bist du wirklich das erste Mal in Hamburg?«, fragte er, obwohl er das längst wusste. Er lächelte Vicky zu, und sie war unsicher, ob er ihr schmeichelte oder nicht. Die Art und Weise, wie er sie jetzt anguckte, war besonders, eine Frage lag in seinem Blick, vielleicht war es auch eine Aufforderung. Wie an jenem Abend im Alkazar. Unwillkürlich lächelte sie zurück.

»Die Stadt ist wunderschön«, antwortete sie und nahm einen Schluck Kaffee. »Alles wirkt hier so weltoffen und weit. Und wenn man an den Landungsbrücken steht, spürt man die Freiheit.«

»Ich sehe schon, wir verstehen uns …« Ludwig lächelte abermals. »Komm, zieh dich um und mach dich hübsch, damit wir noch einen Tisch im Bellefleur bekommen. Luise leiht dir sicher ein Kleid. Ich würde schätzen, ihr habt fast die gleiche Größe, oder?«

Geschmeichelt nahm Vicky den letzten Schluck. In der Tat hatte sie in den vergangenen Tagen etwas abgenommen und würde nun bestimmt in Luises Sachen passen. Seltsamerweise verspürte sie in der Stadt viel weniger Appetit als auf Willenbrock, das leere Gefühl im Bauch stillte sie mit den vielen neuen Erlebnissen und Eindrücken. Beschwingt stand Vicky auf, doch dabei stieß sie aus Versehen die Kaffeekanne um.

»Pass doch auf!« Ludwig versuchte, ein paar Unterlagen zu retten, doch zu spät.

»Tut mir leid«, beeilte sich Vicky, sich zu entschuldigen, und wollte die Papiere mit ihrem Taschentuch trocken tupfen.

»Lass«, wehrte Ludwig harsch ab. »Das geht dich nichts an. Zahlen sind nichts für Frauen.«

»Er meint es nicht so«, meinte Luise entschuldigend, als Vicky ihr später das kleine Missgeschick beichtete. »Mein Bruder ist ein wenig aufbrausend, aber ein herzensguter Mensch. Und er sorgt dafür, dass es uns gut geht. Seit dem Tod unserer Eltern arbeitet er Tag und Nacht … Hier, probier mal, ob dir das passt.« Sie drückte Vicky ein weißes Paillettenkleid in die Hand.

»Das soll ich anziehen?« Andächtig befühlte Vicky den Stoff, glänzende Seide, sicher ein teures Teil. Nicht zu vergleichen mit den Kleidern, die sie bei Beeke im Laden gesehen hatte.

»Nu man tau, guck nicht so.« Luise hatte Vickys kritischen Blick wohl bemerkt. Doch nachdem diese sich umständlich ausgezogen und in das Abendkleid gezwängt hatte, schüttelte sie den Kopf.

»Bloß nicht! Probier mal das!« Luise holte ein grünes Rüschenkleid aus dem Schrank.

»Das ist es auch nicht.« Vicky drehte sich vor dem Spiegel und raufte sich mit gespielter Verzweiflung die Haare.

»Nein, das steht dir nicht! Du siehst aus wie eine Möwe im Sturm«, kicherte Luise. »Was machen wir nur mit dir? Schau, so musst du aussehen … *Ich bin die fesche Lola, der Liebling der Saison …*« Sie selbst trug mittlerweile ein rotes Kleid aus einem leichten Stoff, der ihre Figur sanft umschmeichelte, und posierte damit kokett vor dem Spiegel. Sehr schlicht, sehr reizvoll, wie Vicky anerkennend feststellen musste. Sie selbst kam sich vor wie das Trampel vom Land. Und Luise schien das Gleiche zu denken.

»Morgen zeige ich dir ein paar Übungen zur Leibesertüchtigung. Hier in der Stadt treiben wir alle Sport.« Luise kniff ihr in die Hüften. »Und ab sofort ist Schluss mit Sahnetorte!«

Vicky schluckte. Sie hatte sich nie viele Gedanken um ihre Figur gemacht. Sie fühlte sich wohl in ihrer Haut, auch wenn sie vielleicht ein bisschen kräftiger war. Luises Bemerkung war wirklich ungerecht! Zumal sie seit ihrer Flucht kaum etwas zu sich genommen hatte und bestimmt einige Kilos weniger wog als noch in Willenbrock. Aber weil sie Luise, die ihr nun ein schwarzes Fransenkleid reichte, so dankbar war für alles, was sie für sie tat, schwieg sie. Noch nie hatte sich jemand so intensiv um sie gekümmert, nicht mal ihre Mutter damals als Kind, wenn sie mit einer von Rosendornen zerstochenen Hand zu ihr gelaufen kam und die Wunden mühsam mit der Pinzette gesäubert werden mussten.

»Das steht dir ausgezeichnet! Schuhe, Strümpfe, wunderbar.« Luise zupfte zufrieden an Vicky herum. »Und jetzt schminken wir dich!«

Schon hatte Luise sie in den Stuhl gedrückt.

»Du hast eine gesunde Farbe, beneidenswert, da müssen wir deine Wangen nur ein bisschen betonen. Dann halten dich alle für sportlich und körperbewusst«, behauptete sie, und Vicky fragte sich, wie sie das schon wieder meinte. Als sie aber das Rouge in Luises Hand bemerkte, verstand sie es.

»Welch wunderschöne Augen!« Luise hantierte jetzt mit Lidschatten und Pinseln, zog mit einem Stift sorgfältig die Brauen nach. Beim Lippenstift jedoch vermalte sie sich zweimal, und den roten Nagellack auf Vickys Fingernägeln korrigierte sie mit einem Holzstäbchen. Endlich war sie mit dem Ergebnis zufrieden. Stolz hielt sie Vicky den Spiegel hin.

Die erkannte sich kaum wieder.

»Das bin nicht ich!«, rief sie aus. »So kann ich unmöglich unter die Leute gehen.« Schon wollte sie sich das Make-up vom Gesicht wischen.

»Stopp mal! Jetzt sag ich dir mal was, min Deern!« Luise guckte ihr direktemang in die Augen. »Willst du hier überleben, ja oder nein? Dann musst du dich an die Regeln der Stadt halten. Wir sind hier nicht in Tüddelü und Wird-schon-Werden. Hier musst du für dein Glück etwas tun! Und für uns Frauen bedeutet das nun mal: schön sein! Wird höchste Zeit, dass du das verstehst. Du musst strahlen, um die Herzen der Männer zu gewinnen.«

»Was ist denn hier los?« Ludwig stand plötzlich in der Tür. Als er Vicky erblickte, sank er auf die Knie und begann zu singen. *»... Ich küsse ihre Hand, Madame ...«*

»Döspaddel!«, rief Luise. »Nimm ihn bloß nicht so ernst ...« Amüsiert blickte sie zwischen ihrem Bruder und Vicky hin und her.

Die lächelte verlegen. Ludwigs Verhalten schmeichelte ihr, und ohne lange nachzudenken, ging sie auf sein Spiel einfach ein, stand auf und reichte ihm gönnerhaft die Hand. Er hauchte einen Kuss darauf.

»... ich träumt, es wär ihr Mund ...«, sang Ludwig weiter und stand auf. »Ich sehe schon, wir werden heute Abend viel Spaß haben!«

Den hatten sie! Gut gelaunt machten sie sich auf den Weg. Luise trällerte in einer Tour »Ich bin von Kopf bis Fuß auf Liebe eingestellt« und bald hatte auch Vicky diesen Ohrwurm sitzen, »dünn und dick ... schön und schick ...«

Die Geschwister hatten Vicky untergehakt und in ihre Mitte genommen, und so liefen sie durch die hell erleuchteten Straßen. Überall glitzerte und funkelte es. Es war Vicky neulich schon aufgefallen, und heute kam es ihr so vor, als strahlte ihr die nächtliche Schönheit der Stadt direkt ins Herz. Übermütig alberten sie herum, blieben immer wieder stehen, um die Auslagen der Geschäfte zu bewundern. Töpfe und Geschirr, Bürsten und Besen, aber auch Hüte, Schmuck und wunderschöne Kleider. Ludwig schien eine Menge Bekannte zu haben, er grüßte in einer Tour. Und doch hatte er nur Augen für Vicky, die seine Blicke genoss.

»Fischbrötchen gefällig?« Ludwig hatte vor einem Mütterchen haltgemacht, das mit einem Bauchladen an der Ecke stand. Beim Anblick der üppig belegten Brötchen lief Vicky das Wasser im Mund zusammen.

»Gerne!«

Ludwig kaufte zwei Brötchen, und Vicky ließ genussvoll die ersten Bissen auf ihrer Zunge zergehen. Der Matjes war weich und schmolz geradezu in ihrem Mund. Sofort war die Erinnerung da. Sie musste noch ganz klein gewesen sein, als ihre Mutter in ihrem Beisein Fisch in ein großes Salzfass eingelegt hatte. Sie sah es noch genau vor sich, wie sie unzählige Heringe säuberte, filetierte und dann in einen Tontopf schichtete. Wie sie sich beinahe an dem Sud verbrannte, als sie die Filets schichtweise übergoss. Und sie wusste noch genau, wie der erste Bissen geschmeckt hatte, als die Mutter nach zwei Tagen den Topf geöffnet und ihr eine Gabel voll gereicht hatte.

»Schmeckt's?«, riss Ludwig sie aus ihren Gedanken. Er hatte sein Brötchen längst aufgegessen und säuberte sich mit der Serviette den Schnurrbart. Für den Abend hatte er sich ebenfalls herausgeputzt. Er war frisch rasiert und trug eine Mütze zu seiner braunen Weste. Seine Augen blitzten Vicky unternehmungslustig an. Dass Luise die Augen rollte, schien ihn nicht zu stören, im Gegenteil.

»Lass sie man«, meinte er und zog Vicky mit sich. »Sie hat ihr Odol vergessen, deswegen mag sie kein Fischbrötchen …«

Vicky schüttelte den Kopf. Sie hatte längst bemerkt, dass Luise mit grimmigem Blick hinter ihnen herlief. Sofort hatte sie ein schlechtes Gewissen. Da hatte diese Frau ihr in der Not geholfen – und nur weil Ludwig die ganze Zeit um sie herumtanzte, hatte sie sie fast vergessen. Wie konnte sie nur!

»Warte!« Vicky löste sich von Ludwig und drehte sich zu Luise um, um sich bei ihr unterzuhaken. »Mein Odol war im Koffer, den sie mir geklaut haben … und Ludwig meint es bestimmt nicht so.«

»Du hast ja keine Ahnung … Trotzdem danke.« Luise versuchte ein Lächeln und drückte ihre Hand. Vicky durchzuckte es heiß. Was hatte sie für ein Glück hier in Hamburg! Zum ersten Mal in ihrem Leben meinte sie zu spüren, was es hieß, eine Freundin zu haben. *Wenn die beste Freundin mit der besten Freundin …*

»Danke, dass du mir geholfen hast.« Sie erwiderte den Druck, und so liefen die beiden Frauen dicht nebeneinander hinter dem vor sich hin pfeifenden Ludwig her und kümmerten sich nicht um die Blicke, die sie auf sich zogen. Die eine mit ihren blonden wippenden Locken und dem schallenden Lachen, in das sie bei jeder Gelegenheit ausbrach. Die andere mit den kurzen dunklen Haaren und dem neugierigen Blick, als könnte sie es nicht erwarten, die Welt zu erobern.

Auf Willenbrock wäre um diese Uhrzeit keine Menschenseele mehr unterwegs gewesen, aber hier auf der Vergnügungsmeile tummelten sich heute Nacht die Massen. Noch mehr Leute als neulich schienen unterwegs zu sein, die Leuchtreklamen strahlten noch bunter, noch glitzriger. Spärlich bekleidete Frauen lockten von Plakaten in rot beleuchtete Etablissements, Paare strömten zuhauf durch die Eingänge der Tanzlokale.

»Hier leider nicht.« Mit einem charmanten Lächeln zog Ludwig Vicky weiter, die vor dem Alkazar stehen geblieben war, dem Lokal, in dem sie sich vor einigen Tagen begegnet waren. Wie lange schien das schon her! So viel war seitdem geschehen. »Tänze der Ekstase« waren angekündigt, ein weiteres Plakat zeigte die schwarze Tänzerin in ihrem Bananenröckchen – und sonst nichts.

»Hamburg ist voller Tanzsalons … nur ich kenne den besten«, behauptete er.

»Noch besser?« Vicky lächelte verlegen, so viel nackte Haut irritierte sie. Sie hakte sich jetzt bei Ludwig unter, und so liefen sie weiter. Doch Vicky blieb immer wieder stehen, um zu schauen.

»Kiek mol an, was für eine Neugiernase!«, kommentierte Luise kopfschüttelnd und lachte sie aus, wenn Vicky wieder vor einem hell erleuchteten Portal anhielt und hineinspickte. »Wenn du so weitermachst, kommen wir nie an …«

»Ach, die Nacht ist lang!«, rief Vicky unbekümmert. Sie fühlte sich großartig, das hier war ganz nach ihrem Geschmack. Da entdeckte sie hinter einem der hell erleuchteten Fenster einen Mann, dessen Statur ihr nur allzu bekannt vorkam. Jemanden, der nicht ganz unschuldig daran war, dass sie Hals über Kopf aus Willenbrock geflohen war.

»Das glaube ich jetzt nicht!« Erschrocken griff Vicky nach Luises Hand und zog sie mit sich. »Komm, wir müssen hier weg.« So schnell es die ungewohnt hohen Schuhe an ihren Füßen zuließen, rannte sie los, Luise hinter ihr her. Ludwig folgte ihnen mit großen Schritten.

»Da bist du uns aber noch eine Erklärung schuldig«, meinte Ludwig, als sie schließlich schwer atmend vor einem rot funkelnden Portal stehen blieben. »Wir können wirklich keine Schwierigkeiten gebrauchen.«

Vicky rieb sich den schmerzenden Knöchel und schüttelte zur Antwort den Kopf. Wie konnte das sein, was machte Arthur in der Stadt? Suchte er sie?

»Lass sie man!« Luise warf ihrem Bruder einen warnenden Blick zu. Dann knipste sie ihr strahlendes Lächeln an. »Jetzt wollen wir tanzen und uns amüsieren!«

»Darf ich bitten?« Galant reichte Ludwig Vicky den Arm.

»Hier?«, fragte Vicky verwundert und hakte sich dankend unter. Von drinnen drangen Rhythmen, wie sie sie noch nie gehört hatte. »Banana-Show« stand auf dem Ankündigungsplakat. Drei schwarze Männer streckten dem Betrachter ihre Instrumente entgegen, barbusige Tänzerinnen wirbelten um sie herum. Vicky hatte nicht gewusst, dass man mit Gitarre und Posaune so laut Musik machen konnte.

»Hier!«, antwortete Ludwig, steckte dem Türsteher einen Schein zu, und sofort erhielten sie Einlass in eine Welt, die funkelnder nicht hätte sein können. Nachdem sie ihre Mäntel abgelegt hatten, betraten sie ein geräumiges Lokal. An der Seite standen Tische und Stühle, man aß, trank und rauchte, es war ein lebendiges Durcheinander. Die Männer trugen ihre Hemdsärmel aufgekrempelt und stießen auf das Leben an, die Frauen trugen freche Kleider und dunkel geschminkte Augen – wie Luise.

Das Beste waren wieder die vielen tanzenden Menschen auf dem Parkett, die zur Musik der Band die verrücktesten Bewegungen machten, Arme und Beine zur Seite schmissen, verzückt dabei lächelten. Jeder tanzte für sich, und doch tanzten sie alle gemeinsam. Vicky war sofort fasziniert, genau wie damals, an dem Abend im Alkazar, und ertappte sich dabei, wie sie ungeduldig mit den Füßen wippte.

»Wetten, du kannst nur Walzer tanzen?«, ulkte Luise, nachdem sie an einem der Tische Platz genommen hatten. Sie erwiderte lächelnd den Gruß eines älteren Herrn am Nachbartisch.

»Pah«, meinte Vicky übermütig und prostete ihr mit ihrem Sektglas zu. Luise achtete gar nicht weiter auf sie, sondern war bereits aufgestanden und hatte sich zu einem weiteren Herrn gesellt, der beim Ober jetzt mit einer großzügigen Geste eine Flasche Champagner mit zwei Gläsern bestellte. Vicky war erstaunt, als sie Herrn Rickmer erkannte, der dort mit weißem Hemd und weißer Weste am Tisch saß – wie auch immer Luise dafür gesorgt hatte, dass er hier war. Vicky schluckte. Wenn die Strategie ihrer Freundin aufging, würde sie ab morgen eine Anstellung haben.

»Denk dir nichts dabei, das macht Luise immer so«, meinte

Ludwig und rückte ein Stück näher zu Vicky heran. »Sie hat die letzten Tage alles dafür getan, dass er heute Abend hier ist.«

»Immer? Ich verstehe nicht …«

»Siehst du all die hübsch herausgeputzten Deerns hier im Saal, eine schöner als die andere? Und wie Luise sich Mühe mit ihrer Frisur und ihrer Toilette gegeben hat?« Er deutete mit dem Kopf möglichst unauffällig in den Raum. »Das sind alles kleine Tippmamsells, die sich von ihrem kargen Lohn ein Kleid zusammengespart haben. Die meisten haben es bei Beeke gekauft und es zu Hause mit Schleifen und Pailletten selbst verziert. Die, die ein bisschen mehr verdienen, in einem der Bekleidungsgeschäfte. Mit viel Glück hat einer der Herren für sie bezahlt, für den sie nach Feierabend nicht Fräulein Ottensen, sondern Charlotte, Helga oder Marianne heißen. Wer etwas auf sich hält, kauft hier im Modesalon, doch die wenigsten können sich das leisten.«

»Hier im Modesalon?« Vicky schaute sich suchend um, sie konnte nirgends Kleider entdecken. Was meinte er damit? Das Etablissement sah nach allem aus, nur nicht nach exquisiter Mode.

»Nicht hier, im oberen Stockwerk natürlich«, beeilte sich Ludwig zu erklären. »Eve Bellefleur verfügt über einen exzellenten Geschmack, wer in Hamburg etwas zählt, lässt sich von ihr einkleiden, Künstlerinnen, Konsulinnen, Schauspielerinnen, Senatorinnen. Französische Mode, weißt du. Ihr Mann ist übrigens ein überaus verlässlicher Geschäftspartner.« Ludwig lächelte charmant. »Ich habe bei den beiden einen Stein im Brett, wir kennen uns, seit sie hier in Hamburg sind. Weil ich bei meiner Bank ein gutes Wort für sie einlege, bekommen sie in dieser schwierigen Lage immer wieder Kredite. Auch wenn sie längst keine Gewinne mehr erzielen. Wenn du möchtest, können wir ihnen bald mal einen Besuch abstatten und etwas Schickes für dich kaufen. Ich will sehen, was ich tun kann, wenn du …«

»Ich habe keinen Pfennig in der Tasche, weil ich keine Arbeit habe, schon vergessen?«, unterbrach sie ihn. »Und ich muss erst meine Tante finden.« Vicky seufzte. »Wie kann ich das nur alles jemals wiedergutmachen bei euch?«

»Da finden wir schon einen Weg, mach dir keine Sorge. Bisher hat noch jedes Mädchen eine Arbeit gefunden.«

Luise am Nebentisch kicherte albern mit Herrn Rickmer, ihr Lachen übertönte sogar die Musik. Ganz dicht war sie an ihn herangerückt, saß ihm beinahe schon auf dem Schoß, was er mit einem verzückten Lächeln goutierte. Da war sie, die fesche Lola, der Liebling der Saison! Vicky verzog das Gesicht. War es das, was Ludwig von ihr wollte? Als könnte er ihre Gedanken lesen, lächelte er sie in diesem Moment an und sagte: »Komm, lass uns tanzen!«

Schon hatte er sie auf das Parkett gezogen, wo in diesem Moment eine besonders wilde Musik erklang.

»Tanzen? Dazu?« Vicky erstarrte. Sie erkannte die Musik sofort. Aufgeregt schaute sie sich um, aber sie entdeckte nicht, wen sie suchte.

»Charleston!«, rief Ludwig ihr inmitten der tosenden Menge zu. Er bedeutete ihr, seine Bewegungen nachzumachen. Ausgelassen warf er die Arme zur Seite, drehte die Knie ein, schnickte die Füße.

Für einen Moment taumelte Vicky, musste die Augen schließen, die feiernde Menge um sie herum schien ihr den Boden unter den Füßen wegreißen zu wollen, wie sie jetzt alle so leichtfüßig und ungehemmt umherhüpften. Und sie stand da wie eine Barke im Meer, unfähig, sich zu rühren, weil sie ihr Glück nicht fassen konnte.

Die Musik wurde noch lauter, die Band spielte, was die Instrumente hergaben. Machtvoll und groß ertönte ein Klarinettensolo, überspielte Gitarre und Kontrabass. Die tiefen, klaren Töne erfassten Vickys Herz, brachten es zum Stolpern und Hüpfen – da endlich erwachte sie aus ihrer Erstarrung, und ein Strahlen huschte über ihr Gesicht. Sie spürte, wie der Rhythmus durch ihren Körper strömte, jede einzelne Zelle erfasste und zum Vibrieren brachte. Schon kribbelten Arme, Hände, Beine, drehten sich die Schuhspitzen von außen nach innen. Ohne nachzudenken wippte sie mit den Knien, warf die Arme in die Höhe, drehte sich. Kickte mit den Füßen nach vorne, zur Seite, streckte den Po nach hinten und hüpfte. *Bam ba, tam ba, dadidelmtamba* … wieder und immer wieder, jetzt war sie eins mit den anderen, tanzte im gleichen Rhythmus mit. Den Mund zu einem verzückten Lächeln verzogen und mit einem Funkeln in den Augen, folgte sie Ludwigs Bewegungen, der sich nun auffordernd vor sie gestellt hatte und sie mit neckenden Gesten lockte.

»Gefällt es dir?«, rief er übermütig in ihr Ohr und zog sie kurz dichter an sich heran.

»Sehr«, rief sie zurück. »Das hier ist … unfassbar! So etwas habe ich noch nie erlebt.«

»Ich wusste es!« Ludwig legte seine Hände um ihre Taille. Irritiert ließ Vicky ihn gewähren, atmete seine dampfende Wärme ein, als er jetzt ihrem Gesicht ganz nah kam. Sie mochte seinen Geruch und schob seine Hand nicht fort, die sanft ihre Hüfte berührte. Fragend schaute sie ihn an.

»Komm«, raunte er in ihr Ohr. »Hab keine Scheu! Zeig, was du kannst!«

Ausgelassen tanzten sie, es war ein unbeschreibliches Gefühl für Vicky, die bisher nur die strenge Abfolge der Standardtänze kannte. Frei, das hier fühlte sich wirklich frei und verrückt an, sie genoss es, ließ sich treiben.

Da zog Ludwig sie plötzlich mit nach vorne, wo sie sich neben die anderen Männer und Frauen in die erste Reihe drängten und ausgelassen weitertanzten. Eine androgyne Gestalt – war es ein Mann, war es eine Frau? – mit weiß geschminktem Gesicht, Zylinder und Menjou-Bärtchen stand jetzt im Lichtkegel des Scheinwerfers und hauchte mit rauchiger Stimme ihr Lied ins Publikum, das mit verzückten Ausrufen jedes Wort chorgleich wiederholte und die Bewegungen nachmachte. Es war die Sängerin aus dem Alkazar, jetzt hatte Vicky sie wiedererkannt. Die Musik spielte auf, ein stampfender Rhythmus des Schlagzeugs, die Gitarrenriffs im Takt, der Klavierspieler hämmerte in die Tasten. Man lachte und johlte und wirbelte durcheinander, während an der Seite halb nackte Tänzerinnen die verruchtesten Bewegungen machten und die Aufmerksamkeit der Leute auf sich zogen. Vicky fühlte sich wie in einem Rausch. War das wirklich sie, die sich jetzt von Ludwig an die Brüste fassen ließ? Dem sie einfach mit Armen und Beinen all die verrückten Bewegungen nachmachte? Dann wieder wurde sie von einer wunderschön geschminkten Frau herumgewirbelt, die ihr ins Gesicht lachte, bevor sie in ekstatische Zuckungen verfiel. Längst dachte Vicky nicht mehr darüber nach, was sie hier tat, längst bestimmten die Rhythmen über ihren Körper. Sie ließ es geschehen, schmiegte sich an Ludwig, spürte seinen Atem in ihrem Gesicht, seine Hände überall. Aus den Augenwinkeln bemerkte sie, wie die Tänzerinnen sich in den Armen anderer Männer wanden, sich berühren ließen – so viel nackte Haut, ein einziger Haufen bebender Ekstase. Mit einem Paukenschlag erlosch das Licht, um den Pärchen ein paar Sekunden des heimlichen Glücks zu gönnen.

Augenblicke der Atempause.

Dunkelheit.

Stille.

Dann wurde es mit einem Schlag wieder hell, und alle spielten und tanzten noch wilder als zuvor, alles auf Anfang. Ludwig griff nach ihrer Hand, stieß und zog sie herum, wie es ihm gerade passte. Vicky konnte nicht anders, sie tanzte mit, ließ sich hemmungslos auf dieses Spiel ein, das Ludwig gerade mit ihr begann, genoss seine Berührungen, ob zufällig oder nicht, das Zittern, seine Erregung. Die Musik erfasste jede Faser ihres Körpers, durchdrang sie komplett, sodass sie meinte, eins zu sein mit ihr, und sie war so glücklich wie schon lange nicht mehr. Hiernach hatte sie sich gesehnt. Vergessen war Willenbrock mitsamt seinen tragischen Schicksalen, die Vergangenheit sollte ruhen. Hier war ihr neues Leben, hier war ihre Zukunft. Und sie begann in diesem Augenblick.

Besser konnte es gar nicht werden, dachte sie zwischen all den ausgelassenen, fröhlich feiernden Menschen im Saal, eine einzige wogende, brodelnde Menge. Doch es lag nicht an Ludwig, dass sie meinte, vor Glück über das Parkett zu schweben. Es war die Musik, die tief in ihr Herz gedrungen war, mit jedem Pulsschlag durch ihren Körper schoss, schon seit dem ersten Takt, und Vicky kostete jede Sekunde hemmungslos aus. Sie hatte ihn sofort gespürt.

CHARLESTON

Es war Johnny, der jetzt die Klarinette beiseitegelegt hatte und zu seiner Gitarre griff. Ihre Blicke trafen sich über die Köpfe der anderen hinweg, und fast unmerklich lächelte er ihr zu. Ohne Frage, auch er hatte Vicky sofort wiedererkannt, trotz der neuen Frisur und des ungewohnten Kleides.

»Was ist?« Ludwig war ihrem Blick gefolgt und schaute sie verwundert an. »Was interessiert dich dieser ... dieser Musiker?« Er zog sie wieder an sich und wollte weitertanzen, doch Vicky befreite sich mit einem Ruck aus seinem Griff und lief nach vorne zur Bühne, berauscht von der leisen Melodie, die Johnny jetzt spielte. Seine Musik schien Vicky zu verwandeln, er spielte konzentriert, für sich und doch nur für sie, guckte kaum auf seine Finger, die sicher die Saiten spielten, sein Blick lag ruhig auf ihr. Wie damals bei ihrer ersten Begegnung auf Willenbrock, auf diesem Feldweg kurz vor dem Anwesen. Als atmete sie die Musik, tanzte jede Note in ihren Adern fort, trug sich der sanfte Rhythmus durch ihren Körper, verstärkt von ihrem pochenden Herzen, mit jedem Schlag lauter, jedes Mal intensiver. Sie standen sich nun direkt gegenüber, sahen sich in die Augen, lächelten sich zu. Vergessen waren Vickys Flucht aus Willenbrock und die Abenteuer der Stadt, vergessen die vielen Absagen und Erniedrigungen, vergessen Ludwig, Luise, die tanzenden Menschen um sie herum. In diesem Augenblick, der doch ein Hauch einer Ewigkeit war, gab es nur sie beide, Vicky und Johnny. Und auch wenn er aus einem anderen Land kam, sicher ganz anders lebte und aufgewachsen war als sie, meinte sie ihn schon immer zu kennen.

Atemlos stand Vicky da. Ausgerechnet sie, die sich selbst nicht als musikalisch bezeichnet hätte, war plötzlich durch und durch erfüllt von den Klängen der Gitarre, zart, süß und wunderschön, verschmolzen sie mit ihrem Herzklopfen zu etwas Großem, einem unbekannten Gefühl.

Beinahe schämte sie sich jetzt für ihre anzüglichen Bewegungen, zu denen sie sich gerade eben noch voll Übermut hatte hinreißen lassen, und doch hatte sie es genossen, so wunderbar frei und leicht hatte sie sich gefühlt, dass sie meinte, immer noch zu schweben. Gleichzeitig fühlte sie sich in Johnnys Blick und seiner Musik gefangen, er vermochte die widersprüchlichsten Gefühle in ihr hervorzurufen.

Johnny stellte nun seine Gitarre zur Seite, bedeutete mit einem Kopfnicken den Musikern seiner Band, ohne ihn weiterzuspielen, und sprang schwungvoll zu Vicky hinunter aufs Parkett.

Ohne zu zögern, griff sie nach seiner ausgestreckten Hand, spürte seine pulsierende Wärme schon durch die erste Berührung ihrer Fingerspitzen.

Nur zu gerne ließ sich Vicky jetzt von Johnny einmal um die eigene Achse drehen und ganz nah zu sich heranziehen. Ein Nicken, ein Hauch von einem Kuss. Als hätten die Musiker auf diesen Moment nur gewartet, spielten sie auf.

Diesmal war es weder Charleston noch Jazz, diesmal war es Swing, dieser lockere, federnde Tanz, den sie nur vom Hörensagen kannte. Auf Willenbrock hatte Arthur ihnen einmal eine Platte vorgespielt, und Marlene hatte die Augen gerollt. Die träumte ja von Walzertanzen in langen, wallenden Kleidern, mit viel Spitze und Tüdelü. Als Arthur dann erzählt hatte, dass man beim Swing immer wieder die Partner wechselte, die Hüften kreiste und auch mal zwischen die Beine des anderen rutschte, hatte sie sich kopfschüttelnd abgewendet und etwas von »Sittenverfall« geflüstert.

Vicky aber hatte ganz genau zugehört, weshalb sie jetzt wusste, was zu tun war. Nämlich nichts. Außer mitschwingen, Schritt vor, Schritt zurück, dem Takt der Musik folgen. Nicht nachdenken, machen. Und Johnny machte! Drehte und wirbelte sie über die Tanzfläche, dass die anderen Paare zur Seite springen mussten. Niemals zuvor hatte sie so übermütig getanzt, so ausgelassen, dem Rhythmus mit Haut und Haaren hingegeben. Alles war eins, die Musik, die Menschen, Johnny und Vicky, ein einziges Zucken und Lachen, niemals zuvor und niemals danach hatte sie sich glückseliger gefühlt als in diesen endlos scheinenden Minuten, die sie, von Johnny geführt, animiert, bugsiert, über das Parkett federte und sich die Seele aus dem Leib tanzte.

Und Johnny schien es ähnlich zu gehen, ein breites Grinsen stand ihm im Gesicht. Sein weißes Hemd klebte an seinem Körper und bildete einen starken Kontrast zu seiner dunklen Haut. Alles um sie herum war Tanz, niemand saß mehr auf den Stühlen, niemand war mehr nüchtern, ein einziger Rausch hatte Männer und Frauen erfasst. Vicky hatte jegliches Gefühl für Raum und Zeit verloren, alles, was sie spürte, war Johnny. Wie er sie ansah, wie er sie anfasste, wie er ihr zulächelte.

Doch plötzlich wurde Johnny unsanft zur Seite gestoßen. »Nimm deine schmutzigen Hände von ihr!« Ludwig wollte Vicky in seine Arme ziehen, doch Johnny war schneller.

»*How dare you!* Sag das noch mal!« Er funkelte Ludwig warnend an und hatte sich demonstrativ vor Vicky aufgebaut.

»Was ist? Willst du mir drohen? Vor einem wie dir habe ich keine Angst! Ich weiß doch, was du willst: uns die Arbeit wegnehmen, damit du auf unsere Kosten deine Brut durchfüttern kannst. Nicht mit mir, verstanden? Und jetzt verzieh dich. Geh wieder dorthin, wo du hingehörst!«

»*I beg your pardon?*« Johnnys Nasenflügel bebten, nur mühsam konnte er sich beherrschen, das war ihm deutlich anzumerken. Mittlerweile hatte die Musik zu spielen aufgehört, man war auf die beiden Streithähne aufmerksam geworden. Neugierig traten Tänzerinnen und Tänzer näher, verschwitzte Leiber drängten sich um Ludwig und Johnny. Vicky schaute entsetzt zwischen den beiden Männern hin und her.

»Lass gut sein.« Luise zog Ludwig am Hemd, doch er stieß sie mit einer unwirschen Bewegung zurück und sah Johnny drohend an.

»Du hast mich genau verstanden.«

Beide standen sich nun direkt gegenüber. Ludwig und Johnny.

»Hört auf!«, rief Vicky.

Doch Ludwig dachte nicht daran. »Lass deine schmutzigen Hände von ihr!«, wiederholte er und schien nicht die Spur beeindruckt davon, dass Johnny jetzt in aller Seelenruhe seine Ärmel hochkrempelte. Erst den linken. Dann den rechten.

Und dann ging alles ganz schnell. Noch bevor Vicky »Halt, stopp!« rufen konnte, hatte Johnny Ludwig einen Haken verpasst, schlug und trommelte auf ihn ein, als stünden sie im Boxring und nicht auf dem Tanzboden.

Das konnte Ludwig nicht auf sich sitzen lassen. Mit einem Hechtsprung ging er Johnny an den Kragen, warf ihn zu Boden und versetzte ihm links und rechts ein paar Ohrfeigen. Johnny wich ihm gekonnt aus, rollte geschickt zur Seite und kam wieder zum Stehen. Die Hände zur Deckung schützend vors Gesicht gehalten, attackierte er seinen Gegner nach allen Regeln der Kunst. Wie ein geübter Boxer, wie Vicky in einer Mischung aus Angst und Bewunderung feststellte, lockte er ihn immer wieder aus der Reserve, nutzte Ludwigs mangelnde Deckung. Ludwig hatte keine Chance und kassierte einen Schlag nach dem nächsten, seine Nase blutete schon. Vicky wusste nicht, ob sie das freuen sollte oder nicht. Er war ihr trotz seiner charmanten Art nicht sonderlich sympathisch, wenn sie ehrlich war. Und doch war Ludwig der Bruder ihrer Freundin, sie hatten zu Beginn des Abends viel Spaß zusammen gehabt. Sie fürchtete fast, Johnny könnte ihn noch k.o. schlagen, als plötzlich Schüsse durch die Luft peitschten.

Bewaffnete Männer stürmten das Lokal. Niemand hatte sie im Rausch des Tanzes bemerkt, und jetzt waren sie plötzlich überall, zerrten die Paare auseinander, schlugen willkürlich auf Männer und Frauen ein. Erschrocken schrien alle durcheinander, manche duckten sich unter den Tischen, wollten nach draußen flüchten, um sich in Sicherheit zu bringen. Doch die Türen waren versperrt.

Entsetzt musste Vicky mitansehen, wie die Polizisten jetzt die Musiker von der Bühne zerrten, brutal vor sich herschubsten, ihnen mit der Pistole drohten. Einer schlug Johnny ohne Vorwarnung ins Gesicht, sodass dieser halb ohnmächtig zu Boden taumelte. Er konnte sich gerade noch an einem Tisch abstützen, doch er hatte keine Kraft mehr, um sich zu wehren. Widerstandslos ließ er sich festnehmen und abführen. Auf dem Weg nach draußen drehte er sich noch einmal zu Vicky um.

»Wir sehen uns wieder!«, rief er ihr zu und versuchte ein Lächeln. Sein linkes Auge war bereits zugeschwollen, er blutete heftig aus der Nase.

»Was machen sie mit dir?«, rief sie und wollte zu ihm, doch Ludwig hielt sie zurück.

»Lass uns hier besser verschwinden«, sagte er. Ohne Vickys Antwort abzuwarten, griff er nach ihrer Hand und zog sie durch die Menschenmenge mit sich, immer weiter, bis sie am hinteren Ende des Saals vor einem Portal standen, das hinab in den Keller führte. Ludwig zögerte nicht und stieß das davorstehende Pärchen einfach zur Seite, dann stürmte er die Treppe hinunter, Vicky hinter sich herziehend, einen schwach erleuchteten Gang entlang, vorbei an halb nackten Männern und Frauen, die sich lüstern ineinander verknäult hatten. Die Wände waren hier mit rotem Teppich verkleidet, Kerzenleuchter überall, dazu Eisenringe und Ketten. Vicky blieb keine Zeit, sich über all das zu wundern, denn Ludwig lief einfach weiter, etliche Treppenstufen hinunter, bis er in einen weiteren Gang abbog und kurz vor einem Tresen innehielt, um die dunkelhaarige Frau dahinter zu begrüßen.

»Beeilt euch! Schnell, da entlang!« Sie warf ihm eine Kusshand zu. »Wo ist Luise?«, rief sie ihm hinterher, doch Ludwig schien sie nicht gehört zu haben, er eilte schon wieder weiter.

»Wo ist Luise?«, wiederholte Vicky.

»Mach dir keine Sorgen, die ist längst mit dem Herrn Direktor nach Hause«, antwortete Ludwig leichthin, drückte eine schwere Eisentür auf und schob Vicky nach draußen. Kalte Morgenluft wehte ihr entgegen, vom Hafen her tönte ein Horn.

»Das war knapp«, sagte er, wischte sich mit einem Taschentuch das Blut aus dem Gesicht und brachte seine Kleidung in Ordnung. Dann hielt er ihr seine Zigaretten hin. »Geht es dir gut?«

Vicky nickte. Umständlich gab Ludwig ihr Feuer, bevor er sich selbst eine anzündete.

»Wer war das? Warum haben sie das gemacht?« Hinter ihr drängten sich jetzt immer mehr Menschen, die sich wie sie durch den Notausgang geflüchtet hatten.

»SA«, nuschelte Ludwig und schaute sich suchend um. »Die neue Partei will sich mit aller Gewalt durchsetzen, überall im Land mobilisieren sie ihre Leute, machen Stimmung und Krawall. Ich hätte sie hier heute Abend nicht erwartet. Komm, lass uns lieber verschwinden!« Ludwig fasste Vicky am Arm und führte sie sicher durch die dunklen Gassen. Nach wenigen Schritten wurden die aufgeregten Stimmen leiser, der Tumult schien sich zu legen.

»Kommunisten, Sozialisten, Demokraten, Hanseaten …«, schimpfte Ludwig weiter vor sich hin. »Da kämpft jeder gegen jeden, Hass und Hetze überall, alle haben eine Meinung, und jeder hat keine. Dazu die ständige Sorge ums Geld … die Menschen sind aufgebracht, wollen Sicherheit. Jede Partei verspricht ihnen etwas. Wir haben unzählige Tageszeitungen, jede Splitterpartei hat ihr eigenes Blättchen, jeder hat seine eigene Wahrheit. Und niemand kennt sich mehr aus. Wenn du mich fragst, wird es höchste Zeit, dass wieder Zucht und Ordnung in dieses Land kommen … aber nicht so wie gerade eben. Ein bisschen Spaß und Vergnügen muss schon sein! Trotzdem brauchen wir eine klare Führung«, machte er weiter. »Die Sache mit der Demokratie ist so eine Erfindung der Roten. Dieser Neue mit seiner Partei aus München, der könnte eine Lösung für unsere Probleme wissen, einen Weg aus der Arbeitslosigkeit und wie wir die deutsche Wirtschaft wieder ankurbeln …«

So ging es eine Weile, und Vicky hörte interessiert zu, was Ludwig über die Nationalsozialisten erzählte. Die Parolen waren ihr nicht neu. Arthur hatte auch immer wieder von diesem charismatischen Hitler geschwärmt. Die politischen Diskussionen schienen überall im Land die gleichen, die Stimmung aufgeheizt. Wie sich bei all diesem Durcheinander eine Meinung bilden?

Die Begegnung mit Johnny hatte sie aufgewühlt und schlagartig in die Realität zurückgeholt. Zu gerne wäre sie zur Polizeistation geeilt, ganz bestimmt bräuchte er Hilfe. Aber was hätte sie schon ausrichten können? Johnny galt schon aufgrund seiner Hautfarbe als verdächtig, das war auf Willenbrock nicht anders gewesen. Nur deswegen hatte Arthur ihn vom Hof gejagt. Und sie war nichts und niemand, sie war eine Frau, zudem ohne Papiere. Wollte sie selbst nicht im Gefängnis landen, blieb ihr keine andere Wahl, als an Ludwigs Seite durch die Dunkelheit zu laufen. Sie konnte nur vermuten, dass er den Heimweg eingeschlagen hatte. Plötzlich fühlte es sich falsch an, dass sie mit ihm gehen musste, es wurde höchste Zeit, sich aus dieser Abhängigkeit zu befreien. Gleich morgen musste sie damit anfangen, gleich morgen unbedingt die nächstbeste Arbeit annehmen.

»Und Luise?«, fragte sie, als sie schließlich vor der Haustür standen. Es war das erste Mal, dass die Freundin die Nacht nicht zu Hause verbrachte.

»Um die mach dir mal keine Sorgen. In ein paar Stunden ist sie zurück, und dann wird sie eine Anstellung haben und einen schicken Blaufuchsmantel noch dazu«, meinte Ludwig und schloss grinsend die Haustür auf.

Vicky nickte und wusste nicht, was sie sagen sollte.

»Wie dachtest du denn, wie das läuft?« Ludwig guckte sie amüsiert an. Mittlerweile saßen sie in der kleinen Küche und tranken einen Absacker, wie Ludwig es formuliert hatte. »Prost!«

»Wie läuft es denn? Erzähl es mir!« Die Gläser klirrten, der Korn brannte in Vickys Kehle und verbreitete ein warmes Gefühl in ihrem Bauch. Was für eine Nacht!

Mit Argwohn beobachtete sie, wie Ludwig zur Flasche griff und ihnen abermals einschenkte.

»Meine Schwester sucht schon lange eine Anstellung als Sekretärin«, erzählte Ludwig. »Sie träumt wie alle jungen Frauen davon, sich eines Tages als Gattin an der Seite ihres Chefs wiederzufinden. Ausgestattet mit schicken Kleidern, die sie sich sonst nicht leisten kann, einem Blaufuchs zum Beispiel, sie hat dir bestimmt davon erzählt. Wenn er zahlt …«

»… hat sie es gut getroffen«, vollendete Vicky den Satz und dachte an das, was sie über Luise wusste. Verheiratet war sie. Auf der Flucht. Warum erzählte ihr Ludwig jetzt solche Lügenmärchen?

»Jetzt guck nicht so ehrpusselig! So funktioniert das doch mit euch Frauen, oder? Eure Schönheit ist euer Kapital, ihr blinzelt uns einmal zu, und schon ist es um uns geschehen.« Ludwig zwinkerte anzüglich, und Vicky schaute rasch zur Seite. Er sollte ihr Verhalten bloß nicht missverstehen und auf dumme Gedanken kommen. Vorhin auf der Tanzfläche war er ihr schon viel zu nahe gekommen, näher, als ihr lieb war.

»Und jetzt raus mit der Sprache: Woher kanntest du diesen … Musiker? So einer ist doch kein Umgang für dich«, sagte er und spielte wie zufällig mit einer ihrer Haarsträhnen.

»Er war mal auf Willenbrock«, wich Vicky ihm aus und rückte ein Stück zur Seite.

Zu spät. Ludwig flirtete weiter mit ihr. Vicky kannte diesen Blick, so schauten die Männer im Kaminzimmer, wenn sie bis spät in die Nacht diskutiert hatten und plötzlich das Hausmädchen vorbeilief. Oder auf dem Dorffest, wenn sie ein Bier nach dem nächsten getrunken und immer noch nicht mit einer getanzt hatten. Dann wurden ihre Augen wässrig, vielleicht auch ein bisschen rot, dann veränderte sich die Gesichtsfarbe, dann rochen sie dampfig. Manche konnten sich kaum zurückhalten und fassten die Frauen mit einer eindeutigen Geste an die Hüften, andere zogen sie mit den Blicken aus, die Lüsternheit stand ihnen ins Gesicht geschrieben.

Vicky wagte nicht, Ludwig anzuschauen. Soetwas war ihr auf Willenbrock passiert, da hatte sie gedacht, der junge Mann meinte es freundlich und wollte einfach nur etwas Nettes zu ihr sagen. Er hatte sie auf ein Glas Sekt eingeladen, sie hatte es dankend angenommen und sich aufs Angenehmste mit ihm unterhalten. Dabei war er näher an sie herangerückt, hatte wie zufällig seine Hand auf ihren Oberschenkel gleiten lassen, sie war immer höher gerutscht. Zuerst zaghaft, dann immer energischer hatte sie ihn abgewehrt, bis sie schließlich aufgestanden und nach draußen gestürmt war, sein Gelächter in ihren Ohren.

Und jetzt war sie wieder in so einer Situation. Wusste, dass es höchste Zeit war, zu gehen. Sie spürte, dass Ludwig etwas von ihr verlangte, zu dem sie nicht bereit war. Küssen, Geschlechtsverkehr, Befriedigung, sie kannte sich aus. Einmal war sie heimliche Zeugin der Ausschweifungen auf Willenbrock gewesen. Marlene war zu Bett gegangen, und der Vater dachte, sie sei es auch. Dabei stand sie hinter einem der schweren Samtvorhänge und guckte zu, wie sich die Herren der Schöpfung verlustierten, die anwesenden Damen albern kicherten und es zuließen, dass ihre Arme und Beine abgeküsst wurden. Wie sich die Hände ihres Vaters an den Knöpfen einer Blondine zu schaffen machten, sie ihre Füße aus den Pumps streifte und an seinen Hosenbeinen rieb Wollüstig und ungezwungen ging es zu, man küsste und trank, und irgendwann stand der Vater auf und folgte der Blonden ins Nebenzimmer. Andere Männer waren weniger diskret, zogen die Dame ihrer Wahl auf den Schoß und ließen sich ungeniert von ihr verwöhnen. Mit einer Mischung aus Ekel und Erregung erlebte Vicky in ihrem Versteck verborgen den Rausch der anderen, brennendes Begehren und ein Geheimnis, das ihr verlockend und verboten zugleich erschien.

Doch jetzt, hier mit Ludwig, spürte sie – nichts.

»Na komm schon, jetzt guck nicht so! Meinst du wirklich, ich hätte dich nicht wiedererkannt, du kleines Luder, du?« Ludwig hob ihr Kinn mit dem Finger an. Schon war sein Gesicht dem ihren ganz nah, seine andere Hand längst ihren Arm hochgewandert und in ihrem Ausschnitt verschwunden.

»Lass das«, protestierte sie und machte einen zaghaften Versuch, ihn abzuwehren. Was Ludwig da mit ihren Brustwarzen anstellte, gefiel ihr nicht.

»Du willst es doch auch …«, schnaufte er an ihr Ohr, drückte lauter kleine Küsse in ihre Halsbeuge. »Komm, lass uns ein bisschen Spaß haben, nur heute Nacht.«

»Ich … ich will das nicht … lass mich bitte.« Vicky versuchte, sich seinen Berührungen zu erwehren, doch Ludwig ließ sich nicht beirren. Im Gegenteil, sein Begehren schien jetzt erst recht angestachelt.

»Komm schon, einmal ist immer das erste Mal …«, meinte er und hatte instinktiv ins Schwarze getroffen mit seiner Vermutung.

»Ich will nicht!«, sagte sie und stand auf. Plötzlich verstand Vicky, dass sie viel energischer auftreten musste, wollte sie Ludwig Einhalt gebieten. Doch Ludwig hielt sie am Arm fest.

»Oh, Fräulein Rührmichnichtan! Dabei hast du dich von diesem Kerl verführen lassen … und wer weiß, von wem sonst noch. Wer weiß, wo du überhaupt herkommst.« Er grinste und stand ebenfalls auf. »Wollen wir doch mal sehen, was du wirklich willst!«

»Ich meine es ernst!«, antwortete Vicky mit fester Stimme. »Lass mich los, sofort!«

»Und wenn ich das nicht will?« Ludwig stand jetzt ganz dicht vor ihr und hatte sie, während er das sagte, an die Wand gedrängt. Sie spürte seine Erregung, seine Hände waren überall auf ihrem Körper, zwischen ihren Beinen.

»Nein!« Vicky stieß ihn mit aller Kraft zurück, wand sich unter seinem Griff, doch er war stärker und ließ sie nicht los.

»Sag ja … jetzt hab dich doch nicht so!« Ludwig schüttelte amüsiert den Kopf, für ihn schien das Ganze ein Spiel zu sein, ein Spiel, das nach seinen Regeln zu laufen hatte und das er stets gewann. Aber Vicky war es ernst, bitterernst.

»Lass mich! Ich will nicht«, wiederholte sie unbeirrt. Sie wehrte sich mit allem, was sie hatte, trat ihm gegen das Schienbein und nutzte seine Verwirrung, um ihm mit voller Kraft die Stirn gegen den Kopf zu rammen.

»Du Biest, was fällt dir ein!« Ludwig griff sich an die blutende Nase, und in diesem Moment gelang es Vicky irgendwie, sich aus seinem Griff zu befreien und auf die andere Seite des Tisches zu gelangen.

»Also gut, du hast es nicht anders gewollt!« Mit einem Satz war Ludwig bei ihr und riss sie zu Boden, dabei schlug sie heftig mit dem Kopf gegen die Wand.

»Du tust mir weh!« Vicky schrie auf, ihr Kopf dröhnte, warme Flüssigkeit rann über ihr Gesicht. Mit Leibeskräften wehrte sie ihn ab, tastete auf dem Tisch blind nach irgendetwas, womit sie sich verteidigen konnte. Da. Die Flasche. Ohne Zögern griff sie danach und zog sie Ludwig über den Kopf. Es gab einen dumpfen Schlag, dann splitterte das Glas zu allen Seiten.

»Was zur Hölle …« Er schaute sie erschrocken an, Blut strömte, er taumelte, machte einen Schritt auf Vicky zu.

Die hielt drohend die zerbrochene Flasche in die Höhe.

»Bleib stehen, hörst du?«

»Du Luder! Wag es nur …«

»Nicht einen Schritt weiter!«

Doch sie konnte sich die Drohung sparen, Ludwig war bewusstlos zu Boden gesunken, weiß wie die Wand.

Ohne lange nachzudenken, stürmte Vicky aus der Wohnung, griff im Vorübergehen einen Mantel vom Haken. Zu spät bemerkte sie, dass es Luises alter Webpelz war, den die Freundin hütete wie ihren Augapfel und um den sie sich neulich beinahe gestritten hatten.

Draußen atmete Vicky tief durch. Sie fühlte sich furchtbar. Es hatte begonnen zu nieseln, doch sie spürte den Regen kaum. Sie wischte sich die Tropfen aus dem Gesicht. Im schwachen Schein der Laterne bemerkte sie, dass es Blut war, jede Menge Blut, ihr Schädel schien vor Schmerz zu platzen. Für einen kurzen Moment beschlich sie ein schlechtes Gewissen. Was, wenn sie Ludwig ernsthaft verletzt hatte? Sicher würde Luise bald nach Hause kommen und sich um ihn kümmern, versuchte sie sich zu beruhigen. Schließlich geschah es ihm ganz recht. Was fiel ihm ein, die Situation so schamlos auszunutzen! Diesen Denkzettel würde er auf jeden Fall so schnell nicht vergessen.

Weil sie nicht wusste wohin, lief Vicky zurück zum Bellefleur, genauer gesagt tastete sie sich an den Häuserwänden entlang. Vielleicht war Luise doch noch dort. Oder jemand aus Johnnys Band konnte ihr weiterhelfen, wenigstens für eine Nacht. Johnny! Bei dem Gedanken an ihn spürte sie einen Stich in ihrem Herzen. Hoffentlich ließen sie ihn bald wieder frei, er hatte doch nichts verbrochen!

Ihr Kopf dröhnte jetzt, die Lichter der Stadt verschwammen vor ihren Augen. Vicky musste weiter, sie konnte nicht einfach hier mitten auf der Straße zusammensinken, am Ende wurde sie noch von der Polizei aufgegriffen und abgeführt. So schleppte sie sich von Hauseingang zu Hauseingang, blieb immer wieder stehen, um zu verschnaufen, wischte sich das Blut aus dem Gesicht, das in einer Tour mit dem Regen um die Wette tropfte. Schon spürte sie ihre Beine nicht mehr, der linke Knöchel schmerzte, doch sie lief einfach weiter und weiter. Bemerkte nicht die befremdeten Blicke der Nachtschwärmer, die nach Hause liefen, hörte nicht die anzüglichen Bemerkungen der Matrosen, die umherstromerten …

Nach einer Ewigkeit endlich entdeckte sie die funkelnde Fassade vom Bellefleur in ein paar Metern Entfernung vor sich. Das Leuchtschild blinkte verlockend und verhieß Rettung. Gleich war sie in Sicherheit, sagte sich Vicky, nur noch wenige Meter. Schritt für Schritt torkelte sie voran, ihr war elend zumute, zum Speien übel. Während die Lichter nach und nach erloschen, erreichte sie das Portal. Sie konnte gerade noch läuten, dann brach sie ohnmächtig zusammen.

Martha

Kopfschüttelnd hatte Martha an diesem Abend die Ereignisse verfolgt, jetzt stand sie in der Küche von Willenbrock und war mit dem Abwasch beschäftigt. Man hatte mit einem großen Fest die Verlobung der Jüngsten gefeiert, ein Anlass, den Bürgermeister nebst Gattin einzuladen und ein üppiges Mahl aufzufahren. Doch dieser Arthur Jansen gefiel der treuen Seele nicht. Anders als der Gutsherr behandelte er die Bediensteten von oben herab und hatte an allem etwas auszusetzen, selbst an Marthas Friesentorte. Er hielt sich wohl für etwas Besseres, dieser vornehme Pinkel, der ein angesehener Kaufmann war. Der alte Willenbrock schien zu wissen, womit Arthur Jansen sein Geld verdiente, und damit einverstanden zu sein. Sonst hätte er nie im Leben zugelassen, dass seine Jüngste nun seinen Verlobungsring trug.

Martha gönnte der Lütten das Glück von ganzem Herzen, war Marlene doch von jeher das Sorgenkind der Familie. Wie oft war sie nach dem Arzt geschickt worden! Nach dem tragischen Tod der Mutter hatte sich die gute Martha um die beiden Schwestern gekümmert, sie zu ehrbaren und tugendhaften jungen Frauen heranwachsen sehen. Als junges Mädchen war Martha auf den Rosenhof gekommen, hatte erst auf den Feldern gearbeitet, später in der Küche und sich alsbald mit ihrer umsichtigen Art auf Willenbrock unentbehrlich gemacht. Dann hatte der damals noch junge Willenbrock die wunderschöne Beatrice von Teggern geheiratet, und Vicky und Marlene waren für Martha wie zu eigenen Töchtern geworden. Sie kannte ihre Vorlieben, wusste, dass Vicky immer etwas für den kleinen Hunger zwischendurch in der Speisekammer suchte, und war überzeugt davon, dass Marlene die geborene Gutsherrin war: umsichtig, fürsorglich und gerecht, da kam sie ganz nach ihrer Mutter, Gott hab sie selig. Ganz anders als die aufbrausende Vicky, ein Wildfang vor dem Herrn. Marlene würde mit Arthur Jansen eine sorgenfreie Zukunft haben, sich um die Kinder und den Haushalt kümmern, während er den Geschäften von Willenbrock nachging. Er würde Willenbrock wieder groß machen, Ländereien hinzukaufen, mit der Rosenzucht nach Übersee expandieren und sie um neue Sorten bereichern. Ganz bestimmt hatte Marlene nun einen Mann an ihrer Seite, der sich in Zeiten wie diesen auf krisensichere Geschäfte verstand. Aber dass es ausgerechnet Arthur sein musste, der sie zum Traualtar führte, gefiel der treuen Seele nicht. Irgendetwas an ihm war ihr nicht geheuer. Ihr war nicht entgangen, dass er sich des Öftern im Arbeitszimmer des alten Willenbrock aufhielt und in Dingen herumschnüffelte, die ihn nichts angingen. Was hatte er dort zu suchen? Und Vicky, das arme Ding, musste brennend eifersüchtig sein, ihr waren die schwärmerischen Anwandlungen des jungen Fräuleins für den schmucken Geschäftsmann nicht entgangen.

Martha nahm das Tablett und lief in den Salon, um die restlichen Gläser abzutragen, die Gäste waren schon gegangen. Nur im Kaminzimmer saßen noch Arthur Jansen und der alte Willenbrock bei einem Glas Whiskey zusammen. Martha diente lang genug auf dem Rosenhof, um zu wissen, wann ein Gespräch nicht für ihre Ohren bestimmt war und es an der Zeit war, sich diskret zurückzuziehen. Doch ungespülte Gläser hin oder her. Diesmal blieb sie stehen und lauschte.

Sie redeten über Vicky. Und was sie hörte, gefiel ihr nicht.

»Sie wird es gut haben, mit einem Mann wie ihm wird es ihr an nichts fehlen, da können Sie mir vertrauen«, sagte Arthur. »Er besitzt ein großes Anwesen nahe der dänischen Grenze mit einer angesehenen Pferdezucht.«

»Ja, es wird wohl das Beste für Vicky sein«, pflichtete der Vater bei. Gläser klirrten, offensichtlich besiegelten sie ein Geschäft.

Martha traute ihren Ohren kaum. Was redeten die beiden da? Schon hörte sie Arthur weitersprechen.

»Und er kann es kaum erwarten, ein so ein tüchtiges Weib wie Vicky zu ehelichen. Jeder weiß, wie sie anpacken kann. Und ein Mann wie er weiß auch mit ihrer Widerspenstigkeit umzugehen. Er wird ihre weibliche Hand schon führen und zur Ordnung rufen. Ich denke, es wird höchste Zeit, ihr die Flausen auszutreiben …«

»Sie ist wie ihre Mutter, leider …«, warf der Vater ein.

Martha schüttelte den Kopf. Weibliche Hand. Ordnung. Ausgerechnet Vicky? Und von welchem Mann sprachen sie da? Sie versuchte, durch den Türspalt einen Blick in das Kaminzimmer zu erhaschen. Der alte Willenbrock und Arthur saßen sich in den Ledersesseln gegenüber und schienen ganz einer Meinung zu sein, so wohlgefällig, wie sie sich jetzt zuprosteten.

»Es wird ihr guttun, nach allem, was geschehen ist«, machte Arthur weiter.

»Das hoffe ich. Sie macht mir Sorgen, immer so in sich gekehrt.«

Martha schnaubte empört. Der Vater machte sich Sorgen um sie? Mitnichten. Er nutzte jede Gelegenheit, um dem armen Ding Anweisungen zu erteilen, und hatte eine Aufgabe nach der nächsten für sie. Von Schonen konnte keine Rede sein, im Gegenteil! Seit jenem schrecklichen Tag hatte Vicky häufiger denn je auf den Rosenfeldern geholfen. Als könnte sie damit ihre Schuld am Tod der Mutter abarbeiten.

»Sie wird mit Julius Cordes bestimmt eine glückliche Ehe führen, davon bin ich überzeugt. Und der Zukunft von Willenbrock steht dann nichts mehr im Wege. Schon jetzt wollen meine Geschäftspartner aus Hamburg wissen, woher diese wunderschönen langstieligen Duftrosen stammen, die sie in ihren Salons zu den schönsten Bouquets arrangieren. Marlene wird das florierende Geschäft aufs Beste zu repräsentieren wissen.«

Abermals stießen die beiden Männer an, abermals klirrten Gläser. »Auf die Zukunft von Willenbrock.«

»Was?« Erschrocken schlug sich Martha die Hand vor den Mund und machte, dass sie in die Küche zu ihrem Abwasch kam. Von wegen das Beste für Vicky! Arthur Jansen wollte sie aus dem Weg haben!

Als keine zehn Minuten Vicky wie von Hornissen gejagt mit ihrem Koffer in der Hand an der armen Martha vorbeistürmte, wusste sie, dass sie nicht die Einzige gewesen war, die Dinge gehört hatte, die ganz und gar nicht für ihre Ohren bestimmt gewesen waren.

BELLEFLEUR

Der Schmerz war überall. Vickys gesamter Körper schien zu pochen, jede Bewegung unerträglich. Nur mit Mühe vermochte sie ihre Augen zu öffnen, sie konnte sich kaum orientieren. Es war, als streikte ihr Bewusstsein, als wollte es sich nicht erinnern. Wie damals nach dem verhängnisvollen Unglück. Je mehr sie darüber nachdachte, je mehr sie in sich hineinspürte, desto stärker wurden die Empfindungen. Arme, Beine, Hände, am schlimmsten war der Kopf. Vicky hatte das Gefühl, als hämmerte jemand von innen und außen gleichzeitig gegen ihre Schädeldecke.

»Schscht, alles gut, bleib ruhig liegen!«, drang eine weiche Stimme an ihr Ohr. »Du bist in Sicherheit, hier kann dir nichts passieren.«

Vicky spürte, wie kühle Hände besorgt ihre Stirn befühlten, jemand betupfte ihr Gesicht mit einem nassen Waschlappen. Mit einem Seufzer schloss sie die Augen, versuchte, sich zu beruhigen, doch ihr Herz klopfte zum Zerspringen, gleichzeitig war alles schwarz um sie herum, unmöglich, in diesem Zustand ruhig liegen zu bleiben. Was geschah mit ihr? Wo war sie? Erschrocken riss sie die Augen auf und wollte sich aufsetzen. Ein Fehler, sofort schossen grelle Blitze durch ihren Kopf und machten, dass ihr übel wurde.

»Was ist passiert? Wo bin ich?«, stammelte sie. Jedes Wort bereitete ihr große Mühe, die Zunge war wie gelähmt.

»Bonjour, chérie«, sagte eine weiche Frauenstimme. »Du bist im Salon Bellefleur, in der Wohnung bei Eve und Karl. Mach dir keine Sorgen, hier bist du in Sicherheit. Alles wird gut. Du musst nur schlafen.«

»Was ist passiert? Ich kann doch nicht …«

»Doch, du musst! In deinem Zustand kannst du nirgends hin. Hier, trink das. Und diese Tablette hilft dir gegen die Schmerzen. Voilà!«

Die Frau hielt ihr ein Glas Wasser an die Lippen und drückte ihr etwas Rundes in den Mund. Mit großer Anstrengung gelang es Vicky schließlich, die Tablette hinunterzuschlucken. Dann ließ sie sich erschöpft wieder in das Kissen zurücksinken und schloss die Augen.

»Was immer passiert ist, hier wird dich keiner vermuten. Wir passen auf dich auf …« Leise drang die Stimme an Vickys Ohr, und langsam hörte ihr Herz auf zu trommeln. Sie beruhigte sich und spürte, wie die Tablette wirkte, den Schmerz von ihr nahm und sie in die Weichheit des Schlafes sinken ließ.

Die Frau blieb die ganze Zeit über an Vickys Seite, streichelte ihre Hand und murmelte beruhigende Worte. So, wie ihre Mutter es immer gemacht hatte, dachte Vicky, und fühlte sich mit einem Mal ganz wunderbar behütet und geborgen. Und dann spürte sie eine ganze Zeit lang nichts mehr, denn sie schlief drei Tage und drei Nächte durch.

Als sie aufwachte, schien ihr die Sonne ins Gesicht. Vicky brauchte ein paar Minuten, um sich in dem freundlich gestrichenen Zimmerchen mit der Blütentapete zu orientieren. Wo war sie? Nur langsam kam die Erinnerung zurück.

»Guten Morgen, Dornröschen, da bist du ja wieder«, wurde sie von der freundlichen Stimme begrüßt. Sie gehörte zu einer blonden Frau, die nun mit einem Schwung die Vorhänge zur Seite zog.

»Ich bin nicht Dornröschen«, murmelte Vicky. Was sie alle nur hatten. Luise hatte sie auch immer Dornröschen genannt, wenn sie morgens nicht aus den Federn kam. Luise! Mit einem Ruck setzte sich Vicky auf, plötzlich hellwach. Jetzt erinnerte sie sich wieder genau. Ludwig. Sie hatte mit Ludwig gekämpft und offensichtlich selbst etliche Verletzungen abbekommen. Sie hatten Johnny zusammengeschlagen und festgenommen. Und Luise hatte sie nicht mehr gesehen, weil sie mit dem Herrn Direktor in eines dieser Separees im Keller verschwunden und dann mit ihm nach Hause gegangen war.

»Wo bin ich?«, fragte sie.

»In Sicherheit. *Comment vas tu?* Fühlst du dich besser? Ich bin Eve Bellefleur«, stellte sich die Dame vor und setzte sich an Vickys Bett. Sie trug ein weich fallendes, sehr geschmackvolles Kleid und einen dicken Perlenarmreif. Überhaupt hatte sie ein sehr distinguiertes Auftreten, was ihr französischer Akzent noch unterstrich. Und wie angenehm sie duftete! Sie mochte um die vierzig sein, feine Lachfältchen strahlten um ihre Augen und ließen sie warmherzig erscheinen. Sie reichte Vicky ein Tablett mit Brötchen, Butter und Marmelade.

»Hier, iss, mein Kind, damit du wieder zu Kräften kommst. Du musst ja völlig ausgehungert sein.« Sie nickte Vicky aufmunternd zu und reichte ihr eine Tasse Tee. »Und dann erzählst du mir alles.«

»Bellefleur?«, hakte Vicky nach und nahm dankbar einen tiefen Schluck. Das warme Gebräu tat gut, augenblicklich fühlte sie sich besser. »Gehört Ihnen der Tanzpalast mit dem Modesalon?«

»Richtig, *ma chérie*. Mir und meinem Mann. Er ist unten und kümmert sich um die Kundschaft, denn ich wollte bei dir sein, wenn du aufwachst.« Sie lächelte und drückte Vicky die Hand. »Du hast uns einen ganz schönen Schrecken eingejagt.«

Und dann erzählte sie, wie sie Vicky auf der Türschwelle aufgesammelt hatten, voller Blut, unzählige blaue Flecken am Körper, ein einziges Stöhnen, nichts als ein Häuflein Mensch. Gemeinsam mit ihrem Mann Karl hatte sie sie hier hoch ins Bett verfrachtet, nachdem sie ihr die Kopfverletzung gesäubert und verarztet hatten. Als Vicky überhaupt nicht mehr aufwachen wollte, hatten sie einen Arzt konsultiert, der gekommen war und ihr eine Spritze verabreicht hatte.

»So schlimm?« Atemlos hatte Vicky dem Bericht von Eve zugehört. In der Zwischenzeit hatte sie keinen Bissen angerührt, obwohl sie vor Hunger verging.

»Du hast großes Glück gehabt«, sagte Eve. »Da hat der liebe Gott dir ein paar Schutzengel zur Seite gestellt! Warum bist du ausgerechnet zu uns gekommen?«

»Weil …« Vicky zögerte und biss jetzt, um etwas Zeit zu schinden, doch in das Marmeladenbrötchen. Sie überlegte, was sie Eve erzählten durfte und was nicht. Immerhin war sie hier ohne Papiere gestrandet, schwer verletzt, und sie hatte sie ohne Wenn und Aber bei sich aufgenommen. Und Ludwig war ihr Geschäftspartner bei der Bank. Eine schöne Bescherung.

»Verstehe.« Eve schaute sie liebevoll an. »Hab keine Angst. Du kannst mir vertrauen. Und Karl auch. Wo er nur bleibt? Er wollte längst nach dir geschaut haben …«

»Danke!« Vicky drückte ihre Hand. »Ich weiß gar nicht, wie ich Ihnen danken soll.«

»Sag Eve zu mir«, erwiderte diese mit belegter Stimme und strich ihr über die Haare. »Und jetzt ruh dich aus. Ich schaue später noch mal nach dir, und dann sehen wir weiter, *d'accord?* Hauptsache, du kommst wieder zu Kräften.«

Und so kam es, dass Vicky abermals in einen tiefen Schlaf fiel. Doch als sie diesmal aufwachte, fühlte sie sich erholt und fast schon wieder gesund. So gesund, dass sie am liebsten gleich aufstehen wollte, doch der erste Schritt fiel über alle Maßen wackelig aus, sie strauchelte und bekam im letzten Augenblick noch den Gardinenstoff zu greifen, um sich abzufangen.

Vicky atmete tief durch und ließ sich zurück aufs Bett sinken. Unmöglich, in diesem Zustand unbemerkt das Haus zu verlassen, wie es ursprünglich ihr Plan gewesen war. Eve schien ihr unglaublich nett und fürsorglich zu sein – die liebevoll angerichteten Speisen auf dem Tablett zeugten davon –, doch sie konnte hier unmöglich bleiben. Ganz bestimmt suchte man in der Stadt nach ihr, ganz bestimmt hatten Eve und ihr Mann auch die Nachricht von der gesuchten Mörderin in der Zeitung gelesen. Auf keinen Fall konnte sie ihnen die Wahrheit erzählen, nie im Leben würden sie ihr glauben, was alles passiert war. Dass Vicky in Notwehr ausgerechnet Eves Bankberater verletzt hatte, machte die Angelegenheit nicht besser. Und der Gedanke an Luise schmerzte Vicky zutiefst. Schließlich hatte die Freundin ihr selbstlos geholfen, ihr nicht nur ein Kleid geschenkt, sondern auch für ein paar Tage ein warmes Zuhause, und nun war sie einfach davongelaufen.

Jetzt hatte Vicky die Chance auf ein neues Leben wohl verspielt, und alles nur, weil sie so eigensinnig war. Weil sie sich nicht alles gefallen ließ, was Männer von ihr verlangten. Genau deswegen war sie ja aus Willenbrock geflüchtet! Vicky hatte so gehofft, dass es in Hamburg anders wäre. Dass sie in der Stadt viel moderner dachten und hier die große Freiheit nicht nur versprochen, sondern auch gelebt wurde. Dass Frauen selbst wählen konnten, welchen Mann sie küssten. Es war bitter, sich nun eingestehen zu müssen, dass dies auch hier nicht immer der Fall war, selbst wenn sich Frauen und Männer in der Stadt viel freizügiger gaben als auf dem Land. In Hamburg schien es sie zu geben, die emanzipierten, finanziell unabhängigen, modernen Frauen, die für ihre Rechte demonstrierten. Gleichzeitig waren da auch die anderen, »Bubikopf-Girls« wie Luise, die ihre Kleider und ihre Schönheit dazu einsetzten, sich einen Mann zu angeln.

Wenn sie da an die durchfeierte Nacht im Bellefleur dachte, stieg ihr jetzt noch die Schamesröte ins Gesicht. Wie offensichtlich manche Frauen es drauf anlegten! Und wie ausgelassen sie selbst mit Johnny getanzt hatte! Dieser Mann, der sie vom ersten Augenblick an verzaubert hatte, damals schon, als sie auf Willenbrock mit ihm zusammengestoßen war. Sie hatte seine Berührungen nicht vergessen, seine Art zu tanzen, den Schwung in den Hüften, sein Lächeln. Insgeheim machte sie sich die größten Sorgen um ihn. Gleichzeitig wusste sie nicht, ob sie mit jemandem darüber sprechen durfte – womöglich brachte sie sich und ihn damit erst recht ihn Gefahr. So bitter es sich anfühlte, sie musste schweigen und beten, dass er längst wieder auf freiem Fuße war. Wenn sie wirklich hier im Bellefleur gesunden durfte, konnte sie darauf hoffen, ihm bei einem der nächsten Feste wieder zu begegnen. Sofort wurde ihr warm ums Herz.

Endlich bekam sie nun auch Appetit, viel zu lange schon hatte sie das nagende Hungergefühl ignoriert, man gewöhnte sich eben an alles. Nach zwei Marmeladenbrötchen und einem halben Apfel verspürte Vicky wieder so etwas wie Kraft in den Beinen. Abermals versuchte sie aufzustehen, diesmal gelang es. Vorsichtig lief sie zum Waschzuber, um sich frisch zu machen, Seife und ein Handtuch lagen griffbereit daneben, Eve hatte an alles gedacht. Ein traumhaft schickes Kleid hing an einem Kleiderbügel, ganz offenbar für sie gedacht.

So etwas Geschmackvolles hatte Vicky noch nie gesehen. Andächtig befühlte sie den weichen Baumwollstoff, ein leichtes Rot, das großartig zu ihren dunklen Haaren passen würde. Sofort wollte sich Vicky das Kleid überstreifen, doch die Bewegungen fielen ihr schwer. Als sie in den Spiegel schaute, verstand sie, warum: Ihr Körper war über und über mit blauen Flecken bedeckt und ihre Stirn dick verpflastert. Kein Wunder, dass sie immer noch Kopfschmerzen plagten, sie musste beim Sturz eine ordentliche Gehirnerschütterung erlitten haben.

Nein, in diesem Zustand konnte sie unmöglich aufstehen, sie würde Geduld haben müssen. Aber ein erster Schritt war gemacht.

Erschöpft krabbelte Vicky zurück ins Bett und schloss die Augen. Diesmal träumte sie von Johnny. Bestimmt wusste Eve etwas über Johnnys Verbleib. Ein guter Grund, hierzubleiben und ihre mütterliche Gastfreundschaft weiter in Anspruch zu nehmen, fand Vicky. Und mit diesem Gedanken schlief sie wieder ein.

Noch fünf Tage und fünf Nächte ging es so. Immer wieder wollte Vicky aufstehen, immer wieder fühlte sie sich zu schwach, immer wieder fiel sie zurück ins Bett und in einen tiefen Schlaf. Hinzu kam, dass sich das Fieber zurückmeldete, höher als zuvor. Die Verletzung am Kopf hatte sich entzündet und abermals musste der Arzt kommen, um Vickys Schmerzen zu lindern und die Wunde mit Penicillin zu behandeln. Schließlich verpasste er ihr eine Spritze, und dann, endlich, endlich, durfte Vicky wieder aufstehen.

Eve war in all der Zeit nicht von ihrer Seite gewichen. Hatte sie rührend umsorgt, ihr den Fieberschweiß von der Stirn getupft und ihr zu trinken eingeflößt, sie fürsorglich auf den Nachttopf begleitet. Benommen, wie sie war, bekam Vicky alles nur wie durch einen Schleier mit, gehorchte brav den Anweisungen und fühlte sich zugleich wunderbar geborgen. Es tat gut, sich so umsorgt zu wissen, ein Gefühl, das sie auf Willenbrock lange entbehrt hatte und das selbst Martha ihr nicht vermitteln konnte, auch wenn sie noch so viel rote Grütze und Milchreis kochte.

»Das Kleid steht dir ausgezeichnet, *c'est formidable!*«, meinte Eve und lächelte ihr im Spiegel zu. Sie saßen an der Frisierkommode, und Vicky hatte nach einer ausgiebigen Toilette ihr Nachthemd gegen das Modell aus dem Hause Bellefleur getauscht. Sie staunte nicht schlecht über all die Puderdöschen, Flakons und Bürsten auf dem Tischchen und fragte sich, ob sie den Umgang mit einem Lippenstift jemals lernen würde. Wenn sie hier in der Stadt bleiben wollte, gehörte es wohl dazu.

»Es fühlt sich großartig an.« Vicky lächelte zaghaft zurück. Sie konnte ihr Glück kaum fassen.

»Jetzt legen wir dir eine hübsche Frisur, und dann gehen wir frühstücken! Karl wird Augen machen, schließlich kennt er dich bisher nur schlafend. Er wollte dich nicht stören.« Eve grinste und arbeitete dann geschickt mit unzähligen Klemmen und Spängchen leichte Wellen in Vickys Haar, die sie abschließend mit reichlich Haarspray fixierte.

»Voilà!«

Vicky nickte. Nur dunkel konnte sie sich daran erinnern, dass außer dem netten Arzt noch ein weiterer Mann an ihrem Bett gewacht hatte, seine Berührungen waren ganz sanft gewesen, und er hatte besonders geduftet, ein Geruch, der ihr vertraut vorkam und sie an jemanden erinnerte, sie vermochte nur nicht zu sagen, an wen.

»Das Kleid ist wie für dich gemacht«, meinte Eve mit einem prüfenden Blick, als Vicky sich vor ihr drehte. Zu guter Letzt hatte sie Vicky noch die Wangen gepudert und ihr die Augen geschminkt, sogar einen Hauch Parfum hatte sie ihr aufgesprüht. »Um bei uns als Vorführdame zu arbeiten, brauchst du eine sportlichere Figur«, fügte sie hinzu und kniff Vicky dabei in die Arme.

»Wie bitte?« Vicky glaubte nicht recht zu hören. Ganz bestimmt hatte sie durch das hohe Fieber noch ein paar Kilos mehr verloren, zumindest fühlte es sich so an. Ihr Bauch war so flach wie nie zuvor.

Insgeheim rollte sie die Augen, so etwas hatte Luise auch immer gesagt. Dabei war Eve nicht gerade das, was man als schlank bezeichnen würde. Sie kleidete sich ausgesprochen elegant und geschmackvoll, auf den ersten Blick käme man nicht auf die Idee, dass sie ein paar Pfunde zu viel auf den Rippen hatte. Durch die Art, wie sie sich zurechtmachte und schminkte, wirkte sie jünger und sportlicher, das musste Vicky neidlos anerkennen. Sie schien zu wissen, auf was es ankam, und es klang fast, als wollte sie ihr ein Angebot machen.

»Karl wird Augen machen, wenn er dich so sieht! Im Salon können wir immer hübsche Mädchen gebrauchen«, meinte Eve und lächelte verschmitzt. »Groß genug bist du ja ... Wenn du willst, kannst du für uns arbeiten – und bei uns bleiben.«

Vicky traute ihren Ohren nicht. »Wirklich? Oh, das wäre großartig! Gleich morgen fange ich an, Sport zu machen. Ich kann laufen ... und ein bisschen boxen.« Dass sie sich mit Stoffen, Nähen und Webkunst auskannte, würde sie ihr bei der nächstbesten Gelegenheit auch noch beweisen.

»*Attends!* Langsam, langsam.« Eve schenkte ihr ein anerkennendes Lächeln. »Du hast über eine Woche im Bett gelegen und bist dem Tod gerade noch von der Schippe gesprungen. Wir müssen dich erst ein bisschen aufpäppeln, damit du wieder zu Kräften kommst. Die Arbeit als Mannequin ist anstrengend.«

»Ich denke, ich soll dünner werden?«, erwiderte Vicky kess. Nie im Leben hätte sie sich träumen lassen, dass sie einmal als Vorführdame oder Model, wie man neuerdings sagte, Kleider präsentierte.

Jetzt lachte Eve schallend los. »Schlanker, meine Liebe, schlanker, aber nicht krank. Ich werde gleich die Masseuse bestellen, damit sie dir deine Stellen rollt.«

Vicky grinste. »Einverstanden. Und wenn ich ehrlich bin: Ich habe einen Mordshunger!«

»Na dann los! Karl sitzt sicher längst am Tisch und wartet mit dem Frühstück auf uns.«

Und mit diesen Worten zog sie Vicky hinaus in den Flur, wo es verführerisch nach frisch gekochtem Kaffee und Brötchen duftete. Sofort meldete sich Vickys Hungergefühl, und sie beschlich ein schlechtes Gewissen. Beherrsch dich, flüsterte sie sich insgeheim zu. Ein Zuhause, eine Arbeit und dafür ein paar Kilo weniger, etwas Besseres kann dir nicht passieren.

Aber es kam noch besser.

Als Vicky Karl erblickte, fiel sie ihm, ohne lange nachzudenken, mit einem Jubelschrei um den Hals. Es war Carla, sie erkannte die Tante sofort, die ihr mit zurückgekämmten Haaren und in einem todschicken Hosenanzug mit der herzlichsten Geste beide Hände entgegenstreckte. Es fühlte sich für Vicky nicht eine Sekunde fremd an. Lange hielten sie sich fest, sehr lange, konnten ihr Glück und das Unfassbare nicht begreifen, atmeten sich, spürten sich und wussten in diesem Moment, dass weder Intrige noch Krise sie trennen konnten.

Eve schluchzte auf, jetzt konnte sie ihre Tränen nicht länger zurückhalten. »*Mon dieu!* Er hat dich so vermisst, das kannst du dir gar nicht vorstellen. Jahrelang hat er dir Briefe geschrieben, Kleider geschickt – du hast sie doch alle bekommen, oder? Dein Vater hatte ja jeglichen Kontakt verboten …« Eve drückte sich gerührt ein Taschentuch vor die Nase. Auch Karl liefen Tränen über die Wangen, er machte sich noch nicht einmal die Mühe, sie wegzuwischen.

»Und dann liegst du mitten in der Nacht einfach bei uns im Portal, so übel zugerichtet und blutüberströmt. Erst dachte ich, dass es wieder eine von unseren Animierdamen ist, die es mit dem Absinth übertrieben hat. Karl hat dich sofort erkannt. ›Das ist Vicky, meine Nichte‹, hat er gesagt und war völlig aus dem Häuschen«, erzählte Eve, während sie Vicky ein Glas Milch einschenkte.

Mittlerweile hatten sie an dem üppig gedeckten Tisch Platz genommen. Vicky bemerkte das Dressiergebäck aus der Bäckerei, die sie am Tag ihrer Ankunft besucht hatte. So viel war seither schon in Hamburg geschehen, es kam ihr vor, als wäre eine Ewigkeit vergangen. Auch das Geschirr kam ihr bekannt vor. Es stammte aus dem Hause von Teggern. Ihr Vater hatte es nie gemocht.

»Du bist deiner Mutter wie aus dem Gesicht geschnitten.« Karls Blick ruhte versonnen auf Vicky, als könnte er sich an ihr nicht sattsehen. Lächelnd reichte er ihr den Korb voller Brötchen. »Mädchen, Mädchen, was machst du nur für Geschichten«, murmelte er wieder und wieder. »Jetzt frühstücken wir richtig, und dann erzählst du uns, was passiert ist, einverstanden? Warum du nach Hamburg gekommen bist. Ach, was bin ich froh, dass du hier bist!« Er griff nach Vickys Hand und drückte sie fest.

»Ich bin auch sehr froh«, antwortete Vicky. »Aber ich wusste nicht …« Sie senkte verlegen den Blick, unsicher, was sie sagen sollte zu dem, was offensichtlich war. Carla lebte als Mann. Machte keinen Hehl daraus, dass sie eigentlich eine Frau war, die Augenbrauen waren gezupft, die Lippen rot geschminkt. Gleichzeitig hatte sie sich heute früh einen Menjou-Bart aufgemalt, wie ihn die Männer derzeit gerne trugen. Was ihr allerdings eher ein besonders weibliches Aussehen verlieh.

»*Ça ne fait rien*«, antwortete Eve und legte ihr beruhigend die Hand auf die Schulter. »Das haben wir uns schon gedacht, nachdem wir so lange nichts von dir gehört haben.«

»Auf Willenbrock hat nie jemand davon gesprochen. Alle dachten, du habest einen Modesalon, seist verheiratet und lebtest mit fünf Kindern …« Vicky ließ den Honig vom Löffel auf ihr Brötchen gleiten und biss dann genussvoll hinein. Es schmeckte ausgezeichnet, viel zu schnell war die Brötchenhälfte verputzt, und so bereitete sie sich noch eine und noch eine und noch eine. Prompt erntete sie einen missbilligenden Blick von Eve.

»Lass sie doch«, meinte Carla lächelnd. »Vicky muss nicht so ein dürr-rappeliges Gestell werden wie deine Fräuleins! Sie hat nun mal den gesunden Körper einer von Teggern geerbt. Ganz im Gegensatz zu ihrer Schwester.«

Vicky grinste. Genauso war es. Und weil sie immer noch nicht satt war, nahm sie noch ein Stück Rosinenstuten, den sie hier in Hamburg Klöben nannten, und ein bisschen Gebäck hinterher.

»Das wird ein Stück harte Arbeit mit dir«, seufzte Eve theatralisch, halb im Ernst, halb belustigt.

»Sie meint es nicht so«, meinte Karl. Vicky fiel auf, dass er immer wieder zwischen beiden Rollen hin- und herschlüpfte. Mal gab er sich besonders männlich und bestimmt, dann wieder sprach er mit weicher Stimme, warm und verständnisvoll.

»*Mais oui.* Ich meine es so.« Jetzt war es Eve, die sehr bestimmt klang. »Hast du mir nicht erst gestern einen langen Vortrag darüber gehalten, wie knapp wir bei Kasse sind – und dass wir jetzt jede Einnahme gebrauchen können?«

»Das stimmt, das habe ich.« Karl nickte. »Weißt du«, er wandte sich an Vicky, »das Bellefleur ist das Herz des Hamburger Nachtlebens, in unserem Haus findet man alles unter einem Dach: Mode, Tanz, Musik, Lustbarkeiten … Jeder, der etwas auf sich hält, ist hier zu Gast! Was haben wir schon für ausschweifende Feste gefeiert. Aber in jüngster Zeit ist es schwierig geworden …«

»Wir haben immer strengere Auflagen«, unterbrach ihn Eve. »Seit diese neue Partei aufmarschiert und alle drangsaliert, sind die Kontrollen durch die Sitte häufiger geworden. Und sicher ist man auch nicht mehr, das haben wir neulich ja gemerkt. Das wäre nicht nötig gewesen, dass sie unsere Musiker so übel zurichten. Zum Glück sind Johnny und die Jungs mittlerweile wieder auf freiem Fuß, er hat uns gestern besucht.«

Vicky horchte auf. Eve schien Johnny persönlich zu kennen! »Was ist mit ihm geschehen?«, rutschte es ihr heraus, auch wenn sie versuchte, so unbeteiligt wie möglich zu klingen.

»Das Übliche. Verhaften, ausfragen, festhalten. Und wenn sie nichts finden, wird man nach drei Tagen wieder freigelassen, als wäre nichts passiert. Dabei vergiften sie die Stimmung, sorgen für Angst und Repressalien.« Eve schüttelte den Kopf und wirkte besorgt. Vicky atmete erleichtert auf. Johnny war also in Sicherheit.

»Wir lassen uns das Tanzen nicht verbieten, auch wenn sie uns den Saal verwüsten und unsere Musiker festnehmen«, fügte Karl entschlossen hinzu. Längst hatte er sich den Mund mit der Serviette abgetupft und eine Zigarette angezündet.

»Warum machen sie das?«, platzte es aus Vicky heraus. »Warum ausgerechnet Johnny?«

Da lachten Carla und Eve wie auf Kommando los. Vicky fragte sich, was so lustig war. Sie mochte es nicht, ausgelacht zu werden.

»Du kennst den jungen Mann? Was für ein Zufall!« Carla schaute sie interessiert an, immer noch schmunzelnd. »Ein großartiger Musiker! Ganz Hamburg ist verrückt nach ihm und seinen Swinging Bananas. Alle kommen nur seinetwegen ins Bellefleur! Niemand spielt so gefühlvoll Klarinette ... und Gitarre erst. Wenn er auftritt, lässt das niemanden kalt!« Sie verdrehte schwärmerisch die Augen.

»Andere sehen darin ein Ärgernis«, warf Eve ein. »Sie prüfen zurzeit jeden, der ohne feste Arbeit ist und in irgendeiner Weise auffällt. Und Jazz gilt ihnen als zu modern. Ich habe schon manch einen sagen hören, das sei ›entartete‹ Musik. Neuerdings hört man solche Sprüche immer öfter. Das hat etwas mit diesem Hitler und seiner Idee von der arischen Rasse zu tun. *Ce n'est pas bien.* Mach dir keine Sorgen. Ihm geht es gut. Johnny weiß auf sich aufzupassen.«

»Und ganz bestimmt kommt er uns bald besuchen. Johnny und Eve kennen sich schon ewig, musst du wissen«, warf Carla dazwischen und zwinkerte Vicky zu. »Ohne Johnny und die Swinging Bananas gäbe es das Bellefleur, wie du es kennengelernt hast, nicht ...«

»Wirklich?« Über Vickys Gesicht huschte ein Lächeln. Das war wirklich ein Zufall! Dann bestand ja Aussicht auf ein Wiedersehen. Doch gleich darauf verfinsterte sich ihre Miene wieder.

»Ich habe keine Papiere mehr«, murmelte sie. »Was, wenn sie mich jetzt auch verhaften?«

»Du bist eine von Teggern, so schnell passiert dir nichts«, behauptete Carla stolz.

»Von Teggern, geflüchtete Willenbrock«, ergänzte Eve und umarmte beide. »Ich denke, fürs Erste bist du hier in Sicherheit! Und jetzt komm, ich zeig dir den Salon und das Nähatelier, gleich kommen ein paar Damens zur Anprobe. Später wird dann geturnt! *Viens!*«

»Und ich mach mich an die Bücher«, seufzte Karl mit sorgenvoller Miene. »Es sieht nicht gut aus. Die Bank verlangt horrende

Zinsen für den letzten Kredit. Und bevor wir den nicht abzahlen, gibt es auch keinen neuen. Wie soll ich zahlen, wenn wir keine Einnahmen haben, weil hier alles verwüstet ist und niemand zum Tanzen kommt? Wir brauchen dringend neue Geschäfte!«

»Ach, das wird schon, du hast schließlich gute Kontakte bei der Bank. Frag doch Herrn Nelken.«

Vicky zuckte zusammen. Meinten sie etwa Luises Bruder? Sie hatte vollkommen verdrängt, dass Karl und Eve auch Ludwig kannten. Noch so ein Zufall …

Eve stand auf. »Und wenn jetzt der Sommer kommt, steigt auch wieder die Kauflaune, du wirst schon sehen. Sie wollen doch alle ans Meer zum Sonnenbaden. Und die Senatorengattinnen heute werden sicher begeistert von unserer neuen Kollektion sein.«

»Dein Wort in Gottes Ohr!«, meinte Karl und angelte nach der Zeitung. »Ich bin da weniger optimistisch.« Er deutete auf die Titelseite, wo in großen Lettern von der Weltwirtschaftskrise die Rede war. Plötzlich wurde er ernst. »Dieser Hitler. Haben sie ihn freigesprochen in diesem Beleidigungsprozess … reklamiert die nationalsozialistische Denkweise für sich. Volksversammlungen will er … welch unerträgliches Pathos!«

»Es sind schwere Zeiten, für uns alle«, meinte Eve beschwichtigend und wollte Vicky aus der Tür schieben. »Was diese Partei da macht, ist nicht gut. Immer mehr Anhänger gewinnt er. Sie sind gegen die Demokratie, wollen alles kontrollieren. Ich weiß nicht, wo das hinführen soll …«

Vicky war stehen geblieben. »Er ist gefährlich, oder?«

»Adolf Hitler will Rassengesetze erlassen und denkt sich die merkwürdigsten medizinischen Untersuchungen aus.« Karl hatte die Zeitung beiseitegelegt und schaute Vicky ernst an. »In *Mein Kampf* schwadroniert er darüber, dass die ›Rassenmischung‹ mit allen Mitteln bekämpft werden müsse. Er will die Menschen der ›Gegenrasse‹, wie er es nennt, ausrotten und vernichten. Schwarze wie Johnny gehören ihm zufolge zu den ›minderwertigen Völkern‹, die es auszumerzen gelte, Homosexuelle und Menschen mit Behinderungen ebenso. Frauen sollen natürlich Sorge tragen, dass das germanisch-arische Volk erbgesund bleibt, und am besten acht Kinder und mehr bekommen …«

»Das klingt absurd!« Vicky schüttelte ungläubig den Kopf. »Aber er kommt nicht an die Macht, oder?«, fragte sie. Nicht auszudenken.

»Das wollen wir nicht hoffen«, erwiderte Eve leichthin. »Und jetzt komm endlich, ich will dir was zeigen!« Sie zog sie mit sich die Treppe hinunter und öffnete die Flügeltür zu einem hellen Raum. »*Voilà*, das ist unser Atelier!«, sagte sie stolz und ließ Vicky eintreten.

Morgensonne fiel durch die hohen Fenster und ließ die Stoffe, die auf einem Tisch in der Mitte des Raumes lagen, in den schönsten Farben leuchten. Vicky konnte nicht anders, beinahe andächtig befühlte sie den Samt und die aufwendigen Stickereien. Schon griff sie zu einem gelben Seidenstoff und drapierte ihn vor ihren Körper.

»Die Farbe steht dir ausgezeichnet. *C'est formidable!*«, meinte Eve und bemerkte wohlwollend, wie sich Vicky vor dem Spiegel drehte. Schon drückte sie ihr den passenden Hut in die Haare. »Du hast einen sicheren Geschmack.«

»Genau wie du!« Vicky lächelte sich im Spiegel an und spielte mit der Hutkrempe. Ihr gefiel, was sie sah.

»Leider wissen das nicht mehr alle zu schätzen, uns laufen gerade die Kundinnen davon: Die Künstlerinnen gehen nach Amerika, die Bürgerlichen sind mit unserer Lebensweise nicht einverstanden, und die anderen haben kein Geld«, meinte Eve mit sorgenvoller Miene. »Carla hat recht, das Bellefleur steht kurz vor dem Ruin. Die Renovierungsarbeiten werden unsere letzten Ersparnisse aufbrauchen.«

Sie deutete auf die verwaisten Nähmaschinen an den anderen Tischen. Augenscheinlich waren sie schon länger nicht mehr benutzt worden, überall stapelten sich Bügel und Garnrollen, ein paar Schneiderpuppen standen nackt herum. Nur eine von ihnen trug ein grau gewirktes Zipfelkleid mit einer Cloche, diesem typischen Glockenhut, wie er gerade nicht mehr sehr in Mode war, wollte man Eves Ausführungen folgen. Sie war der festen Überzeugung, dass mit Beginn des neuen Jahrzehnts auch ein neues Modezeitalter eingeläutet werden musste. Ein paar ihrer Entwürfe zeugten davon und wiesen vielversprechend in die Zukunft. Allein ihre Kundinnen schienen bisher noch nicht davon überzeugt zu sein.

»Und hier sitzt unsere Näherin.« Eve führte Vicky in einen weiteren Raum, in dem eine hagere dunkelhaarige Frau saß, die um ihre kurzen Haare ein lässiges Tuch gebunden hatte und blaue Hosen trug. Inmitten der eleganten Stoffe wirkte sie wie eine Arbeiterin, die sich verirrt hatte. »Darf ich vorstellen: Das ist Berta! Ob Seide, Lochsaum oder Pailletten, sie hat die flinksten Finger von ganz Hamburg.«

»Sie übertreiben«, antwortete Berta, augenscheinlich geschmeichelt ob der lobenden Worte. Sie war gerade dabei, die Nähmaschine über eine lange weiße Stoffbahn rattern zu lassen.

»Das Hochzeitskleid für die Tochter vom Herrn Senator«, erklärte sie, als sie Vickys fragenden Blick bemerkte. »Es soll ein rauschendes Fest werden. Morgen kommt die Deern zur Anprobe.«

»Und nachher Frau Koch und Frau Elmsbüttel …« Eve zog Vicky weiter. »Bis vor Kurzem haben wir hier noch fünf Näherinnen beschäftigt«, fügte sie mit Blick auf die verwaisten Tische seufzend hinzu. »Es wird höchste Zeit, dass wir die Geschäfte wieder ins Rollen bringen. Ich bin mir sicher: Dich schickt der Himmel! Es war kein Zufall, dass du bei uns gelandet bist. Du hast Geschmack und ein Gespür für Farben und Kombinationen. *Viens*, was hältst du davon? Bis die Damens kommen, ist noch viel Zeit.« Sie standen wieder vor dem Tisch mit den vielen Stoffen, und Eve hatte Vicky einen dunkelroten Samtstoff in die Hand gedrückt.

»Der fühlt sich viel zu schwer an, das wollen doch junge Frauen nicht tragen!«, meinte Vicky kess, froh darüber, dass Eve offenbar die angemahnte Sportstunde vergessen hatte. Nach Leibesertüchtigung und Massageroller stand ihr jetzt überhaupt nicht der Sinn. Viel lieber hätte sie sich an den anderen Tisch gesetzt und gezeichnet, ein paar Muster entworfen … oder etwas genäht.

»Junge Frauen?« Eve guckte sie verwundert an. Dann schien sie zu verstehen, was Vicky meinte. »Wir sollen Kleider für Jüngere schneidern, meinst du? Denn modern sind wir ja schon … *Viens*, ich zeig dir was. Du wirst staunen. Vielleicht schaffe ich es mit deiner Hilfe, endlich Karl davon zu überzeugen. Er kann nämlich ganz schön konservativ sein. Auch wenn er so ein unkonventionelles Leben lebt.« Und mit diesen Worten führte sie Vicky in ein kleines Zimmerchen, dessen Regale vor Papier überquollen. Eve wühlte eine Weile darin herum, bis sie einen Stapel herauszog, voller Linien in allen Farben und Formen.

»Das hier«, Eve wedelte triumphierend in der Luft damit herum, »ist aus Paris. Und unsere Zukunft! *Voilà!*«

Ehrfürchtig griff Vicky danach. Es waren nigelnagelneue Schnittmuster.

GEHEIME GESCHÄFTE

Nachdem sie wieder genesen war, war es Vickys größtes Anliegen, Luise schnellstmöglich ihren Mantel zurückzugeben, den sie sich verbotenerweise an jenem verhängnisvollen Abend vom Haken gegriffen hatte. Wie oft hatte sie sich für ihr unbedachtes Verhalten geschämt und insgeheim der Freundin Abbitte geleistet. So nutzte Vicky nun den erstbesten Nachmittag, um Luises Wohnung aufzusuchen und endlich, endlich den Mantel seiner rechtmäßigen Besitzerin auszuhändigen. Eve hatte nicht viele Fragen gestellt, sondern das gute Stück in einer der kostbaren Kleiderschachteln des Bellefleur verpackt. Nun lief Vicky durch Hamburgs Straßen, in der einen Hand den Mantel, in der anderen eine Tüte feinste Schokoladentörtchen, und staunte wieder einmal über die vielen Menschen, die ihr unterwegs begegneten. Doch diesmal ließ sie sich nicht aufhalten und aus lauter Begeisterung zu Tagträumen an der Alster hinreißen, diesmal marschierte sie schnurstracks ihres Weges. Vicky hoffte inständig, dass Luise zu Hause war und sie Ludwig nicht begegnete. Er war der Letzte, den sie sehen wollte. Aber sie hatte keine andere Wahl. Sie war es ihrer besten und einzigen Freundin schuldig.

»Du? Was willst du hier?« Ausgerechnet Ludwig war es, der ihr die Tür öffnete, das Gesicht immer noch leicht verschwollen und Kratzer an den Armen.

Vicky atmete tief durch. »Ich muss dringend Luise sprechen. Ist sie da?«

»Unser Mamsellchen? Da kannst du beim Rickmer vorstellig werden, vielleicht stellt er ja zwei von euch ein.« Ludwig verzog spöttisch das Gesicht.

»Bitte, wo finde ich sie? Ich muss ihr etwas zurückgeben …« Vicky versuchte, das Zittern in ihrer Stimme zu unterdrücken. Ob sie es zugeben wollte oder nicht, sie hatte Angst vor Ludwig und wollte so schnell wie möglich wieder fort.

»Was immer es ist, du kannst es getrost hierlassen. Früher oder später kommt sie sowieso hierher zurück. Spätestens wenn sie ihren Blaufuchs ergattert hat.« Ludwig hatte sich eine Zigarette angezündet, schief hing sie zwischen seinen geschundenen Lippen. Vicky musste ihn ziemlich übel erwischt haben.

»Ich weiß nicht …« Sie zögerte. Immerhin war es ein besonders wertvolles Erbstück, Luise hatte so betont, wie wichtig dieser Mantel für sie war. Doch Vicky hatte keine Wahl, sie musste Ludwig vertrauen. Und war er nicht auch Luises Bruder, der sich liebevoll um sie kümmerte?

»Also gut!« Vicky drückte ihm hastig die Schachtel in die Hand. »Sag ihr liebe Grüße. Und sie soll mich unbedingt mal im Bellefleur besuchen kommen!«

»*Das* Bellefleur?« Sie erntete einen erstaunten Blick. »Schau einer an. Wusste gar nicht, dass die ihre Mädchen jetzt auch beherbergen, da haben sie doch gar keine Konzession für.« Er lachte anzüglich.

»Wie bitte?« Vicky biss sich auf die Lippen, wollte das Missverständnis schon aufklären. Dann besann sie sich eines Besseren, wünschte noch einen guten Tag und beeilte sich, Ludwigs forschenden Blicken zu entkommen. Bei einem wie ihm wusste man nie. Das hatte sie gelernt.

Vicky gewöhnte sich rasch an das Leben in der Stadt. Es folgte einem ganz anderen Rhythmus, als sie es auf Willenbrock gewohnt war, und das war gut so. Morgens ließ man es gemütlich angehen, verbrachte viel Zeit am Frühstückstisch und mit Gesprächen. Später kam dann die Masseuse und punktrollerte Arme und Beine, oder die Kosmetikerin versorgte einen mit pflegenden Produkten für Haut und Haare, und schon war der Vormittag vorbei.

Vicky genoss es nach anfänglichem Zögern, sich die Hände pflegen und maniküren zu lassen. Auf Willenbrock hatte sie es immer Marlene überlassen, ihre Zeit mit Schönheitspflege zu vergeuden, da war sie lieber draußen bei den Pferden und auf den Feldern gewesen. Eve zuliebe übte sie nun auch jeden Tag mit den Hanteln, machte Kniebeugen, drehte kleine Runden um die Alster und konnte fast schon einen richtigen Spagat.

Während sich Karl diesen Prozeduren verweigerte, schwelgte Eve in Töpfchen und Tiegeln und schien in Vicky endlich jemanden gefunden zu haben, der ihre Leidenschaft für Schönes teilte. Nicht dass Karl keinen Geschmack gehabt hätte oder gar die Körperpflege vernachlässigte, im Gegenteil. Doch er machte keinen Hehl daraus, dass ihm das alles zu viel Gepuder war. Und sicher nicht männlich genug, wie Vicky insgeheim vermutete.

Nur wenige stellten sein Doppelleben infrage. Hier in der Stadt waren Vicky auch andere Frauen aufgefallen, die Männerkleidung trugen und sich Bärtchen schminkten. Die meisten akzeptierten die Tante als Karl Bellefleur, den Ehemann von Eve, ihre wahre Herkunft interessierte sie nicht. Trotzdem erlebte Vicky mehr als einmal, dass Karl mit zerrissener Kleidung nach Hause kam. Offensichtlich war es zu Handgreiflichkeiten gekommen. Weil Eve nicht weiter darauf einging und Karl sich stillschweigend umzog und tat, als wäre nichts vorgefallen, versuchte auch Vicky zu ignorieren, dass die Andersartigkeit ihrer Tante auf der Straße für Anfeindungen und Übergriffe sorgte.

Unterdessen kümmerte sich Eve um neue Papiere für Vicky, was ein heikles Unterfangen war. Unsicher und unruhig, wie die Zeiten waren, wusste man nie genau, wem man vertrauen konnte und wem nicht. Wer heute noch bei den Roten war, wählte morgen SPD, schwang übermorgen konservative Parolen, um dann wieder in die Gewerkschaft zu gehen. Die Parteien waren tief miteinander verfeindet und warteten nur auf eine Gelegenheit. Eine dahingeplapperte Bemerkung, ein versehentlicher Rempler beim Plakatieren – das reichte, um eine wüste Schlägerei anzuzetteln. Jeder belauerte jeden, jeder musste zusehen, wie er in diesen Zeiten überlebte. Dass im Bellefleur zwei Frauen zusammenlebten, sorgte immer öfter für Unannehmlichkeiten. Gekonnt überspielten Eve und Karl Drohbriefe und Schmierereien an den Häuserwänden, taten so, als gäbe es keine Anfeindungen. Aber Vicky spürte genau, dass die Drohungen ihre Wirkung nicht verfehlten. Eve bekam Migräne, und Karl stürzte sich in private Feierlichkeiten. Unten, im Keller mit den verliesartigen Räumen, empfing er eine illustre Runde an Gästen, und Vicky wunderte sich insgeheim über seine Vergnügungssucht und Freizügigkeit. Eve schien sich daran nicht zu stören, offenbar hatten die beiden eine Abmachung jenseits aller Konventionen getroffen. Das war ganz bestimmt nicht im Sinne dieser Nationalsozialisten! Wenn die gewusst hätten, was sich hinter den verschlossenen Türen abspielte, hätte gleich die Sittenpolizei in der Tür gestanden und Carla abgeführt. Und dazwischen eine junge Frau ohne Papiere, die sich weigerte, ihre Herkunft preiszugeben …

Also tat Vicky alles, um nicht aufzufallen, und vermied es ihrerseits, Fragen zu stellen. Sie hoffte inständig, dass das Bellefleur bald wieder seinen alten Glanz erhalten und damit die Pforten für neuen Tingeltangel, wie sie es nannten, öffnen würde. Dann würde sie hoffentlich Johnny wiedersehen.

Vicky lernte jeden Tag dazu. Im Salon stellte man sie als neue Vorführdame vor, wobei sich Vicky mit dieser Rolle nicht immer leichttat. Eve rügte sie mehrfach dafür, dass sie die Kleider so lustlos präsentierte, schließlich hing von ihrem Verkauf der Erhalt des Modesalons ab. Vicky plagte dann das schlechte Gewissen, sie kam sich undankbar vor. Schließlich hätte sie es nicht besser treffen können als hier bei ihrer Tante in Hamburg. Also gab sie sich Mühe, trieb noch häufiger Sport und aß noch weniger, übte trotz des schmerzenden Knöchels, in hohen, engen Schuhen zu laufen. Eves Kleider waren exquisit und wunderschön, sie kosteten ein halbes Vermögen. Vicky hatte jedes Mal Sorge, sie könnte sie beim Tragen ruinieren, und diese Angst machte es natürlich nicht besser, weil sie sich dadurch steif und unsicher bewegte. Mehr als einmal erntete sie dafür einen Rüffel, mehr als einmal riss sich Vicky dann noch mehr zusammen. Sie wollte Eve nicht enttäuschen. Und trotzdem …

»Ich fühle mich wie ein Kleiderbügel!«, beschwerte sie sich eines Tages, nachdem sie schon über zwei Stunden lang eine Abendrobe nach der nächsten hatte vorführen müssen. Im Salon hatte eine vornehme Dame in Gesellschaft ihrer Freundinnen Platz genommen, sie warteten auf die Präsentation neuer Modelle, bereits sehr angetan von Champagner und Pralinen.

»Nenn es, wie du willst, das ist jetzt dein Beruf! Du erweckst dieses Kleid zum Leben. Nur durch dich wirkt es schön, denk immer daran. Du musst es so tragen, dass sich die Kundinnen selbst darin sehen. Sei ihr reizender Spiegel, liebenswürdig, freundlich, immer lächeln, lächeln, lächeln. *Il faut sourire!*«, soufflierte Eve ihre Bedenken weg und drückte Vicky den Hut tiefer ins Gesicht. Unter der breiten Krempe war es fast nicht mehr zu erkennen, nur Vickys rot geschminkten Mund sah man, der sich mürrisch zu einer Schnute verzogen hatte.

»*Viens*, raus mit dir, worauf wartest du noch! Stell dir vor, Johnny guckt zu. Und lächeln, *s'il vous plaît*.« Sie kniff Vicky in den Allerwertesten und schob sie aus dem Umkleidezimmer in den Salon. »Die Konsulin Schönebeck ist unsere beste Kundin. Also enttäusch mich nicht!«

Vicky trug ein schmales schwarzes Kleid, dazu eine lange Perlenkette. Die Schultern gestrafft, setzte sie ein Bein grazil vor das andere, auch wenn sie zum Erbarmen müde und hungrig war. Beim Gedanken an Johnny beschleunigte sich ihr Puls, strahlte sie wie von selbst. Natürlich ließ sie Eve nicht im Stich, natürlich ließ sie sich nicht anmerken, was sie wirklich über die Arbeit als Mannequin dachte. Sie gab ihr Bestes, das war sie Eve schuldig. Innerlich verfluchte sie zum wiederholten Mal den Tag, an dem man ihr die Handtasche geklaut hatte. Mit ihrem Zeugnis in der Hand hätte sie sich längst an der Hochschule einschreiben und selbst Stoffe für die schönsten Kleider entwerfen können. So blieb ihr keine andere Wahl, als fröhliche Miene zu machen und mitzuspielen.

»Es ist zauberhaft«, rief Frau Schönebeck aus und prostete Eve zu. »So elegant, so exquisit! Das möchte ich haben.«

Zu Eves Zufriedenheit bestellte die Konsulin noch das bodenlange Abendkleid aus grünem Satin, den Tüll zierten lauter Samtblumen, und die Ärmelausschnitte waren aufwendig mit Perlen und Pailletten bestickt.

»Du hast dich wirklich selbst übertroffen, *merci*«, sagte Eve später anerkennend zu Vicky, die erschöpft auf einem Hocker saß und sich den schmerzenden Fuß rieb. Berta half ihr beim Auskleiden und legte ihr einen Hausmantel über. Aus Seide, wie Vicky erstaunt bemerkte, als sie die Hände in die Taschen steckte.

»Dank dir hat die Konsulin vier Kleider gekauft. Das müssen wir feiern! Höchste Zeit, dass wir hier im Bellefleur mal wieder tanzen, nicht wahr, Berta? Dann müssen auch die Bananas kommen … Ich werde gleich mit Karl darüber sprechen!«

Vickys Herz machte einen Hüpfer, wie immer, wenn sie an Johnny dachte. Die ganze Zeit hatte sie kaum gewagt, von einem Wiedersehen zu träumen, geschweige denn von einem gemeinsamen Tanz.

Eve schaute sie amüsiert an. Längst hatte sie die teuren Abendroben sorgfältig auf ihre Bügel zurückgehängt, Frau Schönebeck würde in den nächsten Tagen zur Anprobe vorbeikommen. Nachdenklich betrachtete sie die Kollektion.

»Es wird wirklich höchste Zeit«, sagte sie und ließ ihre Hand über den grünen Stoff des Abendkleides gleiten. »Wir brauchen mehr Kleider wie diese, die die Damens verzaubern. Nur fehlt mir die Inspiration … ach, was jammere ich …«

»Was redest du da? Du bist eine großartige Modeschöpferin! Die ganze Welt liegt dir zu Füßen. Hast du nicht selbst erzählt, dass diese Schauspielerin aus Amerika bei dir einkauft? Und all die Künstler aus Berlin und Wien …«

»Jetzt übertreib mal nicht«, wehrte Eve mit einem bescheidenen Lächeln ab, doch Vickys Bemerkung verfehlte ihre Wirkung nicht.

»Ich mochte das schwarze Kleid mit der Perlenkette am liebsten. So etwas Elegantes habe ich noch nie gesehen«, schwärmte Vicky weiter.

»Die Idee dazu habe ich aus Paris mitgebracht«, erzählte Eve mit leuchtenden Augen. Sie hatte sich neben Vicky vor den Schminkspiegel gesetzt und zündete sich eine Zigarette an. »Die meisten meiner Freundinnen und Freunde leben in Frankreich, musst du wissen. *Mon dieu*, wie ich sie alle vermisse! Und das Essen erst, die Art zu leben … Ich fahre viel zu selten hin. Aber wenn ich dort bin, gehe ich auf Modenschauen, halte in den Modesalons Ausschau nach neuen Kreationen und investiere viel Geld in neue Kleider. Mit Carla habe ich oft Streit deswegen. Es ist nämlich so: Wenn du ein Modell erworben hast, darfst du den Schnitt kopieren. So habe ich es mit dem roten Kleid gemacht, das dir so ausgezeichnet steht, und auch mit diesem schwarzen.«

»Daher die unzähligen Schnittmuster, die du mir neulich gezeigt hast!« Vicky erinnerte sich.

»Ich besitze wirklich viele Anleitungen und Zeitschriften.« Eve schien froh zu sein, Vicky davon erzählen zu können. Sie machte eine vage Bewegung in den Raum. »Früher stand hier alles voll, das kannst du dir gar nicht vorstellen! Jeder, der etwas auf sich hielt, kaufte bei uns im Bellefleur! All die Schauspielerinnen und

Künstlerinnen. Hier gab es die schönsten Kleider! Nur die feinsten Stoffe, *exécution exquise*. Nicht so kunstseidenes Zeug, wie es die jungen Frauen tragen ... sie sehen damit ja alle gleich aus.«

Vicky wusste sofort, was sie meinte. Prompt beschlich sie ein schlechtes Gewissen Luise gegenüber. Sie hoffte inständig, dass Ludwig ihr den Mantel zurückgegeben hatte und sie sie beim nächsten Fest im Bellefleur wiedersehen würde.

Oder noch besser, dass die Freundin sie hier einmal besuchen kam. Vielleicht traute sie sich ja nicht. Frauen wie Luise würden es nie im Leben wagen, einen feinen Modesalon wie das Bellefleur zu betreten.

»Die individuelle Erscheinung ist wichtig«, machte Eve weiter. Längst waren sie aufgestanden und liefen Richtung Nähatelier, wo bordeauxfarbener Krepp auf dem Tisch lag. Eve ließ den Stoff andächtig durch ihre Finger gleiten. »Nur was wir aus dem Schätzchen hier machen, weiß ich noch nicht ...«

»Ein kurzes Flapperkleidchen mit Fransen, oder? Und dann sticken wir hier oben Perlen auf.« Vicky hielt sich den Stoff an den Körper und drehte sich vor dem Spiegel. »So eins hätte ich gerne!«

»*Tu rêves, ma chérie!* Das bekommst du hier nicht mehr, das ist von gestern! Was damals Avantgarde war, ist heute nicht mehr gefragt.« Eve blätterte in einer alten Modezeitschrift, sie schien etwas zu suchen. »Hier, so etwas haben wir vor fünf Jahren genäht. *Le dernier cri!* Alle waren verrückt danach, die Kleider konnten ausgefallener nicht sein. Pfauenfedern, Pailletten, Knöpfe. Und Fransen, jede Menge Fransen! Bloß keine Spitze und je kürzer, je lieber. Ach, das waren Zeiten!«

»Die hast alle du entworfen?« Ehrfürchtig betrachtete Vicky die ausgefallenen Kleider, alle eine Spur extravaganter als das, was sie bisher hier im Salon gesehen hatte. Genau so eins war in ihrem Koffer gewesen, aus grünem Chiffon. Carla hatte es ihr geschickt. Und wenn die Kleider noch so kurz oder weit ausgeschnitten waren, sie wirkten nie anzüglich oder ordinär, sondern waren von einer betörenden Eleganz.

»*Oui*«, antwortete Eve schlicht mit einer Stimme voller Stolz. »Ich habe die Entwürfe zu all diesen Modellen gemacht … Irgendwo in den Schränken müssen noch meine alten Skizzenbücher sein. Damals lebte ich in Paris. Welch Inspiration, grandios! Hamburg ist großartig, hier trifft sich die Welt, Menschen aus allen Ländern, aus allen Kulturen, mit allen Hautfarben. Aber der Stadt fehlt der Esprit, die Kunst, die Moderne. Die Liebe. *Tu comprends?*« Eve hatte ein Buch aus dem Regal geholt.

»Was ist das?« Andächtig blätterte Vicky in den Seiten.

»Das Gästebuch des Bellefleur! Carla hatte irgendwann die kühne Idee, Fotos zu machen, statt Namen zu sammeln.« Sie blätterte durch die vielen Schwarz-Weiß-Fotografien. Ausgelassen feiernde Menschen, wunderschön geschminkte Frauen, rauchend. Und die Herren trugen todschicke Anzüge und Westen. Fröhlich sahen die Menschen aus, sie lachten und winkten unbekümmert in die Kamera. Lebensfreude pur! Vicky schluckte. Welch Kontrast. Und in anderen Ecken der Stadt herrschten so ärmliche Verhältnisse, wie Vicky sie draußen im Arbeiterviertel bei Imke erlebt hatte. Oder an der Seite von Luise, die jeden Pfennig dreimal umdrehen musste, bevor sie ihn für ein paar neue Seidenstrümpfe ausgab.

»Wie aus einer anderen Welt«, hauchte Vicky und versuchte, ihr schlechtes Gewissen beiseitezuschieben. »Nie im Leben hätte ich mir träumen lassen, dass ich mich einmal für solche Kleider begeistere! Ich dachte, ich entwerfe eines Tages Teppiche und Tapeten, aber so was Todschickes?« Sie schüttelte amüsiert über sich selbst den Kopf. Dabei strich sie sich die Falten ihres feinen Kleides glatt. »Vor ein paar Wochen habe ich noch in Schürze und Gummistiefeln auf den Feldern gearbeitet, hatte von Dornen zerfurchte, erdige Hände … und heute mache ich Maniküre und trage erlesene Stoffe, die kostbarer nicht sein könnten.«

»*Tu me fais du bien.*« Eve griff nach Vickys Hand und drückte sie überschwänglich an ihr Herz. »Es ist so schön, dass du hier bist! Ich habe mir immer eine Tochter wie dich gewünscht … doch mit Karl …«

»Das ist bestimmt nicht immer einfach, oder?« Vicky schaute Eve fragend an. Sie war froh, endlich einmal über diese befremdliche Situation sprechen zu können. Dass zwei Frauen zusammenlebten, von denen eine gerne als Mann auftrat, war ja nicht gerade gewöhnlich, auch wenn sie in Hamburg schon einige weibliche Paare gesehen hatte. Und Karl hatte offensichtlich noch andere Liebschaften, von Eve geduldet. Aber was war schon normal?

»Es ist vor allem gefährlich geworden. Immer öfter wird er auf der Straße angespuckt … *c'est dangereux*«, antwortete Eve. »Glaub mir, um nichts in der Welt würde ich mein Leben mit Carla und Karl gegen ein anderes eintauschen. Er, sie und ich, das ist Liebe, Seelenverwandtschaft. Wir lassen uns gegenseitig Freiheit, akzeptieren einander so, wie wir sind. Ich verdanke ihm so viel, ohne ihn gäbe es das Bellefleur nicht. Und jetzt, wo du da bist … ein Glücksfall! Wenn ich ihn nun noch davon überzeugen kann, am Sonnabend ein rauschendes Fest zu feiern, wird vielleicht doch wieder alles gut. *Bien sûr!*«

»Wie gerne wäre ich schon früher bei euch gewesen!« Versonnen blätterte Vicky weiter. Beim Anblick einer Gruppe oben ohne tanzender Darstellerinnen mit Schleiern und einer Nackttänzerin, die um einen Clown herumturnte, wurde sie rot.

»Einst war das Bellefleur das Herz des Hamburger Nachtlebens«, schwärmte Eve. »Nachdem die Republik ausgerufen wurde, wollten die Menschen nie wieder Fesseln tragen. Den Krieg vergessen. *Liberté toujours!* Dazu brauchten sie jede Menge Alkohol, Kokain, Tänzerinnen – und das Bellefleur!«

Vicky lauschte begeistert, bei Eves Erzählungen meinte sie, mittendrin in den Vergnügungen zu sein. Champagner zu trinken, ausgelassen Charleston zu tanzen, lustvoll Rauch zu inhalieren, überhaupt sich auf großartigste Weise zu amüsieren. Wie in jener Nacht, in der sie Johnny wiedergetroffen hatte. Johnny, dessen Name ihr ein Lächeln ins Gesicht zauberte und ihr Herz zum Stolpern brachte. Von dem sie träumte, wenn sie abends in den weichen Kissen lag, nach dem sie sich sehnte, sobald sie morgens aufwachte.

»Es ist wie ein Rausch!«, meinte Eve nickend und stand auf. »Du wirst es lieben! Ich gehe jetzt zu Carla, wäre doch gelacht, wenn wir dem Bellefleur nicht neuen Glanz verleihen können, nach allem, was passiert ist. Und für dich schneidern wir ein schickes Kleid. Wo es doch dein erstes Mal ist!«

Die Vorbereitungen für den Tanzabend liefen auf Hochtouren. Eve hatte aus dem bordeauxfarbenen Stoff ein elegantes Abendkleid für Vicky gezaubert. Ein gerader Schnitt mit gerafften Partien im Brustbereich, einer aufwendig gearbeiteten Taille und einer Stoffrose am Träger, die dem Kleid etwas spielerisch Leichtes verlieh.

»C'est formidable!«, schwärmte Eve.

»Etwas Feineres hat die Welt noch nicht gesehen«, lautete Karls Kommentar, sichtbar stolz auf Eves neueste Kreation, auch wenn er dem Wunsch nach einem Fest nur zögerlich zugestimmt hatte. Ebenso dem Auftritt von Johnnys Jazzband. Er befürchtete abermalige Auseinandersetzungen.

»Ich lasse mir das Feiern nicht verbieten! Weder Musik noch meine Freunde, egal, welche Hautfarbe sie haben. Und ich lasse mir meinen Modesalon nicht zerstören, nur weil ich nichtarischer Herkunft bin«, hatte ihm Eve daraufhin wütend entgegengeschleudert.

»Bitte lass uns eine andere Band engagieren. Ruhige, salonfähige Tanzmusik, nichts Wildes. Noch mal können wir uns keine Verwüstung leisten! Wir haben doch sowieso kaum noch Geld, um uns all diesen Luxus hier leisten zu können. Die Wohnräume, das Atelier, den Garten, das Personal …«, insistierte Karl.

»*Comment? Non!* Ohne die Swinging Bananas ist es nicht dasselbe! Da mache ich nicht mit!«, schnaubte Eve empört. »Wo bleibt dein Elan, dein exquisiter Geschmack? Dann können wir gleich auswandern!«

Woraufhin ein lautstarker Streit zwischen den beiden entbrannte, bei dem immer wieder die Worte »Judenfeindlichkeit«, »Geld«, »Schulden« und »Bank« fielen. Vicky sah betreten zu Boden.

»Denk doch an Vicky«, sagte Eve und zog sie in ihre Arme. »Soll sie etwa so ein spießbürgerliches Leben führen wie deine Schwester auf dem Land? Weshalb ist denn das arme Mädchen in die Stadt geflüchtet?«

Vicky schluckte. Den wahren Grund für ihre Flucht hatte sie den beiden immer noch nicht verraten und sich in vagen Andeutungen verloren, als Eve behutsam danach gefragt hatte.

»Bestimmt nicht, um hier ihr Leben aufs Spiel zu setzen«, meinte Karl mit ernster Miene. »Ihr habt doch selbst erlebt, was sie machen, wenn sie mit der Musik nicht einverstanden sind. Und sie haben unseren Modesalon sowieso im Visier. Zufall? Absicht? Wer weiß es schon! Wirklich, ich mache mir große Sorgen. Wir können die aktuelle Situation nicht einfach ignorieren und rauschende Feste feiern, während da draußen die Welt untergeht. Was ist mit den Unruhen vom ersten Mai? All die Festnahmen, Toten. Jeden Tag steht jetzt etwas in der Zeitung. Die Arbeiter werden nicht mehr lange stillhalten…«

»Und deswegen lassen wir uns das Leben verbieten?! Nein, wir feiern! *Spécialement maintenant!*« Eve wirkte entschlossen.

»Wie stellst du dir das vor?« Karl guckte ernst. »Wir haben kaum noch Geld! Das will doch alles bezahlt sein!«

»*Pas du tout!* Die Menschen sehnen sich nach Abwechslung, nach Leichtigkeit. Sie wollen sich vergnügen. Die Investitionen spielen wir locker wieder ein. Wie immer.« Eve winkte ab und stand auf, für sie war die Sache erledigt. Vicky schaute besorgt zwischen den beiden hin und her.

»Du vergisst, dass alle immer weniger Geld verdienen. Wenn sie keins haben, wie sollen sie es dann ausgeben?« Karl schüttelte den Kopf.

»Und wenn wir ganz viel Werbung machen? Leuchtreklame, Anzeigetafeln, Litfaßsäule«, warf Vicky ein. Die Stadt war bunt plakatiert mit Ankündigungen jeder Art. Die Frauen wurden aufgefordert, von ihrem neu erworbenen Wahlrecht Gebrauch zu machen. Kommunisten, Sozialisten, Nationalsozialisten, alle buhlten um ihre Stimmen. Das bemerkte sie bei ihren Spaziergängen immer wieder. »Je mehr Menschen davon wissen, desto mehr kommen. Und vielleicht kaufen sie bereits vorher eins von Eves großartigen Kleidern!«

»*Quelle bonne idée, ma chérie!* Ich sehe, wir verstehen uns.« Eve warf ihr eine Kusshand zu und Karl schenkte ihr einen missbilligenden Blick.

»Das haben wir früher immer gemacht. Bevor die Roten unsere Plakate mit ihren Parolen zugeschmiert haben. Es wird höchste Zeit, dass wieder Ordnung im Reich herrscht! Dieser Hitler könnte es schaffen. Er verspricht allen Arbeitsplätze und Autobahnen, endlich einen wirtschaftlichen Aufschwung.«

»Karl!«, herrschte Eve ihn an. »Das meinst du nicht im Ernst. Diese Partei ist gefährlich! Das sind keine Demokraten! Und sie sind gegen Juden und jeden, der anders denkt als sie. Du merkst doch selbst, wo das hinführt. Spitzel überall …«

Für einen Moment herrschte eisiges Schweigen. Vicky schaute angespannt von einer zur anderen. Solche Töne waren neu. Sie konnte nur hoffen, dass sie sich wieder vertrugen. Wie immer.

»Aber die Separees bleiben geschlossen«, lenkte Karl schließlich mit grimmiger Miene ein. »Nicht, dass sie uns wieder die Lustbarkeitspolizei auf den Hals hetzen.«

In diesem Moment ging die Glocke, und Vicky traute ihren Augen nicht. Es war Arthur, der um Einlass bat und die Treppe hinauf in den Modesalon kam.

»Was … was willst du hier?« Vicky starrte ihn entgeistert an.

»Dachte ich's mir doch«, begann er ohne Umschweife und kam direkt auf sie zu. »Was denkst du dir eigentlich?«

»Guten Tag, der Herr, Sie wünschen?«, unterbrach Karl Arthur, der gerade zu einer Tirade ansetzte, und stellte sich schützend vor Vicky. Die Auseinandersetzung von gerade eben schien vergessen. »Wie können wir Ihnen weiterhelfen?«

Arthur atmete tief durch und zog den Hut, die Haare darunter waren kurz rasiert. Dann rang er sich ein Lächeln ab und musterte Karl in seinem Anzug von oben bis unten. »Gestatten, ich bin Arthur Jansen aus Willenbrock. Und Sie sind …«

»Karl Bellefleur.« Über Karls Gesicht huschte ein amüsiertes Lächeln. Er warf Eve einen verschwörerischen Blick zu, schien gespannt, was als Nächstes passieren würde.

»Angenehm.« War Arthur irritiert, so versuchte er, sich nichts anmerken zu lassen. Geschäftsmann durch und durch. Dann deutete er auf Vicky. »Ich bin wegen dieses jungen Fräuleins hier. Endlich habe ich dich gefunden!« Er schaute sie mit einer Mischung aus Freude und Erleichterung an.

Vicky schüttelte verlegen den Kopf. »Woher weißt du, dass ich hier bin?«

»Du hältst dich wohl für besonders schlau, Vicky Willenbrock! Das liegt ja wohl auf der Hand. Der Modesalon deiner Tante ist Stadtgespräch! Weißt du überhaupt, welche Sorgen sich dein Vater macht? Dem alten Herrn geht es nicht gut …«

»Wenn du gekommen bist, um mir ein schlechtes Gewissen zu machen …« Vicky wechselte einen raschen Blick mit Eve und Karl, die Arthurs Auftritt mit angehaltenem Atem verfolgt hatten, sich jetzt aber diskret in den Nebenraum zurückzogen.

»Was denkst du von mir?« Arthur war auf sie zugetreten und griff nach ihrer Hand.

»Seit wann interessiert dich das?« Vickys Herz hüpfte. Vor ein paar Monaten noch hätte sie alles dafür gegeben, dass Arthur ein paar liebe Worte an sie richtete. Jetzt stand er vor ihr, hielt ihre Hand, und es war ihr – egal.

»Das fragst du noch? Du bist anders als die anderen Frauen … Seit ich dich zum ersten Mal auf Willenbrock gesehen habe, weiß ich das.«

»Du hast nie mit mir geredet …« Vicky verstand die Welt nicht mehr. Sollte sie sich in Arthur getäuscht haben? Aber er hatte sie doch verraten …

»Ein riesengroßer Fehler! Und jetzt sage mir ehrlich, warum bist du aus Willenbrock geflüchtet?«

Vicky atmete tief durch. Fragte er das wirklich? Welches Spiel spielte er? Wie Arthur sie jetzt so ansah, war sie versucht, ihm alles zu erzählen. Von jenem Abend, als sie ihn und ihren Vater am Kamin belauscht hatte. Da fuhr er fort:

»Du weißt gar nicht, was du deiner Familie damit antust! Das ganze Dorf redet über dich. Am schlimmsten hat es deinen Vater getroffen. Seit du weg bist, ist er ein gebrochener Mann. Bitte, Vicky, du musst zurückkommen! Er braucht dich … und ich, ich brauche dich auch.« Ganz nah stand er nun vor Vicky, sie konnte sehen, dass in seinem Schnurrbart noch Brötchenkrümel hingen. Er schaute sie flehend an. Und da war noch etwas in seinem Blick. Ein unruhiges Flackern, ein Verlangen.

»Mein Vater braucht mich?« Vicky schnaubte empört und trat einen Schritt zur Seite, versuchte zu ignorieren, dass Arthur sie so lüstern ansah. »Das wäre das erste Mal! Ich mache es ihm doch nie recht. Ständig hat er etwas an mir auszusetzen …«

»Das ist nicht wahr, dein Vater hält große Stücke auf dich. Jetzt, wo er so schwer erkrankt ist. Bitte, überleg dir, was du ihm antust. Was du mir antust.«

Was sagte er da? Der Vater war schwer erkrankt? Bevor Vicky nachfragen konnte, war Arthur hinter sie getreten und hatte ihr die Hände auf die Hüften gelegt. Irritiert hielt sie inne. Für einen Moment war sie versucht, sich an ihn zu schmiegen.

»Auch wenn ich es nicht immer gezeigt habe, du bist die Einzige für mich! Niemand hat so ein natürliches und ansteckendes Lachen wie du! Vicky, ich bitte dich. Komm zurück nach Willenbrock. Komm zurück zu mir.«

Vicky schloss die Augen. Wie oft hatte sie diesen Moment herbeigesehnt. Von seiner Nähe, seinen Berührungen geträumt Wie oft hatte er sie ausgelacht, sie nicht beachtet. Und jetzt?

»Lass mich. Ich glaube dir kein Wort!« Vicky schüttelte den Kopf und wehrte Arthurs Hände ab. Sie hatte sich wieder gefangen. Ihr Vater strotzte vor Gesundheit. Er würde sicher nicht wegen ihr, einer ungeliebten Tochter, das Zeitliche segnen. Und Arthurs Verlobte war ihre Schwester Marlene.

»Du ahnst nicht, was er durchmacht! Was wir alle durchmachen. Wenn du ihn sehen würdest … du würdest ihn nicht wiedererkennen. Erst deine Mutter … und jetzt du, die ihn verlässt.« So schnell ließ sich Arthur nicht abwimmeln. Er stand immer noch dicht neben Vicky, spielte jetzt mit einer der Haarsträhnen, die ihr ins Gesicht fielen. In ihr kämpfte es, eine Mischung aus schlechtem Gewissen, Trotz und Wut. Und dann waren da noch diese Gefühle, von denen sie einmal dachte, sie seien für immer. Vicky horchte in sich hinein, versuchte, der Liebe, die sie einmal in sich trug, nachzuspüren. Doch sie war verschwunden.

»Bitte, Vicky«, setzte Arthur mit sanfter Stimme nach. »Du siehst schön aus, wenn du so erregt bist. Und dieses Kleid steht dir ausgezeichnet.«

Vicky hielt die Luft an. Was er da sagte, klang schön. Was er da machte, gefiel ihr nicht. Schon ließ er seine Hände über ihre Hüfte gleiten. Dieses Spiel kannte sie. Aus Willenbrock. Aus dem Alkazar. Von Ludwig. Nein.

»Du kannst jetzt gehen«, sagte sie und wehrte seine Berührungen abermals ab. »Ich komme nicht zurück, das kannst du meinem Vater bitte ausrichten. Und er weiß ganz genau, warum. Und du weißt es auch!«

»Bitte. Überleg es dir noch einmal. Mach mich zu einem glücklichen Mann.« Arthur kam noch dichter an sie heran, seine Hände waren plötzlich überall. »Komm schon. Du kannst es wiedergutmachen. Ich warne dich. Wenn du deinen Vater auf dem Gewissen hast, sage ich allen, was du deiner Mutter angetan hast.«

»Was soll *ich* denn getan haben?« Mit einem Ruck drehte sich Vicky um und stieß ihn weg. Sie glaubte nicht recht zu hören. Wütend funkelte sie ihn an.

»Ich denke, der Herr kann jetzt gehen!« Unbemerkt hatten Eve und Karl wieder den Raum betreten. »Darf ich bitten?«

Doch Arthur machte keine Anstalten zu gehen. Karl hatte sich wie nebenbei an den Stoffen zu schaffen gemacht.

»Das wäre ein Fehler!« Arthur straffte die Schultern und setzte ein verbindliches Lächeln auf. »Ich hätte da nämlich ein Geschäft vorzuschlagen.«

»Gerne ein anderes Mal, Monsieur! Wir haben gerade keine Kapazitäten … Wenn ich also bitten dürfte.« Es fiel Eve schwer, freundlich zu bleiben. Sie stand mit einer eindeutigen Geste in der Tür und schaute Karl warnend an. Doch der schien eine Chance fürs Bellefleur zu wittern.

»Warten Sie. Um was geht es denn?«, fragte er nun und schien wirklich interessiert.

Verwundert wechselte Vicky einen Blick mit Eve. Menschen wie Arthur mussten gerade Karl doch ein Dorn im Auge sein.

»Rosen. Es geht um Rosen. Ihre Kundinnen sind vorwiegend Damen aus reichem Haus, nehme ich an? Und sie verfügen über einen exquisiten Geschmack?« Arthur nickte Karl wohlwollend zu und breitete die Arme aus, bevor er sich an seiner Tasche zu schaffen machte. Die grimmig dreinblickende Eve ignorierte er,

Vicky sowieso. »Hier, der Herr, *la vie en rose!*« Er deutete einen Kniefall an, aus seiner Aktentasche hatte er eine Rose gezaubert. Sie duftete betörend, besaß ein üppiges Bouquet in warmem Fliederrosa. Obwohl Vicky in einiger Entfernung stand, erkannte sie die Sorte sofort. Es war eine Reine Victoria, die Lieblingsrose der Mutter. Wie konnte er nur? Vicky atmete hörbar aus. Sie fragte sich, wie die Rose den langen Weg von Willenbrock nach Hamburg so frisch überstehen konnte, noch dazu in Arthurs Aktentasche.

Dieser schwärmte jetzt in den höchsten Tönen von den veränderten Anbaumethoden auf Willenbrock, die den Ertrag noch ergiebiger machten.

»Ich bin Geschäftsmann und exportiere Rosen in alle Welt. Insbesondere nach Amerika. Dort ist die Nachfrage am stärksten«, behauptete er und Vicky schnaubte bei seinen Worten auf, weil sie plötzlich verstand. Deswegen hatte er sich auf Willenbrock eingeschlichen. Anstatt sich dort um die Rosenzucht verdient zu machen und die Gärtnerei fortzuführen, handelte er mit den Pflanzen, als wäre es Kaffee, verhökerte die Lieblingsrose ihrer Mutter. Deswegen hatte er sie aus dem Weg haben wollen.

»Ich kann Ihnen für jeden Geschmack, für jeden Anlass die passende Blüte liefern. Gelb, orange, rosafarben, hellrot oder dunkelrot … betörend oder zart duftend, kleinblättrig oder gefüllt … Eine Rose wie die Frau, für die sie bestimmt ist, individuell und wunderwunderschön«, schwärmte er ihnen vor. »Wie wäre es beim nächsten Fest mit einem außergewöhnlichen Rosenbouquet? Zu den Kleidern der Damen können wir die passenden Arrangements liefern. Und noch etwas: Wenn Bananenröckchen in Deutschland Nacht für Nacht Erfolge feiern, warum nicht auch Rosenkleider in Amerika, Sie verstehen?« Er zwinkerte Karl zu, und während Arthur redete und redete, begannen dessen Augen zu leuchten. Auch Eve hörte jetzt interessiert zu, mittlerweile hatte sie die Tür wieder geschlossen und sich zu den beiden an den Tisch gesetzt. Vicky fragte sich, von wessen Rosenzucht Arthur da redete. Hatte der Vater ihm wirklich schon sämtliche Geschäfte übertragen? War er wirklich krank?

»Lassen Sie uns ins Geschäft kommen«, hörte sie Karl sagen. Vicky glaubte nicht recht zu hören. Carla, ausgerechnet Carla, die ihr Vater mit Schimpf und Schande vom Hof gejagt hatte, hielt jetzt Arthur die Hand hin. Ausgerechnet dem Mann, der mitverantwortlich dafür war, dass Vicky Willenbrock verlassen hatte.

Empört stürzte sie aus dem Salon. Direkt in Johnnys Arme.

Carla

Lange schon hatte sie gespürt, dass sie anders war. Es ließ sich nicht genau in Worte fassen, es war nur dieses Gefühl, in der falschen Haut zu stecken. Als ob ihr Inneres etwas anderes begehrte, als ihr die äußere Hülle vorschrieb zu sein. Ständig rieb sich das eine am anderen, bereitete ihr Schmerzen, Seelenqualen und Ausschläge. Als dann just an Carlas vierzehntem Geburtstag die Periode einsetzte, überkam sie ein dermaßen großer Ekel vor sich selbst, dass sie fortan vor jeder Blutung zitterte. Sie begann, sich die sprießenden Brüste abzubinden und heimlich die Kleidung ihrer Brüder anzuziehen, verweigerte die Nahrungsaufnahme und magerte ab. Tanztees und Heiratsanträge schlug sie zum Unmut der Familie aus. Immer öfter blieb sie mit Ausreden allein zurück. So wurde sie zum schwarzen Schaf der Familie, ohne Mann und ohne Zukunft, so schmal und zierlich, dass man sie beinahe übersah.

Die von Teggerns waren Wollfabrikanten, Vater und Bruder betrieben das Geschäft mit großer Leidenschaft. Sie besaßen eine große Fabrik mit Webstühlen, Spinnereien und Färbeanlagen sowie unzähligen Angestellten. Nach dem Krieg kam die Wirtschaft wieder richtig in Schwung, man nahm Kredite auf, expandierte, nahm weitere Kredite auf und baute eine neue, noch größere Fabrik und ein Herrenhaus mit Marmortreppen und Löwenportal. Carla beachtete man zu diesem Zeitpunkt kaum noch, tat, als wäre sie nicht da, versuchte, zu ignorieren, was immer deutlicher zu bemerken war. Nur einmal züchtigte der Vater sie in einem nie gekannten Wutanfall, da hatte er sie in Männerunterhosen vor dem Spiegel erwischt. Danach wendete er sich mit Tränen in den Augen ab und sprach nie wieder ein Wort mit seiner Tochter. Es war, als wäre sie an diesem Tag für ihn gestorben.

Niemand interessierte sich für Carlas Andersartigkeit, außer ihrer Schwester Beatrice, zu der sie ein vertrauensvolles Verhältnis pflegte und mit der sie die eine oder andere Heimlichkeit teilte. Kurz nachdem Beatrice dann den Gutsherrn Willenbrock heiratete, verließ Carla ihr Elternhaus, um nach Hamburg zu gehen. Später war sie oft zu Gast auf dem Rosenhof, wo die Schwester zwei Töchter gebar. Carla lachte und tobte und spielte mit ihren Nichten und brachte ihnen das Boxen bei, die unbeschwerteste Zeit ihres Lebens. Doch sie konnte der Versuchung nicht widerstehen, schlich heimlich in die Herrenzimmer und probierte Sonntagsanzüge, Hüte und Schuhe, wusste nicht, wohin mit sich und ihrem Körper, der sich nach Zärtlichkeit und Berührung sehnte. Heimlich traf sie sich mit einem der Gutsherren, probierte seine Küsse, ließ sich auf ein Spiel mit Leder und Peitsche ein. Als der alte Willenbrock dahinterkam, warf er sie hochkant raus und verbot ihr fortan jeglichen Kontakt zu seiner Frau und seinen Töchtern.

So fühlte sich Carla als ein Irrlicht der Zeit, eine Dauerreisende auf der Suche nach sich selbst, die niemals ankam. Sie vagabundierte durch die Städte – Hamburg, Berlin, Köln, Paris – bis sie eines Tages auf der Suche nach einem Hosenanzug in der Rue de la Bellefleur Eve gegenüberstand. Ein Blick genügte, und sie wusste, dass sie die Frau ihres Lebens gefunden hatte und sich fortan nicht mehr verstecken musste. Auch Eve hatte es getroffen wie der Blitz. Sie stellte keine weiteren Fragen, sondern erlaubte Carla, für immer zu bleiben. Zum ersten Mal konnte Carla genießen, dass jemand sie berührte, streichelte, liebkoste, zum ersten Mal erlebte sie Nähe und Zärtlichkeit und Nächte voller Glück. Zum ersten Mal in ihrem Leben fühlte sie sich wohl und konnte sich zeigen, wie sie wirklich war. Mit Begeisterung präsentierte sich Carla in

Eves Hosenanzügen, trug die Haare immer kürzer und begann, sich einen Menjou-Bart anzuzeichnen. So begann ihre Verwandlung von der Frau zum Mann, ein Spiel mit den Geschlechterrollen, ein Ausprobieren des eigenen Körpers und der eigenen Lust.

Carla verfügte über einen ausgeprägten Geschäftssinn und besaß Talent für Zahlen. Sie suchte eigenhändig die hübschesten Fräuleins aus, um Eves Kollektionen zu präsentieren. Diese waren immer eine Spur dezenter und eleganter als die der anderen Modeschöpfer, auch immer ein bisschen teurer und exquisiter. Entsprechend gingen die Reichen und Schönen in Eves Laden ein und aus, und Carla genoss den Glanz des Geldes an ihrer Seite. Bald mussten mehr Näherinnen eingestellt werden, bald wurden die Räume in der Rue de la Bellefleur zu klein.

Johnny, der nach wie vor bei Eve wohnte und sich rührend um seine »Ziehmutter« kümmerte, war mit seinen Swinging Bananas nicht ganz unschuldig daran, dass Eves typischer Kleidungsstil überall gefragt war. Bei ihren Auftritten ging es stets laut und wild und ausgelassen zu, man feierte sich und die Welt, und dazu brauchte man natürlich die schönsten und ausgefallensten Kleider.

Als Johnny und seine Band eines Tages ein lukratives Angebot aus Hamburg bekamen, das er unmöglich ausschlagen konnte, war Carla klar: Das war die Gelegenheit, Eve zu internationalem Erfolg zu verhelfen. Sie mussten Paris verlassen, hier hatten sie alles erreicht.

Carla, die sich nun immer öfter Karl nannte, kaufte von ihrem Erbe in Hamburg eine mehrstöckige Villa mit Garten und Teich, großzügige Räume mitten im Vergnügungsviertel, mit genügend Platz für Atelier und Modesalon. Der Clou war ein Tanzsaal im Erdgeschoss, in dem Karl gleich am ersten Wochenende nach ihrer Ankunft ein Fest steigen ließ, von dem man in der Stadt hinterher noch tagelang schwärmte. Was nicht am Champagner lag, der in Strömen floss, sondern an Johnny und den Swinging Bananas, die die tanzbegeisterten Hamburger zum ersten Mal zum Charleston aufforderten. Hinter vorgehaltener Hand erzählte man sich von dem Kellergewölbe, in dem sich in rot verkleideten Separees spärlich bekleidete Damen und Männer zu Vergnügungen jeglicher Art trafen. Karl hatte in seiner diskreten Art im Vorfeld für das entsprechende Publikum gesorgt, das nun enthemmt wie begeistert in die Welt aus Leder, Fesseln und Peitschen eintauchte.

So begann der Aufstieg des Bellefleur, das für die nächsten Jahre ein feines Etablissement für Vergnügungen jeglicher Art werden sollte. Ein Haus voller Tanz, Lustbarkeiten und Mode. Karl und Carla hatten endlich ihre Bestimmung gefunden. Als dann Arthur Jansen auftauchte, witterte sie die Chance ihres Lebens. Endlich konnte sie ihr kaufmännisches Talent unter Beweis stellen. Endlich bekam sie die Anerkennung, die ihr als Frau sonst verwehrt war.

Alles hätte also gut sein können, hätte es nicht immer wieder Menschen gegeben, die sie für ihr Anderssein verachteten und beschimpften. Schmerzhafte Worte, die Narben in Carlas Seele hinterließen, jedes einzelne für immer. Und die schließlich dazu führten, dass sie sich eines Tages von Karl verabschiedete.

FREUD UND LEID

»Johnny!« Erleichtert ließ sich Vicky in seine Arme sinken und schloss die Augen. Sie wollte nichts mehr hören oder sehen, nichts mehr sagen. Am liebsten auch nichts mehr denken. Doch aufgewühlt, wie sie war, ließen sich die Gedanken nicht einfach so abstellen, alles wirbelte durch ihren Kopf, durch ihr Herz.

»*What happened?* Es ist alles gut, ich bin jetzt da. Bei dir. Und du bei mir.« Johnny flüsterte beruhigende Worte in ihre Haare, drückte sie an sich. Wieder und wieder streichelte er ihr über den Rücken, als könnte er damit sämtliches Unglück von ihr abstreifen.

Vicky spürte, wie sie sich unter seinen Berührungen entspannte. Dann besann sie sich und rückte ein Stück von ihm ab.

»Wo warst du so lange?«, fragte sie, nachdem sie endlich ihre Sprache wiedergefunden hatte. Sie sah direkt in seine dunklen Augen. »Geht es dir gut? Was haben sie mit dir gemacht?«

»I'm okay«, sagte er und lächelte, gleichzeitig wirkte er in Sorge, gehetzt, als wäre er vor jemandem auf der Flucht. »Aber was ist mir dir?« Rasch wechselte er das Thema. »Komm, ich kenne unten am Hafen ein kleines Café, dort verkaufen sie dir die besten Sahnetorten der Stadt! Und du siehst aus, als könntest du eine kleine, süße Aufmunterung gebrauchen. Du magst doch Kuchen, *do you?*«

Ohne Vickys Antwort abzuwarten, zog er sie einfach mit sich. Sie hakte sich wie selbstverständlich unter und strahlte, ohne es zu merken, über ihr ganzes Gesicht. Dankbar drückte sie seinen Arm und schmiegte sich an ihn, ihr war federleicht zumute. In diesem Moment wollte sie ihm überall hin folgen, längst hatte sie die Orientierung verloren. Bald kamen sie auf eine breitere Straße, den Schienen nach zu urteilen fuhr hier die Bahn. Vicky fühlte sich erneut eingesogen vom Strom der Menschen, die unterwegs waren, eins mit dem Atem der Stadt und auf besondere Weise behütet und geborgen.

Da bimmelte es hinter ihr laut und stürmisch, Johnny zog Vicky gerade noch zur Seite, da fuhr die Straßenbahn auch schon dicht vor ihrer Nase vorbei.

»Ich bin noch nie damit gefahren«, sagte Vicky und schaute den Waggons sehnsüchtig hinterher.

»Ach, so aufregend ist das nun auch wieder nicht. Komm mit, ich hab ich eine bessere Idee, sie wird dir gefallen«, meinte Johnny.

Hand in Hand liefen sie eine Treppe hinunter, kauften am Schalterhäuschen zwei Fahrkarten und stiegen kurz darauf in eine U-Bahn, die gerade einfuhr.

»Und nun? Zugfahren kenne ich!« Vicky schaute ihn enttäuscht an. Sie mussten stehen, alle Sitzplätze waren belegt.

»Warte es ab!«

Da ging es auch schon mit atemberaubender Geschwindigkeit los, es wackelte und ruckelte, sie schwankte und Vicky versuchte, nicht die Balance zu verlieren. Johnny deutete grinsend auf die Griffgurte über ihr, erleichtert hielt sie sich daran fest und sah aus dem Fenster. Die Bahn beschrieb jetzt eine Kurve, so rasant, dass ihr für einen kurzen Moment übel wurde und Vicky die Augen schließen musste. Als sie wieder aufblickte, fuhren sie hoch über der Stadt am Hafen entlang.

»Oh, wie schön!« Ein entzückter Schrei entfuhr ihr, jetzt konnte sie die Fahrt in vollen Zügen genießen. An der nächsten Haltestelle stiegen sie aus, denn Vicky hatte einen Gedanken.

»Ich will dir was zeigen!«, meinte sie und führte Johnny an der Elbe den Kai entlang durch die Gassen bis zur Brooksbrücke, Luises Lieblingsort.

»Hallo, Welt, hier bin ich wieder!«, rief sie in Erinnerung an die Worte der Freundin, als sie dem bunten Treiben im Hafen zuschauten, übermütig winkte sie den Leuten zu. Vergessen der unschöne Auftritt von Arthur, vergessen die Sorgen des Modesalons.

»*Yes*, da bist du! *Das* bist du!« Johnny hob sie hoch und wirbelte sie lachend herum. Dann küsste sie ihn mitten auf der Brücke auf den Mund. Vor den Augen der Welt, die ihnen zu Füßen lag. Und er küsste zurück. Kurz und flüchtig, wie es schien, und doch so warm und innig, wie nur einer küssen konnte, der es ernst mit ihr meinte.

»Und jetzt?«, fragte Vicky und blitzte ihn unternehmungslustig an. Sie musste sich auf die Zehenspitzen stellen, so groß war er.

»Komm mit!«

Hand in Hand liefen sie hinüber zu den Landungsbrücken, wo gerade ein Schlepper einem Passagierschiff mit einem eindrücklichen Schauspiel beim Anlegen half. Vicky strahlte. Dieses Hamburg gefiel ihr, besser als alles andere, was sie bisher gesehen hatte! Innerlich beglückwünschte sie sich zum wiederholten Male für ihre Flucht, die vielleicht auch ein Weglaufen vor der Vergangenheit war. Rasch schob sie den Gedanken beiseite. Besser nicht daran denken. Ihre Zukunft war hier und jetzt. In Hamburg.

Die frische Seeluft machte, dass sich Vicky fast wie zu Hause an der Nordsee fühlte. Dabei war die Elbe ein großer, imposanter Strom und zeigte sich heute ganz friedlich. Keine Spur von Hochwasser und Flut, wovon der Vater immer dramatisch zu erzählen wusste. Mehr als hundert Jahre war es her, dass einer seiner Vorväter bei der Februarflut sein Leben lassen musste beim Versuch, den Deich zu retten. Vicky hatte sich seine dramatisch ausgeschmückte Geschichte eingeprägt wie die schaurige Erzählung vom Schimmelreiter. Und auch wenn es hier in Hamburg mitnichten so lange Deiche gab wie oben bei ihnen an der Nordsee, war Hauke Haien in ihrer Vorstellung immer ein Hamburger

Senator – und kein Deichgraf vom Land. Sie hatte nun mal eine blühende Fantasie.

Wie sie da so neben Johnny am Hafen stand und die Frachter und Dampfer beobachtete – die imposante Elbbrücke, die sich so machtvoll über den Fluss spannte, die vielen kleinen Barkassen und Schiffe, die Hafenarbeiter und Schauermänner, die geschäftig umherrannten –, verstand sie, was der Vater meinte, als er einmal sagte: »Großmacht ist das Deutsche Reich durch Preußen, eine Weltmacht ist es durch Hamburg.«

»Hier ist das Café …« Galant öffnete Johnny ihr die Tür und ignorierte die Blicke der vornehmen Damen und Herren an den Tischen, die keinen Hehl daraus machten, dass einer wie Johnny hier nicht erwünscht war. Er führte Vicky hinaus auf die Terrasse. Von hier aus überblickte man den gesamten Hafen, so groß, so weit.

»It's so nice to be here with you«, sagte Johnny und griff nach ihrer Hand, nachdem sie Platz genommen hatten.

»Ja.« Wieder lächelte Vicky verlegen. So froh war sie, dass sie nichts weiter zu sagen vermochte. Sie war hier, mit ihm. Dankbar nahm sie das Stück Apfeltorte entgegen. Johnny hatte nicht zu viel versprochen, sie schmeckte vorzüglich und erinnerte sie an die Nachmittage in Willenbrock. So saßen sie eine Weile gemeinsam da, aßen und tranken und beobachteten das Treiben der Welt vor ihnen im Hafen. Die *Cap Arcona* hatte angelegt, jener Luxusdampfer, der die Menschen nach Übersee schiffte, in eine andere Welt. Die einen, um dort exotische Abenteuer und Abwechslung zu erleben, vielleicht auch, um neue Geschäfte zu machen. Die anderen, weil sie sich dort ein besseres Leben, einen Neuanfang und vor allem Arbeit versprachen. Auswanderer gab es derzeit zuhauf.

Dann musste sie es endlich wissen und nachfragen: »Jetzt erzähl mir, was ist geschehen? Warum haben sie dich in jener Nacht verhaftet, warum haben sie dich geschlagen?«

»Weil ich Musik mache, die ihnen nicht gefällt. Weil ich nicht so tanze, wie es ihnen passt … und weil ich anders aussehe als sie«, antwortete er, und sein Blick verfinsterte sich.

»Deine Musik ist grandios! Und wie du tanzt … Nur an deinem Aussehen müssen wir noch arbeiten«, versuchte Vicky es mit einem Scherz, da ihr die Situation plötzlich zu ernst geworden war. Sie wischte mit der Serviette einen Sahneklecks von Johnnys Wange. Dem war nicht nach Späßen zumute.

»*Times have changed*«, fuhr er fort. »Noch vor ein paar Jahren haben sie uns bejubelt und beklatscht. Konnten nicht genug bekommen von unserer *wilden* Musik. Die Revue Nègre haben sie gefeiert! Nacht für Nacht haben die Swinging Bananas gespielt, was hatten wir für einen Spaß! Jeder wollte tanzen, ausgelassene Menschen überall. Je schriller die Musik, je lauter, desto besser. Wirklich, das glaubst du nicht.« Johnnys Augen bekamen einen wehmütigen Blick, als er davon erzählte. »Das Bellefleur war der glanzvolle, ach was, *der* prunkvolle Mittelpunkt des Nachtlebens. Hier trafen sich alle, glaub mir, jeder, der in Hamburg etwas zählte, war dabei. Nirgends tanzte man freier, nirgends feierte man verrückter als hier! Aber mittlerweile … du hast es ja selbst erlebt. Das Bellefleur mit seinem leeren Tanzsaal ist wie kein anderer Zeuge dieser Veränderungen.«

»Ja, leider.« Vicky seufzte. »Ich wäre gerne früher hier gewesen!«

»*Yes, my dear*, das glaube ich dir gerne.« Johnny lächelte sie an. »Und ich hätte mit dir bis in den Morgen getanzt …« Dann wurde sein Blick wieder ernst. »Dieser Hitler ist gefährlich. Behauptet, wir Ausländer seien schuld an der Arbeitslosigkeit und der Wirtschaftskrise. Er bringt die Leute gegen Juden und Menschen anderer Hautfarbe auf, verbreitet mit seinen Reden Hass und Gewalt. Ich befürchte, die Deutschen unterschätzen ihn, und manch einer glaubt ihm blind. Wer ihm folgt und meine Musik als entartet bezeichnet, sollte besser hinhören und sich eine eigene

Meinung bilden. Statt mich grundlos fünf Tage in Haft zu nehmen.« Johnny hatte seinen Teller zur Seite geschoben.

»Sie können dich doch nicht einfach so gefangen halten!« Vicky machte ein bestürztes Gesicht.

Johnny schüttelte den Kopf. »Sie können … Ich sollte ihnen sagen, wie viele wir hier in Hamburg sind. Wo meine Freunde aus dem Busch wohnen und all das. Wo man Bananenröckchen kaufen kann. *Bullshit!* Alles nur, um mich zu provozieren. Damit ich etwas tue, weshalb sie mich dann endgültig einsperren können … Die Swinging Bananas sind großartige Musiker, jeder Einzelne von ihnen. Ich bin froh, dass sie bald in Sicherheit sein werden …« Johnny machte eine vage Bewegung Richtung Anleger, wo jetzt Menschen mit Koffer und Karren aufgeregt durcheinanderliefen. Vicky nickte betreten. Sie verstand. Ob Johnny auch eines Tages Hamburg den Rücken kehren würde?

»Als ich geschwiegen habe, haben sie mir mit Schlägen gedroht. Vergebens. Es blieb nicht bei Drohungen, nicht ein Wort haben sie aus mir herausprügeln können«, vollendete er leise seinen Bericht, und Vicky vermochte sich nicht auszumalen, was das wohl alles bedeutete. So erwiderte sie nur sanft den Druck seiner Hand, die immer noch auf der ihren lag. Die Veränderungen im Deutschen Reich waren nicht zu übersehen, hier in Hamburg erst recht nicht. All die erregten Gemüter, die erhitzten Debatten, die unzähligen Demonstrationen. Ob Sozialisten oder Kommunisten, Demokraten oder Nationalsozialisten, jeder wusste es besser, jeder wollte seine Meinung durchsetzen, kämpfte dafür, ging auf die Straße. Die angespannte wirtschaftliche Lage machte die Menschen unruhig, man suchte nach Schuldigen und stürzte sich dabei auf die Schwächsten oder eben diejenigen, die anders waren. Oder man drehte dem Elend den Rücken, hoffte auf einen Neubeginn in Übersee. Vicky schüttelte insgeheim den Kopf. Nie im Leben könnte sie sich vorstellen, Hamburg zu verlassen. Erst recht nicht, seit sie Johnny kannte. Egal, was die anderen über sie dachten. Das Tuscheln der Menschen an den Nebentischen war ihr nicht entgangen. Sollen sie mich doch auch verhaften, dachte sie trotzig. Dann huschte ein verschmitztes Lächeln über ihr Gesicht. Wenn ihr Vater sie hier so sitzen sähe, würde er sie auf der Stelle enterben. Stolz reckte sie den Kopf.

»Was auch immer geschieht, ich bin auf deiner Seite«, flüsterte sie und drückte Johnny einen Kuss auf die Hand.

»*You're the queen of my heart*«, antwortete er.

Im Salon war es dunkel, alle Fenster verschlossen, als Vicky nach Hause ins Bellefleur kam. Johnny hatte sie begleitet, den langen Weg vom Hafen zurück, viel zu kurz die Zeit, die sie mit ihm hatte verbringen können. Jeden Hauseingang, jeden Schlupfwinkel hatten sie unterwegs genutzt, um sich zu küssen, sich ganz nah zu kommen. Erst zart, dann leidenschaftlich und immer ungestümer, wie es sich ganz gewiss am helllichten Tag nicht ziemte, selbst wenn es bereits dämmerte. Mit dem Versprechen auf ein baldiges Wiedersehen hatten sie sich aufs Zärtlichste voneinander verabschiedet, wieder und immer wieder, bis es schließlich wirklich Zeit war, zu gehen.

»Eve ist in ihrem Zimmer, wenn du sie suchst. Ihr war nicht wohl.«

Erschrocken drehte sich Vicky um. Sie hatte Karl nicht bemerkt. Oder war es Carla, die zu ihr sprach? Man wusste nie, in welcher Rolle sie gerade steckte. Mal schien es Vicky wie ein Spiel, mal wie ein Bedürfnis, mal wie ein innerer Zwang. Als ob Carla manchmal selbst nicht wusste, wer sie lieber sein wollte.

»Was ist mit ihr?«

»Nichts Schlimmes … Komm, setz dich zu mir.« Carla knipste die Lampe an und deutete auf den Sessel neben sich. »Auch einen?« Ohne Vickys Antwort abzuwarten, holte Carla noch ein Glas. Sie liebte das Ritual des Absinthtrinkens nach französischem Vorbild, mit Silberlöffel, einem Stückchen Zucker und der bedächtigen

Zugabe von Wasser, bis die grüne Flüssigkeit in dem Kristallglas milchfarben wurde. Vicky schaute ihr jedes Mal andächtig zu, wusste aber auch, dass es ihr in diesen Momenten gut ging. Immer wieder zog sich die Tante zurück, als müsste sie Kraft fürs Leben sammeln, das von ihr diese Ungeheuerlichkeit verlangte, in einem Körper zu stecken, der nicht zu ihr passte. Und jetzt kam sie noch dazu und brachte alles durcheinander!

»Es tut mir leid«, sagte Vicky, »ich mache euch solche Umstände! Ich bin so froh, hier bei euch zu sein. Auf Willenbrock hätte ich es nicht eine Sekunde länger ausgehalten.« Sie nahm einen Schluck. Der Absinth wärmte ihr die Kehle, entspannt lehnte sie sich zurück. Was Karl dann sagte, ließ sie aufhorchen.

»Hier ist es doch auch nicht besser! Manchmal bereue ich es, das unbeschwerte Landleben gegen die Stadt eingetauscht zu haben. Sieh dich nur um! Jeden Tag gibt es Tote. Entweder werden sie niedergeknüppelt, weil sie zu aufmüpfig sind, oder sie sterben vor Krankheit und Hunger. Es gibt kaum noch Arbeit, die Armenspeisungen sind überlaufen. Und wer es sich leisten kann, wandert aus. Wir leben in unsicheren Zeiten. Vielleicht wäre es besser für dich zurückzukehren.«

»Zurück? Niemals!« Vicky schüttelte den Kopf.

»Was ist denn geschehen? Hat es etwas mit dem Tod deiner Mutter zu tun?« Es war das erste Mal, dass Carla so direkt nachhakte. Bisher hatte sie Vicky mit Nachfragen verschont, als ob sie gespürt hätte, dass Vicky nicht über die Gründe sprechen wollte.

»Nein. Ja.« Vicky schüttelte den Kopf. Ihre Mutter, das Unglück … das war lange her. Der Grund für ihre überstürzte Flucht war ein anderer.

Das schummrige Licht und Carlas liebevoller Blick machten ihr Mut, und so erzählte Vicky endlich ihre abenteuerliche Geschichte, angefangen bei jener Nacht, in der sie Arthur und ihren Vater belauscht hatte, bis hin zu der unliebsamen Auseinandersetzung mit Ludwig, wobei sie es vermied, seinen Namen zu nennen. Schließlich hatte Herr Nelken dem Bellefleur abermals einen großzügigen Kredit gewährt.

»Ich verstehe dich nur zu gut, mein Kind.« Carla griff nach ihrer Hand. »Mir blieb damals auch nichts anderes übrig, als meine Familie zu verlassen. Du ahnst nicht, wie schwer mir dieser Schritt gefallen ist.«

»Was ist passiert?«

»Kannst du dir das nicht denken? Für jemanden wie mich haben die von Teggerns keine Verwendung. Zumindest, solange unser Vater lebte. Mit meinem Bruder gibt es gerade vielversprechende neue Geschäfte ...« Sie zündete sich eine Zigarette an, lehnte sich zurück und erzählte weiter. »Schon früh habe ich gemerkt, dass mit mir etwas nicht stimmt, ich wollte jemand anders sein, nicht das Mädchen, das ich war ... Als Kind habe ich meinem Bruder die Kleider weggenommen und bin als Junge verkleidet auf die Straße. Einmal hat mich mein Vater dabei erwischt, es hat ein fürchterliches Theater gegeben! Daraufhin habe ich meine Neigung jahrelang unterdrückt, mich falsch gefühlt, mich meinem Körper immer weiter entfremdet. Irgendwann kam es, wie es kommen musste: Ich sollte verheiratet werden, mit einem jungen Mann aus dem Nachbardorf, adelig und wohlhabend. Allein ... ich konnte nicht.«

»Wie bei mir«, flüsterte Vicky. »Sie wollten auch einfach über mich bestimmen.«

»Damals war dein Vater frisch mit deiner Mutter verheiratet, und nun sollte ich die Nächste sein. Deine Mutter wusste, was mit mir war, sie hat nie etwas dazu gesagt. An jenem Abend kam sie zu mir und meinte, dass es Zeit sei, den Eltern die Wahrheit zu sagen. Wenn sie mich lieben würden, würden sie es verstehen.«

»Aber sie haben es nicht verstanden.« Keine Liebe auf dem Land. Nicht bei den von Teggerns. Auch nicht auf Willenbrock. Vicky schwieg betroffen.

»Niemand.« Carla nickte in die Stille. Dann fuhr sie fort. »An diesem Abend verstand ich, dass mein bisheriges Leben eine einzige große Lüge war und es an der Zeit war, es zu ändern. Hals über Kopf packte ich meine Sachen und flüchtete. Reiste durch Europa, nach Paris. Hier fühlte ich mich zum ersten Mal in meinem Leben frei.«

»Und dann hast du Eve getroffen …«

»Eve ist mein größtes Glück! Sie gibt mir die Liebe und die Kraft, das alles durchzustehen, zeigt mir, dass wir zusammengehören, egal wer, wie und was ich bin. Eigentlich gehöre ich nirgendwohin … und weiß mit meinen fünfundvierzig Jahren immer noch nicht, *wer* ich eigentlich bin. Menschen wie ich haben keinen Platz in der Gesellschaft. Wir sind anders, wir passen in keine Norm. Nur: Was soll ich tun? Am liebsten möchte ich eine andere Person sein – und doch darf ich es nicht.«

Vicky trank ihr Glas in einem Zug leer. Es fühlte sich richtig und falsch zugleich an, was Carla ihr da erzählte. Nur zu gut konnte sie sich vorstellen, wie man auf Willenbrock auf jemanden wie sie reagiert hatte. Unvorstellbar! Eine Frau, die gerne ein Mann wäre.

»Mein Vater hat mich grün und blau geschlagen, als er gemerkt hat, dass ich heimlich Männerkleider trug. Als ob er meinen Wunsch damit hätte töten können … Wie oft habe ich versucht, es loszuwerden, vergeblich, es ist stärker, kommt immer wieder zu mir zurück. Ich habe lange dagegen angekämpft, inzwischen lebe ich damit, Tag für Tag. Manchmal blitzt die alte Carla durch, so wie heute Abend. Dann würde ich gerne verheiratet sein, hätte eine Tochter wie dich und wüsste genau, wo mein Platz in der Gesellschaft ist. Es ist zum Verzweifeln, denn egal, was ich tue, es fühlt sich falsch an.«

Carla seufzte, und Vicky wurde das Herz schwer. Voller Mitgefühl griff sie nach der Hand ihrer Tante. Sie mochte sich diese Zerrissenheit überhaupt nicht ausmalen. Carlas Geschichte rührte sie.

»Tief im Herzen bin ich ein Mann, der in einem Frauenkörper feststeckt«, fuhr Carla mit flüsternder Stimme fort. »Weißt du, immer wieder denke ich, ich darf nicht, ich schwöre. Und dann gehe ich doch zum Kleiderschrank, binde mir die Brüste ab, ziehe Hosen und Hemden an, male mir ein Bärtchen. Wie früher, wenn ich heimlich die Sachen meines Bruders entwendet habe.«

Carla zündete sich eine weitere Zigarette an, Vicky lehnte dankend ab. Rauch und Absinth benebelten sie. Mit angehaltenem Atem hörte sie Carlas Geständnis zu und fragte sich, warum ihre Mutter ihr nie davon erzählt hatte.

»Je mehr ich es zu verbergen versuche, desto schlimmer wird es. Wenn ich die Silhouette meines Körpers, meine Brüste betrachte, dann leide ich. Wenn ich vor dem Spiegel stehe, ist es am schlimmsten.«

»Aber hier im Bellefleur, da darfst du doch Karl sein? Eve und du … ihr lebt wie ein Ehepaar.«

»Hier im Bellefleur, mein Liebes, das war einmal. Gerade wendet sich das Blatt, und der Wind, der jetzt da draußen weht, gefällt mir nicht. Lass dich bloß nicht beirren! Der Kampf für die Freiheit ist erbarmungslos. Man darf niemals aufgeben, hörst du?« Carla schwieg einen Moment, als hörte sie ihren eigenen Worten zu. Dann huschte ein schmerzliches Lächeln über ihr Gesicht.

»Auf unseren Festen gingen sie seinerzeit ein und aus, Paare mit den unterschiedlichsten Neigungen und Vorlieben, Geschäftsmänner, die das Abenteuer suchten, Frauen, die sich als Männer verkleideten, und Männer, die gerne Pumps trugen. Manche von ihnen am liebsten sonst nackt mit einem Lederring um den Hals, wenn du verstehst.«

Vicky nickte, auch wenn sie nicht wirklich alles verstand, worauf Carla da anspielte. Außer Johnny hatte sie bisher noch niemanden geküsst, auf Willenbrock ziemte es sich nicht, vor der Hochzeit mit einem Mann zusammen zu sein.

»Du wirst es schon noch herausfinden«, meinte Carla, als könne sie Vickys Gedanken lesen. »Kommenden Sonnabend. Es wird ganz bestimmt ein rauschendes Fest. Eve hat alles organisiert, wie früher soll es werden! Würde mich nicht wundern, wenn dieser Arthur unter den Gästen ist, ich meine, ich hätte ihn hier schon einmal gesehen.« Carla schenkte sich noch einmal nach, bevor sie fortfuhr. »Er ist ein guter Geschäftsmann, sein Vorschlag gefällt mir. Anfangs war ich skeptisch ... Ich habe mir die Unterlagen genau durchgelesen. Das hat alles Hand und Fuß. Er will wohl, dass der Handel in der Familie bleibt, wie er sich ausgedrückt hat, und alle davon profitieren. Wenn ich einschlage, rette ich nicht nur Willenbrock, sondern auch die Webstühle der von Teggerns. Vor allem unser Bellefleur! Und das ist das Wichtigste! Ich tue es für Eve.« Er schenkte Vicky einen nachdenklichen Blick, bevor er fortfuhr. Es klang reiflich überlegt, was er dann sagte. »Ich wollte nie wieder etwas mit den von Teggerns zu tun haben, musst du wissen. Aber mit der Unterstützung meines Bruders bekomme ich einen Kredit. Und seine Wollfabrik kann wieder produzieren ...«

»Im Ernst, du willst noch einen Kredit aufnehmen? Um dich mit Arthur zusammenzutun?« Vicky mochte es nicht glauben. Karl war wirklich zum Äußersten entschlossen! Er wollte um jeden Preis die Zukunft des Bellefleur retten. Sein und Eves Lebenswerk. Dafür riskierte er alles. Und ging ausgerechnet einen Handel mit Arthur Jansen ein. »Ich traue ihm nicht einen Meter über den Weg. Besser, du tust es auch nicht.« Mit diesen Worten stand sie auf, schwankte im ersten Moment und musste sich an der Sofalehne festhalten.

Wie enttäuscht sie von Carlas Plänen war! Vielleicht war Karl doch mehr Geschäftsmann, als er selbst von sich dachte. Die von Teggerns besaßen eine große Wollfabrik und hatten noch bis vor einiger Zeit das gesamte Reich beliefert. Unzählige Weberinnen hatten sie beschäftigt, ein richtiges Imperium. Selbstredend gehörte ein großzügiges Herrenhaus zu ihrem Anwesen, mit Marmorsäulen im Eingang und mindestens sechs Badezimmern. Der Vater hatte den von Teggerns immer unlautere Absichten unterstellt und dass sich Vickys Onkel mehr bereichern würde, als ihm zustände.

Offensichtlich war Karl genauso geschäftstüchtig wie sein Bruder, Hauptsache Gewinn, Hauptsache Geld, da waren die Wege dorthin egal. Schnell wischte Vicky den unschönen Gedanken zur Seite, wünschte ihm eine gute Nacht und lief nach oben, um sich bei Eve über sein Vorhaben auszuweinen. Doch dazu kam sie nicht. Eve lag bei geöffnetem Fenster im Bett und winkte Vicky zu sich heran.

»Maladie française«, seufzte Eve, als Vicky sich zu ihr ans Bett setzte. »Es wird immer schlimmer. Erzähl es bitte nicht Karl, er denkt, dass ich auf dem Weg der Besserung und fast geheilt bin. Er macht sich sonst nur noch mehr Sorgen um mich. Das tut nicht not.«

»Kann ich was für dich tun?« Vicky hatte nach Eves Hand gegriffen, sie fühlte sich heiß und fiebrig an.

»Da ist nicht mehr viel zu tun … Ich nehme Penicillin, der Doktor hat mir Tabletten dagelassen. Die Entzündung ist überall, breitet sich langsam in meinem Körper aus«, antwortete Eve mit matter Stimme.

»Hast du Schmerzen?«

»*Ça va, ma chérie*, es geht schon. Wenn ich jetzt schlafe, sieht morgen die Welt gleich viel besser aus.« Eve schloss ermattet die Augen, es schien ihr schlechter zu gehen, als sie zugeben wollte.

Besorgt strich Vicky ihr über die Haare. Dass Eve kränkelte, war ihr bereits aufgefallen. In den vergangenen Tagen hatte sie sich immer mal wieder unter einem Vorwand zurückgezogen. Auch wenn sie den ausstehenden Tanzabend im Bellefleur mit aller Macht vorantrieb und es kaum erwarten konnte, dass die Räume im alten neuen Glanz erstrahlten, schien es ihr oft an

Kraft zu fehlen. Ihr Körper rebellierte, das war nicht zu übersehen, und wurde immer weniger, auch wenn Vicky es nicht wahrhaben wollte.

»Ich habe mir immer eine Tochter gewünscht, *une fille comme toi*«, flüsterte Eve jetzt und schien wie zu sich selbst zu sprechen, »aber ich habe es nie bereut, bei Karl geblieben zu sein. Wir leben ein Leben in Liebe und Freiheit, genau so, wie wir es haben wollen. Und ich habe mich nie an Dinge gebunden, die ich nicht hinter mir lassen konnte. Gib auf dich acht, Vicky, *écoute ta cœur!* Du darfst dein Leben nicht aus den falschen Gründen ändern, viel zu viele Frauen ordnen sich ihren Männern unter. Dann bleib lieber allein. Ohne Bindung. Und ohne Verletzung.«

HIMMEL VOLLER GEIGEN

Dann war es endlich so weit. Der Saal erstrahlte im neuen Glanz, die Wände zierten Kerzenleuchter, und das Parkett war spiegelblank poliert, glamouröser konnte es nicht sein. Eve schwirrte aufgeregt umher, verteilte letzte Anweisungen an die Bediensteten der Bar und strahlte über das ganze Gesicht. Keine Spur mehr von Krankheit oder Tod! Mit ihrer Vorfreude steckte sie alle an, auch Karl, der die ganze Zeit mit skeptischer Miene seine Bedenken zum Besten gegeben hatte. Als dann zu später Stunde die gut gelaunte Kundschaft Einlass begehrte und Champagner bestellte, entspannte er sich endlich. Johnny hatte Musiker von überallher zusammengetrommelt, sie spielten, was die Instrumente hergaben, vom ersten Takt an rissen die heißen Rhythmen alle von den Stühlen. Während Eve das Geschehen von der Seite aus mit einem Cocktail in der Hand freudig beobachtete, flirtete Karl mit zwei jungen Männern und war kurz darauf nicht mehr zu sehen. Vicky hielt derweil Ausschau nach Luise, konnte sie jedoch nirgends entdecken, Herrn Rickmer auch nicht. Dafür erkannte sie die Frau aus dem Zug wieder – und, Vicky traute ihren Augen nicht, sie war in Begleitung von Arthur. Geflissentlich versuchte sie, zu übersehen, was nicht zu übersehen war. Inmitten der vielen Menschen und wogenden Menge gelang es ihr nur, weil Berta sie zum Tanzen aufforderte. Da ließ sie sich nicht zweimal bitten, wirbelte mit wilden Kicks und Drehungen über das Parkett und schielte dabei insgeheim immer wieder nach Johnny, der ihr zuwinkte und mit Handzeichen zu verstehen gab, dass sie später noch gemeinsam tanzen würden.

Laut, lachend und vor Glück strahlend. So würde Vicky jene Nacht in lebenslanger Erinnerung bleiben, und das Bellefleur war wieder Stadtgespräch. Noch Tage und Wochen später erzählte man sich hinter vorgehaltener Hand von jenem rauschenden Fest in der Villa, das Eve und Karl ausgerichtet hatten. Kaum jemand, der etwas auf sich hielt, hatte sich den Anlass entgehen lassen, und so manches Mädchen auf der Suche nach Glück hatte sich dazugesellt. Man hatte bis weit in den Morgen gefeiert, noch wilder, noch greller, noch ausgelassener als in den vergangenen Monaten, als wäre es das letzte Mal. Diesmal hatte sie niemand bei der Polizei angeschwärzt, diesmal gab es keine unliebsame Unterbrechung, und Vicky hatte mit Johnny getanzt und nur getanzt. Und diesmal war er geblieben, bei ihr, die ganze Nacht. Ohne lange darüber nachzudenken, hatte Vicky ihn mit auf ihr Zimmer genommen, in Küssen versunken ihm bereits auf der Treppe das Hemd aufgeknöpft.

Karl stellte ihnen am Morgen stillschweigend ein Tablett mit Orangensaft und Klöben vor die Tür. Eve dagegen klopfte später laut und ermahnte Vicky, ihr in der Nähstube zu helfen.

»Ich denke, sie haben kaum noch Aufträge?«, flüsterte Johnny, der Vicky nur widerstrebend aus seinen Armen entließ.

»Keine Ahnung«, antwortete sie, während sie sich den Morgenmantel überzog und in ihre Pantoffeln schlüpfte. »Sie wird ihre Gründe haben.«

Die hatte Eve, in der Tat. Sie bat Vicky in den Salon und hielt ihr einen Vortrag, der sich gewaschen hatte. Nicht, weil Johnny und sie nicht verheiratet waren, und auch nicht, weil er immer noch nicht gegangen war und sich quasi wie zu Hause fühlte. Nein, Eve hatte viel schwerwiegendere Gründe für diese Standpauke.

»Weißt du, was du da tust? Bist du informiert, bist du geschützt? Soweit ich weiß, nein … *Regarde-moi:* Was meinst du, wie habe ich mich mit dieser Krankheit angesteckt? Fremde

Betten fühlen sich großartig an. So viel Lust! Prickeln am ganzen Körper, nicht verebbende Explosionen! So viel Leidenschaft, so viel warme, weiche Haut, von der man nicht genug haben kann. Aber in ihnen lauern auch Gefahren. Bitte, ich weiß, wovon ich spreche!«

Eve schüttelte missbilligend den Kopf. War sie in jener Nacht zur Höchstform aufgelaufen, hatte ihre Gäste aufs Beste unterhalten und mit ihnen bis weit in die Puppen gefeiert, war sie heute ein Schatten ihrer selbst. Jede Bewegung schien zu schmerzen, auch wenn sie sich sichtlich bemühte, sich nichts anmerken zu lassen. Perfekt geschminkt und in einem ihrer eleganten schwarzen Kleider saß sie in dem Samtsessel. Sie wirkte wie eine der vornehmen Damen, die sonst zu ihren Kundinnen zählten. Eve hielt Vicky ein Päckchen Fromms hin und zeigte ihr, wie sie zu verwenden waren.

»Du musst Johnny darum bitten, sie zu benutzen, er sollte wissen, was er tut. Und du auch! Ganz bestimmt bist du nicht seine einzige Geliebte. *Il y a beaucoup d'autres chers.*«

Mit einer Mischung aus Verlegenheit und Stolz nahm Vicky die Kondome entgegen, wobei sie Eves letzten Satz geflissentlich überhörte. Sie hatte nicht einen Moment darüber nachgedacht und war ihren Gefühlen gefolgt, hatte einfach geschehen lassen, was Johnny machte, was ihre beiden Körper voneinander verlangten. Es war nichts Falsches dabei, das fühlte sie, und anders als Eve hatte Vicky nicht vor, ihre Liebhaber zu wechseln, und Johnny sicher auch nicht. Nach dieser Nacht fühlte sie sich als Frau. Als Johnnys Frau. Egal, was andere sagten oder dachten, was sich gehörte oder nicht.

»Jetzt guck nicht so spießig«, meinte Eve, »Oder weißt du nicht, was Spaß macht?«

»Oh, natürlich.« Vicky lächelte, keine Spur verlegen, und hätte Eve am liebsten vorgeschwärmt, wie sehr ihr Körper unter Johnnys Berührungen geglüht hatte. Doch die winkte lachend ab.

»Schon gut, mein Kind, du sollst es ja genießen. Jetzt geh zu deinem Johnny. Ich muss in den Salon, *les dames et messieurs* rennen uns gerade die Türen ein. Am Wochenende gibt es irgendwo wieder ein Fest, und sie brauchen alle neue Kleider.«

Mühsam erhob sie sich aus dem Sessel und strich sich das Kleid glatt, sie schien noch etwas hinzufügen zu wollen. Doch dann schüttelte sie den Kopf, Wehmut im Blick. Und bevor Vicky etwas erwidern konnte, war sie verschwunden.

»Ich mache mir Sorgen um Eve«, meinte Vicky, nachdem sie wieder zu Johnny ins Bett gekrochen war. Die Kondome hatte sie wie nebenbei in die Nachttischschublade gelegt, er hatte es sehr wohl registriert.

»Wo warst du denn so lange? *I missed you*«, murmelte er und küsste sie auf die Schulter, ohne auf ihre Bemerkung einzugehen.

»Sie arbeitet zu viel … und Karl … Karl will mit Arthur in Übersee Geschäfte machen. Nicht!« Vicky drehte sich zur Seite, wehrte seine streichelnden Hände ab. Das Gespräch mit Eve hatte sie sonderbar aufgewühlt, unliebsam auf den Boden der Tatsachen zurückgeholt.

»*Don't you worry*, Eve braucht den Erfolg, den Glanz, das Prestige, um glücklich zu sein! Und wenn sie sich jetzt mit Arthur Jansen zusammentun, dann nur, um dem Bellefleur wieder Leben einzuhauchen. Ausgerechnet der!« Johnny machte eine verächtliche Bewegung. »Dieser Arthur ist ein furchtbarer Mensch, ohne Skrupel, seinetwegen musste ich damals aus Willenbrock verschwinden, er hat deinem Vater gegenüber behauptet, ich hätte Geld gestohlen … Dabei hat er es sich doch ganz bestimmt selbst unter den Nagel gerissen.«

Vicky nickte düster. Sie mochte bis heute nicht glauben, dass Arthur zu solch einer Gemeinheit fähig war.

»Guck nicht so, das ist das Leben. *Queen trumps Jack.*« Mittlerweile hatte sich Johnny aufgerichtet. Über ihren Kopf hinweg angelte er nach seinen Zigaretten, ihre Arme berührten sich. Doch diesmal prickelte es nicht von Kopf bis Fuß. Schweigend rauchte er eine Weile. Dann sprach er weiter, wie zu sich selbst. »Draußen kämpfen sie auf der Straße, Tag für Tag, gegen die soziale Ungerechtigkeit, für mehr Lohn, für neue Wohnungen, für mehr Arbeit, siehst du das etwa nicht?«

Wie meinte er das? Was unterstellte er ihr da? Vicky rückte ein Stück von ihm ab. »Doch, natürlich! Es ist alles so furchtbar, was gerade geschieht! Die Krawalle, die Aufstände ... ich bin überhaupt nicht damit einverstanden. Schon gar nicht mit Arthur und dieser Partei, die überall Angst schürt und Schuldige für die Krise sucht.«

Sie hatte doch mit eigenen Augen gesehen, wie andere lebten, die Arbeiter im Hafen, die engen Wohnungen, Hungersnot und bettelnde Kinder. Imke, wie sie trotz der Armut für ein warmes Zuhause sorgte, sich jeden Bissen vom Mund absparte und den Kummer mit Alkohol betäubte. Oder Luise mit ihrem Lebenshunger, die nach einem reichen Gatten suchte, der ihr endlich ein sorgenfreies Leben ermöglichte. Nur weil Vicky in einem weichen Bett schlief und schicke Kleider trug, bedeutete das lange nicht den Himmel auf Erden. Sie wollte mehr! Unabhängig sein, ihr eigenes Geld verdienen. Der Anfang war gemacht, sie war auf dem Weg, das spürte sie ganz genau. All das vermochte sie Johnny jetzt nicht zu erklären, zu kompliziert erschien Vicky die Angelegenheit in diesem Moment, zu empfindlich sein Gemüt. Als ob sie einen Unterschied zwischen sich machen würde aufgrund ihrer beider Herkunft und Hautfarbe! Sie war als Frau geboren worden und er als Mann. Das war der Unterschied! Besser: Sie war zur Frau *erzogen* worden. Und als solche hatte sie so gut wie keine Rechte, musste dem Mann gehorchen, besaß kein eigenes Geld. In ihr brodelte es, alles durcheinander. Und doch brachte sie kein Wort mehr über die Lippen.

»Die Stadt ist mittlerweile laut und gefährlich«, machte Johnny weiter. »Sie lauern an jeder Ecke, warten nur darauf, dass Schwarze wie ich einen Fehler machen. Diebstahl, Alkohol, irgendeinen Grund finden sie immer.«

»Es ist furchtbar … man kann nichts dagegen tun …« Vicky zuckte hilflos mit den Schultern.

Johnny setzte noch eins drauf.

»Nichts dagegen tun? Da draußen demonstrieren sie! Kommunisten gegen Sozialisten gegen Nationalisten. Siehst du das nicht? Man kann sich auch blind stellen! Eve ist eine Meisterin darin! Das Bellefleur ist wie eine Insel. Die beiden feiern ihre Feste, verkaufen teure Kleider, trinken Champagner. Als ob sie die Zeit anhalten könnten. Als ob sie nicht sehen wollten, was gerade geschieht. Aufstände. Demonstrationen. Rassismus. Hass und Hetze.«

»Das denkst du wohl! Bist du jetzt fertig?« Empört sprang Vicky auf. Wieso steigerte er sich so darein? Warum beschuldigte er ausgerechnet Eve und Karl, die selbst unter den tagtäglichen Repressalien litten? Der Zauber der vergangenen Nacht, vorbei. Noch ein Vortrag an diesem Morgen, wo sie doch eigentlich vor Glück zerspringen wollte und überhaupt nichts denken, nur fühlen.

»Sag so was nicht! Die beiden sorgen für Momente der Unbekümmertheit, für Vergnügen, Abwechslung und Amouren in diesen schwierigen Zeiten. Sie schenken Liebe und lassen ihre Gäste träumen … und du mit deiner Musik doch auch!«, versuchte Vicky, ihre Tanten zu verteidigen. Sie zog den Morgenmantel fester um sich und schaute Johnny kopfschüttelnd an. Sie verstand ihn nicht.

»Du meinst, *Jazz is just for fun*, ohne Sinn und Zweck? *Without any meaning? I see.*« Johnnys Blick verhärtete sich. »Ist es das, weshalb du nach Hamburg gekommen bist? Um was es dir geht? Damit du dich *vergnügen* kannst? Gehöre ich etwa auch dazu?«

Johnny zog Vicky wieder aufs Bett und schaute sie prüfend an. »*I don't believe that!* Was willst du hier, was willst *du* mit mir? Ich bin kein Spielzeug für vergnügungssüchtige Töchter aus reichem Hause.« Mit diesen Worten gab er sie wieder frei.

»Wie bitte? Was unterstellst du mir da?« Was fiel ihm ein! Vor Empörung blieb Vicky glatt die Spucke weg. Wahrscheinlich hatte Eve doch recht, und Johnny spielte nur mit ihr. Und sie hatte es für Liebe gehalten. »Wenn du einen Grund suchst zu gehen, bitte.« Sie schüttelte fassungslos den Kopf.

»Was willst du in Hamburg, Vicky? Du kannst nicht vor allem davonlaufen, was auf Willenbrock geschehen ist.« Johnny war aufgestanden.

Vicky zuckte zusammen. Johnny hatte mit seinen Worten ins Schwarze getroffen. Offensichtlich hatte er bei seinem kurzen Aufenthalt auf dem Hof mehr mitbekommen, als ihr lieb war. Auch die Sache mit dem furchtbaren Unglück.

Aber wie konnte sie Johnny erzählen, was sie seit ihrer frühen Jugend quälte, weshalb sie nie wieder zurück nach Willenbrock wollte? Die Wahrheit, über die sie bisher noch mit niemandem gesprochen hatte, selbst mit Eve und Karl nicht.

»Dann musst du es ohne mich herausfinden«, sagte Johnny, als Vicky weiterhin beharrlich schwieg. Und dann noch mal: »Ich bin kein Spielzeug für verwöhnte Fräuleins!«

»Wo gehst du hin?« Bestürzt sah Vicky zu, wie er die im Taumel hingeworfenen Kleidungsstücke aufsammelte und sich hastig anzog.

»Dorthin, wo ich atmen kann. Das ist mir hier alles plötzlich viel zu eng.« Sagte es und drückte Vicky zum Abschied einen Kuss auf die Stirn. »*I love you, Vicky. I know, what I want.* Und wenn du es herausgefunden hast, gib mir Bescheid.«

Wie gelähmt saß sie da, hörte die Wohnungstür ins Schloss fallen und konnte nicht fassen, was soeben geschehen war.

»Er kommt wieder, Kindchen, und wenn nicht, ist er nicht eine deiner Tränen wert«, sagte Karl, als Vicky mit verheulten Augen und Leidensmiene in seinem Arbeitszimmer auftauchte. »Er ist Musiker, zieht von Bar zu Bar. Meinst du, du bist seine einzige Geliebte?« Er legte ihr tröstend die Hand auf den Arm. »Und jetzt komm, schau dir das an. Was meinst du zu diesen Entwürfen? Ich finde sie viel zu konventionell. Eve sagt, das trägt man jetzt so.«

Vor ihm lagen Zeichnungen von eleganten Kleidern und Röcken, auf dem Tisch daneben stapelten sich Stoffballen mit schwarzem Chiffon und Seide, echter Seide. Vicky traten Tränen in die Augen. Das war es, was Johnny gemeint hatte: Die Flucht vor der Wirklichkeit begann genau hier. Vicky spürte, dass er recht hatte, wusste, dass sie hätte anders reagieren müssen. Ihm die Wahrheit sagen, sich selbst nicht weiter davor drücken. Und doch konnte sie jetzt nicht anders, als gemeinsam mit Karl in den Stoffen zu schwelgen. Sie ließ sich von seiner Begeisterung anstecken, probierte die unterschiedlichen Stoffmuster vor dem Spiegel und half ihm beim Zuordnen und Sortieren.

»Du hast Geschmack«, sagte er anerkennend, als sie stilsicher eine weiße Schärpe um einen schwarzen Rock drapierte. »Warum gehst du nicht zu Eve ins Atelier und hilfst ihr ein bisschen? Das lenkt dich auch von Johnny ab, glaube mir«, fügte er hinzu, als er Vickys tränenfeuchte Augen bemerkte.

Da nickte Vicky, presste die Stoffballen an ihre Brust und lief in die Nähstube. Eve schien über ihr Auftauchen kein bisschen überrascht.

»Oh, là, là, Johnny ist ein besonderer Mann. Er hat sich noch nie festgelegt«, war ihr einziger Kommentar, als sie Vickys verheultes Gesicht bemerkte. »Warte nur ab, am nächsten Sonnabend tanzt du mit einem anderen …!«

»Er hat gesagt, er liebt mich. Und ich liebe ihn«, antwortete Vicky trotzig. Alles in ihr wehrte sich dagegen, Eves Worten zu glauben. Und schon gar nicht wollte sie sich solch ein illustres

Liebesleben vorstellen, wie Eve und Karl es zelebrierten, mehr oder weniger diskret. Sollten sie sich doch über sie und ihre konservativen Ansichten lustig machen, Vicky glaubte an die Liebe. Die eine Liebe. Unmöglich, dass sie sich in Johnny getäuscht hatte. So, wie er sie angesehen hatte. Seine streichelnden Hände, seine zärtlichen Aufmerksamkeiten, seine Worte, die so wahr geklungen hatten. Sie war es, die Johnny eine Antwort schuldig geblieben war, nicht umgekehrt, sie musste sich eine Haltung zulegen, Position beziehen. Nicht er. Aber das konnte sie Eve unmöglich sagen.

»Du kannst Berta helfen, die Stoffbahnen zuzuschneiden, sie kann jede Unterstützung gebrauchen«, meinte Eve und strich ihr übers Haar. »*Pauvre fille* ... ich versteh dich ja. *Viens*, die Arbeit bringt dich auf andere Gedanken.«

Vicky versuchte ein Lächeln, dann tat sie ihr Bestes und konzentrierte sich auf die Näharbeiten. Eine Weile arbeiteten die drei Frauen eifrig Hand in Hand, und darüber vergaß Vicky ihren Kummer. Die Stoffe fühlten sich weich und edel an, ein Genuss, sie zu falten, abzustecken, probehalber anzuheften. Berta war eine versierte Näherin, der die Arbeit rasch von der Hand ging, mit flinken Fingern hantierte sie mit Schere und Schneiderkreide, bediente gekonnt das Pedal der Nähmaschine. Ihre Anweisungen kamen leise und präzise, und irgendwann, da dämmerte es bereits, nähten sie die letzten Knöpfe an.

»Es ist wunderschön geworden, ein echtes Prachtstück. Ich will nicht wissen, was es kostet«, flüsterte Vicky ehrfürchtig. Am liebsten hätte sie sich das Kleid übergezogen und wäre gleich darin losgetanzt. Eve hatte recht behalten. Sie hatte in den vergangenen Stunden kein einziges Mal an Johnny gedacht.

»Irgendetwas fehlt.« Berta stand mit zusammengekniffenen Augen vor dem Modell und nestelte am Reißverschluss.

»Es ist perfekt. Schlicht. Elegant. Feminin. Und nicht so voller billiger Schnörkel ... *c'est formidable!*« Eve wirkte zufrieden und stolz. Erschöpft hatte sie sich auf den Sessel sinken lassen, rieb sich zufrieden die schmerzenden Hände.

»Wenn du meinst. Dann machen wir morgen weiter. Vicky hat wirklich Talent … oder was sagst du, Eve?« Berta rieb sich müde die Augen, sichtlich froh, endlich Feierabend zu haben.

Doch Eve schien sie nicht zu hören. In sich zusammengesunken hing sie im Sessel, den Kopf zur Seite geneigt, ganz blass.

»Schnell, hol Karl! Und einen Arzt.« Erschrocken sprang Berta auf und hielt Eve das Riechsalz unter die Nase.

»*Non, s'il vous plaît!* Bitte keinen Arzt«, murmelte Eve, die langsam wieder zu Bewusstsein kam. »Den können wir uns nicht leisten. Komm, hilf mir, ich muss nur ins Bett und mich ausruhen. Es ist ein kleiner Schwächeanfall. Morgen geht's wieder … Die Sachen müssen fertig werden. *Il faut payer le champagne*, sie haben eine Mahnung geschickt …«

Stöhnend richtete sie sich auf. Der herbeigeeilte Karl schüttelte besorgt den Kopf und ließ es sich nicht nehmen, seine Frau eigenhändig ins Schlafzimmer zu manövrieren. Er würde später den Arzt holen und Eve eine Spritze verabreichen lassen, Schulden hin oder her.

»Evchen, Evchen, mein liebes Evchen, was machst du nur für Sachen!«, sagte er liebevoll, dann schloss er hinter ihnen die Tür.

»Das sieht nicht gut aus, vielleicht war die Aufregung der letzten Tage doch ein bisschen viel für sie«, murmelte Berta und begann, die Fäden und Stecknadeln von den Tischen zu sammeln. »Komm, lass uns aufräumen. Es war ein langer Tag. Und morgen geht es weiter, im Auftragsbuch stehen noch drei Abendkleider sowie zwei Röcke, und die Konsulin wünscht ein neues Tenniskleid. Keine Ahnung, wie ich das alles alleine schaffen soll. Wenn Eve ausfällt …«

»So schlecht steht es um sie? Ich hatte ja keine Ahnung.« Vicky guckte erschrocken.

»Kindchen, Kindchen, du hast sie doch selbst erlebt! Wem, meinst du, gehören all diese Tabletten? Warum trinkt sie so viel? Sie betäubt den Schmerz, Tag für Tag. So lange, bis ihr Körper endgültig streikt. Dann liegt sie wieder eine Woche im Bett, dann nimmt sie wieder Tabletten, feiert bis in die Morgenstunden … Es ist ein Abschied auf Raten.«

Aber sie feiert ihn, fügte Vicky in Gedanken hinzu. Sie hatte Eve tief in ihr Herz geschlossen, sie mochte ihre Art, mit Menschen umzugehen. Wie sie mit den Männern flirtete, so charmant, so kokett, so liebenswürdig. Ihr Lächeln war keine Maske, auch wenn ihr rot geschminkter Mund es mitunter so wirken ließ. Eve war durch und durch ehrlich, in ihrem Gesicht konnte man Geschichten lesen. Eve liebte die Männer, und die Männer liebten sie, sehr zum Missfallen von Karl, der eifersüchtig über die Liebschaften seiner Frau wachte. Aber da musste er sich keine Sorgen machen. Erstens liebte Eve nur Karl und Carla. Und zweitens war sie unheilbar krank und würde sich hüten, jemand anderen mit dieser Pest, wie sie es einmal genannt hatte, anzustecken.

»Ich bewundere sie für ihren Lebensmut«, sagte Vicky und sortierte die Garnrollen an ihren Platz zurück. Sie hatte nicht gewusst, dass es so viele Nuancen von Schwarz gab, vorhin hatte sie zehn verschiedene Fäden ausprobiert, bevor einer passte. »Ich an ihrer Stelle …«

»… du hättest dich längst in die Elbe gestürzt, wie so viele junge Frauen hier in Hamburg«, vollendete Berta den Satz und meinte es so sarkastisch, wie es klang. Sie drückte die Zigarette aus, die sie während der gesamten Aufräumarbeiten zwischen den Zähnen getragen hatte. »Wie sollen wir das nur schaffen«, wiederholte sie mit Blick auf das Auftragsbuch.

»Was ist mit anderen Näherinnen?«, fragte Vicky. »Es suchen doch so viele Frauen Arbeit?«

»Auf dass sie mir den kostbaren Stoff zerreißen? So schnell bekomme ich keinen zuverlässigen Ersatz! Mit Seide und Chiffon kann nicht jede umgehen. Wo hast du überhaupt so gut nähen gelernt?«

»Von Carla ... und von meiner Mutter ...« Vicky stockte. »Als ich kleiner war, hat sie mir gezeigt, wie mit Nadel und Faden umzugehen ist und wie man eine Nähmaschine bedient. Nach ihrem Tod habe ich nie wieder ein Stück Stoff angefasst. Bis heute.«

»Das tut mir leid«, meinte Berta mitfühlend. »Ich wusste nicht ...«

»Niemand weiß es«, fuhr Vicky fort. »Ich habe bis heute mit niemandem darüber geredet.« Ganz ruhig und schlicht kamen diese Worte über ihre Lippen. All die Jahre hatte sie solche Angst gehabt, es war ihr nicht möglich gewesen, über den Verlust zu sprechen. Zu schmerzhaft erschien es ihr, und da waren die schrecklichen Träume, die sie immer wieder heimsuchten. Und jetzt erzählte sie einer Wildfremden von jenem traumatischen Ereignis, das sie am liebsten für immer aus ihrem Gedächtnis gestrichen hätte.

»Armes Ding, ich verstehe«, sagte Berta nur, und Vicky war ihr unendlich dankbar dafür, dass sie nicht weiterfragte. »Aber jetzt ist Schluss für heute, morgen ist auch noch ein Tag! Dann machen wir gemeinsam weiter. Wäre doch gelacht, wenn wir das Bellefleur nicht mit vereinten Kräften retten könnten, was? Der Welt würde etwas fehlen!«

Dann war sie auch schon durch die Tür verschwunden und ließ Vicky mit ihren Gedanken allein zurück. Eine Weile saß sie gedankenverloren da, nur das Ticken der Wanduhr tönte in die Stille. Es war schon spät, Zeit für ein Toast mit etwas Schinken und Remoulade, doch Vicky verspürte keinen Hunger.

Welch besondere Frau diese Berta war, dachte sie, und sah sich in der Nähstube um. Ruhig, leise und bestimmt führte sie hier Regie und machte nicht viel Aufhebens davon. Vicky beschloss, ihr gegenüber in Zukunft besonders aufmerksam zu sein. Ihr Blick fiel auf das dicke Buch mit Eves Skizzen für die neuen Kleider. Daneben klebten Stoffproben, Variationen von Schwarz, aber auch dunkelgrüne Seide, Spitze und Tüll. Schon sah Vicky das fertige Modell vor ihrem geistigen Auge. Lässig und elegant sollten die Kleider zu tragen sein, dabei vornehm und schlicht, das war Eves bevorzugter Stil. Sie wollte den Frauen ein Stück Freiheit geben, dabei ihre Würde und Weiblichkeit wahren. Überhaupt schien das gerade wieder in Mode zu sein. Vorbei die Zeit der knappen Kleider und Röcke, der weiten Hosen und Blusen. Man zeigte sich als Frau von Welt wieder zurückhaltender, mit schlichter Eleganz. Trug bloß nicht die Billigware aus dem Kaufhaus von der Stange. Oder diese kunstseidenen Kleider wie sie bei Beeke hingen.

Nachdenklich blätterte Vicky zurück auf die erste Seite. Der erste Eintrag in Eves Skizzenbuch war auf Januar 1925 datiert und zeigte ausgefallene, schmale Kleider, weich fallende Hosen. Es waren mutige Schnitte, selbst für die damalige Zeit – nach dem Krieg, als man endlich wieder ausgelassen feierte und das Leben in vollen Zügen genoss. In all den Jahren hatte sich Eves Stil nicht verändert, alle Entwürfe trugen unverkennbar ihre Handschrift. Die Taille Jahr um Jahr tiefer gesetzt, hatte sie immer den passenden Hut dazu gezeichnet, geschmackvolle Perlenketten und Handschuhe. Die Frauen wirkten selbstbewusst und frei. Wie gerne hätte sie damals schon mitgefeiert, dachte Vicky seufzend, während sie weiter in dem Buch blätterte, durch die Jahre flog, Eves Entwürfe bewunderte. Pyjamas für Frauen, Morgenkleider, Nachtwäsche, Büstenhalter und Leibchen waren auch darunter, ebenso wie Tenniskleider und Badeanzüge. Die Dame von Welt schien nicht arbeiten zu müssen wie Imke oder Luise, sondern widmete sich ausschließlich ihren Vergnügungen. Ein Leben in Rausch und Üppigkeit, ganz anders, als Vicky auf dem Rosenhof aufgewachsen war. Niemals hätte Vicky so ein Kleid getragen, wie sie es heute genäht hatten. Versonnen betrachtete sie das Modell, da fiel ihr Blick in den Spiegel. Sie stand auf.

»Was willst du, Vicky Willenbrock?«, fragte sie und schaute sich nachdenklich an. Die junge Frau im Spiegel hatte ihre frische Hautfarbe verloren, das schmale Kleid betonte ihre Silhouette. Im Gegensatz zu früher war Vicky geschminkt, die Augenbrauen frisch gezupft, die Lippen rot ausgemalt, die Farbe, die Eve verwendete, hielt den ganzen Tag. Vicky strich die Konturen ihres Mundes nach. Diese Lippen hatte Johnny geküsst, ihre Sinnlichkeit und Hingabe erweckt, dieser Körper sehnte sich nach seinen Berührungen. Er hatte sie zur Frau gemacht, ihr gezeigt, was sie begehrte. Aber Johnny war gegangen und hatte sie mit ihren Fragen alleingelassen.

Und die Wahrheit war: Sie wusste keine Antwort.

Sie war aus Willenbrock geflüchtet, weil sie nicht verheiratet werden wollte. Und jetzt saß sie hier, allein, übermüdet, vor diesem Spiegel und wünschte sich nichts sehnlicher, als ihn wiederzusehen und die Frau an seiner Seite zu sein. Egal, was die anderen sagten. Egal, ob es verboten war. Egal, ob sie eine Zukunft hatten. Sie hatte sich Hals über Kopf in Johnny verliebt. Ein ungekanntes Gefühl, so hell, so strahlend, so wunderbar.

»Was willst du?«, wiederholte sie.

Wie sehr hatte sie gehofft, hier in Hamburg endlich machen zu können, was sie wollte. Leben! Tanzen! Die Enge des Willenbrock'schen Hofes hinter sich zu lassen. Alles zu vergessen. Jetzt musste sie bitter feststellen, dass die Vergangenheit sie nicht losließ. Auch wenn ihr ihr Koffer abhandengekommen war, hatte das Gepäck ihrer Erinnerungen immer noch Gewicht. Ihre Erziehung. Die Tradition. Die Erwartungen an sie als Frau in der Gesellschaft. Ausgerechnet hier, in Eves Schneiderstube, jetzt in diesem Moment, war sie präsenter denn je, mit jedem Atemhauch spürbar. Mit jedem Nadelstich, mit jeder Naht, hatte sich die Wahrheit in Erinnerung gebracht. So hatte sich ihre Mutter zu ihr an den Tisch gesetzt und ihr die Hand beim Zuschneiden der Stoffe geführt. Ihr geholfen, Maß zu nehmen, und ihr die Stecknadeln gereicht, das Bügeleisen erhitzt und die Falten gelegt.

Ganz nah waren sie sich, Mutter und Tochter, die Zeit angehalten. Wie früher unzertrennlich, eine verschworene Gemeinschaft gegen den allzeit präsenten Vater, der über alle bestimmte und die strengste aller Hände walten ließ.

»Du weißt, wer du bist«, hörte sie ihre Stimme sagen. »Lass dich nicht beirren, lass dir nicht einreden, du seist nichts wert, nur weil du als Frau zur Welt gekommen bist. Wir von Teggerns sind stolz, egal, welches Geschlecht wir haben. Und wir lassen uns nichts vorschreiben und verbieten. Von nichts und niemandem.«

Wie von selbst fing Vicky an, aus der Schnittsammlung die passenden Teile für Eves neusten Entwurf herauszusuchen. Ein leicht schwingendes Freizeitkleid für die Dame von Welt sollte es werden, zu tragen bei Erledigung der alltäglichen Dinge. Eve hatte leichtes Leinen vorgeschlagen, in Dunkelblau, wie gemacht für ein schlichtes Kleid. Vicky kniff die Augen zusammen und dachte nach. Vielleicht wäre der hellgraue Baumwollstoff eleganter … und wenn sie statt eines Kleids eine Kombination aus Rock, passender Bluse und Jacke nähen würde, wäre das doch auch sehr praktisch. Dann könnte man je nach Gelegenheit und Wetterlage kombinieren. Die Frau von heute war doch ständig unterwegs! Gesagt, getan. Eifrig legte sie sich die Schnitte zurecht, nahm Maß und zeichnete mit der Schneiderkreide an. So verging Stunde um Stunde, und ohne dass sie es merkte oder auch nur müde wurde, nähte Vicky die ganze Nacht lang. Es dämmerte bereits, als sie die letzte Naht schloss, bevor sie die Kleiderpuppe anzog und den passenden Hut heraussuchte.

»Fehlen nur noch Puder und Rouge«, dachte sie kichernd und drapierte dem Modell eine Reihe üppiger Perlenketten um den Hals.

»So, jetzt gönnen wir zwei Hübschen uns erst mal eine Mütze Schlaf, was?«, sagte sie dann laut. In ein paar Stunden würde Berta kommen, dann ging es weiter. Und hoffentlich hatte sich Eve bis dahin erholt. Vicky war so gespannt, was sie sagen würde!

Es war ein Schrei, der sie weckte. Erschrocken fuhr Vicky aus dem Schlaf, sie hatte wirres Zeug geträumt und brauchte ein Weilchen, um sich zurechtzufinden. Dann lief sie schnell hinüber ins Atelier, um nachzuschauen.

Dort stand Carla im Morgenmantel vor der Schneiderpuppe, die Vicky letzte Nacht angezogen hatte, die Zigarettenspitze zwischen den dünnen Fingern.

»Was ist passiert? Geht es Eve nicht gut?«, fragte Vicky.

Carla sah fürchterlich mitgenommen aus. Sie war leichenblass und hatte darauf verzichtet, sich die Haare mit Pomade aus dem Gesicht zu kämmen.

»Wer war das?«, fragte sie mit flüsterleiser Stimme. »Ganz sicher nicht Berta, oder?«

»Das war ich …«, antwortete Vicky zögernd. »Stimmt etwas nicht? Habe ich etwas falsch gemacht?« Beunruhigt verfolgte sie Carlas Bewegungen, die nun fachmännisch die Augen zusammenkniff, den Stoff befühlte und die Nähte prüfte.

»Doch«, murmelte sie schließlich sichtlich ergriffen. »Es stimmt alles. Es ist nur … es ist perfekt! So etwas hat Hamburg noch nicht gesehen … so etwas hat die Welt noch nicht gesehen! Wenn Eve das sieht, wird sie auf der Stelle wieder gesund!«

»Wie geht es ihr denn?« Erleichtert nahm Vicky zur Kenntnis, wie sich Carlas Blick entspannte. Und sie hatte schon befürchtet, sie hätte den Stoff zerschnitten oder Futterseide verwendet, die für etwas anderes vorgesehen war.

»Sie hat ruhig geschlafen, nachdem der Arzt ihr letzte Nacht noch eine Spritze verabreicht hatte«, meinte Carla und seufzte. »Noch eine Rechnung, die wir nicht bezahlen können.«

»So schlimm steht es um das Bellefleur?« Vicky sah sie bestürzt an. »Ich habe gedacht, seit letztem Sonnabend geht es wieder aufwärts?«

»Mein liebes Kind, ich wünschte, es wäre so! Das Fest hat tiefere Löcher hinterlassen, als mir lieb ist. Aber wenn ich mir dieses

Kleid hier so ansehe … dann spüre ich, dass es nur eine Frage der Zeit ist, bis wir sie wieder gestopft bekommen. Der Handel mit Arthur Jansen lässt sich ebenfalls gut an! Wie lange, sagst du, hast du für dieses Ensemble gebraucht? Und welche Stoffe könnten wir noch verwenden? Eve wird begeistert sein! Mit diesem Modell schreibt das Bellefleur Geschichte, du wirst sehen!« Sagte es, drückte der verdutzten Vicky einen Kuss auf die Stirn und lief dann Richtung Eves Schlafzimmer, wo man die beiden kurz darauf lautstark miteinander diskutieren hörte.

Wenn das mal kein gutes Zeichen ist, dachte Vicky zufrieden. Dann lief sie zum Stoffregal, um dunkelblauen Tweed herauszusuchen.

Imke

Junge Frauen wie diese Vicky waren ihr schon oft begegnet: höhere Töchter mit Abitur und sauberen Fingernägeln, die auf der Suche nach Freiheit und Abenteuer in die Stadt kamen. Träumten davon, entdeckt zu werden und eine erfolgreiche Schauspielerin zu sein. Dabei hatten die Deerns überhaupt keine Ahnung, was Arbeit bedeutete! Was es hieß, tagaus, tagein für einen Hungerlohn zu schuften, kein Geld für Seife und neue Kleidung.

Dass der Weg zum Erfolg sie durch die Betten der Produzenten führte, schien diese Mädchen nicht weiter zu kümmern, im Gegenteil, das schienen sie in Kauf zu nehmen – sie waren auf der Suche nach einem reichen Mann und Gönner. Alles für diesen einen Moment im Rampenlicht, bewundert und beklatscht vom Publikum, ein bejubelter Star. Doch wehe, der Erfolg blieb aus, der Mann küsste die Nächste, oder, noch schlimmer, die Liebschaften trugen Leibesfrüchte. Dann war guter Rat teuer, dann kamen sie zu Imke. Sie kümmerte sich dann und brachte die Frauen zu Sunja. Die kochte ihnen Johanniskrauttee, sprach mit ihnen – und machte das Dilemma ungeschehen. Sunja verstand ihr Handwerk als Engelmacherin. Nur wenige der Mädchen starben.

Doch dann hatte eine von ihnen Sunja verraten, dieses dumme Ding, und Sunja war in den Knast gewandert. Imkes Mitleid hielt sich in Grenzen. Sunja hatte aus der Not der Frauen Profit geschlagen und Imke für die Vermittlung viel zu wenig bezahlt. Imke wusste, warum: Das Geld wanderte zum Sohnemann, der es in den Hafenkneipen von St. Pauli versoff und verspielte.

Jetzt war Imke selbst in Not, erwartete das dritte Kind. Wo doch jeder wusste, dass spätestens mit dem dritten das Elend begann, weil der Lohn nicht mehr reichte. Der Kindersegen der Reichen war für Proletarier wie sie eine Kinderlast, noch ein Esser mehr am Tisch, noch einer mehr, dessen Wäsche gewaschen und Hemden geflickt werden mussten. Die Arbeitsbelastung wuchs und wuchs. Obwohl oder gerade weil es keine Arbeit mehr gab.

Imke wusste schon längst nicht mehr, wie sie die hungrigen Münder ihrer Töchter füllen sollte. Sie lebten von der Hand in den Mund, standen Schlange bei der Armenspeisung und waren sich auch nicht zu schade, in den Abfällen der Fischfabrik nach essbaren Stücken zu suchen. In ihrer Not hatten sie neulich sogar eine Katze gefangen, gehäutet und über dem Feuer gegrillt. Zuerst eine Überwindung, doch dann ein Festmahl, von dem sie noch tagelang zehrten.

So konnte es nicht weitergehen. Imke war nicht zur Schule gegangen, sie konnte weder rechnen noch schreiben. Aber keine konnte so zupacken! In der Textilfabrik verstand sie wie keine, die Maschine zu bedienen, schließlich gab es Akkordlohn. So hielt sie aus, trotz der schlechten Luft in der dunklen und schlecht belüfteten Fabrikhalle, die ihr das Atmen schwer machte und einen Hautausschlag bescherte. Imke behielt ihre Arbeit auch nach der Heirat, und auch, als die Lütten auf die Welt kamen, machte sie keine Pause, weil ihr Mann sie und die Familie nicht allein ernähren konnte. Oft hatte sie einen Achtzehn-Stunden-Tag mit Arbeit, Haushalt und Kindern, kochte vor, machte die Wäsche – und fiel spätabends todmüde ins Bett.

Dann hatte die Fabrik schließen müssen, sie und ihr Mann waren entlassen worden. So war das Elend über Imke hereingebrochen, ein Elend, das sie mit so vielen anderen Frauen im Reich teilte und für das sie keine Lösung wusste. Zu sehr schienen sich alle daran gewöhnt zu haben, dass Frauen kein Mitspracherecht hatten, weder in der Politik noch in Hinblick auf ihren eigenen

Körper. Denn das war das Schlimmste für Imke: Dass sie nicht selbstbestimmt entscheiden durfte, ob sie ein Kind haben wollte oder nicht. Verhütungsmittel waren viel zu teuer, und der Mann nahm keine Rücksicht. Eine Abtreibung war nur aus medizinischen Gründen erlaubt. Doch welcher Arzt attestierte einer tüchtigen Frau, wie sie es war, dass sie ihr Kind nicht austragen konnte?

So tat Imke zwei Dinge: In ihrer Not schloss sie sich den Frauen der Arbeiterpartei an, widmete sich fortan dem Kampf gegen den Paragrafen 218 und demonstrierte für mehr Frauenrechte. Und sie versetzte Vickys Mantel, um sich bei einer anderen Sunja das ungewollte Kind wegmachen zu lassen. Es sollte nicht schon im Mutterleib hungern.

RACHEGEFÜHLE

In der Mittagspause stahl sich Vicky heimlich davon, um Johnny einen Besuch abzustatten, sie hatte eine vage Idee, wo er wohnen könnte. Eve hatte erzählt, dass ein Musikproduzent in einer der Uhlenhorster Villen residierte und Johnny in seinem Haus zu Gast war. Sie musste unbedingt mit ihm reden, ihm sagen, was sie für ihn empfand. Und herausfinden, ob es ihm genauso ging.

Eve hielt ihren Schönheitsschlaf, wie sie es lächelnd nannte, und Karl war wieder einmal mit den Büchern beschäftigt. So fiel es nicht weiter auf, dass Vicky ausging. Sie hatte ihre Sportsachen angezogen, eine lässige Kombination aus Jumper und Faltenrock, ein kleines Filzhütchen dazu, ein typisch elegantes Eve-Bellefleur-Modell, ganz in Weiß. Die täglichen Leibesübungen waren Vicky längst in Fleisch und Blut übergegangen, und wenn die tägliche Massage ausfiel, fehlte ihr etwas. Der Weg führte sie durch die blühenden Parkanlagen am Holstenwall, vorbei an dem imposanten Gebäude des Oberlandesgerichts hin zur Alster, wo sie atemlos innehielt und nach einer kurzen Verschnaufpause belustigt dem bunten Treiben zusah. Auf den Bänken hatten Angestellte ihre Mittagspause verbracht und zückten nun ihre Lippenstifte, um sich in den Spiegeldecken ihrer Handtaschen den gespitzten Mund nachzuziehen und den Sitz ihrer Frisuren zu prüfen. Vicky beobachtete, wie ein junger Mann in einem Boot vergeblich nach seinem Ruder fischte und beinahe ins Wasser fiel, er stellte sich aber auch wirklich ungeschickt an. Seine Begleiterin gestikulierte theatralisch und brachte mit ihren Bewegungen das Boot erst recht zum Wanken.

Plötzlich gab es einen Aufschrei und einen Tumult, Menschen liefen zusammen.

»Nein!« Erschrocken hielt sich Vicky die Hand vor den Mund, wie erstarrt blieb sie stehen und hielt die Luft an, unfähig, sich zu bewegen, eine ohnmächtige Beobachterin des Geschehens.

Ein kleines Mädchen war auf der Jagd nach Entenküken ins Wasser gefallen und drohte zu ertrinken. Niemand sprang hinterher, es war, als wäre das lebendige Bild von gerade eben erstarrt. Alle standen nur da und guckten zu, wie die Kleine verzweifelte Paddelversuche machte, die Ärmchen nach Rettung ausstreckte.

Mit einem Schlag wirbelten in Vicky die Erinnerungen durcheinander. Wasser rauschte in ihren Ohren, die Kälte hatte nach ihr gefasst, sämtliche Bewegungen eingefroren, sie war unfähig, auch nur einen klaren Gedanken zu fassen. Alles in ihr fühlte sich feucht und klamm an. Wie damals.

»NEIN!!!« Dabei drang kein Schrei aus ihrer Kehle, gelähmt stand sie da. Vor ihren Augen verschwamm alles zu einem Bild, sie sah Arme, die sich ihr im aufgewühlten Wasser verzweifelt entgegenstreckten, vergeblich nach Halt suchten.

Und dann rannte sie los, wie von Sinnen, dachte gar nicht lange darüber nach, sich womöglich die Schuhe auszuziehen – und sprang. Tauchte ein, tauchte unter, versuchte, im trüben Alsterwasser etwas zu erkennen. Paddelte umher, griff um sich in der Hoffnung, wenigstens ein Ärmchen oder ein Beinchen der Kleinen zu erwischen. Vergebens. Wo war sie? Panisch schaute Vicky sich um, viel zu dunkel, um etwas zu erkennen. Sie tauchte kurz wieder auf, prustend, achtete kaum auf die Rufe der Menge, die sie anfeuerten. Bilder blitzten vor ihren Augen, gewaltige Wellen rollten auf sie zu, drohten sie zu verschlingen, zogen ihr den Boden unter den Füßen weg … Abermals tauchte sie ab, blickte sich suchend unter Wasser um. Da! Nur wenige Meter entfernt von ihr sackte der Körper des Mädchens wie in Zeitlupe auf den Grund. Mit wenigen kräftigen Zügen war Vicky bei ihr, tiefer, sie musste tiefer, spürte, wie ihr langsam die Luft ausging. Nicht aufgeben, weiter, weiter. Jetzt griff sie nach dem Arm, rutschte ab, musste nachfassen und erwischte sie in letzter Sekunde an der Hand. Nach oben, sie musste augenblicklich nach oben, schon wurde ihr selbst schwarz vor Augen. Langsam die Luft aus den Lungen strömen lassen. Welche Luft, wenn es keine mehr gab?

Japsend tauchte Vicky nach einer gefühlten Ewigkeit an der Oberfläche wieder auf, schob das Köpfchen der Kleinen über Wasser. Schon griffen helfende Hände nach ihr, wurde das Mädchen in ein Boot gezogen, ihre Lippen hatten sich bereits blau gefärbt. Erschöpft und erleichtert zugleich atmete Vicky aus, klammerte sich an den Bootsrand, saugte keuchend Sauerstoff in ihre Lungen. Niemand beachtete sie. Die Männer im Boot waren damit beschäftigt, das Mädchen wiederzubeleben, wieder und wieder drückten sie auf ihren Brustkorb, spendeten ihr Luft. Aber sie rührte sich nicht, der kleine Körper lag schlaff da. Stimmen riefen aufgeregt hin und her, man zog das Boot an den Steg, legte die leblose Kleine auf die Planken. Männer in Anzug und Hut eilten herbei, Frauen schrien und beteten.

Vicky schloss die Augen. Irgendjemand hatte sie vom Bootsrand ebenfalls an Land gezogen, und jetzt lag sie da, am ganzen Leib zitternd vor Kälte, doch sie spürte es kaum. Sie wurde ganz ruhig. Alles um sie herum wurde leiser, versank wie in einem Wattenebel, friedliche Ruhe breitete sich in ihr und um sie herum aus. Wie friedvoll alles war, wie sanft. Und so hell. Ein Lächeln lag auf ihrem Gesicht, sie meinte, auf Haukes Rücken der Sonne entgegenzureiten, die ihr so verheißungsvoll schien. Arme streckten sich nach ihr aus, sie schaute direkt in das Gesicht ihrer Mutter, deren Blick voll Liebe war. Schon spielte sie mit ihren Haaren, fasste nach ihren Händen, schon wollte sich Vicky an sie schmiegen. Wie sehr hatte sie sie vermisst! Wie sehr sehnte sie sich nach ihrer liebevollen Umarmung. Und wie müde war sie, jetzt atmete sie nur noch ganz flach, immer langsamer wurden ihre Atemzüge, es brauchte keine Anstrengung mehr, alles so friedlich und ruhig …

»Hier geblieben, min Deern!« Eine kräftige Ohrfeige riss Vicky aus ihrem Todestraum, und eine bittere Flüssigkeit auf ihren Lippen erweckte sie augenblicklich wieder zum Leben. Mit einem Ruck richtete sie sich auf. Ihr war zum Erbarmen kalt, das Zeug in ihrem Mund brannte wie die Hölle – und machte, dass sie sich augenblicklich besser fühlte.

»Wo bin ich? Was ist geschehen?« Verwirrt hob Vicky den Kopf, spuckte einen Schwall Alsterwasser aus und atmete tief. Als sie wieder bei Sinnen war, schaute sie direkt in die Augen einer besorgt dreinblickenden Frau. Es war Imke.

»Kiek mol eener an. Da sind wir ja wieder!« Imke schraubte zufrieden ihre Pulle zu. Dabei zeigte sie ein schiefes Lächeln.

»Was ist mit dem Mädchen?« Sofort war Vicky auf den Beinen.

»Die hat's überlebt, die feinen Herrschaften sind direktemang ins Hospital mit ihr. Wenn du mich fragst, die füttert nie wieder die Enten.«

Auf dem Steg befand sich mittlerweile niemand mehr, man hatte Vicky einfach liegen lassen.

»Was …« Nur langsam kam Vicky zu sich und verstand, was passiert war. Das kleine Mädchen wäre beinahe vor ihren Augen ertrunken. Vicky schluckte. Nicht dran denken, bloß nicht dran denken. Übelkeit kroch in ihr hoch, das Mädchen, die Erinnerung an den schrecklichen Unfall im Watt. Abermals erbrach sie einen Schwall Alsterwasser.

»Schon gut, alles ist gut …« Imke wiegte sie in ihren Armen, und Vicky zog fröstelnd die Jacke enger um sich, die ihr wohl jemand fürsorglich umgelegt hatte. Ihr war zum Heulen zumute.

»Jetzt sag nicht, du hast deine Tante immer noch nicht gefunden?« Imke musterte ungeniert Vickys teuren Aufzug. Die Sportkleider waren komplett ruiniert.

»Doch. Es ist alles in Ordnung. Ich bin dort, wo ich hingehöre«, stammelte Vicky und rappelte sich wieder auf. »Ich bin keine Mörderin, es ist alles ganz anders«, beeilte sie sich hinzuzufügen, als sie Imkes skeptischen Blick bemerkte.

»Du bist mir keine Erklärung schuldig«, antwortete Imke schlicht. »Man leevt nich all Daag in Sömmer. Ich erzähl dir ja auch nicht, dass ich deinen Mantel versetzt habe.«

Vicky atmete durch und suchte Imkes Blick. »Wie geht es dir? Wie geht's deinen Kindern?«

»Ich habe das Kind wegmachen lassen, wenn du das meinst. Ich hab Glück gehabt, eine Engelmacherin für wenig Geld. Hans konnte als Schauermann anheuern, wer weiß, wie lange. Es reicht trotzdem vorne und hinten nicht, er teilt ja auch alles mit den Genossen …«

Vicky schluckte, sie fühlte sich miserabel. Während sie in erlesenen Stoffen schwelgte, führte Imke ein Leben voller Entbehrungen und Not, wusste nicht, was morgen sein würde.

»Also wenn du willst, habe ich Arbeit für dich. Komm mit mir ins Bellefleur …«

»Ins Bellefleur?« Imke blieb vor Staunen der Mund offen stehen. »Da, wo die feinen Pinkels hingehn tun?«

»Genau da.«

»Und ich hab dir damals mein olles Kleid gegeben, dabei gehörst du zu der Hotvolee.« Imke grinste und stupste Vicky in die Seite. »Na, denn man tau. Ich bring dich nach Hause. Die Madames werden Augen machen.«

Eve und Karl staunten in der Tat nicht schlecht, als Vicky völlig aufgelöst und durchnässt im Türrahmen stand. Sie hatten ihr Verschwinden längst bemerkt und waren in heller Aufregung. Als sie von Vickys Heldentat erfuhren, noch mal mehr. Nur über Imkes Auftauchen waren sie alles andere als begeistert. Argwöhnisch musterten sie die hagere Frau, deren Fahne nicht zu ignorieren war.

»Bitte, sie hat mir das Leben gerettet«, beharrte Vicky auf ihrem Vorschlag, Imke einzustellen. »Sie kann zwar nicht nähen, aber beim Abstecken und Bügeln helfen. Und zu tun gibt es ja genug. Wir können jede Hand gebrauchen!«

Dank Imkes tatkräftiger Unterstützung liefen die Näharbeiten tatsächlich wie am Schnürchen. Vicky hatte recht behalten: Imke stürzte sich mit Feuereifer in die neue Arbeit und war alsbald aus dem Atelier nicht mehr wegzudenken. Als Mädchen für alles sprang sie ein, wo gerade Not am Mann war, wenn es sein musste, auch mal als Vorführdame. Dankbar nutzte Imke Eves großzügiges Angebot an Wasser, Seife und frischer Wäsche, bald konnte sie auch für ihre Kinder neue Kleidchen mitnehmen.

Auch Eve war von Vickys Entwurf begeistert. »Das hätte von mir stammen können«, rief sie, und so schneiderten sie in den folgenden Tagen eine Kombination nach der anderen. Aus Tweed, aus Baumwolle, aus Strickgarn, in Blau, in Grau, in Schwarz, immer elegant und dezent, immer den passenden Schmuck mitgedacht, einen geschmackvollen Hut dazu. Die Ensembles waren an Schönheit und Eleganz nicht zu übertreffen, und bald sprach sich in Hamburg herum, dass es im Bellefleur Neues aus Paris zu kaufen gab. Karl hatte auf Bertas Anraten zwei weitere Näherinnen eingestellt, die beim Zuschneiden halfen, absteckten und die Nähte schlossen. Er zeigte sich zufrieden über die aktuelle Entwicklung und strahlte übers ganze Gesicht, wenn er abends die Kasse zählte und die Bücher abglich. Keine Spur mehr von Sorgenfalten und schlechter Laune, er sprühte vor Elan. Auch das Geschäft zwischen Willenbrock und Bellefleur ließ sich glänzend an. Zumal Karl den Direktorinnen und Senatorinnen der Stadt, die nun zuhauf ins Bellefleur strömten, von duftenden Rosen vorschwärmte, die eine Zierde jeder Frau seien, sodass die feinen Damen sich sofort einen Landschaftsgärtner bestellten. Dann sorgte Karl wiederum dafür, dass diese bei Arthur ihre Ware orderten, und so war es nur eine Frage der Zeit, bis auch das Geschäft mit dem Rosenhandel aus Willenbrock florierte und in den Gärten der Villen die schönsten Kletterrosen rankten, die elegantesten Blüten in den unterschiedlichsten Farben blühten. Solch Farbenpracht hatte man in dem bisweilen grauen Hamburg noch nicht gesehen! In dem düsteren Sommer der Wirtschaftskrise erst recht nicht. Pastellfarbene Teerosen, pudrigzarte Chinarosen, gelb leuchtende Noisetterosen … bis hin zu bunt blühenden Rosenhecken, die die Grundstücke begrenzten. Und das Beste war: Für die Vermittlung verdienten Karl und das Bellefleur an alldem mit. Bald würde die erste Zahlung fällig. Dann hätte sich die hohe Investition an Krediten gelohnt.

Arthur kam wiederholt in die Stadt, zu Vickys Unmut ging er im Bellefleur inzwischen ein und aus. Er hatte Karl überredet, noch einen Kredit bei der Bank aufzunehmen, und der hatte, ohne zu zögern, eingewilligt, zu verlockend das Geschäft. Sie mussten investieren, neue Rosenstöcke und Stoffe kaufen. Und natürlich die Arbeiter und Näherinnen bezahlen. Auch wenn sich Vicky über den Erfolg freute, sie hatte kein gutes Gefühl dabei. Und noch etwas bereitete ihr Unbehagen: Immer öfter fanden jetzt abends kleine Partys statt, bei denen auf die guten alten Zeiten angestoßen wurde und sich auch zahlreiche Mädchen einfanden. Und Arthur, ganz und gar kein Kostverächter, hatte sichtlich Spaß daran und vergnügte sich allzu gerne in den Kellerräumen, mit oder ohne der Frau aus dem Zug. Vicky wusste nicht, wie sie ihrer Schwester dieses unrühmliche Verhalten jemals erklären sollte. Sie musste dann an Johnny denken und an Eves Behauptung, dass sie ganz sicher nicht seine einzige Geliebte sei. Seit jenem Morgen hatte sie ihn ja nicht mehr gesehen. Und sein Vorwurf, sie würde nur mit ihm spielen, verwöhntes Töchterchen, das sie sei, stand immer noch ungeklärt zwischen ihnen. Wie sehr er sich täuschte. Das Gegenteil war doch der Fall. Hätte sie ein sorgenfreies Leben als Tochter aus gutem Hause gewollt, wäre sie auf Willenbrock geblieben, hätte dem Willen des Vaters Folge geleistet und Julius Cordes geheiratet.

So wollte sie nicht leben. Fremdbestimmt. Unfrei. Dem Mann gehorchen. Und doch merkte sie jetzt, dass es alles andere als einfach war, sich von der traditionellen Erziehung zu befreien, die sie genossen hatte. Für sie stand fest, dass man einander treu war, etwas anderes fand sie schwer vorstellbar. Vicky mochte das moderne Leben in der Stadt, doch die wechselnden Liebschaften gehörten nicht dazu. Sie sehnte sich nach Johnny und verstand nicht, warum er sich nicht bei ihr meldete. Alles nur, weil er sie für ein verwöhntes Fräulein hielt und sie ihm eine Antwort schuldig geblieben war!

Wenn unten im Bellefleur die anderen feierten, weinte sie sich Nacht für Nacht in den Schlaf. Mittlerweile war sie von der fixen Idee überzeugt, dass er ganz bestimmt eine andere hatte und sich deshalb nicht bei ihr meldete. Immer wieder lief sie los, durch Umwege durch die Stadt, in der Hoffnung, ihm irgendwo zu begegnen. Eines Abends schlich sie sich heimlich davon und tingelte durch die wenigen Etablissements der Stadt, die noch geöffnet waren. Im Alkazar feierten kaum Menschen, und im Tanzsaal auf dem Valentinskamp fand zu ihrer Überraschung eine politische Veranstaltung der Sozialisten statt. Tagsüber spazierte sie durch Planten un Blomen, schaute im Café am Hafen nach, sogar die Elbchaussee lief sie entlang bis nach Övelgönne und am Elbstrand zurück. Natürlich ging sie auch zur Villa im Uhlenhorst, legte sich dort heimlich auf die Lauer, konnte aber keinen Johnny entdecken. Klingeln traute sie sich nicht. Was hätte sie auch sagen sollen? Und was hätten die Schauspielerinnen und Künstlerinnen gedacht, die sie aus dem Bellefleur kannten. Vielleicht war Vicky einfach furchtbar feige. Und wusste tatsächlich nicht, was sie wollte.

Zum Glück blieb Vicky nicht viel Zeit, sich den Kopf über Johnnys Verbleib und Arthurs Untreue zu zerbrechen, ihre Ideen waren im Atelier gefragt. Eve, der es dank der Spritze inzwischen sehr viel besser ging, kümmerte sich um den Ankauf neuer Stoffe und beauftragte Vicky mit Entwürfen für neue Modelle, wobei sie ihr wie nebenbei zeigte, wie man mit einfachen Strichen Röcke und Blusen skizzierte.

»*Quel talent!* Von wem hast du das nur?«, rief sie aus, als sie wieder einmal eine Kollektion aus Vickys Feder bewunderte. Diesmal waren es Tenniskleider für die Dame von Welt, die auch beim Sport besonders schick aussehen wollte.

»Das ist ja wohl klar«, meinte Karl, der in diesem Moment dazukam und Eves letzte Worte gehört hatte. »Von meiner Schwester Beatrice, von wem sonst? Das Talent liegt nun mal in der Familie, sieh mich an. Deine Mutter hat schon als Kind die schönsten Kleider für ihre Puppen geschneidert. Und später für euch Mädchen … sie war eine besondere Frau. Viel zu früh aus dem Leben gerissen, welch tragisches Schicksal!«

»Hoppla!«

Bei Karls Worten war Vicky die Schere aus der Hand geglitten.

»*Qu'est-ce qu'il ya*, du bist ja ganz blass!« Besorgt führte Eve sie zu einem Stuhl, dankbar nahm Vicky Platz. Sie fühlte sich elend, die Luft im Atelier war drückend.

»Deine Mutter hätte sich gefreut, dass du in ihre Fußstapfen trittst«, machte Karl weiter und merkte nicht, dass er damit alles nur noch schlimmer machte. Er hatte einen Strauß Rosen in der Hand, die er nun mitten auf dem Tisch in einer Vase drapierte. Vicky erkannte den Duft sofort.

»Mir ist schlecht«, brachte sie gerade noch hervor, dann erbrach sie sich über die Stoff- und Garnreste, mit denen der Fußboden übersät war.

»Ach, Kindchen, jetzt nimm dir die Sache doch nicht so zu Herzen«, meinte Karl und reichte ihr sein Taschentuch. »Du musst endlich mal vergessen …«

»*Tu parles!*«, unterbrach ihn Eve harsch. Sie musterte Vicky mit einem besonderen Blick. »Merkst du nicht, wie nah der Tod ihrer Mutter dem Mädchen immer noch geht? Als ob sie das einfach so vergessen könnte. Sie war dabei ... so etwas geht doch nicht spurlos an einem vorüber.«

»Ach, das ist leider wahr! Es verfolgt mich, selbst hier, jeden Tag, jede Stunde. Weil ich die Schuld an ihrem Tod trage«, flüsterte Vicky. »Ich muss immerzu an sie denken. Seit ich das Mädchen gerettet habe, erst recht. Und jetzt all die Rosen in Hamburg ... die Reine Victoria in den Gärten ...« Sie schlug die Hände vors Gesicht und begann zu schluchzen.

Eve und Karl sahen sich ratlos an.

»Was hat das mit den Rosen zu tun?«, fragte Karl behutsam nach.

Eve strich ihr sanft über die Schultern und wartete, bis Vicky sich langsam beruhigte. »Komm, erzähl uns, was passiert ist. Es scheint mir höchste Zeit, dass du dir endlich alles von der Seele redest.«

Vicky nickte. »Nicht hier«, sagte sie leise mit Blick auf Berta, Imke und die beiden Näherinnen, die aus den Augenwinkeln neugierig das Geschehen verfolgt hatten.

»Setzen wir uns auf die Terrasse ... da haben wir unsere Ruhe. Und die frische Luft wird dir guttun!«

Doch an Ruhe war nicht zu denken. Im Viertel gab es Tumulte, Sirenen heulten, Pfiffe schrillten. Stimmengewirr und Schreie drangen bis in den Garten. Da peitschten Schüsse durch die Luft, eine Kugel landete sogar im kleinen Seerosenteich. Erschrocken blickte Vicky zu ihren Tanten.

»Sie demonstrieren für Essen und Gerechtigkeit«, erklärte Eve mit besorgter Miene. »Es werden jeden Tag mehr, die unter Hunger leiden.«

»Und jeden Tag mehr, die ihr Leben lassen müssen«, ergänzte Karl mit finsterer Miene. »Als ob man den Aufstand niederschießen könnte. Ändern müssen sie was! Neue Geschäfte erschließen, mehr Arbeitsplätze schaffen ...«

Eine Weile saßen sie so da, warteten, bis sich der Lärm legte.

»Aber jetzt erzähl, *ma chérie*. Was ist damals passiert?« Eve reichte Vicky ein Glas Wasser. Diese griff danach, trank aber nicht. Erschöpft schloss sie die Augen, spürte in sich hinein. Sofort kam die Erinnerung an jenen schrecklichen Nachmittag zurück, der ihr Leben für immer verändern sollte. Hatte sie anfangs noch gehofft, die dunklen Schatten würden weichen, mit der Zeit gnädig sein und verblassen, musste sie sich schmerzhaft eingestehen, dass ihr die Bilder zunehmend Streiche spielten. Längst vermochte sie nicht mehr zu unterscheiden zwischen dem, was wirklich geschehen war, und dem, was ihre Fantasie zu einer furchtbaren Tragödie ausschmückte. Eins hatten alle Visionen und Bilder doch gemeinsam: Sie war schuld am Tod der Mutter.

»Wir sind immer gemeinsam ausgeritten, Mama und ich«, begann Vicky mit leiser Stimme zu erzählen. »Auch an diesem Tag. Ob die Sonne schien oder bereits Wolken am Himmel waren, ich weiß es nicht mehr. Wir wollten den Weg hinaus zur Westspitze nehmen, bei Ebbe erreicht man das alte Wrack und kann dort herrlich spielen. Mama hat mir dann diese unglaublichen Geschichten erzählt, von Störtebeker und all den anderen Gestalten …«

»Ihr habt Seeräuber gespielt?« Karl verzog amüsiert das Gesicht. »Aber dein Vater wusste das nicht, oder?«

»Natürlich nicht, was denkst du! Das war unser Geheimnis! Bis zu jenem Unfall … Wir hatten die Zeit vergessen, ein unglaubliches Abenteuer hatte uns in seinen Bann gezogen, als über uns plötzlich dunkle Wolken aufzogen. Von jetzt auf gleich hatte sich das Wetter gewandelt, wir hatten es nicht bemerkt! So schnell es eben ging, sind wir auf die Pferde gesprungen, doch schon fing es zu regnen an, ein beständiges Nass von oben, das uns die Sicht erschwerte. Mittlerweile hatten wir auflaufende Flut, das Wasser gurgelte bereits von allen Seiten, und wir spürten, wie die Tiere immer unruhiger wurden. Mamas Stute war noch jung, unerfahren im Watt und unter dem Sattel, während mein guter Hauke dem Sturm trotzte wie ein Reiterdenkmal. Ich gab ihm die Zügel frei, damit er sicher den Weg finden konnte, denn ich hatte mittlerweile sämtliche Orientierung verloren. Mutters Stute wurde immer nervöser, tänzelte hinter uns her. Sie hatte ihre liebe Not, redete immer wieder auf sie ein, tätschelte ihr den Hals. Doch was ist eine beruhigende Stimme gegen das Tosen des Windes, das Heulen des Sturmes? Mittlerweile ritten wir wie durch Nebel, ich hatte mich tief über Haukes Hals gebeugt, mein Gesicht in seiner Mähne vergraben, er würde mich nach Hause tragen, darauf konnte ich vertrauen. Inständig hoffte ich, Mamas Stute würde ihrem Stallgenossen blindlings folgen, Pferde wissen, wo es ihnen gut geht. Wie sehr habe ich mich getäuscht.«

Vicky unterbrach für einen Moment, ihr stockte die Stimme. Weil das, was sie nun zu erzählen hatte, unvorstellbar grausam und traurig war.

»Und dann erinnere ich mich nicht mehr genau, was passiert ist«, setzte Vicky ihre Erzählung fort, nachdem sie sich wieder gefasst hatte. Eve hatte nach ihrer Hand gegriffen und streichelte sie unablässig. Karl guckte stumm aus dem Fenster, keine Regung in seinem Gesicht.

»Ob es zuerst der Donner war oder Mamas Aufschrei, der wie durch Watte an meine Ohren drang … ich weiß es nicht mehr. Das Einzige, woran ich mich erinnern kann, ist, wie Stella sich aufbäumte und laut wiehernd auf und davon galoppierte. Die Steigbügel waren leer, schlugen gegen ihre Flanken. Sofort zügelte ich Hauke, nur widerwillig gehorchte er mir und ließ sich wenden. Er wollte zurück, an Land, uns in Sicherheit bringen. Doch wir mussten umdrehen, Mama suchen.«

Abermals stockte Vicky, abermals versagte ihr die Stimme, musste sie die Augen schließen. Sie sah sich inmitten der Gischt, der auflaufenden Flut, wie sie immer wieder laut nach ihrer Mutter rief. Hauke, der keine Anstalten machte zu gehorchen, sondern jetzt auch unruhig umhertänzelte, sodass sie schlussendlich aus dem Sattel sprang. Das Wasser war bereits knietief aufgelaufen, jede Minute, ach Sekunde zählte, die Flut drückte mit aller Gewalt, das Wasser kam von allen Seiten.

»Ich habe gerufen und gerufen, bin zurück zu der Stelle, wo sich Stella das letzte Mal aufgebäumt hatte. War es der richtige Ort? Ich sah ja kaum zwei Meter weit! Da endlich meinte ich, Mamas Stimme zu hören, sie rief um Hilfe, und ich hechtete in ihre Richtung, Hauke am Zügel im Schlepptau. Mittlerweile schwappten mir die Wellen schon bis zur Hüfte, aber ich hechtete weiter, durch und durch nass. Und dann … dann erkannte ich Mama, sie stand in der Strömung und …«

Vicky atmete tief durch, öffnete die Augen und sprach mit noch leiserer Stimme weiter.

»Die Wellen schlugen ihr wieder und wieder an die Brust, sie rief mir etwas zu, von dem ich nur ›Stehen bleiben‹ verstand. Gleichzeitig streckte sie die Hand nach mir aus. Ich verstand sofort: Sie war in Treibsand geraten, der Meeresboden hielt sie gefangen. Unsere einzige Chance war Hauke, der sie herausziehen konnte. Ich musste dazu erst ihre Hand zu fassen kriegen, und das war ein Ding der Unmöglichkeit. Schritt für Schritt tastete ich mich vor, suchte mit den Füßen nach festem Sand. Vor mir verlief der Priel mit seiner reißenden Strömung. Ich schwöre, ich habe alles versucht, mich auf Hauke gekniet, der sich tapfer gegen den Wind stellte, sodass ich meine Hand nach Mama ausstrecken konnte. Ich trieb ihn mit aller Macht in die Wellen, doch er stemmte sich mit den Hufen dagegen, gehorchte mir zum ersten Mal in meinem Leben nicht. In sicherer Entfernung blieb er einfach stehen und weigerte sich, auch nur einen Schritt weiterzugehen.«

Vickys Stimme brach. »Mama ist vor meinen Augen ertrunken, nie werde ich diesen Anblick vergessen. Sie war ganz ruhig, ich glaube, sie betete mit einem leisen Lächeln auf den Lippen, vielleicht sang sie auch. Wie gelähmt musste ich zusehen, unfähig, etwas zu tun. Ich konnte nur dastehen. Machtlos der Naturgewalt ausgeliefert.«

Eve und Karl schwiegen betroffen, längst hatte sich die Dunkelheit um den Garten gelegt.

»Als ich nach Hause kam, befanden sich alle in heller Aufregung, weil Stella ohne ihre Reiterin auf den Hof galoppiert war. Sofort bestürmten sie mich mit ihren Fragen, aber ich konnte ihnen nicht die Wahrheit sagen. Ich habe nur erzählt, dass die Stute Mama irgendwo im Watt abgeworfen haben musste, während mir selbst Hauke durchgegangen war. Bis heute weiß niemand, dass ich für Mamas Tod verantwortlich bin. Dass ich sie hätte retten können. Und es nicht getan habe.«

»Mein armes Kind! Du hast getan, was du konntest. Dein tapferes Pferd hat dich in Sicherheit gebracht, damit du leben kannst.« Eve hatte als Erste ihre Sprache wiedergefunden. »Niemand hätte deine Mutter retten können. Niemand, verstehst du! *Personne!*«

»Wenn wir nur früher wieder heimgeritten wären … alles nur wegen des Spiels! Weil ich nicht zurückwollte.«

»Es war ein Unglück. Ein tragisches Unglück! Manche Dinge liegen nun mal nicht in unserer Hand. Beatrice hätte bestimmt nicht gewollt, dass du dir deswegen Vorwürfe machst. Und hast du nicht selbst gesagt, sie habe zum Schluss gebetet? Sie ist in Frieden gegangen. Auch in Frieden mit dir.« Karl zog Vicky tröstend in seine Arme. »Du musst dir verzeihen. Sie hat es längst getan.«

»Meinst du?« Vicky wischte sich Tränen aus dem Gesicht. Die Erinnerung schmerzte tief, immer noch, nach all den Jahren.

»Immer wieder sehe ich ihr Gesicht vor mir, sie schien so ruhig, ganz friedlich … wie langsam die Wellen über ihrem Kopf zusammenschlagen, das Wasser ihren Zopf löst und die Haare davonträgt …«

»Niemand bringt sie dir zurück, niemand kann sie dir ersetzen. Aber wir sind für dich da. *Toujours.* Für immer.« Nun hatte auch

Eve ihre Arme um die beiden geschlungen. »Wie eine richtige Familie.«

»Jetzt bist du hier bei uns«, ergänzte Karl und drückte sie. »Und die Rosen … sie blühen wie die Liebe in unseren Herzen, verbinden die Vergangenheit mit der Gegenwart.«

Lange standen sie so da, und Vicky spürte die Liebe ihrer Tanten, die Wärme und Geborgenheit, die sie seit dem Tod ihrer Mutter auf Willenbrock so lange vermisst hatte. Niemand hatte es dort ausgesprochen, jeder hatte ihr insgeheim die Schuld an dem Unglück gegeben. Sie hatte es an den Blicken gemerkt, daran, dass der Vater ihr nicht mehr in die Augen sehen konnte, sie immer mehr von ihr abrückten und ihre Gesellschaft mieden Und dann hatte er nichts anderes im Sinn gehabt, als sie endlich von seinem Hof zu verbannen, damit sie für immer außer Sichtweite war. Damit sie ihn mit ihrer Anwesenheit nicht immer an das Leid erinnerte, das er ihretwegen ertragen musste. Nur deswegen hatte er sich auf Arthurs Vorschlag eingelassen und sie mit Julius Cordes verheiraten wollen.

Vicky atmete tief aus.

»Jetzt bin ich hier!«, wiederholte sie leise. Dann sagte sie es lauter, wie seinerzeit bei ihrer Ankunft, lächelte. »Jetzt bin ich hier! Ich bin hier, um zu bleiben. Für immer! Nie wieder gehe ich nach Willenbrock zurück!«

Die Frauen nähten, scherzten und lebten zusammen, Tag um Tag, und tatsächlich schien es, als ginge es mit dem Bellefleur wieder aufwärts. Imke blühte inmitten der Näherinnen auf und war ein Glücksfall fürs Atelier. Nicht nur für Karl und Eve. Auch für Vicky. Denn eines Tages schleppte Imke zu ihrer Überraschung den verloren geglaubten Koffer an.

»Wo hast du den denn gefunden?«

»Das willst du besser nicht wissen … Ich hatte von Anfang an einen Verdacht. Meine Nachbarin. Plötzlich trug sie so schickes

Zeug, tat einen auf vornehm, als ob sie wen getroffen hätte. Dabei hat sie so schlechte Zähne!« Imke machte eine abfällige Bewegung. »Schau nach, ob etwas fehlt!« Mit vor der Brust verschränkten Armen schaute sie triumphierend zu, wie Vicky andächtig die Schnallen öffnete und den Inhalt überprüfte. Alles da. Ihr rotes Büchlein. Die Wäsche. Als ob sie ihn gestern erst gepackt hätte. Nur die Zahnbürste fehlte.

»Schau nur, die Kleider! So etwas trugen die Künstlerinnen früher.« Amüsiert hielt Vicky ein ausgestelltes Kleid mit aufgestickten Blütenranken in die Höhe, wie man es seit einigen Jahren schon nicht mehr trug. »Ob ich mal hineinschlüpfe?«

»Das müssen wilde Zeiten gewesen sein!«, meinte Imke, die ein knappes weiß-goldenes Kleid aus dem Koffer gefischt hatte. »Schau doch, all die Fransen und Pailletten. Und wie kurz das ist! Oha. Du hättest darin ausgesehen wie eine Königin!«

»Und du erst!« Übermütig drückte Vicky Imke das Kleid in die Hand. »Für dich!«

»Wirklich?« Imke schaute sie sprachlos an. Dann schüttelte sie den Kopf. »Nein, das kann ich nicht annehmen.«

»Doch. Das kannst du. Denn ohne dich hätte ich das hier nicht wiedergefunden.« Vicky streckte ihr das rote Büchlein entgegen. »Du weißt ja gar nicht, was es mir bedeutet. Und meine Papiere sind auch alle da! Jetzt kann ich mich endlich an der Universität einschreiben.« Glücklich über die wiedergefundenen Sachen bemerkte sie erst nicht, dass Imke ganz still geworden war.

»Was ist?«, fragte sie. »Hab ich etwas Falsches gesagt?«

»Nein. Es ist nur …« Imke griff nach ihrer Hand. »Du bist ja man eine von den Guten, Vicky. Und ich gönne dir dein Glück von Herzen! Frauen wie mir ist es nicht vergönnt, so plietschen Kram zu lernen und machen zu können, was wir wollen.«

»Was redest du da! Natürlich kannst du lernen und machen, was du willst. Wer sagt denn, dass das nicht geht?«

Doch Imke schüttelte den Kopf. »Ich war nie up de school …

Ich hab in der Fischfabrik gearbeitet, dann kam ein Kind nach dem andern. Mitten in der Nacht raus, wenn die Kutter kamen, ran ans Fließband und dann schnell nach Hause, Wäsche machen, kochen, sich um die Lütten kümmern. Und wehe, wenn mal eins krank war … wat mutt, dat mutt. Dann haben sie erst Hans gekündigt und dann mir. Was soll eine arbeiten, die nichts gelernt hat, wenn es sowieso keine Arbeit gibt?« Sie holte tief Luft. »Deswegen bin ich dir für immer dankbar, Vicky! Dass ich hier sein kann. Du zeigst mir, wie es gehen kann, wenn eine nur will. Du lässt nicht andere über dich bestimmen.«

Vicky schwieg betreten. Imke hatte recht: Sie gehörte zu den privilegierten Frauen, die es sich aussuchen konnten, ganz anders als Imke. Vielleicht war auch Vicky nicht ganz frei, immerhin gab es Beschränkungen im Studium. Und von Geburt an bestimmten Männer über das Leben der Frauen. Erst der Vater, nach der Hochzeit der Ehemann. Der hatte das Sagen über Ausbildung und Geld, bei den Arbeiterinnen ebenso wie bei den Bürgerlichen. Deswegen hatte sie Willenbrock verlassen. Und Eve und Karl hatten ihr gezeigt, dass es anders ging. Wenn man nur wollte. Bis Frauen ein wirklich selbstbestimmtes Leben führen konnten, war es noch ein langer Weg.

»Komm«, sagte Vicky mit belegter Stimme und stand auf. »Wir haben noch viel zu tun.«

Eve konnte sich vor neuen Aufträgen kaum retten, alle wollten ein schickes Ensemble. Sie hatte noch weitere Näherinnen eingestellt, die Frauen hatten Schlange gestanden, um sich bei ihr zu bewerben. Natürlich hatte sie eine unerbittliche Auswahl getroffen und nur die besten genommen.

»Fast wie früher«, sagte Karl und schien sehr zufrieden mit der Entwicklung. Er tat mittlerweile alles, um das Geschäft mit dem Rosenhandel voranzutreiben. Arthur war weiterhin ein häufiger Gast, und Vicky wurde den Verdacht nicht los, dass er

Unrühmliches im Schilde führte. Plötzlich interessierte er sich für Eves jüdische Herkunft und zog über Nicht-Arier her. Während Karl das den Geschäften zuliebe geflissentlich überging, wirkte Eve von Tag zu Tag unglücklicher. Und kränker.

»Zum Glück bist du bei uns«, rief Eve überschwänglich aus, als sie an einem ihrer besseren Tage durch die Schneiderei lief und Vickys neue Entwürfe und Modelle begutachtete. »Ich finde, du hast wirklich ein geschicktes Händchen bei der Auswahl und Zusammenstellung der Schnitte und Stoffe … Was hast du denn damit gemacht?!« Sie blickte Vicky entsetzt über die Schulter. Die hatte sich an florale Muster gewagt und dafür einen Stoff mit Metallfaden herausgesucht, wie er vor etlichen Jahren einmal in Mode war. Nun war sie dabei, ein Kleid zu entwerfen, es schimmerte schwarz, mit aufgedruckten Rosenblüten in Grün, Orange, Rosa und Gold.

»Tu parles!«, rief Eve aus. »Soll das für diesen Arthur sein, meinst du nicht, das ist zu viel der Ehre? Ich mag ihn nicht. Er hält Juden für eine minderwertige ›Rasse‹, für geschäftstüchtige Halsabschneider, da zählt er mich dann wohl auch dazu. Dabei ist er selbst der durchtriebenste Geschäftsmann, den ich je kennengelernt habe. Karl ist begeistert, weil er viel Geld ins Bellefleur spült … Ist das wirklich unsere einzige Chance, in Zeiten wie diesen zu überleben? Wir verraten unsere Ideale. Ich habe kein gutes Gefühl dabei, wer weiß, wohin uns das führt.«

»Vielleicht hast du recht. Ich mache es nicht für ihn, sondern für mich.« Vicky schüttelte den Kopf. Dann fügte sie lächelnd hinzu: »Ich habe letzte Nacht von Mama geträumt. Sie hat mir gesagt, dass ich dem Namen von Teggern alle Ehre bereite und dass ich meiner Fantasie ruhig freien Lauf lassen soll. Diesmal haben wir getanzt, nur sie und ich, ins Licht hinein, in die Freiheit, in den Frieden. Sie hat nach Rosen geduftet und trug so ein wunderschönes Kleid, mit Goldfäden durchwirkt, großartig und doch bescheiden. Das will ich nähen!«

»Ach, *ma chérie!*« Eve zog sie gerührt an ihre Brust. »Wenn sie das wüsste, sie wäre so stolz auf dich.«

Dann zeigte sie Vicky, wie man den Stoff legte, damit die Rosenranken in dem glockig fallenden Rock am besten zur Geltung kamen und ja keine Blüte vernäht wurde.

»Für meinen Geschmack ein bisschen zu amerikanisch, dieser Goldfaden … und dann dieser Kragen! Schön, wie du den Saum in Türkis abgenäht hast«, kommentierte sie, als sie Stunden später die Kreation an der Schneiderpuppe begutachtete. »Also für meine Kundinnen ist das, mit Verlaub, etwas ordinär. Deine Mutter in Ehren, aber wer will das in Hamburg tragen?«

Kritisch zupfte sie am Saum herum. Für Eves exquisiten Geschmack war das Kleid nicht fein genug. Sie schüttelte pikiert den Kopf, wie immer perfekt geschminkt und frisiert. Die Schmerzen, die ihr jede Bewegung verursachen musste, ließ sie sich nicht anmerken.

»Alle!«, rief Karl begeistert, der in diesem Moment eingetreten war und ihre letzten Worte gehört hatte. »Alle wollen sie nach Amerika! Dort werden die Damen in unseren Kleidern glänzen. Wenn ich das Arthur erzähle, ordert er gleich hundert Stück!« Schon war er wieder nach draußen gestürmt, um dem Geschäftsmann hinterherzulaufen, der gerade eben noch im Salon gesessen und mit ihm Zigarre geraucht hatte.

»Das ist nicht sein Ernst.« Vicky war blass geworden. »Ausgerechnet dieses Kleid will Karl an Arthur verkaufen? Das Kleid, das ich für Mama genäht habe?«

Jetzt lachte Eve aus vollem Herzen los. Sie schien erleichtert, das Modell auf diese Weise loszuwerden und nicht in Hamburg verkaufen zu müssen. »Du kennst doch meinen Karl! Wenn er ein Geschäft wittert, ist ihm nichts heilig, dann stört ihn selbst ein judenfeindlicher Geschäftspartner nicht! Freu dich einfach, dass du ihm mit diesem Entwurf den Tag gerettet hast! Und uns! So blüht das Bellefleur endlich wieder auf.« Sie warf Vicky eine Kusshand zu, bevor sie vergnügt zum Regal lief, um aus den hinteren Reihen Stoffballen hervorzuwuchten.

»Pass auf, du tust dir noch weh! Was hast du denn vor?« Vicky eilte herbei, um ihr zu helfen. »Himmel, wie lange lagern die schon dort?« Sie wedelte theatralisch im Staub herum und hustete.

»Einige Jahre werden es sein«, antwortete Eve vergnügt. »Damals waren diese üppigen Blumenmuster in Mode. Ich mochte sie nie. In Paris war das niemals *en vogue*, deswegen haben wir hier im Bellefleur den schlichten Stil kultiviert … Lange Zeit ging das gut, wir haben mit unseren exquisiten Kleidungsstücken gut verdient. Deine Ensembles gingen genau in diese Richtung. Leider können sich nur noch wenige Menschen diese teuren Stücke leisten, du merkst es ja selbst. *Geschmackvolle* Blumenkleider werden sie uns sofort von den Bügeln reißen! Zurzeit lieben sie alle das Banale. *Viens*, worauf wartest du! Ran an die Schere. Das Bellefleur war den anderen immer voraus.«

Vicky grinste und befühlte die Stoffe. Sie waren feiner, als Eve behauptete, und alles andere als ordinär, es handelte sich um Satin und Seide, Chiffon und Crêpe de Chine. Feine Blumenmuster, zarte Farben … Ganz bestimmt ließen sich daraus wunderschöne Kleider nähen. Schon hielt sich Vicky den geblümten Chiffon vor die Brust, drehte sich im Spiegel und suchte im Geiste nach dem passenden Schnitt. Nicht zu kurz, weich schwingend müsste es sein … und ganz bestimmt leichte Flügelärmel haben, ein Sommerkleid. Verträumt schaute sie in den Spiegel, dachte an Amerika, dieses ferne, unbekannte Land, die Heimat ihres Geliebten. Hier in Hamburg sprach es manch einer ehrfürchtig und voller Sehnsucht aus. Andere hatten das Geld für die Überfahrt bereits zusammengespart, den Koffer gepackt. Man kannte die Ablegezeiten der Überseedampfer und wusste, dass es in der dritten Klasse alles andere als gemütlich war. Aber das war egal! Hauptsache raus aus der Stadt, hinaus in die Welt, in das Abenteuer!

Alle hofften auf ein besseres Leben, ohne Hunger und Arbeitsnot. Ob sie wohl auch bereit wäre, deswegen Hamburg zu verlassen?

Da ging die Ladenglocke, und eine junge Frau stürmte herein.

»Dass du dich wagst, von meinem Geld!«

Erschrocken drehte sich Vicky um. Sie hatte die Stimme sofort erkannt.

»Luise!«, rief sie freudig aus, wollte die Freundin umarmen. »Ich hab dich überall gesucht!«

»Heuchlerin! Gemeine Diebin! Ich glaube dir kein Wort!« Mit vor Empörung geröteten Wangen stand Luise vor ihr und funkelte sie wütend an. »Überall erzählt man sich die wundersamsten Geschichten von einem begabten Fräulein im Bellefleur, das die herrlichsten Kleider entwirft. Die sie so grazil und elegant zu präsentieren weiß wie kein anderes Mannequin bisher … Ich hab mir erst nicht vorstellen können, dass ausgerechnet du das bist! Wo du doch noch nicht mal Seide von Kunstseide unterscheiden kannst! Dann habe ich gehört, dass diese Person vom Land kommt und der Schwager ein reicher Geschäftsmann ist, der mit Rosen handelt. Da musste ich nur eins und eins zusammenzählen … Bis hierhin hast du es also geschafft!«

Luise pfiff anerkennend durch die Zähne und lief durch das Atelier, berührte Tische und Nähmaschinen, befühlte die Stoffe, fasste ungeniert alles an – Schneiderkreide, Zentimetermaß, Schere, Stecknadeln – und ließ es dann wahllos durcheinanderfallen.

»Kannst du das bitte lassen? Was machst du hier?« Vicky ahnte nichts Gutes. Hilfe suchend blickte sie sich um, doch sie waren allein im Atelier.

»Ich will mein Geld zurück! Und weißt du, was du meinem armen Bruder angetan hast? Wochenlang konnte er nur Kartoffelbrei essen.« Luise zerrte an einem Stoffballen herum.

»Weißt du, was er mir antun wollte?« Vicky bebte innerlich vor Wut. »Pass auf, das ist Seide! Und welches Geld überhaupt?«

»Nun tu doch nicht so spießig. Da ist doch nichts dabei!«

»Nichts dabei? Ich wollte das nicht, verstehst du?«

»Nein, verstehe ich nicht.« Luise stand ihr jetzt ganz dicht gegenüber. »*Du* hast hier nämlich auch etwas nicht verstanden, meine Liebe! Du kannst von Glück sagen, dass du so schick untergekommen bist …« Sie sah sich bewundernd um und klatschte hämisch Beifall. »Das Bellefleur ist die erste Adresse in Hamburg. Nie im Leben hätte ich die Unschuld vom Lande hier vermutet! Da kannst du dir was drauf einbilden.«

»Sie …« Vicky setzte zu einer Erklärung an, dann schüttelte sie den Kopf. Sie war Luise keine Rechenschaft schuldig, nicht für ihre Arbeit hier und erst recht nicht dafür, dass sie sich gegen Ludwig zur Wehr gesetzt hatte.

»Kannst du jetzt bitte gehen?«

»So schnell wirst du mich nicht los. Du schuldest mir jede Menge Geld.« Luise stolzierte zwischen den Nähmaschinen herum und zog jetzt hemmungslos eine Garnrolle nach der anderen von der Spule.

»Ich weiß nicht, wovon du sprichst … «

»Ach ja? Du hast meinen Mantel gestohlen, erinnerst du dich nicht?« Jetzt hatte Luise die Schachtel mit der Knopfsammlung einfach auf den Tisch geschüttet.

»Deinen Mantel? Gestohlen? Den habe ich deinem Bruder längst wieder zurückgebracht. Was machst du denn da … Lass das bitte!«

»Ich glaube dir kein Wort! Weißt du, in welche Lage du mich damit gebracht hast?« Luise funkelte sie wütend an. Sie hatte nach der großen Stoffschere gegriffen.

Vicky schüttelte den Kopf. Erschrocken beobachtete sie deren Bewegungen, sie erkannte die Freundin kaum wieder. Was war nur in sie gefahren?

»Nein …« Nur langsam fügten sich in ihrem Kopf die Puzzleteile zusammen. »Ich habe bei euch geklingelt und deinen Mantel

Ludwig gegeben, weil du nicht da warst. Überall habe ich dich gesucht, in den Lokalen, unten am Hafen. Fast jeden Tag bin ich zu der Brücke … und bei Beeke war ich. Aber sie hatte dich auch nicht mehr gesehen, konnte mir keinen Rat geben. Niemand wusste, wo du steckst.«

»Und da hast du meinen Webpelz einfach Ludwig überlassen?«, flüsterte Luise und schnippelte mit der Schere an einem violetten Seidenstoff herum. Vicky wagte gar nicht hinzuschauen – der Stoff war Eves neueste Errungenschaft, sie hatte ein halbes Vermögen dafür ausgegeben und Streit mit Karl deswegen gehabt.

»Er hat versprochen, ihn dir zu geben, wenn du wieder zurückkommst. Was war denn falsch daran?«, wunderte sich Vicky und wollte ihr die Schere aus der Hand nehmen. Doch Luise ließ ihr keine Chance, sie schnitt weiter am Stoff herum. Lauter kleine Schlitze, Rauten, Dreiecke, wie in Glanzpapier zu Weihnachten … »Was fällt dir ein?« Ihre Stimme klang ganz ruhig, fast tonlos.

»Es tut mir leid, wirklich, ich hab alles versucht, dich zu finden. Es war unmöglich. Ich dachte, du wärst glücklich bei Direktor Rickmer untergekommen, weil du dich ja auch nicht mehr gemeldet hast … und du wolltest doch aus Hamburg fort!«, versuchte sich Vicky zu verteidigen und merkte selbst, wie kläglich sie klang.

»Der Rickmer, pah, dass ich nicht lache! Der hat mich nur benutzt.«

Luise schüttelte den Kopf, und Vicky verkniff sich die Bemerkung, dass Luise ihn ja auch benutzen wollte. Leise klirrend fiel die Schere zu Boden. Sekundenlang herrschte angespanntes Schweigen.

»Es tut ihr leid!« Mit einem Satz sprang Luise auf, fegte dabei mit einer Handbewegung Stoff, Garn und Stecknadeln vom Tisch. »Es tut ihr leid?«

»Bitte, beruhige dich!« Vicky wollte der tobenden Luise Einhalt gebieten, sie hielt sie fest, doch zu spät. Luises Wut entlud sich jetzt wie ein Gewitter, wie ein Sturm fegte sie mit ihren Händen über die Tische.

»Weißt du, was du gemacht hast? Weißt du, was du gemacht hast?«, schrie sie und warf eine Handvoll Garnrollen nach Vicky. Die duckte sich – und die Garnrollen trafen den Spiegel, der klirrend zu Bruch ging.

»Monatelange Arbeit, monatelanges Maunzen, alles umsonst? Du hast mein gesamtes Erspartes meinem Bruder in den Rachen geworfen. Das Geld war in die Taschen eingenäht … Meinst du, ich habe einen Pfennig davon wiedergesehen? Du weißt ja gar nicht, was du mir angetan hast.«

»Wie bitte? Das habe ich nicht gewusst! Ich dachte, es sei der Mantel deiner Mutter … Bitte beruhige dich, ich gebe dir das Geld zurück! Ich konnte ja nicht ahnen … Aber lass die Stoffe in Ruhe. Bitte.« Vicky schaute Luise flehentlich an.

Luise hielt inne. »Hunderte von Reichsmark, wenn du es genau wissen willst. Ich wollte nach Amerika, ein neues Leben anfangen! Endlich nicht mehr auf der Flucht leben, keine Angst vor der Polizei, Georg oder Ludwig haben müssen. Aber jetzt ist sowieso alles egal. Es ist zu spät.«

»Zu spät? Und warum flüchtest du vor der Polizei?« Vicky atmete tief durch. Jetzt bloß kein falsches Wort.

»Vergiss es!« Und mit diesen Worten spuckte Luise ihr vor die Füße und stürmte davon, nicht ohne vorher eine Kleiderpuppe durchs Atelier geworfen zu haben.

FREIHEIT DER ENTSCHEIDUNG

»Jetzt warte! Bitte, Luise! Bleib stehen! Ich kann dich doch nicht einfach so gehen lassen!« Vicky lief Luise hinterher, ihr Fuß knickte mehrfach auf dem Kopfsteinpflaster um, aber sie durfte die Freundin nicht aus den Augen verlieren. Nicht schon wieder!

»Es tut mir leid, hörst du! Ich konnte doch nicht ahnen, dass du dein Erspartes ausgerechnet in diesem Mantel aufbewahrst! Bitte, glaube mir, ich bin keine Diebin! Bleib stehen. Ich will dir doch nur helfen!«

Luise hörte sie nicht, wollte sie nicht hören. Kopflos stürmte sie durch die Menschenmenge, ließ sich von nichts und niemandem aufhalten. Weder von dem Blumenverkäufer an der Ecke noch von der Straßenbahn oder dem Droschkenfahrer, der gerade einen vornehmen Herrn aussteigen ließ. Von dem erst recht nicht. Immer wieder verlor Vicky Luise für einen Moment aus den Augen, entdeckte dann ihren wippenden Hut erneut vor sich – bis eine Gruppe demonstrierender Frauen Vicky in ihre Mitte nahm. Sie ließen ihr kein Entkommen, rissen sie mit sich. Flugblätter wurden ihr in die Hand gedrückt, und plötzlich stand Vicky zwischen zwei lautstark miteinander diskutierenden Gruppen. Die einen hielten Transparente in die Höhe, die die Abschaffung des Paragrafen 218 forderten. Die anderen, offensichtlich katholische Frauen, riefen Parolen wie »Kinderseelen klagen euch an!«, »§218 – 5 Jahre Zuchthaus sind zu wenig« und »Du sollst nicht töten!«

Welch ein Tumult und Gekreische! Wie gerne hätte Vicky Partei ergriffen und den erzkonservativen Frauen ihre Meinung gesagt. Dass eine Frau, die ein ungewolltes Kind abtreibt, keine Mörderin ist. Was sollten unverheiratete Frauen denn machen, die keine Arbeit hatten! Frauen wie Luise oder Imke zum Beispiel. Oder Frauen aus der Unterschicht, die sich keine Verhütungsmittel leisten konnten und schon fünf Kinder satt kriegen mussten. Doch sie hatte keine Zeit.

Sie bemerkte gerade noch, wie Luise am Michel den Weg Richtung Hafen einschlug, und da konnte sich Vicky denken, wohin ihre Freundin wollte. Sie drosselte ihr Tempo, atmete tief durch und lief dann am Kehrwieder vorbei den Kai entlang, bis sie Luise in den engen Gassen der Speicherstadt eingeholt hatte.

»Bitte, hör mich an. Wieso glaubst du mir nicht?« Atemlos war Vicky stehen geblieben, hielt sich die stechenden Seiten. Ihr war speiübel. Doch Luise dachte nicht daran anzuhalten. Immerhin hatte sie ihr Tempo verlangsamt.

»Ich wollte Ludwig in jener Nacht nicht verletzen! Und erst recht nicht dein Geld stehlen. Aber ich wusste mir nicht anders zu helfen. *Er* hat *mir* wehgetan, Luise. *Er* wollte *mir* Gewalt antun. Und er hat dir dein Geld gestohlen. Das ist die Wahrheit.«

Jetzt hatte sich Luise doch zu ihr umgedreht. In ihrem Gesicht kämpfte es, die Augen voller Tränen.

»Er ist doch mein Bruder«, sagte sie leise. »Er tut so was nicht. Nicht bei meiner Freundin.«

»Er ist nicht besser als die anderen Männer.« Vicky schüttelte empört den Kopf, sofort war die Erinnerung an jenen Abend wieder da.

»Und warum bist du dann mit ihm nach Hause gegangen? Du wolltest es doch auch!« Luise schaute sie provozierend an, mittlerweile hatte sie wieder Oberwasser.

»Wie bitte? Du weißt genau, dass ich sonst nirgendwo hinkonnte. Meine einzige Zuflucht war bei euch. Er hat das schamlos ausgenutzt.«

»Du verstehst das Spiel nicht, Vicky.« Luise seufzte. »Du hast es damals nicht verstanden – und du verstehst es immer noch nicht. Wenn wir Frauen im Leben etwas erreichen wollen, müssen wir tun, was die Männer von uns verlangen. Nur dann haben wir eine Chance. Und so schlimm ist es ja nun auch wieder nicht, oder?«

»Das möchte ich selbst entscheiden«, gab Vicky entschieden zurück und dachte an ihre Nacht mit Johnny. Johnny, der sie glücklich streichelte und dessen Haut sich so wunderbar warm und weich anfühlte. Bei der Erinnerung rieselte ein angenehmer Schauer ihren Rücken hinunter. Und gleichzeitig nagte die Ungewissheit.

»Da wünsche ich dir viel Glück!« Luise lachte bitter auf. »Wir Frauen haben kein Recht darauf, unsere eigenen Entscheidungen zu treffen. Weder darüber, was wir arbeiten wollen, noch ob wir bereit dazu sind, Mutter zu werden. Das Einzige …« Sie atmete tief aus, schien noch etwas sagen zu wollen, doch dann wandte sie sich ab.

»Wer sagt denn so was? Natürlich haben wir das! Sieh dich doch um: Jeden Tag gehen Frauen gerade auf die Straße und demonstrieren für ihre Rechte! Sie lassen sich nicht bevormunden. Sie gehen arbeiten, wollen selbst über ihren Körper bestimmen … und an die Universität gehen, studieren, auch in ›Männerberufen‹ erfolgreich sein!« Vicky schluckte. Sie dachte an ihr eigenes Vorhaben. Eines Tages würde sie sich einschreiben und an der Hochschule studieren, dessen war sie sich sicher. Nur gerade waren ihr Talent und ihre Aufmerksamkeit woanders gefordert. Bei ihren Tanten, deren Leben und Existenz davon abhing, dass Vicky für sie arbeitete, neue Kleider entwarf und ihnen in diesen schwierigen Zeiten zur Seite stand. Wie eine Tochter. Als Teil ihrer Familie. In Liebe und Freiheit.

»Wenn ich mich umschaue, sehe ich nur Not, Armut und Hunger! Mensch, Vicky, mach endlich die Augen auf! Das Leben ist für unsereins nicht so rosig, wie du denkst! Vielleicht in den Samtwänden des Bellefleur mit all seinen Lüstern und Separees. Hier draußen kämpfen wir Tag für Tag ums Überleben.«

Sie lehnten jetzt an der Brücke und schauten hinunter ins Wasser. Vicky war hundeelend zumute und das nicht nur wegen Luises Bemerkungen.

»Das Geld war meine einzige Hoffnung, Vicky! Es fehlte nicht mehr viel, dann hätte ich mir eine Schiffspassage nach Amerika kaufen können«, fuhr sie mit leiser Stimme fort. »Endlich weg von hier! Endlich ein neues, freies Leben. Und jetzt?«

»Bitte, ich gebe es dir zurück. Ich schwöre es bei allem, was mir heilig ist! Glaub mir doch endlich!?« Vicky griff nach ihrer Hand.

»Ich kann niemandem mehr vertrauen«, wehrte Luise sie ab.

»Was redest du! Wir sind doch beste, beste Freundinnen! Willst du mir nicht endlich erzählen, was mit dir los ist? Was ist passiert, warum hast du Angst vor der Polizei?«

»Ein bisschen viele Fragen auf einmal, findest du nicht?« Um Luises Mundwinkel zuckte es. Dann begann sie zu sprechen. »Es ist nur die halbe Wahrheit, dass ich vor Georg davonlaufe. Ich ... ich wusste mir nicht anders zu helfen. Als wir geheiratet haben, war er ganz anders, die Liebe in Person. Aber schon in der Hochzeitsnacht ... Er hat mir Gewalt angetan, wieder und immer wieder. Ich habe mich schon nicht mehr gewehrt, nur die Augen geschlossen und gebetet, dass es schnell vorübergeht. Wenn ich nicht wollte, hat er mich geschlagen.«

Vicky holte tief Luft. Luise erzählte das Schrecklichste, was einer Frau geschehen konnte.

»Was ist dann passiert?«

»Eines Abends kam Georg betrunken nach Hause und bedrängte mich. Ich erholte mich gerade von einer Fehlgeburt, musst du wissen, alles schmerzte, und ich fühlte mich schwach, konnte mich kaum auf den Beinen halten. Georg wusste darum, machte sich Sorgen, und gleichzeitig konnte er die Hände nicht von mir lassen. An jenem Abend habe ich ihn angefleht, mich nicht weiter zu bedrängen, ich wollte einfach nur meine Ruhe. Doch er ließ nicht von mir ab. Als ich mich zur Wehr setzte, schien ihn das erst recht anzustacheln. Da habe ich ihm in meiner Not mit der Bratpfanne einen übergezogen. Er ist gestürzt, rücklings die Treppe hinunter … Den Rest kannst du dir denken.«

»Und dann?« Vicky hatte ihr atemlos zugehört.

»Ich bin geflohen, mit dem Zug von Süddeutschland … Zum Glück habe ich Ludwig kennengelernt. Er hat mir hier in Hamburg neue Papiere besorgt und einen Unterschlupf geboten.«

»Dann bist du überhaupt nicht seine Schwester?«

»Schlaues Kind. Wir sind kein Paar, wenn du das meinst. Er nimmt seine Rolle als Bruder sehr ernst.«

»Nicht so ernst, wie du denkst. Sonst hätte er dir dein Geld gegeben.«

Vicky schaute die Freundin nachdenklich an. Doch Luise schüttelte nur den Kopf.

»Ich vertraue ihm. Wem sonst?«

»Wenn du dich da mal nicht täuschst. Bitte, Luise, komm zu uns ins Bellefleur, du kannst bei Eve und Karl arbeiten! Wir haben alle Hände voll zu tun und können jeden gebrauchen, der mit anpackt. Gemeinsam schaffen wir das! Du und ich, was hätten wir für einen Spaß zusammen. Bitte, Luise! Um unserer Freundschaft willen.« Vicky schaute sie flehentlich an. Warum nur wollte sich Luise nicht helfen lassen? Die Arbeit bei Eve und Karl wäre eine Gelegenheit für sie, endlich einen ehrbaren Beruf zu ergreifen und sich aus der Abhängigkeit von Ludwig zu befreien, der es offensichtlich doch nicht so gut mit ihr meinte, wie sie dachte.

»Also gut. Ich überlege es mir.« Luise versuchte ein Lächeln.

»So gefällst du mir schon viel besser!« Vicky griff nach ihrer Hand. »Bitte, du bist doch meine einzige Freundin! Und bis morgen«, sie knuffte Luise scherzhaft in die Seite, »habe ich das Atelier aufgeräumt. Das bin ich dir schuldig.«

Doch am nächsten Morgen wartete Vicky vergebens auf die Freundin. Sie hatte aufgeräumt und alles vorbereitet, Eve und Karl ausführlich erklärt, was geschehen war, und sich wortreich für die Unannehmlichkeiten entschuldigt. Vicky wartete, aber Luise kam und kam nicht, die Stunden verstrichen. Unterdessen ratterten die Maschinen auf Hochtouren.

»Kinder, Kinder, haltet euch ran!« Karl lief durch das Atelier und prüfte, ob alles für die große Lieferung vorbereitet war, er wirkte angespannt. Arthur hatte tatsächlich zwanzig Kleider bestellt, die er gemeinsam mit einigen Rosenstöcken nach Amerika verschiffen wollte. Seine Geschäftspartner warteten angeblich schon ungeduldig. »So kann das nicht raus.« Missbilligend zupfte Karl an einem Ärmel herum, dessen Naht nicht ordentlich geschlossen war. Offensichtlich hatte ausgerechnet Berta nicht sauber gearbeitet.

»Das kann in der Eile schon mal passieren«, versuchte sie sich zu verteidigen und machte sich mit hochrotem Kopf daran, das Malheur zu beheben.

»So etwas darf nicht passieren!«, herrschte Karl sie an. »Wie oft habe ich es schon gesagt: Das Geschäft mit Arthur ist unsere letzte Chance. Es hat mich bei unserem Bankdirektor sämtliche Überredungskünste gekostet, einen Kredit aufzunehmen, damit wir die Frachtkosten bezahlen können.«

Er rieb sich müde die Augen, bevor er sich daranmachte, die einzelnen Kleidungsstücke Naht für Naht zu überprüfen. Berta rollte die Augen, denn er nahm jedes einzelne Kleid vom Bügel, kontrollierte jede einzelne Naht, jedes Knopfloch, jede Falte.

»Sie sind wunderschön«, versuchte Vicky, ihn mit einer sanften Bemerkung zu beruhigen. Sie wechselte einen raschen Blick mit Imke, die sich mit der Präsentation der Kollektion große Mühe gegeben hatte. Hatte sie eben noch strahlend vor Stolz neben den Modellen gestanden, verunsicherte Karls skeptische Bemerkung sie nun sichtlich. »Und ganz bestimmt sind sie alle perfekt. Das wird ein Erfolg!«

»Dein Wort in Gottes Ohr!« Karl schüttelte den Kopf. Er hatte einen losen Saum entdeckt und schmiss Berta das Kleid vor die Füße. Die anderen Näherinnen arbeiteten unterdessen wortlos weiter, bis heute Abend mussten noch fünf aufwendige Abendkleider fertig werden.

»Wo bleibt denn deine *beste, beste* Freundin?«, wollte Karl wissen. »Wo Eve …« Er schluckte.

Vicky legte ihm mitfühlend die Hand auf die Schulter. Eve ging es in den letzten Tagen wieder schlechter, sie konnte ihr Bett nicht verlassen. Die Medikamente, die der Arzt ihr verschrieben hatte, waren längst aufgebraucht, und neue konnten sie sich nicht leisten. Noch nicht.

»Wir schaffen das! Später kommt die Konsulin, um die neuen Sommerkleider anzuprobieren. Wir haben eine ganze Kollektion mit Badeanzügen, Hüten und Strandbekleidung entworfen … wunderschöne Stoffe, schmeichelnde Schnitte, da kann sie gar nicht Nein sagen. Von dem Geld können wir dann endlich die Rechnungen bezahlen, und der Herr Doktor kann Eve verschreiben, was sie braucht, um gesund zu werden.« Vicky versuchte, zuversichtlich zu klingen. »Wir dürfen nicht aufgeben, hörst du! Das habe ich einmal gemacht, das geschieht mir nie wieder.«

»Eve wird nicht mehr gesund«, sagte Karl düster und setzte sich. »Wir können ihr Leiden nur noch lindern.«

»So darfst du nicht denken!« Vicky schaute ihn empört an. »Schau dich um: Das alles hier machen wir für Eve! Dieser ganze Vertrag mit Arthur. Damit sie wieder gesund wird und auf die

Beine kommt. Und jetzt hilf mir lieber, die Kleider zu bügeln und zu verpacken, damit hier alles aufgeräumt ist, wenn die Konsulin kommt.«

Insgeheim schielte Vicky immer wieder zur Tür in der Hoffnung, Luise hätte es sich doch noch überlegt. Die Zeit verstrich, aber die Freundin kam nicht. Und sie würde auch nicht mehr kommen, das wurde Vicky mit einem Mal schmerzlich bewusst. Trotz ihres mulmigen Gefühls im Bauch bediente sie lächelnd die Kundinnen, verkaufte der Konsulin mit schmeichelnden Worten die Sommerkollektion. Die war so begeistert von den liebreizenden Kleidchen, dass sie versprach, am nächsten Tag mit ihren Cousinen zu erscheinen, um erneut Maß nehmen zu lassen.

»Du bist ein Segen!«, sagte Eve mit einem Lächeln, als Vicky ihr stolz die gute Nachricht ans Bett brachte. »Jetzt wird alles gut!«

»Das wird es.« Vicky umarmte ihre Tante und vergrub ihr Gesicht an deren Schulter. Ihr war zum Heulen zumute.

»Was ist los, mein Kind, was bedrückt dich?«

Doch zur Antwort weinte Vicky jetzt nur richtig los.

»Schsch, *tout ira bien.*« Eve streichelte ihr behutsam über die Haare, wiegte sie wie ein kleines Kind in ihren Armen.

»Ist es wegen Johnny?«, fragte Eve behutsam nach, als sich Vicky allmählich beruhigte. »Er war wirklich lange nicht mehr hier …«

»Ach, Johnny …« Vicky hatte sich aufgerichtet und putzte sich die Nase. Sein Fortbleiben schmerzte. Auf die Anfrage für den Auftritt am kommenden Sonnabend hatte er noch nicht geantwortet, obwohl Eve mehrfach nach ihm geschickt hatte.

»Es ist das erste Mal, seit ich ihn kenne, dass er unzuverlässig ist.« Als sie Vickys fragenden Blick bemerkte, fügte Eve hinzu: »Schau mich nicht so an, ich weiß auch nicht, wo er steckt.«

Vicky konnte nur hoffen, dass Johnny nicht seinen Musikern nachgereist war. Die nagende Ungewissheit in ihr verhieß nichts

Gutes. Aber das war nicht der einzige Grund, weshalb sie sich miserabel fühlte.

»Es ist wegen Luise.« Dann erzählte sie Eve alles, was sie über Luise erfahren hatte und welch schlechtes Gewissen sie hatte, weil sie ihre beste und einzige Freundin an Ludwig verraten hatte. Jetzt fürchtete sie das Schlimmste. »Da könnte sie hier eine sichere Anstellung haben und nutzt ihre Chance nicht. Ich verstehe es nicht.«

»Dann musst du sie holen. Sag ihr, dass sie hier bei uns willkommen ist, jederzeit. *Dépêche-toi*, bevor es zu spät ist«, war Eves Antwort.

Es war zu spät. Die düstere Vorahnung, die Vicky beschlichen hatte, verdichtete sich mit jedem Schritt, den sie in Richtung Luises Wohnung tat. Einer inneren Stimme folgend hatte sie nicht den kürzesten Weg mit der Straßenbahn genommen, sondern war an den Landungsbrücken vorbei ins Hafengelände gelaufen, Richtung Speicherstadt, zu Luises Lieblingsplatz. Sie hoffte, die Freundin hier zu finden.

Als sie der Brücke näher kam, bemerkte sie den Menschenauflauf um die schwarze Droschke. *Hier trifft sich die Welt.* Das verhieß nichts Gutes. Ahnungsvoll lief sie näher.

»Hat sich von der Brücke gestürzt, das arme Ding!«, drangen Stimmen an ihr Ohr. Eilig drängte sie sich durch die Menge, versuchte, einen Blick auf den Leichnam zu erhaschen, den zwei Taucher aus der Elbe geborgen hatten und nun mühsam an Land brachten. Die Strömung hatte ihr die Kleider vom Leib gerissen, man sah deutlich den gewölbten Bauch. Wieso hatte ihr Luise nicht erzählt, dass sie ein Kind erwartete? Betreten wandte sich Vicky ab, alles drehte sich, mühsam stützte sie sich an einer Häuserwand ab. »Luise«, flüsterte sie tonlos. »Warum?« Gleichzeitig kannte sie die Antwort. Frauen wie sie hatten keine Chance, erst recht nicht mit einem Kind. Da hatte Luise überhaupt nicht so viel erzählen müssen, das verstand sie auch so. Oh, hätte sie ihr bloß damals den Mantel persönlich übergeben, dann hätte Luise genug Geld gehabt, um zu einem Arzt zu gehen. Vicky hätte ihr in dieser schwierigen Zeit beistehen können, hätte für sie sorgen können, wie es sich für eine richtige Freundin gehörte.

Ludwig hatte alles zerstört. Sie hatte alles zerstört.

»Es ist eine Schande!« – »Gnade ihrer Seele!« – »Die armen Eltern!« – die Stimmen um sie herum drangen wie durch Nebel an ihr Ohr und fühlten sich wie Nadelstiche in ihrem Körper an. Die einzige echte Freundin, die sie je gehabt hatte, war den Anzüglichkeiten eines Mannes zum Opfer gefallen, und sie selbst war auch noch so blauäugig gewesen, sich auf Ludwigs Avancen einzulassen.

Vicky fühlte sich furchtbar. Sie war schuld. Sie hatte ihre einzige Freundin verraten.

Mühsam schleppte sie sich des Weges, tastete sich von Häuserwand zu Häuserwand, Menschen traten erschrocken zur Seite. Leichenblass wankte sie nach Hause, wo sie erschöpft in ihr Bett fiel und abermals drei Tage und drei Nächte lang durchschlief.

»Mädchen, Mädchen, *qu'est-ce que tu fais*«, waren die ersten Worte, die sie vernahm, als sie wieder zu sich kam. Es war Eve, die mit besorgter Miene an ihrem Bett saß und über ihren Schlaf wachte. »Halte dich von diesen Leuten fern! Das ist kein Umgang für dich. Du siehst doch, was sie mit dir machen!«

»Es ist meine Schuld«, antwortete Vicky schlicht und vergrub ihr Gesicht in den Händen. »Ich habe sie verraten.«

»Nein, du hast damit nichts zu tun. Es ist Luises Verantwortung gewesen, und es war ihr freier Wille.« Eve schüttelte den Kopf. »Mädchen wie sie wissen, worauf sie sich einlassen, wenn sie mit Männern mitgehen. Sie bereiten ihnen Vergnügen und profitieren davon. *C'est comme ça.*«

»Um welchen Preis?« Vicky horchte in sich hinein. Luise hatte ihr seinerzeit genau das geraten, aber sie war nicht dazu bereit gewesen, ihren Körper zu verkaufen.

»Mach dir bitte keine Vorwürfe. Es ging ihr gut! Sie hat sich ausgesucht, mit wem sie nach Hause gegangen ist«, versuchte Eve sie zu beruhigen.

»Luise musste fliehen, vor ihrer Vergangenheit. Sie wünschte sich ein besseres Leben … Sie wollte in Amerika neu anfangen. Dafür hat sie alles getan, ihr Geld gespart. Das war ihr Ziel! Hatte sie jemals eine echte Chance?«

»Sie hat das gemacht, was Mädchen tun, wenn sie keine Ausbildung haben. Was meinst du, wie viele Luises ich in den vergangenen Jahren hier bei uns im Bellefleur erlebt habe? Sie träumen von Schönheit und Reichtum, der großen, weiten, glänzenden Welt, und dabei bleibt es leider auch. Weil sie nichts gelernt haben. Weil sie arm geboren sind. Weil sie selbst kaum Geld verdienen. Sie haben nichts, außer ihrem Körper. Der ist ihr Kapital, den verkaufen sie. Verpacken ihn hübsch in Kunstseide, schmücken ihn mit Perlenketten, Federn, Strass und Pailletten. Dann bieten sie ihn Männern an, verdrehen ihnen die Köpfe, werden bezahlt – und wenn sie großes Glück haben, werden sie vielleicht geheiratet. Doch die meisten Männer suchen nur das flüchtige Abenteuer, leben ihre perversen Fantasien aus und haben zu Hause längst Frau und Kinder.« Eve seufzte. »Glaub mir. Luise wusste genau, was sie tat. Dich trifft keine Schuld.«

»Ich hätte ihr helfen können!«, beharrte Vicky. »Ich hätte ihr zeigen können, dass es auch andere Möglichkeiten gibt, als sich mit Leib und Seele zu verkaufen. Wir hätten doch gemeinsam einen Arzt finden können. Oder das Kind behalten …«

»Sie wollte deine Hilfe nicht.« Eve tastete nach Vickys Hand. »Luise hat diesen Weg gewählt, sie hat sich dafür entschieden, das musst du respektieren. So bitter das ist.«

Vicky schüttelte den Kopf. »Ich bezweifle, dass es ihr freier

Wille war. Sie war so lebenslustig und froh, wir hatten so viel Spaß.« Sie dachte an die vielen fröhlichen Momente, die sie in der kurzen Zeit mit Luise erlebt hatte. Wie sie in der »Alsterlust« schwimmen und danach fröhlich singend durch die Straßen gelaufen waren. Oder gegenseitig vor dem Spiegel Frisuren und Make-up ausprobiert hatten, um dann Ludwig Luises Kleider wie Mannequins vorzuführen, der amüsiert Beifall geklatscht hatte.

»Warum nur sind wir Frauen so abhängig von dem, was andere über uns denken?« Vicky seufzte und strich sich über ihren Bauch. Längst ahnte sie, dass ihre Zusammenkunft mit Johnny nicht ohne Folgen geblieben war. Ein Zustand, den sie gerne verdrängte, doch die Anzeichen waren nicht mehr zu übersehen. Noch wollte sie es nicht wahrhaben, noch war es zu früh, um darüber zu sprechen.

»Das, meine Liebe, wird ein ewiges Geheimnis bleiben«, antwortete Eve, die ihren Bewegungen aufmerksam gefolgt war. »Es sei denn, du schaffst es, dich von den Vorurteilen zu befreien. Glaube mir, das ist ein langer Weg. Ich weiß, wovon ich spreche. Oder meinst du, unser Familienleben hier wird von allen einfach so akzeptiert? Die Drohungen und Schmähbriefe werden jeden Tag mehr! Irgendjemand hat gestern sogar wieder die Hauswand beschmiert …«

Vicky nickte. »Ich habe ja selbst erlebt, wie sie das Bellefleur in jener Nacht verwüstet haben … und ich laufe nicht blind durch die Straßen! Absperrungen, brennende Karren, Verfolgungen …« Sie hielt kurz inne und fügte dann hinzu: »Manchmal denke ich, Luise hat es gut! Sie hat jetzt ihren Frieden. Während wir hier nicht wissen, was noch auf uns zukommt.«

»Die Unsicherheit müssen wir aushalten. Glaube mir, wir hatten schon Schlimmeres! Damals, nach dem Krieg, als wir alle nichts zu essen hatten. Oder als die Spanische Grippe über uns hinweggefegt ist. Da wusste niemand, ob wir das überleben! So viele Menschen sind damals gestorben. Das Einzige, an dem wir uns festhalten können, ist unsere Kraft. Unser Selbstvertrauen. Und unsere Liebe. Alles andere liegt nicht in unserer Hand!« Eve hielt inne und dachte einen Moment nach. Dann fügte sie hinzu: »*Et toutes nos idées!* Dank dir haben wir jetzt diesen großen Auftrag für Amerika. Stell dir vor, Karl hat heute früh die Kleider eingeschifft, morgen legt das Schiff ab. Dann sind es nur noch wenige Wochen, bis der Scheck kommt. Das ist allein dein Verdienst!«

Doch Vicky konnte sich nicht richtig darüber freuen. Ihre Gedanken wanderten immer wieder zu Luise und der Tatsache, dass diese keinen anderen Ausweg als den Freitod gewusst hatte. Ob sie an ihrer Stelle genauso gehandelt hätte? Nicht auszudenken, wenn sie in so eine missliche Lage geraten wäre. Oder war sie das längst? Welches Glück hatte sie mit ihren zwei Tanten, die sich so liebevoll um sie kümmerten. Aber ob das auch für ein Kind von Johnny gelten würde? Vicky konnte es nur hoffen.

»*Je suis fatigué*, ich muss mich ausruhen«, sagte Eve irgendwann und ließ Vicky mit ihren Grübeleien allein. »Und du musst eine Entscheidung treffen«, fügte sie noch im Türrahmen stehend hinzu.

»Ja, ich weiß «, murmelte Vicky und griff nach ihrem roten Büchlein, das neben der Rosenvase auf ihrem Nachttisch lag. Nachdenklich blätterte sie darin herum, lange hatte sie nicht mehr darin gezeichnet. Wenn sie sich jetzt für das Kind entscheiden würde, wäre es erst mal vorbei mit studieren gehen. Dann wäre sie hier im Bellefleur eingesperrt wie seinerzeit im Gewächshaus. Vicky huschte ein Lächeln über die Lippen. Was der alte Willenbrock als Strafe gedacht hatte, war für sie eine willkommene Auszeit von der täglichen Arbeit auf dem Hof gewesen. Wenn sie im Gewächshaus verbannt war, musste sie keine Ackerwinden ausgraben oder wurzelnackte Rosenstöcke setzen. Sie brauchte in der Küche weder beim Entstrippen der Johannisbeeren noch beim Rühren des Pflaumenmuses zu helfen – und schon gar nicht weiße Kleider bei irgendwelchen langweiligen Empfängen tragen. In diesen Stunden, wenn sie ganz allein war, mitunter in der Dunkelheit und nur mit einer kleinen Ölfunzel als Licht, zog sie die rote Kladde aus ihrem Geheimversteck hinter dem Holzregal und begann zu zeichnen. Umgegeben von den lieblichsten Düften, die die Rosen vor allem zur Blütezeit im Frühsommer verströmten, entwarf Vicky filigrane Muster. Florale Ornamente, Kreise, Spiralen, schraffiert oder kariert, seitenweise. Schwarz-weiß zwar, doch die Schattierungen des Bleistifts deuteten den Farbton an.

Vicky schloss die Augen und atmete den Duft des Rosenstraußes neben ihrem Bett. Süß und lieblich weckte er die Erinnerung, ihr war, als wäre es gestern gewesen.

Irgendwann hatte sie damals von irgendwoher einen roten Buntstift ergattert und begonnen, Blütenblätter zu malen. Dafür hatte sie sich einen der Rosenstöcke ausgesucht, die Johann zu Zuchtzwecken kultivierte, eine besonders wertvolle Bourbonrose, eine Reine Victoria. Über die Zeit hatte sie sie in ihren unterschiedlichen Blütephasen porträtiert: im Winter ohne Blätter, nur vereinzelt waren die Dornen sichtbar, frierend, fragil, wie sie selbst, die ohne Mütze und Schal ins Gewächshaus verbannt war, weil sie heimlich von den Essigzwetschen genascht hatte. Im Frühjahr die ersten Augen, zarte Triebe, die sie mit Bedacht an die Stängel setzte und denen sie die Kraft verlieh, die sie innerlich spürte. Wollte sie doch am liebsten heimlich ausbrechen, weg von Willenbrock, dieser spießigen Klitsche mit den pickeligen Jünglingen, die so entsetzlich aus dem Mund rochen, wenn sie einen ansprachen und zum Tanzen aufforderten.

Dann die ersten, zarten Knospen, die sich an den jungen Trieben neben den herzförmigen Blättern zeigten. Vielversprechend, ein Geheimnis bergend, wie es verheißungsvoller nicht sein konnte, es erinnerte Vicky an ihr eigenes Geschlecht, genauso weich, genauso rosig, nur flüchtig hatte sie sich damals getraut, es kennenzulernen, hatte sich ein bisschen geschämt dabei und doch so viel Glück empfunden. Heißes Glück, wie sie es auch mit Johnny erlebt hatte. Johnny … Bei dem Gedanken an den Geliebten wurde Vicky schwer ums Herz. Sie musste dringend mit ihm sprechen, das Missverständnis zwischen ihnen aus der Welt schaffen. Zunächst brauchte sie jedoch Klarheit für sich selbst.

Gedankenverloren blätterte Vicky weiter in ihrem Skizzenbuch. Mit welcher Begeisterung sie die Entwicklung der Rosenblüte verfolgt hatte! Ganze Musterreihen waren daraus entstanden und vor ihrem inneren Auge auf diese Weise feine Stoffe, als Gardine, Tapete oder Wandteppich, vielleicht auch als Kleiderstoff zu gebrauchen.

Vicky zog eine der langstieligen Rosen aus der Vase und vergrub ihre Nase in der Blüte, sie atmete tief die Erinnerung. Es war, als tauchte sie ins Damals. Der Duft beschwor die Zeit mit ihrer Mutter, wenn sie gemeinsam ausgeritten waren und sie ihr von Freiheit und Abenteuern erzählt hatte. Von mutigen Frauen, die ihren Weg gingen, sich gegen Konventionen auflehnten, obwohl die Gesellschaft sie in ein starres Korsett pressen wollte.

»Mir selbst sind die Hände gebunden«, hatte die Mutter gesagt, während sie zärtlich über einen der üppig blühenden Rosensträucher strich. »Aber ihr sollt es einmal besser haben. Ihr sollt einmal selbst über eure Zukunft entscheiden dürfen, unabhängig und frei von der Unterschrift eines Mannes. Man denkt, wir Frauen müssen uns um das Heim und die Kindererziehung kümmern, wir wären mit dieser Aufgabe gefordert genug. Dabei sind es die Männer, die uns Frauen am Leben hindern, nicht die Kinder. Kinder sind das Wertvollste, was einer Frau im Leben geschenkt werden kann. Sie verdienen all deine Liebe und Aufmerksamkeit, und das, was du gibst, bekommst du jeden Tag aufs Neue zurück. Ist es nicht ein Glück, gemeinsam mit meiner Tochter über die Rosenfelder zu reiten, die Sonne im Gesicht, den Wind der Freiheit in den Haaren, und zu wissen, dass sie das Gleiche fühlt wie ich? Diese Momente des Glücks, diese Liebe gibt dir kein Mann.«

Ihre Mutter hatte eine rosafarbene Blüte abgeknipst, einen Kuss hineingedrückt und sie ihr gereicht. Vicky hörte ihre Stimme ganz nah in ihrem Herzen. *Bist du rein, wirst du hold gedeihn.* Wie reich sie war. Wie eine Königin.

Vicky atmete tief durch und schlug den Kragen hoch, es nieselte und roch nach noch mehr Regen. Hamburger Schmuddelwetter – und das mitten im Sommer. Sie lief mit dem Regenschirm durch die graue Stadt, alles dunkel und verhangen. Es schien, als schlichen selbst die Autos und Droschken dahin, vom emsigen Treiben keine Spur. Sie war lange nicht mehr spazieren gewesen, der tägliche Sport vor lauter Arbeit im Atelier Geschichte. Wie sehr fehlten ihr die täglichen Leibesertüchtigungen, wie sehr war sie außer Form geraten – und das lag nicht an ihren Umständen. Vicky fragte sich, ob außer Eve noch jemand ihre Schwangerschaft bemerkte hatte, noch sah man die Wölbung des Bauches kaum, doch es war nur eine Frage der Zeit, bis auch Karl sie darauf ansprechen würde. Die ständige Übelkeit ließ sich schon jetzt kaum verbergen.

Die Entscheidung, die Eve meinte, sie hatte sie längst getroffen. Sie hatte gewusst, dass sie dieses Kind bekommen würde, noch bevor es überhaupt zu ihr gekommen war. Sie liebte es schon jetzt, egal, ob es ein Junge oder ein Mädchen würde. Ihr Kind. Ganz allein ihr Kind – und sie wäre die Mutter. Nicht einen Moment hatte sie daran gedacht, dass es nicht ehrbar sein könnte, unverheiratet, der Vater ein schwarzer Musiker aus Amerika, noch dazu ohne Festanstellung.

Johnny und sie waren sich an jenem Morgen so nah, so innig miteinander verschmolzen gewesen, ein göttlicher Moment, himmlisches Glück. Die ganze Nacht hatten sie geredet, leidenschaftliche Küsse getauscht, endlose Dialoge der Körper, seiner kaum von der Dunkelheit zu unterscheiden. Aber es war nicht Johnny, der sie beschenkte und sie zur Frau machte. Sie brauchte ihn nicht, um sich ganz zu fühlen.

Es war die bedingungslose Liebe zu ihrem Kind, die sie nährte, satt machte, ein Band stärker als jedes Seil, eine Macht, die keine Fragen stellte, nur Antworten wusste. Etwas, das sich durch nichts in der Welt trennen lassen würde. Die Verbundenheit zu einem Menschen, zunächst klein und hilflos, später flügge und auf eigenen Füßen stehend, und immer nah.

Eve täuschte sich. Vicky wollte das Kind um jeden Preis bekommen, nie im Leben würde sie den gleichen Weg wie Luise wählen. Heimlich zum Arzt gehen, beten, dass niemand etwas bemerkte, und drei Tage Blutungen mit Bauchweh im Bett. Und schon gar nicht sich aus lauter Verzweiflung zu Tode stürzen. Gegen den Paragrafen 218 wollte sie jedoch demonstrieren. Für das Recht auf Abtreibung. Bei der nächsten Gelegenheit würde sie auf die Straße gehen und mitmarschieren. Dass Vicky voller Muttergefühle steckte, war eine Sache. Andere Frauen hatten sicher andere Ansichten. Jede Frau sollte das Recht haben, selbst über ihren Bauch entscheiden so dürfen.

Ohne es zu merken, hatte Vicky den gleichen Weg gewählt wie vor ein paar Tagen, jetzt stand sie auf der Brooksbrücke und schaute hinüber zum Hafen, man konnte nur schemenhaft die Masten erkennen, den Rauch eines Dampfers. Ein Schauer der Erinnerung übermannte sie, hier hatte sie vor nicht allzu langer Zeit mit Luise gestanden und sich auf ihr neues Leben in Hamburg gefreut. »Hier trifft sich die Welt«, hatte Luise gesagt. Wie viel war seitdem geschehen! Wie oft hatten sie hier einfach nur Hand in Hand die Welt bestaunt. Vicky lehnte sich über das Geländer und schaute hinunter. Unter ihr gurgelte der Strom, Regen prasselte grau und unerbittlich, ließ Tropfen springen.

Sie hatte keine Angst davor, das Kind zur Welt zu bringen, in diese unsichere, verrückte Welt, von der man nicht wusste, was sie als Nächstes vorhatte: Würde es wieder einen Krieg geben? Würde die Inflation weiter voranschreiten? Gäbe es noch mehr Hungerkrawalle und bettelarme Menschen, Obdachlose? Wieder eine Pandemie, die Millionen Menschen dahinraffte? Vielleicht war es auch im Gegenteil endlich wieder an der Zeit, die Schuhe anzuziehen und loszutanzen. So, wie man es jahrelang im Bellefleur getan hatte. Ausgelassen mit Armen und Beinen schwingen und alles vergessen, was einen bedrückte. Einfach nur leben, nach Glück haschen und den Moment genießen.

Wenn sich Vicky so umschaute, schien dies ein hoffnungsloser Traum zu sein. Plakate riefen zu Demonstrationen auf, Krawalle und Unruhen an jeder Ecke, Hamburg brodelte und kämpfte, das war nicht zu übersehen. Und dazwischen immer wieder diese Hakenkreuzfahnen, diese Nationalsozialisten mit ihren Parolen, die die Stimmung vergifteten, die Menschen gegeneinander aufhetzten und Rassismus schürten.

Mit einem mulmigen Gefühl wandte sich Vicky ab. Sie musste dringend mit Eve und Karl reden, sie würden verstehen.

Luise

Seit sie Ludwig getroffen hatte, brauchte sie kaum noch mit Männern mitgehen, er beschützte sie vor ihrer Vergangenheit. Sie durfte ihre Tarnung nicht gefährden, als Schwester des ehrbaren Bankmitarbeiters Ludwig Nelken hatte sie schließlich einen Ruf zu verlieren. Ihm verdankte sie, dass sie nicht auf der Straße leben musste, es hätte auch ganz anders ausgehen können für Luise.

Bei ihrem Ehemann hatte sie es damals nicht länger ausgehalten. Jede Nacht hatte er sie bedrängt, und war sie nicht willig, so schlug und misshandelte er sie, machte sie brutal gefügig. Selbst als sie schwanger wurde, nahm er keine Rücksicht, weshalb Luise eine Fehlgeburt erlitt. Als sie erneut in anderen Umständen war, ließ sie das Kind heimlich wegmachen, sie hätte es nicht lieben können. Dann fing Georg an, zu trinken und sie auch tagsüber zu schikanieren. Da hatte sie sich keinen anderen Rat gewusst, als sich zur Wehr zu setzen, einer Scheidung hätte er nie im Leben zugestimmt.

Das Glück war Luise nicht hold. Weil sie keine Fahrkarte hatte, hatte sie sich im Nachtzug unter einem Sitz versteckt – und war so unfreiwillig Zeugin eines Mordes geworden. Direkt vor ihren Augen hatte ein Mann ein Messer gezogen und einen anderen brutal erstochen. Entsetzt hatte sie aufgeschrien, war Hals über Kopf geflohen – und wurde nun bestimmt sowohl von der Polizei und als auch von den Gangstern gesucht. Luise musste um ihr Leben bangen und lebte in ständiger Angst, weshalb sie nie länger als ein paar Wochen an einem Ort blieb. Ihre Flucht hatte sie von

Süddeutschland quer durchs Reich nach Hamburg geführt, weit genug, um ihren Verfolgern endgültig entkommen zu sein, wie sie hoffte.

Mittellos war sie in der Stadt gestrandet, hatte sich mit kleinen Auftritten ein paar Reichsmark verdient. Dabei konnte Luise überhaupt nicht singen, sie trällerte nur gerne vor sich hin, Schlager, Chansons, was man gerade so hörte. Am liebsten mochte sie die Lieder von der Dietrich, überhaupt fand sie die Schauspielerin wunderschön. Und vor allem mutig. Wie sie sich halb nackt in diesem Film präsentierte. Sich so lasziv bewegte! Sie hatte jede ihrer Bewegungen genau studiert, als sie dieses eine Mal im Kino war. Natürlich hatte sie es verstanden, sich auf diese Weise auch Geld zu verdienen. Schließlich folgte sie den Herren jedes Mal ins Separee, wo man manchmal mit Peitsche, Halsketten und Ledergürteln die perversesten Dinge tun musste, aber wenigstens anständig bezahlt und behandelt wurde. Nur was, wenn plötzlich die Sittenpolizei an die samtbezogene Tür klopfte und sie Rede und Antwort stehen musste? Denn dass niemand die feinen Herren verhaftete, war wohl so klar wie Quellwasser. So war Luise stets darauf bedacht, einen klaren Kopf zu behalten, überhaupt trank sie so gut wie niemals Alkohol, nur hin und wieder ein Glas Sekt. Um nicht aufzufallen, tat sie dann so, als hätte sie einen ordentlichen Schwips, und spielte allen die unbekümmerte junge Frau vor. Aber ihr Körper war ihr Kapital, und sie wollte fit und gesund bleiben, es reichte, dass sie noch einmal zur Engelmacherin musste.

Dann hatte Luise bei einem der Feste Ludwig dabei ertappt, wie er bei den Herren abkassierte, bevor sie sich ein Mädchen auf den Schoß zogen. Da wusste sie, dass sie den Spieß endlich umdrehen konnte. Sie hatte dafür gesorgt, dass er sie als seine Schwester bei ihm einziehen ließ. Ihn, den ehrgeizigen Bankberater, hatte sie fortan im Griff, und im Gegenzug nahm Ludwig ihr »Angebot« gerne an, sorgte Luise doch für beständige Kund-

schaft aus gehobener Gesellschaft, zudem für Kaffee, Pralinés und Seidenstrümpfe.

Hier in Hamburg fühlte sich Luise nun sicher, doch immer noch nicht sicher genug. Deswegen sparte sie heimlich alles, was sie nicht an Ludwig abgeben musste, in ihrem Webpelz. Sorgsam eingenäht – und niemand wusste davon. Wenn sie erst das Geld für die Schiffspassage zusammenhätte, hätten all diese Gefälligkeiten ein Ende, sie müsste keine Angst mehr haben. Denn die Angst war das Schlimmste: davor, dass sie doch noch von ihren Verfolgern gefunden wurde. Das wäre ihr Ende, dann würde sie von der Brücke springen, das hatte sie sich geschworen. Doch Luise wollte die Freiheit, wollte die Sonne, sie wollte nach Amerika! Nur deshalb hielt sie den Direktor mit seinem grässlichen Salmiak-Atem aus, denn er behandelte sie nicht nur gut, sondern zahlte auch außerordentlich viel.

Jetzt hatte sie Vicky getroffen, die Unschuld vom Lande, und sich insgeheim ein bisschen in sie verliebt, war ja nicht verboten. Sie sollte es einmal besser haben, deswegen teilte Luise mit ihr alles, was sie hatte. Sie wollte ihr das gleiche Schicksal ersparen. Es war ihr egal, ob Vicky die Wahrheit sagte und ob es diese Tante gab oder nicht. Luise hatte noch nie in ihrem Leben eine beste, beste Freundin gehabt und genoss jede Minute mit ihr.

Nicht egal war ihr, dass Vicky ihr den Webpelz gestohlen hatte, das hätte sie nicht von ihr erwartet, dass sie ihr Vertrauen auf diese schäbige Weise missbrauchen würde. Das aber war noch nicht mal das Schlimmste. Denn eines Tages sah sie die Männer. Jene Gangster aus dem Zug von jener Nacht, als sie gehofft hatte, dem Albtraum endlich entfliehen zu können und das Fürchterlichste, was eine Frau je erleben kann, hinter sich zu haben. Gerade, als sie mit dem Rickmer aus dem Alsterpavillon trat und er ihr galant eine Rose überreichte, bemerkte sie aus den Augenwinkeln, dass sie beobachtet wurde. Schreckensbleich stammelte sie irgendeine Entschuldigung, bevor sie Hals über Kopf davonstürzte. Blind vor

Angst lief sie durch die Straßen, die Große Bleichen entlang, den Holstenwall, hinunter zum Hafen, auf ihre Brücke. Ein Blick in die vernebelten Fleete genügte. Keine Hoffnung mehr.

Hätte sie sich nur einmal umgeschaut, hätte sie bemerkt, dass da niemand war, der sie verfolgte.

SCHWESTERNGEFÜHLE

Zu dem Gespräch mit Eve und Karl kam es vorerst nicht. Als Vicky völlig durchfroren und durchnässt nach Hause kam, saß Marlene in der Wohnstube und wartete auf sie. Karl saß mit versteinerter Miene daneben. Vicky traute ihren Augen nicht.

»Was willst du hier?« Vicky wusste nicht, ob sie sich freuen sollte, die Schwester zu sehen, oder nicht. So viel war geschehen, so viele Vorwürfe standen im Raum.

»Dich zurückholen.« Marlene schaute Vicky an. Entgegen ihrer sonstigen ruhigen Art wirkte sie aufgebracht. Als erwartete sie eine Erklärung, als hätte Vicky etwas gutzumachen.

»Und warum?« Vicky schüttelte sich die Regentropfen aus den Haaren. Wie gerne hätte sie jetzt ein Bad genommen, wäre in eins der weichen Hauskleider von Eve geschlüpft und hätte sich von ihr mit einer heißen Milch mit Honig verwöhnen lassen. Stattdessen musste sie Marlene Rede und Antwort stehen, die sie jetzt mit Vorwürfen überhäufte.

»Du weißt ja gar nicht, was du angerichtet hast!«, legte Marlene ohne Umschweife los. Sie war aufgesprungen und stand nun mit blitzenden Augen vor Vicky. »Vater war außer sich! Er stand Julius Cordes gegenüber im Wort, und du hast es gebrochen! Sein Ansehen beschmutzt.«

»Wieso?«, warf Karl ein, der das Gespräch mit aufmerksamer Miene verfolgt hatte. »Vicky hat ihm nichts versprochen, da kann sie auch nichts brechen!«

»Ach ja?«, winkte Marlene aufgebracht ab. »Wäre sie mal nicht

Hals über Kopf getürmt und hätte Julius' Antrag angenommen. Dann wäre Willenbrock jetzt eine blühende Rosenlandschaft, ein prosperierendes Unternehmen und stünde nicht am Rande des Ruins. Und du, du hast ja nichts Besseres zu tun, als dich in Hamburg bei deiner Tante einzunisten! Lebst hier wie die Made im Speck. Arthur hat mir von euren rauschenden Festen erzählt, von deinen abenteuerlichen Amouren. Mit einem Schwarzen! Und wie siehst du überhaupt aus?«

»Wie bitte?« Vor Empörung blieb Vicky die Spucke weg. Ausgerechnet Arthur spielte sich als Sittenwächter auf? Völlig durchnässt und mit vom Regen verdorbenen Kleidern, wie sie vor ihr stand, war sie ganz bestimmt kein Aushängeschild für Eves exquisite Mode. Am liebsten hätte sie erwidert: *Und du? Schließlich konntest du es kaum erwarten, ihn zu heiraten!* Marlene trug zwar längst die Haare kurz, aber ihr Kleid war so altmodisch, dass es selbst Beeke nicht mehr verkauft hätte. Insgeheim nahm sie sich vor, der Schwester bei nächster Gelegenheit ein paar passende Kleidungsstücke zukommen zu lassen.

»Was sagst du da? Das verstehe ich nicht«, warf Karl ein. »Willenbrock handelt doch sehr erfolgreich mit Rosen, soviel ich weiß. Das Bellefleur liefert Arthur die schönsten Kleider für seine Rosen-Arrangements, zusammen verkauft er sie überallhin in die Landhäuser. Gerade haben wir einen großen Container für Amerika eingeschifft, gemeinsam mit den Auswanderern reist er über den Ozean …« Karl runzelte die Stirn. Was er da hörte, schien ihm sehr zu missfallen.

»Erfolgreicher Rosenhandel? Da liegt ein Irrtum vor! Arthur musste nach und nach die Felder verkaufen, weil die Geschäfte nicht laufen.« Marlene hatte vor lauter Empörung rote Wangen. So kannte Vicky sie gar nicht.

Es war eine absurde Situation, Vicky huschte unwillkürlich ein Lächeln über ihr Gesicht. Sie, die große Schwester, musste von der Jüngeren eine Standpauke über sich ergehen lassen, die sich gewaschen hatte. Dabei war sie doch schon pudelnass. Die Regentropfen rannen ihr immer noch aus den Haaren in den Kragen. Zu ihren Füßen hatte sich eine unschöne Pfütze auf dem Teppich gebildet.

»Was gibt's da zu grinsen?« Marlene stockte und schaute Vicky kopfschüttelnd an. »Die Lage ist bitterernst. Willenbrock steht vor dem Ruin!«

»Ich glaube dir kein Wort! Arthur war hier und hat erzählt, wie erfreulich eure Rosenzüchterei läuft. Wie Johann sich liebevoll um die Rosenstöcke kümmert und erfolgreich an Neuzüchtungen arbeitet, seine Windrose hegt und kultiviert. Warte einen Moment …« Vicky lief rasch nach nebenan in die Nähstube und griff wahllos nach einem der Tanzkleider aus der neuen Kollektion, um es kurz darauf Marlene zu präsentieren.

»Hier, dieses Modell haben wir in unzähligen Ausführungen für ihn genäht. Darin stecken endlos viele Arbeitsstunden …«

»… und sämtliche Kredite, die das Bellefleur auftreiben konnte. Und wir von Teggerns bürgen dafür«, fügte Karl mit skeptischer Miene hinzu. Er stand aufrecht im Raum, verfolgte mit angehaltenem Atem jedes Wort.

»Willenbrock erfolgreich? Da hat euch Arthur einen Bären aufgebunden! Er muss euch falsche Papiere gezeigt haben. Das sieht ihm ähnlich!« Marlene lachte hysterisch auf, sie musste sich hinsetzen. »So ein erbärmlicher Lügner. Er hat uns alle getäuscht. Ich fasse es nicht!« Sie hatte die Hände vors Gesicht geschlagen, aus ihrer Kehle drang längst kein Lachen mehr. Es waren leise Schluchzer, zwischen den Fingern perlten Tränen.

»Was geht da vor? Was spielt Arthur da für ein Spiel? Mit dir? Mit uns?« Karl hatte Marlene am Handgelenk gepackt. Seine Stimme zitterte.

»Das musst du ihn schon selbst fragen! Soweit ich weiß, ist er gerade bei seiner Geliebten und lässt sich verwöhnen. Und das nicht zum ersten Mal.« Marlene atmete tief durch, das Gespräch schien ihr näher zu gehen, als sie zugeben wollte. »Du weißt ja gar nicht, was du uns angetan hast, Vicky. Was du *mir* angetan hast. Seit Mutters Tod ist alles anders.« Marlene atmete tief durch.

»Was hat das jetzt alles mit ihrem Tod zu tun? Bist du gekommen, um mir ein schlechtes Gewissen zu machen? Ich will mir deine Schuldzuweisungen nicht anhören.« Vicky straffte die Schultern. Das wollte sie wirklich nicht. Jetzt, wo sie dank ihrer Tanten endlich Frieden mit der Vergangenheit geschlossen hatte. Wo sie endlich, endlich das Unglück als Schicksal akzeptieren konnte. Schrecklich. Unausweichlich. Ohne Schuldgefühle.

»Darum geht es nicht. Es geht nicht um damals …«

»Um was geht es dann? Warum bist du wirklich hier?«

»Es geht um Vater. Er ist krank, schwer krank. Niemand weiß, wie lange er noch leben wird. Seit deinem Weggang ist er ein gebrochener Mann. Ich bin gekommen, um dich zu bitten zurückzukehren.« Marlene griff nach Vickys Hand.

»Du hast wirklich keine Ahnung, oder?« Vicky schüttelte den Kopf. Ihr Puls raste, sie musste sich dringend beruhigen. Was Marlene da behauptete, raubte ihr den Atem. Dass die jüngere Schwester so naiv war, erst recht.

»Versteh doch, Marlene«, begann sie mit leiser Stimme. »Vater wollte mich gegen meinen Willen verheiraten. Deswegen bin ich weggelaufen! Auf Arthurs Anraten hin ausgerechnet mit Julius Cordes, ohne mich zu fragen! Ich dachte immer, ich heirate eines Tages ihn … Arthur wollte immer nur dich …«

Marlene schüttelte den Kopf, sie wirkte ernüchtert. »Ich war so in ihn verliebt. So glücklich, seine Frau zu werden … Ihm ging es nie um mich! Gleich nach der Hochzeit hat er einen Arbeiter nach dem anderen entlassen und sie durch Aushilfskräfte ersetzt, denen er nur halb so viel zahlen musste. Sie hatten keine Ahnung von der Rosenzucht, ein Stock nach dem anderen ging ein, die, die noch blühten, hat er ausgraben lassen und verkauft.

Der arme Johann hat alles versucht, um sie zu retten. Arthur hat ihm nicht zugehört, Johann hatte keine Chance. Dann hat er die Bücher weggeschlossen, ich habe keinen Schlüssel dazu. Arthur hat mir verboten, mich in die Geschäfte einzumischen. Zahlen seien nichts für mich, behauptet er, als Frau sei ich nicht dafür gemacht«, sagte Marlene düster.

»Da bist du nicht die einzige Frau auf dieser Welt, die sich solche Ungeheuerlichkeiten anhören muss«, warf Karl ein, der sich mittlerweile seinen zweiten Whiskey eingeschenkt hatte.

»Seit unserer Hochzeit lässt er mich keine Nacht in Ruhe«, sprach Marlene weiter. »Er will, dass ich ein Kind bekomme, damit ich mich endlich aus den Geschäften heraushalte und mich um meine *weiblichen Pflichten* kümmere. Aber nicht mit mir. Ich habe Mittel und Wege gefunden …«

»Seit wann interessierst du dich für den Rosenhandel?«, unterbrach Vicky sie ungläubig. Sie glaubte nicht recht zu hören, was Marlene erzählte. Ihre Schwester wollte arbeiten? Buchhaltung machen? Verantwortung übernehmen?

»Seit Vater diesen Herzinfarkt hatte und niemand da war.« Marlene war wieder aufgestanden. »Was ich in jener Nacht durchgemacht habe! Ich habe um sein Leben gebangt, um die Zukunft des Hofes. Ich musste handeln. Dann habe ich mich mit Johann zusammengesetzt und einen Plan entwickelt, wie wir Willenbrock mit neuen Rosenzüchtungen wieder zum Laufen bringen. Er hat seine Lieblinge retten können, musst du wissen, wertvolle Edelrosen, die historischen Stöcke, seine Windrose … Da wusste ich nicht, dass Vater Arthur längst die Geschäfte übertragen hatte. Mit Brief und Siegel und Vertrag.«

»Wie bitte?« Vicky war entsetzt.

»Vater hat uns enterbt!« Marlene straffte die Schultern und atmete tief durch, bevor sie weitersprach. »Das war die Mitgift, die er ihm zur Hochzeit versprochen hat. Und ich dachte, Arthur heiratet mich aus Liebe!«

»Sag das noch mal.« Karl war blass geworden. »Euer Vater hat Arthur alles überschrieben? Wie kann er euch das antun? Willenbrock ist auch das Lebenswerk eurer Mutter! Ohne sie hätte es dieses Rosenparadies nie gegeben. Sie hat dafür gelebt! Auf ihren Wunsch hin haben die von Teggerns Geld investiert, wieder und wieder. Kredite aufgenommen, selbst nach ihrem Tod. Und jetzt …«

»Ich hätte nicht erwartet, dass Arthur so durchtrieben ist.« Voller Scham dachte Vicky an ihre Schwärmerei für ihn zurück. Wie sehr hatte sie diesen Mann vergöttert! Ihm ein Extrastück Kuchen serviert, sich für ihn hübsch gemacht. Arthur hatte sie immer ignoriert, sie wie das letzte Trampel behandelt und ihr zu spüren gegeben, wie wenig Wert er auf ihre Gegenwart legte. Plötzlich verstand sie.

»Ihm ging es nie um dich. Auch nicht um mich.« Mit Schaudern erinnerte sich Vicky an ihre letzte Begegnung. Wie er sie angestarrt hatte. Wie er sie angefasst hatte. »Ihm ging es nur um Willenbrock. Immer nur ums Geld.«

»Und was hat er aus Willenbrock gemacht?«, rief Marlene aufgebracht. »Runtergewirtschaftet hat er alles! Die Rosenfelder liegen brach, die Gewächshäuser, das Anwesen! Und das in so kurzer Zeit! Nichts ist mehr so, wie es einmal war. Bitte, Vicky, du musst zurückkommen und mir helfen. Vater zuliebe!« Dann senkte sie die Stimme und fügte hinzu. »Mach es für unsere Mutter. Sie hat uns zu den Frauen erzogen, die wir heute sind!«

»Wir haben einen Vertrag mit Arthur.« Karl hatte sich wieder gefasst. »Über Zehntausende von Reichsmark. Wir investieren in ein sicheres Geschäft. In einer Woche ist die erste Zahlung fällig.«

»Dein Wort in Gottes Ohr!« Marlene schüttelte den Kopf. Sie war vor ihre Schwester getreten. »Bitte, Vicky, überlege es dir! Ich brauche deine Hilfe, allein schaffe ich das nicht. Johann tut, was er kann. Wir dürfen Willenbrock nicht aufgeben, hörst du. Und Vater … niemand weiß, ob er den Sommer überlebt! Lass ihn nicht in Unfrieden sterben.«

»Er hat mich verraten. Und du auch.« Mit versteinerter Miene war Vicky den Ausführungen ihrer Schwester gefolgt. Für einen Moment, einen winzig kleinen Moment nur, hatte es in ihr gezuckt, gebrodelt, hatte sie überlegt, ob sie ihrer Bitte nachkommen und vergessen sollte, dass Arthur den Vater überredet hatte. Und jetzt stand ihre Schwester hier, die all dem zugesehen hatte, und bat sie um Hilfe! Wollte sich ausgerechnet mit ihr gegen den Mann verbünden, der Hoffnung ins Bellefleur getragen hatte.

»Geh jetzt, ich bitte dich. Ich habe in Hamburg ein neues Zuhause gefunden. Ein neues Leben. Ich habe Willenbrock endgültig den Rücken gekehrt. Vater hat es so gewollt. Und du auch.«

»Wie du meinst.« Marlene schluckte. »Dann wünsche ich dir viel Glück, Vicky. Und dir ebenfalls, Karl. Auf dass du deine investierten Reichsmark wiedersiehst«, fügte sie bitter hinzu. Sie war schon an der Tür, da drehte sie sich noch einmal um und griff in ihre Tasche. »Hier, die soll ich dir von Johann geben. Sie ist wind- und wetterfest und hoffentlich unsere Zukunft. Er hat sie Beatrice getauft.«

Vicky erkannte sie sofort. Die Rose verströmte einen Duft sondergleichen, Johann hatte sich selbst übertroffen. Sofort waren die Erinnerungen da, sie sah sich durch die Rosenfelder streifen. Wie sie immer wieder stehen blieb, um den Duft einzufangen, die Nase in die Blütenblätter zu tauchen. Seite an Seite mit ihrer Mutter, die die »französischen Madams« begrüßte, wie sie scherzhaft zu sagen pflegte: Madame Isaac Pereire, Madame Boll, Marie Louise … und mit einem Knicks natürlich die Reine Victoria, ihre Lieblingsrose.

Ja, so roch Willenbrock, so roch die Vergangenheit. Aber ihre Zukunft war hier in Hamburg, bei Eve, bei Karl, mit dem Kind. Und Johnny. Wenn sie ihn nur endlich wiedersehen und sich mit ihm aussprechen könnte.

Das Gesicht in der Blüte verborgen, spürte sie Tränen aufsteigen, Traurigkeit, Verzweiflung. All die Zuversicht dahin, das

Gefühl der Freiheit verloren, weil ihr Herz nur den einen wollte, sich nach ihm sehnte, verzehrte, dass sie fast nicht mehr sie selbst war. Durfte es sein, dass Liebe einen dermaßen fesselte? Lange stand Vicky so da, versunken in Erinnerungen und Gefühlen. Merkte kaum, wie Marlene hocherhobenen Kopfes den Salon verließ und wie Karl leichenblass in seinem Buch Zahlen in den Tabellen verglich, die ihm gar nicht zu gefallen schienen.

Sie hörte nur, wie jemand den Raum betrat.

Als Vicky den Kopf hob, traute sie ihren eigenen Augen kaum. Als ob ihre Gedanken erhört worden wären, stand Johnny wie aus dem Nichts plötzlich vor ihr.

»Was machst du hier?« Verlegen drehte sie die Rose in ihrer Hand.

»Du hast einen Verehrer?«

»Das wüsste ich!« Vicky versuchte ein Lächeln und steckte die Rose in eine der Vasen auf dem Tisch. Dann atmete sie tief durch. Marlenes Auftritt und die Tatsache, dass Arthur sie alle betrogen hatte, musste sie erst mal verdauen.

»Ich schaue mal nach Eve«, meinte Karl und wandte sich ab. Er wirkte sichtbar mitgenommen.

»Komm, gehen wir ein Stück spazieren, ich habe dir etwas zu sagen«, sagte Johnny, dem die angespannte Stimmung im Salon nicht entgangen war.

»Ich habe keine Zeit«, antwortete Vicky und wollte sich in einem Anfall von Trotz abwenden. Was fiel ihm ein? Erst ließ er sich Ewigkeiten nicht blicken, am Telefon verleugnen, reagierte nicht einmal auf die Anfragen, die Eve ihm schickte. Händeringend hatten sie eine Band für das kommende Wochenende gesucht. Kaum einer wollte noch Swing spielen, immer mehr Menschen hatten Angst vor der Zensur, Angst, verhaftet zu werden. Dabei gab es kein Gesetz, das Jazz und Swingmusik verbot. Die Lustbarkeitspolizei hatte dennoch ein strenges Auge darauf, weil es im Zuge dieser »wilden Tänze« zu unsittlichen Vergnügungen komme, ohne dass die jeweiligen Wirte eine Konzession dafür hatten. Die hatte das Bellefleur auch nicht.

»*Wait a minute!*« Johnny hielt sie an den Händen fest. »Bitte, Vicky, es ist wichtig … Ich muss dir unbedingt etwas erzählen. Und ich möchte mich bei dir entschuldigen.« Er schaute sie flehend an.

Vicky nickte. »Also gut. Ich habe dir auch etwas zu sagen.« Insgeheim fürchtete sie sich vor der Aussprache, vor seiner Reaktion. Würde er sich zu dem Kind bekennen und sie heiraten? Oder würde sie auch eine der »unehrenhaften« Frauen werden, die ohne Mann und Vater ein Kind großzogen. Rasch schob sie den Gedanken zur Seite. Sie hatte ja längst eine Entscheidung getroffen.

Draußen herrschte mit einem Schlag das herrlichste Wetter, nur die Pfützen zeugten noch von dem strömenden Regen vor kaum drei Stunden. Mittlerweile strahlte die Sonne vom Himmel, und so viele Menschen waren unterwegs, dass Johnny Vicky den Arm um die Schultern legte, um sie zu beschützen.

»So verliere ich dich wenigstens nicht«, sagte er und zog sie flüchtig an sich. Dankbar schmiegte sich Vicky in seine Umarmung, es tat gut, ihn so nahe zu spüren, zu wissen, dass er immer noch an ihrer Seite war, auch wenn sie die Blicke der Menschen wie Dolche im Rücken spürte.

Dicht nebeneinander liefen sie den ganzen langen Weg hinüber nach Altona, die Elbe entlang vorbei an den Fischhallen und Anlegestellen der Kutter und Krabbenfischer. Irgendwann ließen sie die Stadt mit ihrem Getöse und Geklapper hinter sich, und der Elbstrand gehörte ihnen allein. Kaum Menschen waren unterwegs, die wenigen, die ihnen entgegenkamen, musterten sie mit diesem besonderen Blick, den Vicky schon damals im Café bemerkt hatte, als sie mit Johnny unten am Hafen gewesen war.

»*Let 'em be*«, bemerkte Johnny, »lass uns lieber die Schuhe ausziehen.«

Barfuß liefen sie weiter, Seite an Seite am Wassersaum entlang.

»Wer hätte gedacht, dass dieser Tag noch so schön wird«, sagte sie wie zu sich selbst. Der warme Sand unter ihren Füßen, Johnnys Nähe und seine Wärme ... Sie spürte, wie sie sich in seiner Gegenwart entspannte. Was immer er ihr zu sagen hatte, es konnte nur etwas Schönes sein.

»Jeder Tag ist der beste«, erwiderte er und zog sie an sich. Für einen Augenblick sah sie ihn an. Ihre Gesichter waren sich nun ganz nah. So nah, dass sie ihn atmen konnte, als wäre er ein Teil von ihr. Sein Blick war voller Liebe und Sehnsucht, als wollte er Vicky nie mehr loslassen. Als schaute er auf den Grund ihrer Seele.

»Vicky«, begann er leise.

»Mmmh.« Sie lehnte mit geschlossenen Augen an ihm. »Was ist?«

»Ich ... ich weiß nicht, wie ich es dir sagen soll. Lange habe ich darüber nachgedacht, aber ich ...«

»Es ist so schön hier.« Jetzt hatte sie ihr Gesicht genüsslich in die Sonne gereckt, wie um jeden Strahl einzeln in sich aufzusaugen.

»*Look at me.*« Johnny war vor ihr in die Knie gegangen, das Elbwasser umspülte seine Füße.

»Was, was hast du vor? Was hat das zu bedeuten?« Sie blinzelte gegen die Sonne zu ihm herunter und sah doch nur seine Augen, die voller Liebe auf ihr ruhten.

»Ich habe lange darüber nachgedacht, jetzt kann ich nicht länger damit warten, ich muss diesen Schritt gehen. Ich ... es war nie so einfach für Menschen wie mich hier, war es nicht und wird es niemals sein. Du merkst es ja selbst, es wird jeden Tag schlimmer. Die Anfeindungen, die Hetze. Also habe ich beschlossen, wieder zurückzugehen, *back home*. Nach Amerika. Dort bin ich wenigstens nicht der Einzige mit einer anderen Hautfarbe.«

»Ich habe es befürchtet«, murmelte Vicky schwach.

»Ohne dich will ich nicht weg von hier«, setzte er nach. »*Come with me!* Heirate mich, und ich mache dich zur glücklichsten Frau der Welt.« Jetzt war er aufgestanden und hatte die Arme um sie geschlungen. »Sag bitte Ja. *Just yes.* Nicht so viel nachdenken, du denkst sowieso zu viel. Wir lassen Hamburg mit seinem Schmuddelwetter und den schlechten Menschen einfach hinter uns. Und dann fangen wir in Chicago ein neues Leben an. Du und ich … Ständig diese Bedrohungen, diese Attacken. Immer wieder diese Angst, dass sie mich zusammenschlagen oder noch schlimmer, dass sie mich einsperren. In den letzten Wochen bin ich von einem Versteck ins nächste geflüchtet, damit sie mich bloß nicht erwischen. Das frisst einen auf, das hält auf Dauer niemand aus.«

Johnny schüttelte sich, und Vicky sah ihn betroffen an. Deswegen also war er wie von der Bildfläche verschwunden, war ihr erster Gedanke. Aus Angst. Weil sie schwarze Menschen wie ihn drangsalierten, weil man nie wusste, wer einen verriet und die Polizei holte. Das konnte sie ihm nicht verdenken.

Ihr zweiter Gedanke war: Er wollte fort von hier, einfach fort. Und sie sollte mit ihm gehen. Als seine Frau.

Tränen traten ihr in die Augen.

»Vicky, hörst du mir überhaupt zu? Komm mit mir! Ich bitte dich! Sag Ja.«

»Wie stellst du dir das vor? Ich kann nicht einfach weg von hier.« Sie versuchte ein Lächeln. Johnny war der Mann, den sie liebte, mit jeder Herzensfaser spürte sie das.

»*Yes, you can!* Eve und Karl freuen sich, wenn du dich in ihrem Sinne um das Geschäft drüben kümmerst. Dann kannst du auch gleich vor Ort dafür sorgen, dass die Rosenstöcke gut behandelt werden.« Johnny atmete tief durch, bevor er hinzufügte: »Merkst du nicht, was in diesem Land vor sich geht? Die Demokratie zerstört sich selbst. Alle sehnen sich nach Führung, nach einem, der ihnen sagt, was sie tun und lassen sollen. Und wer nicht nach ihrer Pfeife tanzt, den sperren sie weg. Hier ist niemand mehr sicher. Ich schon lange nicht mehr. Und du bald auch nicht.«

»Was redest du da? Was soll mir schon passieren?« Vicky schüttelte den Kopf. Unvorstellbar, ihre Heimat zu verlassen. Die Tanten. Hamburg. »Bitte, versteh doch. Ich kann nicht weg von hier. Ausgerechnet jetzt …« Vicky wandte sich ab, lief ein Stück, spürte in sich hinein. Das Baby, ihr gemeinsames Baby, sie wollte es nicht in einem fremden Land zur Welt bringen. Fern der Heimat und fern der Menschen, die sie liebte. Aber das konnte sie ihm nicht sagen. Sie verstand ihn nur zu gut, seinen Wunsch zurückzukehren, auch wenn es ihr das Herz brach, ihn nicht mehr bei sich zu wissen.

»*I don't get it.* Ich dachte, du und ich … Ist es, weil ich eine andere Hautfarbe habe?«

Letzteres schrie er gegen das Tuten eines vorüberziehenden Dampfers an, den die Schlepper in den Hafen zogen.

»Das meinst du nicht im Ernst! Als ob das zwischen uns jemals eine Rolle gespielt hätte. Du weißt genau, dass ich so nicht denke.«

»Ach, und wie denkst du dann?« Mittlerweile hatte er Vicky wieder eingeholt und am Ärmel gefasst.

»Du wirst unfair!« Sie schüttelte ihn ab.

Vicky konnte nur ahnen, was in ihm vorging. Krampfhaft suchte sie nach Worten, wollte sich erklären, sie verstand sich ja selbst nicht. Hatte sie sich nicht gerade erst so sehr gewünscht, seine Frau zu werden? Sie hatte von einer gemeinsamen Zukunft geträumt, sich ausgemalt, mit ihm an ihrer Seite das Bellefleur zu führen, jetzt wo die Geschäfte endlich wieder liefen. Voller Musik, voller schöner Dinge, voller Liebe. Gemeinsam mit Eve und Karl.

»Es geht nicht.« Vicky schüttelte den Kopf. »Lass uns bitte zurückgehen.«

Schweigend liefen sie nebeneinander den langen Weg am Elbstrand entlang zurück. Bemerkten nicht den Dreimaster, der an ihnen vorübersegelte, ebenso wenig die Polizeibarkasse und die Cap Arcona, die von Schleppern aus dem Hafen gezogen wurde. Die Sonne strahlte vom Himmel, Möwen segelten über ihre Köpfe hinweg, doch beide hielten betreten ihre Blicke gesenkt und hatten keinen Sinn für die Schönheit um sie herum. Vicky fröstelte, eine innere Kälte hatte sie erfasst, als hätte jemand die Temperatur ihres Körpers gedrosselt. Sie hatte Nein zur Liebe gesagt – aus Liebe. Das musste man erst mal verstehen. Doch ein Funke der Gewissheit glomm in ihrer Brust, dass es die richtige Antwort gewesen war. Sie gehörte hierher. Nach Hamburg, ins Bellefleur. Noch mal verpflanzen und Wurzeln schlagen war unmöglich.

Zum Abschied standen Johnny und Vicky lange vor dem Bellefleur, wussten nicht, was sie sagen sollten.

»Bitte, Vicky, überlege es dir. Ich habe die Schiffspassagen für uns beide zusammengespart. Ohne dich will ich nicht fort! Aber ich kann hier auch nicht bleiben, das musst du verstehen. *I'm begging you!*«

Vicky schüttelte den Kopf. Wie schwer fiel es ihr, die folgenden Worte auszusprechen, es brach ihr geradezu das Herz. Wie verlockend die Aussicht, mit ihm zu leben, Seite an Seite das Aufwachsen des gemeinsamen Kindes zu erleben. Verheiratet, wie es sich gehörte. Glücklich wäre sie nur hier. In Hamburg. Das Ungeborene in ihrem Leib gab ihr die Kraft dazu, die Gewissheit, das Richtige zu tun. Sie hatte keine andere Wahl.

»Es tut mir leid. Ich kann nicht mit dir gehen. Eve und Karl … sie brauchen mich hier.« Und ich brauche sie, fügte sie in Gedanken hinzu. Ich habe hier in Hamburg mein Glück gefunden, eine neue Heimat, einen Neuanfang nach all den schrecklichen Erlebnissen der Vergangenheit. Meine Welt ist hier!

»*It's up to you.* Es ist deine Entscheidung.« Johnny schluckte, er war zutiefst traurig, verletzt, das konnte sie sehen. Tränen standen in seinen Augen.

»Ja.« Vicky nickte, spürte, wie der Boden unter ihren Füßen schwankte.

»Du willst wirklich, dass ich alleine gehe?« Er schaute sie fragend an, stand wartend vor ihr. *»Best of luck.«* Johnny küsste sie auf die Stirn, und plötzlich lagen sie sich in den Armen, hielten sich fest, als wollten sie einander nie wieder loslassen. Der Kuss verrutschte auf ihre Wange, auf ihren Mund, ein endlos langer Abschiedskuss, voller Hingabe. Voller Liebe. Dann wandte sich Vicky mit einem Ruck ab und ließ ihn einfach stehen. Tränenblind lief sie hinein, wo sie der erstaunten Eve schluchzend um den Hals fiel.

»Er will zurück nach Amerika«, war alles, was sie zwischen zwei Heulkrämpfen hervorbrachte. »Ich bleibe hier. Ich kann nicht mit ihm gehen.«

»Und euer Kind?«

»Welches Kind?« Karl war sichtbar schockiert. Er griff sich an die Stirn. »Das wird mir hier langsam alles zu viel …«

»Wir werden einen Arzt aufsuchen«, versprach Eve. »Ich habe da meine Kontakte, lass mich nur machen.«

»Das ist die einzig vernünftige Entscheidung.« Karl schaute Vicky an. »Was willst du in diesen Zeiten mit einem Kind? Noch dazu von einem Musiker wie ihm. Damit handelst du dir nur unnötig Ärger und Scherereien ein.«

Vicky glaubte nicht recht zu hören. Sie schüttelte den Kopf. »Nein, ich werde das Kind bekommen.«

»Und wie stellst du dir das vor?« Karl atmete tief durch. »Die Zeiten werden immer schlimmer. Wir sind sowieso schon tagtäglich Anfeindungen ausgesetzt und unseres Lebens nicht mehr sicher. Verwüstungen, Schmierereien, erst gestern haben sie mich auf der Straße wieder beschimpft und angespuckt.«

»*Comment*, das hast du mir überhaupt nicht erzählt.« Eve strich Karl besorgt über die Schulter. »Haben sie dir etwas angetan?«

»Sie werden mich immer im Auge haben. Jemand wie ich passt nicht in ihr System. Und jetzt noch ein uneheliches Kind, zudem von einem schwarzen Musiker? Nein, Vicky, das geht nicht. Damit gefährdest du uns alle. Und dein Kind am meisten.« Karl sagte es mit fester Stimme, wie jemand, der schon oft darüber nachgedacht hat, warum Menschen wie er, die nicht der spießbürgerlichen Normalität entsprachen, beschimpft und verfolgt wurden.

»Ich soll das Kind wegmachen lassen, weil es nicht unsere Hautfarbe haben wird?« Vicky glaubte nicht recht zu hören. Es klang ungeheuerlich, was Karl da von ihr verlangte. Ausgerechnet er!

»Es geht nicht nur um die Hautfarbe …«, warf Eve ein.

»Es geht um dein Leben und um das deines Kindes«, ergänzte Karl ernst. »Glaube mir, ich weiß, wovon ich spreche. Sie zerren dich ins Gefängnis, am Anfang noch ganz freundlich. Dann wird der Ton rauer, sie schlagen und treten dich, zerren dir die Kleider vom Leib, behandeln dich schlimmer als ein Tier …«

»Hör auf!« Vicky hielt sich die Ohren zu. »Ich glaube dir kein Wort!«

Da knöpfte Karl sein Hemd auf und drehte ihr den Rücken zu. Er war über und über mit Narben versehen, dunkelrote Striemen erzählten Geschichten unglaublicher Gewalt.

Vicky schrie auf.

»Noch einmal überlebe ich das nicht«, war alles, was er sagte.

VERRATEN UND VERKAUFT

Karls Worte hatten Spuren hinterlassen. Sie hatten Vicky zutiefst berührt und sie die ganze Nacht nicht schlafen lassen. Wieder und immer wieder sah sie ihn vor sich, genauer gesagt, sie, ihre Tante Carla, die einst mit ihr auf Willenbrock geboxt und geschaukelt hatte. Sie dachte daran, wie nach und nach die Stimmen verstummt waren, die von Mutters Schwester in Hamburg erzählt hatten, und wie sie erst, als sie hier im Bellefleur Karl gegenüberstand, verstanden hatte, was der Grund dafür gewesen war. Karls Geschichte war aufs Engste mit ihrer verbunden, sie hatte kein Recht dazu, seinen Lebenswandel zu missachten, erst recht nicht, sein Leben zu gefährden. Deswegen war es mehr als richtig, dass sich Vicky am Morgen in aller Herrgottsfrühe aufmachte und ihren Koffer packte.

Schweren Herzens legte sie Kleider, Dokumente und das rote Büchlein hinein, diesmal beeilte sie sich nicht. Insgeheim hegte sie die leise Hoffnung, Eve würde sie daran hindern, Hamburg zu verlassen. Doch die tat ihr nicht den Gefallen, schlief tief und fest, durch Opiate ruhiggestellt, und rührte sich noch nicht einmal, als Vicky in ihr Schlafzimmer schlich.

»Danke für alles. Lebewohl«, flüsterte sie und drückte Eve einen Kuss auf die Stirn. Einen Moment noch blieb Vicky stehen, betrachtete die schlafende Tante, von der sie in den letzten Monaten so viel gelernt, die sie so warm und herzlich in ihre Arme geschlossen hatte, so mütterlich. Ausgerechnet Eve zwang sie jetzt, zurückzugehen. Ihrem Kind zuliebe.

Mit ihrem Koffer in der Hand lief Vicky durch die Straßen, längst war sie selbst ein Teil des Gewimmels, längst fühlte sie sich nicht mehr fremd in dieser großen Stadt. Im Gegenteil. Hamburg war ihr Zuhause geworden, ihre Heimat. In den Wochen seit ihrer Ankunft hatte sie hier Wurzeln geschlagen, hatte gedacht, nichts und niemand könnte sie kappen. Und jetzt musste sie zurück. Die Umstände ließen ihr keine andere Wahl.

Einem Impuls folgend wählte sie den Weg hinunter zum Hafen, nahm im Vorübergehen Abschied von Schiffen und Schleppern. Jeder Schritt fiel ihr schwer, am liebsten hätte sie auf der Stelle kehrtgemacht und wäre zurück ins Bellefleur gelaufen. Doch Karl hatte ihr mehr als deutlich zu verstehen gegeben, dass sie dort nicht mehr erwünscht war. Nicht, solange sie Johnnys Kind unter ihrem Herzen trug. Wusste Karl überhaupt, was er da von ihr verlangte? Carla konnte nicht wissen, wie sich ein Kind im Bauch anfühlte, welche Glückswellen die Tatsache in ihr auslöste, bald Mutter zu werden. Nie im Leben könnte sie es wegmachen lassen. Sollten Eve und Karl ihr Leben im Bellefleur leben, wie sie es für sich eingerichtet hatten, Vickys Weg war ein anderer. Sie freute sich unbändig auf das Baby, es gab ihr Kraft. Sollte Johnny zu seiner Familie nach Chicago gehen, sie würde ihre aufsuchen und endlich Ordnung in ihr Leben bringen. Das war sie Marlene schuldig. Und ihrer Mutter.

Vicky war auf der Brücke stehen geblieben, sie atmete tief durch, ließ ihren Blick über das Hafengelände schweifen. Wie würde sie diesen Anblick vermissen! Freiheit. Luises Worte drangen an ihr Ohr.

»Lebewohl! Auf Wiedersehen, Welt!« Ein letztes Nicken, eine verstohlene Träne, dann straffte Vicky ihre Schultern und machte, dass sie zum Bahnhof kam, bevor sie es sich doch noch anders überlegte.

Die ganze lange Reise nach Willenbrock malte sie sich aus, wie Johnny jetzt wohl im Schiffsbauch in der Holzklasse seine Überfahrt verbrachte, ein Rückkehrer zwischen all den Auswanderern. Bestimmt hatte er seine Klarinette dabei und unterhielt die Mitreisenden aufs Beste. Mit einem mulmigen Gefühl fragte sie sich, ob es ihm in Chicago wohl wirklich besser erginge als in Hamburg. Schließlich wurden Schwarze auch dort verfolgt und verhöhnt, nicht umsonst war er ja seinerzeit von da geflohen. Er würde Mittel und Wege finden, dessen war sie sich sicher, schließlich hatte er Freunde und Familie an seiner Seite. Und seine Band wäre endlich wieder vereint. Auch Vicky kehrte zurück, auch ihr Wunsch nach einem Neuanfang und einem besseren Leben in der Stadt hatte sich nicht erfüllt. Aber sie war nicht allein, sie trug ein Kind unter ihrem Herzen. Sein Kind.

»Was willst du, Vicky Willenbrock?«, sagte sie zu sich selbst und betrachtete ihr Spiegelbild in der Fensterscheibe. Die Antwort stand ihr längst ins Gesicht geschrieben.

»Was willst du?«, fragte auch Marlene, als sie Stunden später am Hoftor klingelte.

»Was ist hier passiert?«, erwiderte Vicky statt einer Antwort. Fassungslos war sie die lange Allee zum Anwesen entlanggelaufen. Die Rosenfelder links und rechts lagen brach, seit Wochen schien sich niemand mehr gekümmert zu haben. Die verwelkten Blüten gehörten abgeschnitten, damit sie der Pflanze nicht unnötig Saft entzogen. Wo früher ein buntes Meer unterschiedlichster Farben geblüht hatte, herrschte nun welke Ödnis, wenn überhaupt noch Rosenstöcke vorhanden waren. Selbst der Seerosenteich war ausgetrocknet.

»Bist du gekommen, um mir Vorwürfe zu machen? Ich hab dir doch alles erzählt.« Marlene gewährte ihr Einlass, gemeinsam liefen sie hinüber in die Küche, wo die gute Martha Vicky mit einem Jubelschrei begrüßte.

»Ich koch den Damens man schnell einen Tee«, sagte sie und setzte sogleich Wasser auf. »Wie schön, dass du wieder zurück bist! Was willst du auch in der Stadt, du gehörst hierher! Dass ich das noch erleben tu! Da wird der Herr Augen machen! Und auf der Stelle wieder gesund. Jetzt wird alles gut ... eure Mutter hätte es so gewollt.« Sie plauderte in einer Tour, während sie Tee, Klöben und allerlei Gebäck bereitete und die beiden Schwestern sich am Tisch schweigend gegenübersaßen.

»Also, ich höre.« Marlene rührte in aller Seelenruhe in ihrer Tasse und schaute Vicky erwartungsvoll an, nachdem Martha nach draußen auf den Hof verschwunden war, um die gute Nachricht von Vickys Rückkehr zu verbreiten.

»Ich bin nicht gekommen, um mit dir zu streiten, im Gegenteil«, antwortete Vicky und erwiderte Marlenes forschenden Blick. »Ich will mit Vater sprechen. Er schuldet mir eine Erklärung.«

»Wenn du Geschäfte machen willst: Frag Arthur! Er ist hier der Hausherr ... Vater will dich nicht sehen, du kannst dir denken, warum.«

»Er kann uns nicht einfach enterben und alles Arthur überlassen!«, rief Vicky. »Der Hof steht uns zu. Dir und mir!« Empört sprang sie auf – und stand Arthur gegenüber, der unbemerkt eingetreten war.

»Was fällt dir ein? Du hast hier überhaupt nichts mehr zu sagen!« Er hatte sich in voller Größe vor ihr aufgebaut, versperrte ihr den Weg. »Für eine wie dich haben wir auf Willenbrock keinen Platz.«

»Pass auf, was du sagst!«, zischte Vicky ihn an. »Ich warne dich. Wenn du mit deinen dubiosen Geschäften das Bellefleur ruinierst, dann ...«

»Was dann?« Arthur lächelte süffisant. Er hatte nach ihrer Hand gegriffen. »Weißt, du, dass du unglaublich hübsch aussiehst, wenn du wütend bist?«

»Spar dir deine Komplimente!« Vicky spuckte ihm direkt vor die Füße. »Wir werden ja noch sehen, für wen es hier keinen Platz gibt!«

Sagte es und rannte hinaus. Sie musste unbedingt zu den Rosenfeldern, sich mit eigenen Augen davon überzeugen, dass dort alles in Ordnung war. Doch das war es nicht. Was sie sah, tat ihr in der Seele weh. Unkraut hatte sich zwischen den Stöcken breitgemacht, die Wildlinge waren nicht geschnitten. Jemand hatte mit grobem Gerät ganze Rosenstöcke ausgegraben und tiefe Löcher hinterlassen. Arthur hatte wirklich sämtliche Rosen auf den Weg nach Amerika gebracht, Willenbrocks gesamtes Kapital auf diese Weise investiert, gemeinsam mit Eves wunderschönen Kleidern. Ein kühner Plan, ein gewagtes Unternehmen, auf dem sämtliche Hoffnungen ruhten. Auch wenn sie Arthur den Erfolg nicht gönnte, so konnte Vicky nur dafür beten. Ihrer aller Zukunft hing davon ab. Willenbrock. Von Teggerns. Bellefleur. Seufzend wandte sich Vicky ab. Sie vermisste Eve und Karl schon jetzt, trotz der unschönen Abschiedsszene. Und sie vermisste Johnny. So sehr, dass es schmerzte.

»Ich wünsche dir viel Glück«, flüsterte sie und ließ ein paar verwelkte Rosenblätter durch ihre Hand gleiten. »Ich denke an dich.«

Mit bedrücktem Herzen lief sie zurück, sie musste unbedingt Johann finden. Vielleicht hatte wenigstens er eine gute Nachricht für sie.

Doch Johann blickte kaum auf, als sie das Gewächshaus betrat. Im Gegensatz zu dem verwüsteten Hof hatte sich hier drinnen nichts verändert. Unzählige Wildlinge steckten in Gläsern, fein säuberlich beschriftet standen sie aufgereiht im Regal und warteten auf ihre weitere Verwendung.

»Du hättest nicht gehen dürfen«, schleuderte Johann Vicky statt einer Begrüßung entgegen. »Seitdem du weg bist, geht es mit Willenbrock bergab.«

»Danke. Das habe ich schon einmal gehört«, antwortete Vicky und beugte sich über das in braunes Leder gebundene Pflanzenbuch. Darin dokumentierte Johann seit Jahr und Tag seine Zuchtexperimente, Alba-, Portland-, Apothekerrosen. Manche hatte er durchgestrichen, andere bekamen einen grünen Pfeil als Zeichen dafür, dass es sich um ein vielversprechendes Experiment handelte. Weitere Abkürzungen standen für wind- und wetterfest, hitzebeständig, Schädlinge, Blütezeiten, Standortvorlieben.

»Wo hast du die alten Rosenstöcke versteckt?«, fragte Vicky beiläufig. Sie kannte Johann gut genug, um zu wissen, dass er seine Lieblinge nicht einfach ihrem Schicksal überlassen hatte. Gerade arbeitete er an einer tiefroten Floribunda. Unter dem Mikroskop lagen ein paar getrocknete Blätter, im Flakon daneben hatte er Rosenwasser angesetzt, nur die Ölflaschen waren leer.

»Sie sind hinten auf der Weide beim alten Ole«, antwortete er. »Ich hoffe, sie wurzeln gut an. Ich schaue jeden Tag nach ihnen, wässere sie intensiv. Nächstes Jahr wird sich zeigen, ob die Arbeit Früchte trägt. Ich bin da zuversichtlich.« Er sagte das wie nebenbei, ganz selbstverständlich, und da konnte Vicky nicht anders und drückte dem verdutzten Johann einen dicken Kuss auf die Wange.

»Du bist ein Schatz«, war alles, was sie sagte.

»Vicky!« Er griff nach ihrer Hand und drückte sie an sein Herz. »Du fehlst hier, weißt du das? Du fehlst mir!«

»Johann!« Vicky wusste nicht, wie ihr geschah. Jahrelang waren sie wie Geschwister gewesen, und jetzt wollte er ihr plötzlich Avancen machen? Aber so war es nicht gemeint.

»Arthur Jansen hat alles kaputt gemacht, das Werk deiner Eltern zerstört, du hast es ja gesehen. Wer weiß, was noch wird …« Jetzt bedeutete er ihr, durchs Mikroskop zu schauen. »Dein Vater hat sich von ihm blenden lassen, er hat ihm alles überschrieben. Und Marlene …«

»Was ist mit Marlene?« Vicky betrachtete andächtig die Blütenblätter in der Vergrößerung. Welch filigrane Strukturen. Gleich nachher musste sie das zeichnen.

»Marlene ist unglücklich. Sie muss mit ansehen, wie er sie betrügt, jeden Tag irgendwelche Techtelmechtel, vor ihren Augen, das musst du dir mal vorstellen! Und sein Umgang mit den Feldarbeitern erst! Mit der Peitsche hat er sie angetrieben, das macht doch kein Ehrenmann. Kein Wunder, dass nach und nach alle gehen.«

»Nur die gute Martha ist noch da …«

»Sie ist eurem Vater zuliebe geblieben.« Johann nickte.

»Und was ist mit dir?« Vicky schaute ihn fragend an. Nach außen hin schien ihr alter Kamerad unverändert, in seinen Augen funkelte jedoch ein neues Licht, eine neue Leidenschaft.

»Wo soll ich denn hin? Ich verlasse meine Rosen nicht, ich gehöre hierher. Und jemand muss auf Marlene aufpassen, du bist ja nicht mehr da. Einer muss ihr zuhören, sie trösten … Sie würde sich lieber heute als morgen von Arthur scheiden lassen. Aber dem würde er nie im Leben zustimmen. Wenn sie ihn einfach verließe, wäre sie ruiniert … und Willenbrock auf immer verloren.«

»Du liebst sie, oder?«

»Hhm. Ja.« Johann nickte. Dann zuckte er mit den Schultern. »Sie ist verheiratet.«

»Und hoch verschuldet, wenn ich die Sache richtig verstehe.« Vicky wandte sich seufzend ab. Es war höchste Zeit, etwas klarzustellen. Sie musste dringend mit ihrem Vater reden. Und mit Marlene.

Vicky hatte die Rechnung ohne Arthur gemacht. Der passte sie nämlich ab, als sie die breiten Marmorstufen zum Anwesen hinaufstürmte.

»Was willst du hier?«, fragte er, und seine Stimme klang nicht freundlich. Er packte sie am Handgelenk.

»Lass mich. Du tust mir weh.« Vicky wehrte ihn ab, doch zur Antwort verdrehte er ihr erst recht die Hand.

»Geh zurück nach Hamburg, zu deiner Tante – Verzeihung: zu deinem Onkel! *Emanzipiert*, nennt man das wohl. Völlig abnormal! Darauf stehst du wohl. Hast ja selbst eine Liebschaft mit einem aus dem Busch!«

»Wie bitte?« Ihr blieb die Spucke weg. Bevor sie antworten konnte, fuhr Arthur mit seiner Hasstirade auch schon fort, packte sie noch fester.

»Hier hast du nichts mehr verloren! Hier ist kein Platz für dich. Ich lass mir von einer wie dir doch nicht kaputt machen, was ich mir aufgebaut habe.«

»Was *du* dir aufgebaut hast? Dass ich nicht lache!« Mit einem Ruck gelang es Vicky endlich, sich aus seiner Umklammerung zu befreien. »Eingeschlichen hast du dich, dir genommen, was dir nicht zusteht! Ich bin die Erstgeborene. Mir gehört der Hof!«

»Das sieht dein Vater anders.«

»Mein Vater.« Vicky atmete langsam aus. Das schlechte Gewissen wollte sie packen, wieder einmal. Ihr Blick fiel auf die verblühten Rosenstöcke links und rechts des Portals, traurig sahen sie aus, verwahrlost, vergessen. Wo einst rankende Üppigkeit herrschte, hing nun verdörrtes Gestrüpp. Es ist nicht deine Schuld, was hier geschehen ist, hörte sie eine innere Stimme sagen. Es war ganz allein seine Entscheidung. Und Arthurs.

»Was hast du meinem Vater erzählt, dass er dir hier einfach freie Hand gelassen hat? Welche Lügenmärchen hast du ihm aufgetischt, damit er dich an unserer Stelle als Erbe benannt hat?« Worte von ungewohnter Härte drangen aus ihrem Mund, verliehen ihr Kraft.

»Das liegt ja wohl auf der Hand. Da musste ich nicht viel erfinden. Dein Vater versteht von Geschäften genug, um zu wissen, dass ein Mann den Hof führen muss und nicht zwei Weiber. Was willst du überhaupt? Du bist doch von heute auf morgen sang- und klanglos verschwunden. Und jetzt stellst du plötzlich Forderungen?« Arthur verzog verächtlich den Mund, und Vicky überhörte seine letzten Sätze geflissentlich. Dann schleuderte sie ihm entgegen:

»Ein Mann, der ständig seine Frau betrügt? Der sämtliches Kapital verspielt? Einfach die Rosen ausgraben und verschicken – weißt du überhaupt, was du da tust? Was ist nächstes Jahr, wenn du keine Rosen mehr hast, die hier blühen? Rosen müssen gepflegt werden. Du musst sie regelmäßig zurückschneiden, ganz kurz über den Boden. Die Augen stehen lassen ... Wenn Vater das wüsste! Nie im Leben hätte er deinen Machenschaften zugestimmt!«

Doch ihre Vorwürfe prallten an Arthur ab. »Spar dir dein Gartenwissen! Es funktioniert doch. Deine Tanten haben investiert, ich habe das Geld und die Kredite bekommen. Und den Hof, was will ich mehr. Dein Vater ist doch froh, dass er sich nicht mehr kümmern muss! Und nächstes Jahr ... ach, was interessiert mich das nächste Jahr.« Arthur zuckte mit den Schultern. »Was Marlene betrifft: Frag sie selbst! Sie stellt sich an wie eine zickige Stute, sie hat es doch nicht anders verdient.« Er grinste selbstgefällig, und Vicky schüttelte sich. Wie sehr hatte sie sich in ihm getäuscht. Was hatte sie damals alles getan, um ihm zu gefallen. Wie sehr war sie in ihn verliebt gewesen. Vicky schloss die Augen. Für einen Moment schwächte sie die Erkenntnis, nur ganz kurz holte sie die Vergangenheit ein und machte sie verletzlich.

Sofort stach Arthur zu: »Du hast deine Mutter auf dem Gewissen. Von dir lass ich mir gar nichts sagen.«

Seine Worte trafen Vicky mitten ins Herz, sie musste sich am Geländer festhalten.

»Was sagst du da?« Sie brauchte nur wenige Sekunden, um sich wieder zu fassen. »Glaubst du das wirklich?« Ganz leise kam es über ihre Lippen und doch hatte sie jedem Wort Nachdruck verliehen. »Was fällt dir ein, dermaßen über mich zu urteilen, Arthur

Jansen?« Vicky hielt seinem Blick stand. Nie zuvor hatte sie solch eine Kraft gespürt, und auch danach nie wieder. Ihre Mutter war ihr in diesem Moment ganz nah. Sie hatte ihr verziehen. Längst.

»Besser, du verschwindest, bevor dich die Hunde verjagen. Ich werde jetzt zu meinem Vater gehen und ihm alles erzählen. Wem, denkst du, glaubt er mehr? Einem unehrenhaften Geschäftsmann oder seiner Tochter? Es wird höchste Zeit, dass auf Willenbrock die Wahrheit gesprochen wird.«

Das Kreuz zwischen den Dünen war im Gegenlicht der untergehenden Sonne schwer zu erkennen. Nur die Familie wusste um diesen Ort, den seit Jahren niemand mehr aufgesucht hatte, zu schmerzlich die Erinnerung für sie alle. Auch Vicky war lange nicht mehr hier gewesen.

Während der Trauerzeremonie damals hatte sie kein Wort geredet. Den Blick zu Boden gesenkt, strömten die Tränen nur so aus ihr heraus, sie war ein einziges Schluchzen. Am schlimmsten war, dass niemand sie trösten wollte. Kein Vater, der sie in den Arm nahm, keine Schwester, die ihr ein Taschentuch reichte. Keine Tante, kein Onkel, keine sonstigen Verwandten. Als hätten sich alle gegen Vicky verschworen, hatten sie sich von ihr abgewandt und ließen sie mit ihrem Kummer allein. Die stillen Vorwürfe feindeten sie seitdem auf jeder Familienfeier stumm an, man sprach mit ihr, ohne mit ihr zu sprechen. Sie hatte sich daran gewöhnt.

Jetzt war es anders. Zeit, zu reden, die Vergangenheit endlich hinter sich zu lassen und nach vorne zu blicken.

»Verzeih mir …«, flüsterte Vicky und kniete sich in den Sand neben dem Kreuz. Streichelte den Namen, die Jahreszahlen, die ein Leben bezeugten, jäh beendet durch den Tod im Watt. Vicky war nie sonderlich religiös gewesen, die sonntäglichen Besuche in der Kirche eine lästige Pflicht, die abendlichen Gebete ein dahingeplappertes Ritual. Doch dieser Moment war göttlich, nicht anders zu beschreiben. Nie zuvor und auch später nie wieder, nicht einmal in den Stunden der Innigkeit mit ihrem Kind, spürte sie je diese Ruhe, diesen inneren Frieden. Die Gewissheit, dass sich alles zum Guten wenden würde, wenn sie nur dem Ruf ihres Herzens folgte. Sie meinte, die Stimme der Mutter zu hören, zu spüren, dass alles gut werden würde. *Blühe, blühe, aus der Erde auf …* Die Stimme der Zuversicht. Kein Scheitern, kein Unglück. Sie musste nur glauben und die Kraft jenes Momentes in schwierigen Situationen abrufen. Sie würden kommen, dessen war sie sich bewusst. Eine alleinstehende Frau, zudem mit dem Kind eines Schwarzen, hatte in dieser Welt voller Unruhen keine rosige Zukunft zu erwarten. Aber jetzt und hier spürte sie keine Angst. Und verhießen die Sonnenstrahlen der Abenddämmerung nicht auch Glück und Frieden?

Lange saß Vicky vor dem Kreuz, die Hand auf ihrem Bauch. Das ungeborene Kind sollte jede Regung, jeden Moment miterleben.

So hielt sie Zwiesprache mit der toten Mutter, die ihr in diesen Stunden lebendig wie nie an ihrer Seite erschien. Die ihr versprach, sie nie zu verlassen, auch in den dunkelsten Stunden nicht, für immer ein kraftvolles Licht, das ihr Wärme spendete. Sie umsorgte, verwöhnte, liebkoste. Dankbar sog Vicky jedes Wort in sich auf, ließ die Erkenntnis mit den Sonnenstrahlen in ihr Herz wandern. Behütet und beschützt, umgeben von Mutterliebe, wie sie inniger nicht sein konnte. So würde sie die nächsten Jahre sicher bestehen.

»Ich passe gut auf mein Kind auf, ich verspreche es«, flüsterte sie leise. »Ich werde all das weitergeben, was ich von dir gelernt habe. Und noch viel mehr.« Wie von selbst falteten sich ihre Hände zum Gebet, dankte sie von Herzen für den Moment. Ganz bei sich war sie, so eins mit der Liebe und der Welt, dass sie den Schatten erst später bemerkte.

ROSENKÖNIGIN

»Ich komme jeden Abend her«, flüsterte Marlene und berührte flüchtig das Holzkreuz. »Seit Arthur …« Ihr versagte die Stimme.

»Es tut mir leid, dass er dich so schlecht behandelt. Das hätte ich nicht von ihm erwartet. Niemand hat geahnt, dass er so ein doppeltes Spiel spielt.« Vicky streichelte der Schwester sanft über die Schulter. »Mutter hätte das alles nicht gewollt. Sie hat die Jansens nie gemocht.«

»Was ist nur in ihn gefahren? Seit er in dieser Partei ist, ist er wie verändert! Früher hatten wir so viel Spaß zusammen, erinnerst du dich? All die Ausritte, die unbeschwerten Ausflüge ans Meer … Aber jetzt ist er wie verwandelt. Für ihn zählen nur noch Geld und Profit. Und dass unsere Rasse erhalten bleibt. Er schwafelt in einer Tour vom großdeutschen Reich, das ist wirklich unerträglich.« Marlene schüttelte den Kopf. Dann schaute sie Vicky in die Augen. »Du weißt gar nicht, wie sehr ich dich für deinen Mut bewundere. Einfach alles hinter sich zu lassen …«

»… das ist nicht so einfach, wie du denkst!«, fiel Vicky ihr ins Wort und dachte mit wehem Herzen an Hamburg.

»Ich weiß.« Marlene drückte mitfühlend ihre Hand. »Alle haben über dich geschimpft, dich verachtet für das, was du unserem Vater angetan hast. Von heute auf morgen bist du weggelaufen, hast ihn bloßgestellt vor allen anderen! Schlecht geredet haben sie über dich, sich die Mäuler zerrissen und Vater für seine widerspenstige Tochter bedauert. Natürlich dachten alle, dass du bei Carla bist, auch wenn niemand gewagt hat, das laut zu sagen.

Und Vater … dem hat es das Herz gebrochen. Das wird er dir nie verzeihen. Trotzdem. Dein Mut fehlt mir. Du kämpfst für dich und deine Meinung!«

»Du hast mehr Mut, als du denkst.« Vicky lächelte die Schwester an. Sie war immer noch die kleine, zarte Person, die man beschützen und umsorgen musste. Spätestens seit ihrem Auftritt in Hamburg wusste Vicky, wie energisch Marlene sein konnte. Wie durchsetzungsstark sie war, wenn sie sich einmal etwas in den Kopf gesetzt hatte. Wenn sie etwas wollte.

»Wir sind es Mutter schuldig, oder? Wir dürfen doch den Ausverkauf von Willenbrock nicht einfach so zulassen!«

Arm in Arm standen die Schwestern da und schauten auf das Holzkreuz.

»Arthur wird dich von jetzt an in Ruhe lassen. Dafür sorge ich«, war Vickys Antwort. Es klang wie ein Schwur.

»Damals nach Mutters Tod im Watt … immer, wenn ich dich gesehen habe, musste ich daran denken, dass du Schuld an ihrem Tod trägst. Ich habe nur daran gedacht, dass Mutter nicht mehr lebte. Dich habe ich dabei völlig vergessen. Es war so ein furchtbar ungerechter Gedanke. Dabei wussten ja alle, dass es ein Unglück war. Es muss schrecklich gewesen sein für dich … Es tut mir so leid. Kannst du mir verzeihen?«

Es war eine lange Rede, die Marlene da gehalten hatte. Wie lange hatte Vicky auf eine Entschuldigung gewartet? Wie sehr hatte sie sich nach Vergebung gesehnt, danach, dass wenigstens ihre Familie zu ihr hielte, statt sie zu verurteilen für etwas, das sie zutiefst bereute, obwohl sie es eigentlich noch nicht einmal zu verantworten hatte.

Jetzt war es mit einem Mal nicht mehr wichtig. Ihre Mutter hatte ihr verziehen. Statt einer Antwort nickte sie nur, erwiderte die innige Umarmung der Schwester. So standen sie eine Weile vor dem Kreuz und hingen ihren Erinnerungen nach. Dann rückte Marlene ein Stück von Vicky ab.

»Willenbrock ist mein Zuhause! Ich werde dafür kämpfen, dass es wieder zu Ruhm und Ehre gelangt, dass die Rosen wieder blühen, das verspreche ich. Und Vater wird dir verzeihen, wenn er merkt, dass er einen Fehler begangen hat. Einen Fehler, der Willenbrock in den Ruin treibt, wenn er ihn nicht bald korrigiert. Wir müssen unbedingt zu ihm und mit ihm sprechen. Am besten sofort!«

Sagte es und wollte Vicky mit sich ziehen, aber die Schwester zögerte.

»Warte. Da ist noch etwas, was ich dir sagen muss.« Ein leises Lächeln umspielte Vickys Lippen. »Ich erwarte ein Kind.«

»Das ist nicht dein Ernst! Wie wunderschön! Herzlichen Glückwunsch!« Marlene zog sie abermals in ihre Arme. »Wer ist der Glückliche? Wann habt ihr geheiratet? Kenne ich ihn?«

»Das … das ist nicht so einfach und wird Vater erzürnen.« Vicky wand sich aus der Umarmung und schüttelte den Kopf.

»Ist es so, wie ich denke?« Marlene schaute sie forschend an.

»Schlimmer. Erinnerst du dich an Johnny? Er hat hier im Frühjahr als Landarbeiter angeheuert …«

»*Der* Johnny? Von dem Arthur behauptet hat, er hätte ihn bestohlen? Natürlich erinnere ich mich! So ein netter Mann, und attraktiv noch dazu … Na, da hast du einen Fang gemacht! Mit so einem an deiner Seite wird dir bestimmt nicht langweilig.« Marlene strahlte Vicky an. »Oh, ich freue mich für dich! Und du … Was ist denn passiert?«, fragte sie, als sie Vickys finstere Miene bemerkte.

»Er will mich heiraten«, meinte Vicky.

»Das ist doch großartig, umso besser! Herzlichen Glückwunsch!«

»Er weiß nichts von dem Baby.«

»Warum nicht? Er freut sich doch ganz bestimmt darüber.« Marlene schien verwirrt.

»Er will mit mir zurück nach Chicago.«

»Verstehe«, sagte die Schwester zögernd.

»Nichts verstehst du! Am liebsten würde ich in Hamburg bleiben, doch Eve und Karl haben mich ihres Hauses verwiesen. Sie wollen das Kind dort nicht haben, sie wollen kein Gerede. Ausgerechnet Carla! Von ihr hätte ich es am wenigsten erwartet. Doch sie hat Angst. Alle haben Angst. Deswegen will auch Johnny zurück. Hamburg ist so eine wundervolle Stadt! Nirgendwo sonst atmest du diese Freiheit! Wenn du von der Brücke auf den Hafen blickst ...« Vicky geriet beinahe ins Schwärmen bei der Erinnerung an die aufregende Zeit, die sie in der Stadt verbracht hatte. »Ist es nicht verrückt? Hier hätte ich ein Zuhause, aber keine Heimat. Und dort, wo ich Heimat fühle, habe ich kein Zuhause. Wenn ich mich für das Kind und Johnny entscheide, entscheide ich mich so oder so gegen die Familie.«

Vicky schluckte. Die Tragweite ihrer Entscheidung machte ihr das Herz schwer. Und doch. Es gab für sie nur diese eine Möglichkeit.

»Nein, tust du nicht. Du entscheidest dich für die Liebe!« Marlene sagte es schlicht, mit Tränen der Rührung in den Augen. »Und jetzt komm. Lass uns mit Vater sprechen, bevor es zu spät ist.«

Sie fasste Vicky an die Hand und zog sie einfach mit sich. Fast schon waren sie den langen Weg die Düne hinuntergerannt, da drehte sich Vicky um und lief noch einmal zurück.

»Lebe wohl, Mama! Du bist auf der anderen Seite des Weges ... Ich gehe nun meinen«, flüsterte sie. Dann drückte sie einen Kuss auf das Holzkreuz und folgte frohen Herzens Marlene zum Gutshaus.

Dort lag der Vater mit bleicher Miene in seinem Bett. Der Doktor hatte ihm allerlei Medizin verabreicht, leider zeigte keines der Präparate Wirkung. Seit Wochen kam er jeden Tag und sah nach seinem Patienten, der nur mühsam wieder zu Kräften kam. In seiner Not hatte er einige Spezialisten hinzugezogen, doch auch die schienen ratlos. Mal sollte es das Herz sein, mal die Lunge, dann wieder musste ein Aderlass her. Einer verabreichte Penicillin, ein anderer ein Beruhigungsmittel. In Wirklichkeit wusste niemand, was ihm fehlte.

Vicky erschrak, als sie an sein Bett trat, sie erkannte ihren Vater kaum wieder. Dieser stattliche Herr, der stets mit rosigen Wangen und zupackenden Händen energisch die Geschicke des Hofes geleitet hatte, lag wie ein Häufchen Elend in seinen Kissen. Die Augen blickten aus tiefen Höhlen ins Leere, und als Vicky seinen Arm berührte, fühlte er sich eiskalt an.

»Vater!«, war alles, was sie sagen konnte, dann brach sie in ein nicht aufzuhaltendes Schluchzen aus, untröstlich. Es war, als löste sich die Trauer der letzten Jahre endlich aus ihrem Körper, ein reinigender Strom aus Tränen. In diesem Moment wollte sie nur seine Nähe, sein Verständnis. »Verzeih mir!«, flüsterte sie.

»Vicky, mein Kind, das hab ich längst getan. « Sanft streichelte er ihr über die Haare, wartete geduldig, bis sie sich wieder beruhigt hatte.

»Lass mich dir alles erklären«, setzte sie an, doch Marlene unterbrach sie.

»Er will es nicht hören! Was denkst du, wie oft ich es schon versucht habe? Starrsinnig ist er, wie einer der Esel, die unten im Stall stehen.« Sie hatte sich einen Stuhl herangezogen und saß nun Vicky gegenüber auf der anderen Seite des Bettes. Und auch wenn ihre Worte bitter klangen, hatte sie die Hand des Vaters genommen und streichelte sie unaufhörlich, um sie zu wärmen.

»Du bist deiner Mutter so ähnlich«, sagte der Vater. »Immer mehr, je älter du wirst. Du erinnerst mich so sehr an sie. Sie wollte auch immer ihren Kopf durchsetzen. Niemals hat sie sich um das Gerede der Menschen im Dorf gekümmert. Das Wohlergehen ihrer Töchter, ihrer Rosen, war ihr immer wichtiger als das, was andere über sie dachten.«

Ermattet hielt er inne, eine solche Rede hatte er wohl lange nicht mehr gesprochen.

»Sie wollte immer nur das Beste für Willenbrock!«, erklärte Vicky.

»Ja, natürlich. Nur hat sie dabei vergessen, dass es ums Geschäft geht. Und Geschäftspartner wollen Verlässlichkeit, keine Hirngespinste.«

»Deswegen hast du Arthur alles überschrieben«, stellte Marlene bitter fest.

»Was hätte ich denn tun sollen? Eure Mutter verstorben, du warst zu schwach, und Vicky … Vicky strebte immer schon fort von hier. Hätte ich sie auf Willenbrock festbinden sollen?«

»Stattdessen wolltest du sie mit Julius Cordes verheiraten!«, schnaubte Marlene. Ausgerechnet ihre kleine, zarte Schwester machte ihrem Vater Vorwürfe.

»Vielleicht nicht meine beste Idee«, meinte er, und tatsächlich huschte ein Lächeln über seine Lippen. »Julius hätte Vicky die Freiheit gelassen, die sie gebraucht hätte, um sich und ihre Talente zu entfalten. Er mag ein bisschen in die Jahre gekommen sein, aber er ist ein verlässlicher Mann, ein Fels in der Brandung, der ihr keinen Wunsch abgeschlagen hätte.«

»Es gibt etwas, was wir dir zeigen müssen.« Marlene hatte aus ihrer Rocktasche eine Kladde gezogen, in der sie fein säuberlich Zahlenreihen notiert hatte. Dann faltete sie ein Stück Papier auseinander.

»Hier«, sagte sie und hielt es dem Vater unter die Nase. »Siehst du das? Arthur hat alles verkauft, was ihm in die Finger gekommen ist, um weitere Kredite aufnehmen zu können. Gerade ist er dabei, den Hof zu verpfänden, er ist hoch verschuldet. Damit du nichts merkst, hat er die Bilanzen geschönt, dir die falschen Unterlagen gezeigt. Ich bin stutzig geworden, als ich zufällig einen Brief der Bank mit der Forderung geöffnet habe …«

»Er verrät Mamas Andenken! Das dürfen wir nicht zulassen,

hörst du?«, unterstrich Vicky die Worte ihrer Schwester. Bei Marlenes Ausführungen war ihr ganz schlecht geworden. Es stand schlimmer um den Hof, als sie befürchtet hatte.

Der Vater hatte die Augen geschlossen. Ganz flach ging sein Atem, kaum hob sich die Brust. Hatte er überhaupt zugehört?

»Du musst ihn aufhalten! Das darf er nicht tun! Willenbrock gehört uns«, wiederholte Marlene eindringlich ihre Worte. »Du musst ihn zur Scheidung zwingen und mir und Vicky den Hof überschreiben. Und dann mit der Bank sprechen, ihnen alles erklären, damit sie uns Aufschub gewähren. Bitte, Vater, bevor es zu spät ist.«

Der Vater hielt nach wie vor die Augen geschlossen, doch unter den Lidern flackerte es, das Gesagte beschäftigte ihn.

Hilfe suchend schaute Marlene Vicky an. Die war aufgesprungen, um ihrem Vater ein Glas Wasser einzuschenken, das sie ihm nun an die Lippen setze. Er musste gesund werden und wieder zu Kräften kommen. Und endlich handeln. Für Marlene.

»Marlene ist die perfekte Gutsherrin für Willenbrock, sie muss hier in Zukunft das Sagen haben«, insistierte Vicky. Die beiden Schwestern wechselten einen einvernehmlichen Blick und lächelten sich zu. Endlich Frieden.

»Was habe ich nur getan«, flüsterte der Vater leise, nachdem er endlich ein paar Schlucke getrunken hatte. Er griff nach den Händen seiner Töchter, eine links, eine rechts. »Ich alter, sturer Esel habe nicht gewusst, welche Kraft in euch steckt! Vicky, verzeih mir! Und Marlene, du auch. Geht und kümmert euch! Ruft mir den Notar. Ich will sofort verfügen, dass Marlene in Zukunft sämtliche Unterschriften leistet. Willenbrock darf nicht untergehen! Und Arthur Jansen soll sich hier bloß nie wieder blicken lassen.«

»Sehr gerne!« Sofort sprang Marlene auf, drückte ihm einen Kuss auf die Stirn. »Danke!«, rief sie, dann war sie schon zur Tür hinaus verschwunden.

»Seit deinem Fortgang ist sie ganz verändert gewesen, ich hätte es früher bemerken müssen«, meinte der Vater. Er hatte sich mühsam in den Kissen aufgerichtet und knabberte an einem Keks, den Vicky ihm gereicht hatte. »Nach dem Tod eurer Mutter habe ich nur darüber nachgedacht, wie ich es ohne sie schaffen soll, mich um euch zu kümmern. Ich hatte gehofft, mit Julius jemanden für dich gefunden zu haben, der dir ein sicheres Zuhause bietet … und in Arthur … habe ich mich wohl getäuscht. Nie im Leben hätte ich erwartet, dass er Willenbrock aufs Spiel setzt!«

»Sprich nicht so viel«, unterbrach ihn Vicky, gerührt über seine Ausführungen. So viele Worte hatte sie dem alten Mann überhaupt nicht zugetraut, diese Form des Schuldeingeständnisses erst recht nicht. »Marlene und ich, wir sorgen dafür, dass Willenbrock wieder im alten Glanz erstrahlt. Gemeinsam schaffen wir das. Wir bringen die Rosenfelder wieder auf Vordermann, pflegen und kultivieren die Setzlinge …«

Doch der Vater schüttelte den Kopf und beugte sich ganz nah zu ihr hinüber. Dann sagte er, und seine Stimme klang nahezu wieder so fest wie einst: »Mein liebes Kind, ich danke dir. Aber ist es wirklich das, was dich glücklich machen wird? Du gehörst in die Stadt, die große Freiheit bedeutet für dich ganz bestimmt nicht Willenbrock …«

Warme Augen schauten sie an, fast auf den Grund ihrer Seele. Vicky fühlte sich aufs Tiefste berührt, kaum konnte sie seine Worte fassen. Sie wusste es ja längst, sie musste wieder zurück nach Hamburg. Dort lag ihre Zukunft. Gemeinsam mit dem Kind. Irgendwie würde sie es schon schaffen. Mit dem Segen ihres Vaters erst recht.

Beatrice

Dinge geschehen. Wir können sie nicht in Worte fassen, nur beschreiben, fühlen sie mehr, als dass wir darüber sprechen könnten. Wir müssen zusehen, stille Beobachterin oder Handelnde, noch heute ist es so, als schaute ich mir zu. Hätte ich eine Wahl gehabt? Wieder und wieder habe ich die Situation durchlebt, manchmal hat mir die Erinnerung einen Streich gespielt, Puzzleteile anders zusammengefügt, vielleicht war in Wirklichkeit alles anders, wer weiß das schon. Wenn ich das hier berichte, bin ich lange tot, ertrunken in den wütenden Wellen des Watts, die damals über mir zusammenschlugen, Nordseewasser in den Lungen, alles erstickt. Keine Rettung möglich.

Sie ist meine Tochter, ich habe ihr das Leben geschenkt. Wieder und immer wieder, in jeder Minute meines Daseins, zum Schluss selbst an jenem schicksalhaften Tag. Ich habe sie geliebt und behütet, vom ersten Atemzug an, jedes Unheil von ihr abzuwenden versucht und sie doch nicht vor Fieberkrämpfen und Blessuren beschützen können. Wie oft habe ich ihr Steine aus dem Weg geräumt und auch welche hinlegen müssen, wenn es ihre Entwicklung verlangte.

Wie schnell die Zeit verstrich, durch meine Finger glitt, kostbare Momente der Verbundenheit, die gemeinsamen Ausritte, wenn ich ihr von den Künstlerinnen und Schriftstellerinnen erzählte, die gerade die Moderne revolutionierten, von den Abenteuern der Freibeuterinnen und Pionierinnen, all den mutigen Frauen, die sich aufmachten, die Welt zu erobern, ob in Gedanken, auf dem Papier oder in der echten Welt. Die das erste Mal ein Flugzeug steuerten, in Laboren nach unbekannten Elementen forschten. Mit geröteten Wangen hörte sie mir zu, konnte nie genug von diesen abenteuerlichen Geschichten bekommen, und mehr als einmal fragte sie mich, warum ich denn solch ein beengtes Leben auf Willenbrock führte, an der Seite eines herrschsüchtigen Mannes, liebevoll und bestimmend zugleich. Ohne Mitspracherecht, auch wenn meine Mitgift den Erhalt des Hofes gesichert, ihm den Erwerb von etlichen Hektar Land möglich gemacht hatte.

Die Frage konnte ich meiner Tochter rasch beantworten: Ich liebte diesen Mann, ich war dankbar für das Leben mit ihm, für seine Güte und Großzügigkeit. Für die Töchter, die ich durch ihn empfangen hatte, ohne die ich mich niemals als Frau gefühlt hätte, geschweige denn als Mutter. Zudem konnte ich nicht aus meiner Haut. Erzogen zum treu sorgenden Eheweib, wäre es mir überhaupt nicht in den Sinn gekommen, aus dieser Ehe auszubrechen. Meine Welt war so eng wie ein Kaninchenstall! Alles begrenzt, gerade mal Luft zum Atmen, Ausgang nur mit Erlaubnis. Welche Möglichkeiten hätte ich denn gehabt? Mein Erbe steckte in Willenbrock, als alleinstehende Frau wäre ich geächtet, eine Aussätzige, Außenseiterin, nicht gesellschaftstauglich. Die Kinder wären bei ihm geblieben, ich hatte ja keine wirtschaftlichen Möglichkeiten, mich um sie zu kümmern, sie zu versorgen.

So sah ich Vicky und Marlene aufwachsen, erzog sie zu selbstständigen, selbstbewussten Frauen, lehrte sie Selbstliebe und eigenständiges Denken. Alles war gut. Bis zu jenem Nachmittag am Meer, als Vicky und ich über unsere Gespräche die Zeit vergaßen. Ich hatte ihr aus einem meiner Lieblingsbücher vorgelesen und ihr all ihre neugierigen Fragen beantwortet, Frauengespräche, und dabei nicht bemerkt, wie ein Gewitter aufzog, die Gezeiten vergessen. Der Wind drückte das Wasser bereits in die Bucht, als wir aufbrachen, wir hatten viel zu lange auf unserm Lieblingsplatz weit draußen vor dem Strand verweilt, einer schmalen Sandbank, die früher einmal zum Festland gehört haben musste, denn hier war noch ein Streifen vom Fundament eines Bauwerks vorhanden, dem runden Gemäuer nach zu urteilen ein Leuchtturm. Hier kamen wir oft mit den Pferden her, ließen uns im weichen Sand nieder.

An jenem Tag also rafften wir eilig unsere Sachen zusammen und sprangen auf die Pferde, die bereits unruhig umhertänzelten, sie hatten das aufziehende Gewitter längst bemerkt. Sie kannten den Weg, auch wenn das Wasser bereits ihre Sprunggelenke umspülte. Da schrie Vicky auf. In der Eile des Aufbruchs hatte sie ihre Zeichnung liegen lassen, ein kleines Meisterwerk. Sie hatte sie mir an jenem Tag gezeigt, schüchtern, fast ehrfürchtig, und mich gefragt, ob ich denn ihrem Wunsch nachkommen und ihr das Studium in der Stadt erlauben würde. Welche Frage! Natürlich würde ich sie bei all ihren Vorhaben unterstützen. Sie hatte ein wunderbares Talent!

»Reite vor, ich hole sie!«, rief ich ihr zu, doch sie wollte davon nichts wissen und wendete ihren Schimmelhengst. Eine Weile stritten wir, wer von uns zurückreiten sollte, der Donner grollte, und das Wasser stieg immer höher. Die Pferde waren kaum zu bewegen, die Richtung zu wechseln, sie witterten die Gefahr, auf der anderen Seite die Sicherheit des heimatlichen Stalls. Meine Stute war kurz vorm Durchgehen, ich hatte meine liebe Not sie zu beruhigen.

Da blieb Vickys Hauke einfach stehen und weigerte sich, auch nur einen Schritt weiterzugehen, Wellen schwappten mittlerweile an seinen Bauch, das Wasser stieg und stieg. Die Sandbank lag noch im Trocknen, deutlich zu erkennen trotz der Gischt, nur wenige Meter trennten Stella und mich. Gleich würde ich Vickys Zeichnung in Sicherheit bringen, meiner geliebten Tochter die in endlosen Stunden schraffierten Rosenblüten vor dem nassen Tod bewahren. Doch Stella wurde immer nervöser, tänzelte, Blitz und Donner irritierten sie. Da bäumte sie sich auf, ich rutschte ab in einen Priel. Strudelte hinein. Keine Rettung möglich. Verloren die Zeichnung. Ich. Und doch lebendig in den Herzen meiner Töchter.

WELT

Mit klopfendem Herzen lief Vicky durch Hamburg, ihr Hamburg. Die Straßen, die Autos, das Gewimmel, alles war wie immer, und als wäre sie nie fort gewesen, fühlte sie sich gleich wieder zu Hause. Die Bahnfahrt war lang und beschwerlich gewesen, trotzdem verspürte sie keine Müdigkeit. Nur ein kurzer Blick zum Hafen, wo die großen Schiffe nach Amerika ablegten, ein wehmütiges Innehalten, dann schritt sie wieder zügig voran. Sie freute sich auf das Bellefleur, auf Eve und Karl. Gleichzeitig war ihr bange zumute, konnte sie nur hoffen, dass die beiden ihr die Tür öffnen würden. Vicky wagte nicht, daran zu denken, was passieren würde, wenn sie es nicht täten.

Nach der Aussöhnung mit dem Vater hatte es sie keine Sekunde länger auf Willenbrock gehalten. Wie damals hatte sie ihren Koffer gepackt und war in den nächstbesten Zug gesprungen. Jetzt stand sie mit klopfendem Herzen vor dem Bellefleur. Zuerst wunderte sie sich nicht, als niemand aufmachte, erst nach dem dritten vergeblichen Klingeln beschlich sie Unruhe. Mit dem Gepäck in der Hand lief sie um das Eckhaus, von der anderen Seite gab es einen Zugang zum Garten. Mit viel Glück war nicht abgeschlossen, selbst wenn das in Zeiten wie diesen mehr als fahrlässig wäre. Zu Vickys Überraschung stand das gusseiserne Türchen tatsächlich offen. Vorsichtig schlich sie in den Garten, umlief den Seerosenteich und versuchte, durch das Dickicht der Blätter einen Blick in den Wintergarten zu erhaschen. Dort saßen zu ihrer Erleichterung Eve und Carla auf ihren Stühlen, stumm, beinahe leblos wie Puppen in ihren eleganten Kleidern. Und neben ihnen, ebenso bewegungslos und erstarrt – Johnny! Vicky traute ihren Augen kaum.

»Um Himmels willen, was ist passiert?« Auf alles gefasst lief sie zu ihnen, ließ endlich ihren Koffer zu Boden sinken.

»Wir haben alles verloren. Alles.« Carla hob kaum ihren Blick, Vickys Ankunft schien sie nicht zu überraschen. Tonlos fügte sie hinzu: »Die Kapitalisten haben alles gefressen und wir uns verspekuliert. Karl hat einen riesengroßen Fehler gemacht. Er hat Arthur Jansen vertraut, alles riskiert ... Die Danat-Bank musste heute wegen Zahlungsunfähigkeit ihre Schalter schließen. Die von Teggerns haben Konkurs angemeldet.«

»Der 13. Juli 1931 wird in die Geschichte eingehen«, fügte Eve bitter hinzu. »Die Welt, ganz Deutschland liegt am Boden. *Un malheur ne vient jamais seul.*«

Dann zog sie Carla zu sich heran. »Aber wir schaffen das, wir haben noch nie aufgegeben. Ich bin bei dir. Was auch immer geschieht.«

Vicky zögerte kurz, ihre Augen suchten Johnnys. Der hatte stillschweigend nach ihrer Hand gegriffen und wirkte, als könnte er sein Glück kaum fassen.

»Natürlich geht dieser Tag in die Geschichte ein«, meinte Vicky dann und versuchte, unbekümmert zu wirken. »Ich bin wieder zurück, und ich bleibe. Für immer.«

Jetzt endlich lösten sich Carla und Eve aus ihrer Erstarrung, ein Lächeln huschte über die Gesichter ihrer Tanten. »Das haben wir gehofft. Johnny auch.«

»Ich bin auch zurück, um zu bleiben. Das mit Amerika ... kann warten«, meinte er und fügte mit Blick auf ihren Bauch hinzu. »Und wie ich höre, werde ich hier gebraucht.«

Zur Antwort drückte sie Johnny einen Kuss auf den Mund, dann wickelte Vicky etwas aus einem Papier. Beinahe triumphierend hielt sie den Rosenstock in die Höhe. »Die Königin ist zurück!«

HAMBURG,
IM SOMMER 2019

Wer immer seinerzeit den Rosenstock in Tildas Garten gepflanzt hatte, musste voller Liebe gewesen sein. Sonst wäre er heute nicht mehr am Leben. Dessen war sich Tilda sicher, als sie nach einem furchtbaren Albtraum aufwachte. Ein Traum, den nur eine träumen konnte, deren Herz schon viel zu lange ohne Liebe war. In dieser Nacht war Tilda nicht um zehn nach drei aufgewacht wie sonst, sondern hatte bis zum Weckerklingeln durchgeschlafen. Als sie hochschreckte, erinnerte sie sich noch an jedes Detail: Mones Baby kam mit einem Wasserkopf auf die Welt, ungeheuerlich groß. So etwas wuchs sich nicht aus, so etwas blieb für immer. Selbst hartgesottene Mediziner standen vor einem Rätsel, und Spezialisten wussten sich keinen Rat. Furchterregend, welch Schicksal. Sobald sie die Lymphe wegsaugten, sog sich der Kopf wieder voll, schwoll um ein Vielfaches an.

Wie ein Schwamm.

Wie ein Teich, der einen Zulauf hatte.

Wie eine Seerose, die sich nährte und ihre Blätter immer größer entfaltete, monstergroß und glitschig.

Wie ein Herz ohne Liebe.

Im Laufe des Tages verblasste der Albtraum glücklicherweise. Nur das Bild der überdimensionalen Seerose hatte sich an ihr inneres Auge geheftet, und als es nach dem morgendlichen Espresso immer noch wie ein Schatten über ihren Tag fiel, verstand Tilda, was zu tun war.

Rasch versorgte sie Renate mit den nötigen Anweisungen,

prüfte noch einmal die Auftragsbücher und die Kasse, hinterließ ihr die nötigen Vollmachten und packte dann in aller Eile ihre Tasche, warf Unterwäsche, Blusen, Hosen achtlos hinein und vergaß in der Eile beinahe die Zahnbürste. Sie war schon beinahe zur Ladentür hinaus, da lief sie noch einmal zurück und packte ein paar Mandeltörtchen, Macarons und Zitronenbaisers sorgfältig in einen Karton.

»Familienangelegenheiten«, erklärte sie auf Renates fragenden Blick hin und drückte ihr einen Kuss auf die Wange. »Mach dir keine Sorgen. In ein paar Tagen bin ich wieder zurück. Ich habe nur dringend etwas zu regeln.«

Mit klopfendem Herzen saß sie eine halbe Stunde später in der Regionalbahn und fuhr Richtung Nordsee. Auf und ab hüpfte es, ließ sich weder beruhigen noch festhalten, jeder Gedanke entglitt ihr sofort, glitschig wie ein Frosch. Der Puls rauschte in ihren Ohren, alles pochte, und doch wusste sie: Diese Reise war mehr als überfällig, es wurde höchste Zeit, dass sie etwas unternahm und sich dem Schatten der Vergangenheit stellte. Kein Zurück. Flucht nach vorne. Dorthin, wo die Angst sitzt.

Jeder Halt, der sie ihrem Ziel näher brachte, ließ ihr Vorhaben klarer werden, die Zweifel schrumpfen. Und gleichzeitig wurde die Angst im Bauch größer. Wie würde sie empfangen werden? Würde man sie überhaupt wiedererkennen? Die Regionalbahn rauschte durch das Land, vorbei an reetgedeckten Häuschen, Dörfern und immer wieder vereinzelten Höfen, im diesigen Dunst des Nieselregens kaum zu erkennen. Aprilwetter. Trotzdem war das Vieh auf der Weide, die Schwarzbunten waren eine robuste Rasse. Tilda lehnte den Kopf ans Fenster. Früher waren sie fast jede Ferien hinaus aufs Land gefahren, so lange war das her, und doch schien ihr die Strecke merkwürdig vertraut. Vielleicht hatte es früher nicht so viele parallel verlaufende Fahrradwege gegeben und diese Windräder erst recht nicht, aber die grünen Wiesen, diese endlose Weite immer.

Noch drei Stationen.

Unvergessen der Sommer, als sie alle gemeinsam die Kirschen geerntet hatten. Tina und sie waren noch ganz klein gewesen, und trotzdem durften sie die Leiter hinauf. Körbeweise hatten sie die kleinen roten Früchte nach Hause getragen, jede von ihnen stolz mit Kirschohrringen behangen. Noch heute konnte Tilda der Versuchung nicht widerstehen, sich beim Backen damit zu schmücken. Ihre Kirschtramezzini waren während der Saison der Renner.

Noch zwei Stationen.

Und dann die Tage am Strand! Den Dünensand hinunterrutschen und in die Nordsee rennen, dass das Wasser nach allen Seiten spritzte. Die höchste Burg von allen bauen und den Wall um den Strandkorb mit Muscheln verzieren. Tilda lächelte bei der Erinnerung, sie freute sich aufs Meer. Sie war lange nicht mehr da gewesen, das letzte Mal mit ihren Freundinnen, da hatte das Wetter nicht mitgespielt, und sie hatten sich lieber in der Ferienwohnung vergraben.

Zeit zum Aussteigen. Zögernd griff Tilda nach ihrem Gepäck, beinahe hätte sie den Karton mit den Törtchen vergessen. Sie hatte ihren Besuch nicht angekündigt, warum auch? Familie ist kein Besuch, hatte es früher immer geheißen. Doch dann war der Kontakt nach und nach versandet, bis sich niemand mehr bei ihr gemeldet hatte. Dass Eleonore Willenbrock Tilda zur Alleinerbin vom Bellefleur ernannt hatte, weil sie selbst kinderlos geblieben war, schien Frieder und Frauke nicht weiter interessiert zu haben. Von wegen Zusammenhalt und immer für dich da. In ihren einsamsten Stunden hatte Tilda davon nichts gespürt. Vielleicht war sie auch ganz froh darüber gewesen, nicht mehr ständig mit der Vergangenheit konfrontiert zu werden, an das Unglück erinnert. Doch die Fragen und die Unruhe waren geblieben, das Unglück auch.

Den Bahnhof hatten sie umgebaut. Statt des alten Klinkerbaus gab es nun eine Halle mit viel Glas, und die frühere Buslinie hieß jetzt Dünenexpress, hielt immerhin wie gewohnt am Marktplatz.

Für einen kurzen Moment hielt Tilda inne, horchte in sich hinein.

»Es ist höchste Zeit«, sagte sie laut. »Jetzt bin ich hier!«

Es klang wie ein Aufruf. Die Mitreisenden schauten sie erschrocken an. Doch mit jedem Schritt, den sie Richtung Willenbrock setzte, wuchsen die Zweifel an ihrem Vorhaben dann doch. Gedanken jagten durch ihren Kopf, Bilder von früher tauchten auf. Um sich abzulenken, zückte sie ihr Handy und fragte bei Renate nach, ob alles in Ordnung sei. Erinnerte sie an die Kokosganache. Den Pistazienkrokant. Und an die fünf Torten zur Konfirmationsfeier in Eppendorf.

»Tilda?« Eine tiefe Stimme unterbrach ihr Telefonat.

»Onkel Frieder!« Sie fiel ihm um den Hals und vergrub für einen vertrauten Moment ihr Gesicht an seiner Schulter. Wie früher, wenn er sie auf seinem Arm vor den Quallen gerettet hatte.

»Das ist ja man schön, dass du uns besuchen kommst! Wurde ja auch höchste Zeit. Frauke wird Augen machen.« Ohne Aufhebens griff er nach ihrer Tasche, und Tilda war dankbar, dass er ihr keine weiteren Fragen stellte.

»Es ist lange her, hier hat sich so viel verändert«, sagte sie und räusperte sich den Frosch aus dem Hals.

»Du wirst den Hof kaum wiedererkennen. Wir haben gründlich renoviert, wurde auch höchste Zeit! Du hast Glück, ein Zimmer haben wir noch frei. Ansonsten sind wir wie immer ausgebucht.« Während sie den schmalen Pfad zum Anwesen liefen, plauderte Frieder in einer Tour. Tilda war ihm dankbar für die Ablenkung, spürte sie doch mit jedem Schritt, wie die Erinnerung sie übermannte. Der Baum, an dem die Schaukel hing, dort hinten die Hühnerställe, unvergessen das Gefühl der warmen Eier in den Händen. Pferde und Kühe auf der Weide.

»Kiek mol, wen ich mitgebracht habe.« Mit diesen Worten schob Frieder Tilda über die Türschwelle. Schnaufend ließ er ihre Tasche im Flur zu Boden fallen.

»Wir erwarten doch … Tilda!« Mit einem Aufschrei kam Frauke aus dem Büro, das Handy in der Hand. Sie war leichenblass und brauchte einige Sekunden, um sich wieder zu fassen.

Tilda wollte ihr zur Begrüßung die Hand reichen. Wenigstens. Doch die Tante ignorierte die Geste.

»Mit dir hat hier niemand gerechnet«, sagte sie mit kühler Stimme und wandte sich wieder zum Gehen.

»Tilda bleibt für ein paar Tage, und das ist gut so!«, rief ihr Frieder hinterher. »Sie meint es nicht so«, sagte er beschwichtigend zu seiner Nichte und zeigte ihr dann ihr Zimmer. »Komm erst mal an. Später zeig ich dir die Stallungen. Wenn du magst, können wir einen Ausritt machen. Das kannst du doch noch, oder?« Ohne Tildas Antwort abzuwarten, war er wieder zu Tür hinaus.

Erschöpft ließ sie sich aufs Bett fallen. Vielleicht war es doch keine so gute Idee gewesen, nach Willenbrock zu kommen. Aber zum Umkehren war es zu spät, jetzt musste sie zu Ende bringen, was sie angefangen hatte. Deshalb sprang sie sofort wieder auf, griff nach ihren Törtchen und lief wieder hinunter. Schon auf dem Treppenabsatz hörte sie Frieder und Frauke lautstark diskutieren, und ohne auch nur ein Wort ihrer Auseinandersetzung zu verstehen, begriff sie, worum es ging. Frauke war die Schwester ihres verstorbenen Vaters, fest mit der Scholle verankert, und Geschäftsfrau durch und durch. Sie hatte den Rosenhof von ihrer Mutter übernommen und um ein Gästehaus samt Rosarium erweitert. Seitdem konnte sich Willenbrock vor Besuchern kaum retten, Touristen aus aller Welt kamen, um die besonderen Rosen zu bewundern und sich ein paar Tage Auszeit an der Nordsee zu gönnen.

Und jetzt war sie, Tilda, gekommen und störte die Idylle, rüttelte an der Vergangenheit, erinnerte an den Unfall, den alle Beteiligten längst vergessen hatten. Tilda stellte ihre Kuchenschachtel an der Rezeption ab und lief nach draußen. Sie hatte wenig Erinnerung an die Anlagen, die Treppe war ihr damals riesig vorgekommen, ehrfürchtig hatte sie einst die Stufen erklommen, da war sie auch noch kleiner gewesen.

»Na ja, nicht viel kleiner«, grinste sie in sich hinein und lief los, um über den Dienstboteneingang in die Küche zu kommen. Ein bisschen hatte sie Bammel davor – was, wenn auch hier sich alles verändert hatte und niemand sie willkommen hieß? Doch das Gegenteil war der Fall.

»Tilda! Das bist du doch, oder? Lass dich anschauen!« Mit einem Freudenschrei stürzte eine hünenhafte Frau auf sie zu und umarmte sie aufs Herzlichste. »Du hast dich kaum verändert! Nur ein bisschen größer und breiter bist du geworden. Erzähl, was machst du hier? Wo wohnst du jetzt? Wie ist es dir ergangen?«

»Ein bisschen viele Fragen auf einmal, findest du nicht?« Tilda wehrte sie lachend ab, setzte sich dann nur allzu gerne an den langen Esstisch und ließ sich von Helga einen Bienenstich servieren. »Mmh, köstlich, wie bekommst du den nur immer hin?«, nuschelte sie, nachdem sie den ersten Bissen probiert hatte. Sie versuchte herauszuschmecken, was das Geheimnis war. Vielleicht nahm Helga für die Füllung ein Eigelb mehr. Oder eine andere Sahne, vielleicht von den hiesigen Kühen. Dann erzählte sie der Haushälterin, dass ganz Hamburg verrückt nach ihren Bienenstichpastetchen war.

»Das hab ich alles von dir gelernt«, sagte Tilda und lächelte Helga dankbar zu.

»Du hast mir immer helfen wollen. Wenn die anderen am Meer oder zum Heidelbeerenpflücken unterwegs waren, hast du hier bei mir in der Küche gestanden und Zucker abgewogen«, erzählte Helga und griff nach Tildas Hand. »Ich bin stolz auf dich. Ich habe neulich über ›Tildas Törtchen‹ und das Bellefleur in der Zeitung gelesen … Ole wird Augen machen, wenn er dich sieht!«

»Ole ist hier?« In Tildas Herz ging die Sonne auf. Helgas Sohn war ihr bester Ferienkumpel gewesen, sommerlang waren sie durch dick und dünn gegangen und hatten sich dann aus den Augen verloren. Alle Kinder hatten damals mithelfen müssen,

Johannisbeeren pflücken, Apfelernte, Heuwenden, im Hühnerstall. Ole hatte sie gerettet, als sie einmal beim Eiereinsammeln kopfüber in die Jauchegrube gefallen war. Im Gegensatz zu den anderen hatte er sie nicht ausgelacht, sondern sofort huckepack genommen und in den nächstbesten Wassertrog geschmissen. Danach hatten sie sich gegenseitig mit dem Schlauch abgespritzt und waren fortan unzertrennlich gewesen. »Tildole« hatten die Erwachsenen immer gerufen; und Tina war eifersüchtig gewesen. Wie alle Mädchen schwärmte sie für Ole und konnte es überhaupt nicht verstehen, dass er sich ausgerechnet für die pummelige, unsportliche Tilda interessierte. Wo er doch selbst auf jedem Ast herumturnte, segelte, surfte und für sein Leben gern ritt.

»Er betreibt das Surfcamp unten am Strand. Er hat eine Weile in Australien gelebt, doch dann hat es ihn wieder zurück auf die Scholle gezogen. So richtig glücklich scheint er mir nicht, ständig andere Frauengeschichten. Du kennst ihn ja. Aber das soll er dir lieber selbst alles erzählen …« Helga hantierte unterdessen mit Butter, Zucker und Mehl. Wie zu früheren Zeiten half ihr Tilda wie nebenbei mit dem Abwiegen und Bereitstellen der Zutaten. Stillschweigend hatte sie zum Messer gegriffen und begonnen, Erdbeeren zu putzen.

»Wo kann ich ihn jetzt finden?«, fragte Tilda und kannte in diesem Moment schon die Antwort. Rasch drückte sie Helga einen Kuss auf die Wange, dann lief sie den vertrauten Dünenpfad hinunter ans Meer.

Dort saß Ole am Strand auf einem Surfbrett und studierte die Wellen. Der Himmel war sonnenklar, doch ein stürmischer Wind war aufgezogen. Der Schein trog, wie so oft an der Nordsee. Tilda kannte die Erzählungen der Einheimischen über die unvorsichtigen Touristen, die sich bei Ebbe zu weit hinaus ins Watt wagten und dann anscheinend aus dem Nichts von der Flut überrascht wurden. Nicht nur einmal war Frieder mit seinem Rettungsboot ausgelaufen, hatte gegen Wellen und Sturm angekämpft, um

Menschen in Sicherheit zu bringen. Nur damals war er machtlos gewesen. Als Tina in den Seerosenteich gerutscht war, hatte er sie nach unzähligen Tauchversuchen zwar herausgefischt, doch am Ende … Schnell wischte Tilda die Erinnerung beiseite, obwohl sie wusste, dass sie endlich darüber sprechen müsste. Endlich den Verlust begreifen, die Trauer zulassen, verarbeiten, was Schreckliches geschehen war.

Als ob Ole Antennen hätte, drehte er nicht einmal den Kopf, als sie sich neben ihn setzte.

»Ich habe gewusst, dass du kommst«, sagte er nur, nicht einen Augenblick verwundert über ihr Auftauchen. Er griff nach ihrer Hand, und Tilda fiel auf, wie kalt und klamm diese geworden war, nur zu gerne schob sie sie jetzt Schutz suchend in seine. Sofort überkam sie das vertraute Gefühl, sie erinnerte sich an die dampfig klebrige Bubenhand von einst, damals wie heute mit Schrammen und Rissen übersät.

Tilda rückte ein Stück näher an ihn heran. Ole roch wie früher, nach Wellentoben und Kirschkernweitspucken, nach Versteckenspielen und Heidelbeerwettessen. Ohne lange nachzudenken, schmiegte sie sich an ihn. Schulter an Schulter saßen sie da, und Tilda spürte, wie sie sich langsam beruhigte, die Wärme aus Oles Hand zu ihr hinüberwanderte und sie sich an seiner Seite entspannte. So war es immer gewesen. Sie beide. Beste Freunde unter der Sonne. Muschelketten hatten sie sich gemacht, Steine gesammelt, ihre Initialen in die Baumrinde geschnitzt …

»Wo war ich, nachdem Frieder meine Schwester aus dem Teich gerettet hat?«, fragte sie unvermittelt. »Warum kann ich mich daran nicht erinnern?«

»Wir standen alle um Tina herum, wie sie da auf der Wiese lag. Alle, du auch. Haben mit angehaltenem Atem zugesehen, wie Frieder sie reanimierte und wie sie dann vom Notarzt ins Krankenhaus gebracht wurde.« War Ole verwundert über ihre unvermittelte Frage, so ließ er sich das nicht anmerken.

»Wir haben uns alle so furchtbar hilflos gefühlt. Du und ich, wir waren viel zu klein, wir wussten doch nicht, was wir taten.«

»Wie meinst du das?« Tilda sah ihn fragend an.

»Wir haben zu dritt am Ufer vom Seerosenteich gespielt, als du auf die Idee gekommen bist, Kaulquappen zu fischen … mit der bloßen Hand. Tina meinte, das sei unmöglich, doch du hast sie ausgelacht, du hast sie oft ausgelacht. Dann hast du behauptet, sie müsse nur eine fangen und küssen, dann würde sie sich in einen Frosch und dann in einen Prinzen verwandeln.«

»Du meinst …« Tilda schluckte. Wenn es stimmte, was Ole da behauptete, war sie mit ihrer Bemerkung schuld daran, dass ihre Schwester in den See gerutscht war.

»Es war ihre Entscheidung, nicht deine.« Als ob er Tildas Gedanken lesen könnte. »Wenn einer Schuld hat, dann ich. Ich wusste, dass sie in mich verliebt war, und habe sie nicht ernst genommen.«

»Sie war erst zehn. Wir waren Kinder.«

»Und du warst neun. Was hättest du tun sollen?«

»Sie nicht immer ärgern! Sie war meine Schwester. Ich wollte doch nicht, dass sie stirbt.« Tilda atmete tief, beinahe versagte ihr die Stimme. »Klar, wir hatten oft Streit, haben uns gegenseitig aufgezogen. Und gleichzeitig waren wir die besten Freundinnen.«

»In diesem Sommer nicht. Tina hatte sich in den Kopf gesetzt, dass sie mich heiraten wollte, ständig war sie in meiner Nähe, hat immer Gelegenheiten gesucht, mit mir alleine zu sein. Einmal hat sie es sogar geschafft, mich zu küssen.«

»Und du? Warst du auch in sie verliebt?« Tilda schaute Ole an. Sie kannte jede seiner unzähligen Sommersprossen, seine Grübchen, die meerblauen Augen. In Hamburg war ihr nicht klar gewesen, wie sehr sie sich nach ihnen gesehnt hatte. Wie von selbst fuhr ihre Hand in seine Haare, zog seinen Kopf zu ihr heran. Sie ließ es zu, dass seine Hände ihren Körper berührten, langsam den

Rücken hochfuhren, unter ihr T-Shirt. Ihre Münder fanden sich. Keine Worte nötig, nur ein fragender Blick und ein Nicken, dann zog Ole Tilda mit sich.

»Du hättest viel früher herkommen sollen«, flüsterte er zärtlich, als sie später im Dünensand lagen. Ole hatte eine Flasche Wein von woher auch immer aufgetrieben, und so sahen sie eng aneinandergeschmiegt dem Sonnenuntergang zu.

»Ich wusste nicht …«, antwortete Tilda und zog die Decke fester um sich. Sie kam wieder einmal mit dem Fühlen nicht hinterher, wusste nicht, was das hier zu bedeuten hatte. Ausgerechnet Ole mit der verwuschelten Sturmfrisur, ihr bester Freund aus Kindertagen, hatte sie gerade in den Himmel geliebt. Er, der Mädchenschwarm, der sich nicht festlegen wollte und auf der Suche nach Glück um die Welt reiste.

Und sie wusste nicht, ob es richtig war oder nicht. Ausgerechnet der Mann, in den Tina unglücklich verliebt gewesen war. Wegen dem sie nach den Kaulquappen geangelt hatte, wobei sie tödlich verunglückt war. Falsch, sie war nicht im Teich ertrunken. Sie war an einer Hirnhautentzündung gestorben, wahrscheinlich waren im Teich Keime gewesen, so lautete die Vermutung der Ärzte. Ein Unglück.

»So ein Glück, dass du hier bist. Jetzt wird alles gut«, wiederholte Ole, kuschelte sich an sie und schlief mit einem Lächeln auf den Lippen ein. Für ihn schien die Welt in bester Ordnung.

Für Tilda dagegen stand die Welt kopf. Es war ein Fehler gewesen, an den Ort des Unglücks zurückzukehren, nie im Leben würde sie sich verzeihen, durch einen miesen Scherz den Tod ihrer Schwester verursacht zu haben.

Vorsichtig löste sie sich aus Oles Umarmung, sammelte ihre Kleidung auf und lief dann eilig zurück zum Rosenhof. Wenn sie Glück hatte, würde sie den letzten Zug nach Hamburg erwischen.

***

Helga war über ihre plötzliche Abreise enttäuscht und überrascht zugleich. Sie machte keinen Hehl daraus, wie sehr sie sich gewünscht hätte, Tilda würde für immer bleiben.

»Du bist die einzig Richtige, um Ole endlich zur Vernunft zu bringen«, hatte sie gemeint, ihr dann aber trotz der Eile ein Kilo selbst gemachten Rosenzucker eingepackt. Eine Geste, die Tilda ihr nie vergessen würde. Wie so vieles, was sie von der Haushälterin gelernt hatte. Frieder hatte es sich nicht nehmen lassen und Tilda zum Bahnhof gebracht.

»Frauke meint es nicht so«, sagte er wieder, als ob er damit die Feindseligkeit seiner Frau aus der Welt schaffen könnte. »Sie hat das Unglück nie verwunden. Den Seerosenteich hat sie damals sofort zuschütten lassen, ein sumpfiger Morast ist das heute, Naturfreunde hätten ihre Freude daran. Was meinst du, wie viele Frösche dort leben …«

»Verzeihen ist Selbstheilung«, zitierte Tilda einen Spruch, der mal auf einer Postkarte von Mone gestanden hatte. Und wusste, dass sie damit bei sich selbst anfangen musste. Mit ihrer Bemerkung hatte sie Tina damals in den Tod geschickt. Und gerade mit dem Mann geschlafen, in den ihre Schwester verliebt gewesen war. Jahre her, Kindheitssünden – und doch lastete die Vergangenheit schwer. Vielleicht müsste sie eine Therapie machen, dachte sie, als sie durch die Nacht nach Hause fuhr, um endlich zu vergessen, zu verzeihen, zu heilen.

Ich vermiss dich schon jetzt! Oles Nachricht riss sie aus ihren schwermütigen Gedanken. Hatte sie gehofft, auf der Suche nach der Vergangenheit endlich Frieden im Herzen zu finden, hatte sie sich getäuscht. *Komm bald zurück! Dann fangen wir von vorne an!*

Das hatte Frieder zum Abschied auch zu ihr gesagt. Sie solle es sich überlegen. Dann könnte sie auf dem Rosenhof mitarbeiten, sie alle gemeinsam, schließlich seien sie doch eine Familie, und das mit Frauke bekämen sie schon alle irgendwie hin. Typisch Frieder! Dachte nur an sich und ignorierte völlig, dass Tilda längst ein eigenes gut gehendes Café in bester Hamburger Stadtlage besaß.

»Ich überlege es mir«, antwortete Tilda ausweichend.

Es war eine Notlüge. In den Wochen danach spürte sie mit jedem Tag, dass es ganz bestimmt nichts zu überlegen gab. Sie gehörte nach Hamburg wie ihre Franzbrötchen. Trotzdem versuchte sie, mit Ole Kontakt zu halten. Sie schrieben sich täglich, manchmal telefonierten sie auch, mit der Zeit dann immer weniger. Immer wieder versprach er, sie in Hamburg zu besuchen, doch dann kam jedes Mal etwas dazwischen: ein Surfkurs, eine Wattwanderung, ausgebuchtes Gästehaus, alle Hände voll zu tun, all die Feiertage im Mai und Juni. Bis Ole sich irgendwann überhaupt nicht mehr meldete. Funkstille. Nach der Flut die Ebbe, wie witzig.

Tilda wiederum fand keine Zeit, nach Willenbrock zu reisen. Renate hatte sich den Arm gebrochen und fiel für einige Wochen aus, unmöglich, das Café auch nur über ein Wochenende zu schließen, das konnte sich Tilda nicht leisten. Zumal ein paar Straßen weiter ein Konditor-Discounter seinen Laden eröffnet hatte und Touristen mit Sonderangeboten lockte.

Dennoch hatte der Abend in Oles Armen Spuren hinterlassen. Tilda hatte nicht gewusst, wie sehr sie in all den Jahren Nähe und Zärtlichkeit vermisst hatte, ganz zu schweigen von erfüllendem Sex. Die tägliche Arbeit im Café, die Verantwortung für die Mitarbeiter, all das hatte sie vergessen lassen, dass es auch solche Bedürfnisse in ihrem Leben geben konnte. Jetzt war die Sehnsucht da, nach Wärme und Geborgenheit, nach Berührung, Hauthunger. Und seit einigen Wochen war ihre Periode ausgeblieben, ein untrügliches Zeichen, zumal sie auch plötzlich keine Lust mehr auf süße Sachen hatte, sondern sich nach Matjes und Heringen verzehrte, und das schon am frühen Morgen.

Um sich abzulenken, stürzte sie sich mehr denn je in ihre Arbeit, doch ihren Freundinnen konnte sie nichts vormachen. Die kannten sie gut genug und bohrten so lange nach, bis Tilda ihnen endlich alles erzählte. Alles. Von dem Unglück und dem Tod ihrer Schwester. Von Ole. Dem Wunsch, ihn endlich wiederzusehen. Der Enttäuschung darüber, dass Ole sich nicht mehr meldete. Und dem Verdacht, vielleicht schwanger zu sein. Nur dass sie seit Neustem jeden Morgen diesen Rosenstock auf der Terrasse mit einer Gießkanne voll Wasser bedachte, das erzählte sie ihnen nicht.

Sprachlos hörten ihr die Freundinnen zu. Hannah war die erste, die ihr um den Hals fiel, Mone lächelte sie versonnen an, nur Anni schwieg.

»Es ist gut, dass du endlich über die Vergangenheit sprichst«, sagte Mone. »Wenn du dir verzeihst, dann kann deine Seele endlich heilen. Es gibt keine Schuld … Sagst du nicht selbst, niemand weiß mehr genau, wie es geschehen ist? Ob ihr fangen gespielt habt, sie wirklich eine Kaulquappe küssen wollte oder jemand sie hineingeschubst hat. Das spielt doch keine Rolle mehr! Du musst Abschied von ihr nehmen. Glaub mir, ich weiß, wovon ich spreche.« Dann erzählte sie von dem Trauerritual nach ihrer Fehlgeburt, das ihr die Therapeutin empfohlen hatte. Bestürzt hörten die Freundinnen zu. Dass Mone schwanger gewesen war und das Kind verloren hatte, hatten sie nicht gewusst. Hannah drückte mitfühlend ihren Arm.

»Ich weiß, wie sich das anfühlt. Letzten Sommer hatte ich auch eine …« Schon wollte sie ihre Geschichte erzählen, über Kinderwunsch und Babyglück sprechen, doch Anni unterbrach sie:

»Ist ja schön und gut, denkt doch mal an Tilda! Ihr seht doch, wie mitgenommen sie ist von allem. Du musst unbedingt mit diesem Ole sprechen«, fügte sie dann hinzu.

»Wie denn, wenn er nicht erreichbar ist?« Tilda seufzte. »So war es schon immer mit ihm, warum sollte sich das mit einem Mal geändert haben? Ole ist und bleibt ein Freigeist. Er kommt und geht, wie er Lust hat. Meinst du, das zwischen uns hatte für ihn irgendeine Bedeutung? Eher glaubst du an Klabautermänner!«

»Immerhin scheinst du doch mal eine wichtige Rolle in seinem Leben gespielt zu haben. Ganz bestimmt übernimmt er dann jetzt auch Verantwortung«, meinte Mone. »Du musst es versuchen, Tilda! Ich spüre doch, wie du leidest. Und so eine Familie … glaub mir, trotz aller Arbeit ist das etwas Wunderbares. Das ist die Chance deines Lebens!«

»Und mal eben schwanger wird man in unserem Alter auch nicht mehr so leicht«, fügte Hannah hinzu.

Ich will das aber nicht, lag es Tilda auf der Zunge. Nichts kam ihr schlimmer vor, als ihre Freiheit mitsamt dem Bellefleur aufzugeben. Was wollte sie denn in ihrer jetzigen Situation mit einem Kind? Doch statt einer Antwort nickte sie nur, sie hatte keine Lust auf weitere Diskussionen.

»Liebst du ihn?«, fragte Anni, wie immer von Pragmatismus getrieben. Sie schaute Tilda forschend an. Die zuckte mit den Schultern. Sie würde es schon noch herausfinden. Wenn sie Ole erst wiedersehen würde.

Doch Ole ließ sich nicht blicken. In dieser Woche nicht und in der kommenden auch nicht. Nach wie vor hatte Tilda alle Hände voll zu tun, sie vermisste Renate schmerzlich. Sie hätte sie mit ihrer fröhlichen Art abgelenkt, mit ihr gemeinsam neue Rezepte ausprobiert und mit ihrer Geradlinigkeit dafür gesorgt, dass sie Klarheit bezüglich ihrer Schwangerschaft gefunden hätte. So blieb Tilda mit ihren Grübeleien allein, drehte ihre Gedanken im Kreis. Ihre Freundinnen meinten es lieb mit ihr, riefen täglich an und versorgten sie mit allerlei Ratschlägen. Allen voran natürlich Mone, die sich jetzt schon darauf freute, mit ihr gemeinsam eine Stillgruppe zu gründen. »Wie cool ist das denn! Dann können wir gemeinsam spazieren gehen und auf den Spielplatz. Endlich jemand, mit dem das alles Spaß macht«, rief sie begeistert und schenkte Tilda einen Babyratgeber.

Dann Hannah, die sie wegen Ole löcherte und ihr ihre Frauenärztin empfahl. Immerhin brauchte Tilda ja auch einen Mutterpass, Ultraschall und Vitamine. Sie freute sich ehrlich für die Freundin, auch wenn eigentlich sie es war, die sich sehnlichst ein Kind wünschte. Es war, als durchlebte sie die Schwangerschaft selbst.

Anni wiederum schob ihr die Visitenkarte von pro familia zu, mit den Worten: »Du musst nicht deine Freiheit und Selbstständigkeit wegen so einer Geschichte« – sie sagte wirklich: Geschichte – »aufgeben.« Zudem versprach sie ihr, Augen und Ohren offen zu halten bezüglich dieses Törtchen-Discounters in der Nachbarschaft. Der machte Tilda nämlich das Leben schwer, wo er nur konnte. Mit Anzeigen und Rabatten, nachgemachten Kreationen und unlauterer Werbung.

Tilda wusste nicht, wo ihr der Kopf stand. Frieden in ihrem Herzen hatte ihr die Reise nicht beschert, erst recht keine Klarheit. Im Gegenteil. Allerdings hatte sie weniger Angst davor, mit einem Kind in ihrem Leben die viele Arbeit nicht wuppen zu können, das würde schon irgendwie klappen, und Renate war ja schließlich auch noch da. Nein, was sie am meisten umtrieb, waren die Gefühlswirren in ihrem Herzen.

Ein Körper, der sich nach Oles Zärtlichkeiten sehnte.

Ein Kopf, der dies für völlig verrückt erklärte.

Ein Ole, der völlig von der Bildfläche verschwunden und für sie nicht zu erreichen war. Mehrfach hatte sie ihn angerufen, ihm geschrieben, Nachrichten hinterlassen, doch er hatte nicht reagiert. Einmal hatte sie Helga am Telefon, die schnell vom Thema ablenkte und ihr stattdessen von dem Ansturm auf das Rosarium berichtete. Frauke hatte eine neue Züchtung kultiviert, die diesen Sommer zum ersten Mal blühen sollte. Von überall kamen sie her und trampelten alles platt, wie Helga meinte. Von Ole kein Wort. Tilda überlegte, was sie tun sollte. Einen Brief schreiben, ihm ein Ultraschallbild schicken oder schlichtweg eine Nachricht? Schließlich hatte er das Recht, zu wissen, dass er Vater wurde. Aber hatte sie nicht auch so etwas wie ein Recht darauf, dass er sich nach dem wundervollen Abend bei *ihr* meldete? Nichts als Gedanken in ihrem Kopf, Unruhe im Herzen, die sie nicht schlafen ließen.

Wenn Tilda dann nicht schlafen konnte, stand sie auf, um in ihrer Küche zu arbeiten, etwas Neues auszuprobieren. Hinterher wusste sie auch nicht mehr zu sagen, woher sie in dieser Phase die Kraft und Energie genommen hatte. Es war eine überaus kreative Zeit und Renate, die trotz Gipsarm regelmäßig vorbeischaute, kostete begeistert ihre Zitronen-Eclairs, Petits Fours und das Schokoladen-Sandgebäck. Tildas Törtchen hätten durchaus erfolgreich sein können, hätte der »Konditor« in der Nachbarschaft ihr nicht ständig die Kunden abgeworben. So erlitt sie herbe Umsatzeinbußen, und zum ersten Mal wusste sie nicht weiter. Wirklich nicht weiter. Alles diffus. Ohne Halt. Wie in einem glitschigen Seerosenteich, nichts, woran sie sich festhalten konnte.

Wenn sie tief in sich hineinhorchte, bedeutete ihr auch das Gefühl, bald Mutter zu sein, nichts. Weder Lebenssinn noch Daseinszweck. Was ihre Freundinnen nur hatten, dieses Thema ging ihr auf die Nerven. Sie war doch sie, Tilda! Eine wunderbare und erfolgreiche Frau, mit oder ohne Kind. Oder machte sie das Prädikat »Mutter« zu einem besseren Menschen? Wenn sie sich so umschaute, schien es ihr absurd wie verantwortungslos, ein Kind in die Welt zu setzen. Alles schien unsicher in jüngster Zeit, nichts blieb mehr so, wie es einmal war. Rund um die Welt rumorte es, vieles schien ihr im Wandel, so, als ob sich das alte Wertesystem auf dem Prüfstand befände. Zudem die angespannte Wirtschaftslage, Klimakrise, Flüchtlingskatastrophe … Tilda hatte diese Veränderungen sehr wohl verfolgt, schließlich konnte man beim Backen hervorragend den Beiträgen im Radio lauschen. Was sie in letzter Zeit hörte, bereitete ihr Sorgen.

***

So verstrich Tag für Tag, Woche für Woche, ohne dass Tilda eine Entscheidung getroffen hätte. Sie wurde nur immer runder und verspürte nach wie vor diesen Heißhunger auf Salziges, lief manchmal mitten in der Nacht zum Kühlschrank, um Käse oder Oliven zu essen. Schüsselweise.

Einmal dann stand Tilda am frühen Sonntagmorgen auf, um hinunter auf den Fischmarkt zu spazieren. Matjesbrötchen. Sie konnte an nichts anderes mehr denken, seit sie mit einem Ruck wach geworden war. Deswegen lief sie nun mitten durch das rege Treiben, hörte den Marktschreiern zu und schüttelte den Kopf über die Touristen, die sich Tüten voller Bananen, Schinken und Schüsseln andrehen ließen.

Da entdeckte sie Johannes, der ein paar Meter entfernt vor einem der bunten Souvenirstände stehen geblieben war. Sie erkannte ihn sofort, unter Millionen von Männern hätte sie ihn gesehen, mitten in diesem Gewimmel. Den Abend vor dem Kamin, die Wärme seiner Hand hatte sie nicht vergessen, auch wenn sie oft versucht hatte, ihn aus ihrer Erinnerung zu streichen und es schon eine halbe Ewigkeit lang her schien. Es war ihr nicht gelungen. Und jetzt spazierte er mit seiner Verlobten vor ihrer Nase herum. Augenscheinlich suchten sie etwas Bestimmtes, schienen sich aber uneinig zu sein. Zumindest wirkte es so, als diskutierten sie intensiv über irgendetwas. Immer wieder hob er etwas hoch, Tilda konnte es nicht genau erkennen, immer wieder schüttelte die Frau den Kopf.

Tilda mutmaßte, dass sie ein Give-away für die Hochzeitsgäste suchten. Machte man das nicht so? Was man alles so machte. Unwillkürlich streichelte sie über ihren Bauch und erntete prompt einen amüsierten Blick des Matjesverkäufers. Sie grinste zurück und biss in ihr Brötchen.

Zumindest einer, der sich über das Baby freut, dachte sie kauend, und bereute diesen Gedanken sofort. Natürlich freute sie sich als Allererste! Sie mochte es nur nicht zugeben, und außerdem schien ihr alles furchtbar kompliziert. Diese Diskussion um Mutterschaft, bei der alles falsch schien. Egal was man sagte, war man entweder eine Glucke und Helikoptermutter oder eine Rabenmutter oder, was am allerschlimmsten war, hatte das Stigma einer Alleinerziehenden.

»Dann kann es den anderen doch auch egal sein«, murmelte Tilda und verputzte das zweite Matjesbrötchen. Unterdessen hielt sie ihre Augen auf Johannes geheftet, der jetzt unter dem offensichtlichen Protest seiner Begleiterin eine Tüte Obst erstand.

Tilda grinste. Das war auf dem Fischmarkt so üblich, eine Tüte ersteigern und erst hinterher wissen, was drin war, egal ob es sich um Wurstspezialitäten, Backwaren oder Bananen handelte. Früher hatten sie sich nach einer durchfeierten Nacht einen Spaß daraus gemacht und jede eine Tüte gekauft, um danach bei Tilda ein ausgiebiges Frühstück davon zuzubereiten. Wie lange war das her! Sie fragte sich gerade, was Johannes damit wohl anstellen würde, da bemerkte sie, wie er mit dem Arm in ihre Richtung deutete. Ob er sie gesehen hatte? Ihre Blicke in seinem Nacken gespürt?

Johannes kam jetzt direkt auf sie zu, es wirkte zielstrebig, und doch schlenderte dieses Paar durch die Menge, als hätte es alle Zeit der Welt. Zum Weglaufen war es zu spät, also straffte sie die Schultern, zupfte ihre Bluse zurecht und wischte sich den Mund ab.

»Hallo, welch Überraschung … Wie geht es dir?«, begrüßte er Tilda.

»Wie es einem am Sonntagmorgen so geht … und dir?«, antwortete sie, vielleicht nicht gerade geistreich. Sie versuchte ein Lächeln.

»Darf ich dir meine Verlobte vorstellen: Das ist Anne-Marie! Und das ist Tilda … Wir … wir kennen uns von Planten un Blomen.«

»Sind Sie auch Landschaftsarchitektin?«, fragte Anne-Marie und gab ihr flüchtig die Hand.

»So ähnlich«, beeilte sich Tilda zu antworten. Die Wahrheit musste sie für sich behalten, sonst würde sie Johannes' Überraschung verraten.

»Tilda ist überaus talentiert, insbesondere für Rosen hat sie ein Händchen …« Johannes lächelte ihr zu. Er hätte sich gerne noch eine Weile mit Tilda unterhalten, das war ihm anzumerken, doch Anne-Marie zog ihn weiter.

»Man sieht sich.« Sie schien genervt von diesem Ausflug zur Schlafenszeit, erst recht von seiner guten Laune und der Tüte voll irgendwas in seiner Hand.

Sie waren schon ein paar Meter weiter fast um die Ecke hinter einem Bus verschwunden, da drehte sich Johannes noch einmal zu ihr um und winkte Tilda zu.

»Bis bald! War schön, dich zu sehen!«, rief sie ihm hinterher. Doch er hörte sie nicht. Natürlich hörte er sie nicht. Tilda drehte das Brötchen in ihrer Hand. Sie verspürte keinen Hunger mehr.

»Was hast du erwartet? Er ist so gut wie verheiratet«, sagte sie zu sich selbst, während sie sich durch die Menschenmenge Richtung Elbe drängte. Sie brauchte dringend Freiraum. Für sich. Zum Durchatmen und Nachdenken, denn so konnte es nicht weitergehen. Irgendetwas stimmte gerade in ihrem Leben nicht, und es wurde Zeit, etwas zu ändern.

Wie immer, wenn sie den Kopf frei kriegen wollte und sich nicht in die Backstube flüchten konnte, lief sie hinauf zum Altonaer Balkon. Von hier hatte man eine spektakuläre Sicht auf den Hafen und die Köhlbrandbrücke, die sich gewaltig über die Elbe spannte. Jetzt, in der Morgendämmerung, als sich langsam die Sonne an den Himmel schob, noch mal ein imposanteres Schauspiel. Tilda setzte sich auf die Mauer, ließ Beine und Gedanken baumeln. Wie schön die Stadt war! Wie ruhig dieser Ort inmitten des Treibens und Autoverkehrs, wie eine Insel. Vielleicht bin ich selbst eine Insel, dachte Tilda, und atmete tief durch. Ich für mich.

An diesem Sonntag buk Tilda keine Törtchen und probierte auch keine neuen Rezepte aus. An diesem Sonntag saß sie nur da und schaute von oben und innen auf sich hinab.

***

Der Spiegel zeigte die Wahrheit. Tildas gewölbtes Bäuchlein, das sie ihr Leben lang schon begleitete und jetzt noch viel deutlicher zu erkennen war, egal wie sie sich drehte. Nichts mehr zu leugnen. Sie sah sich an und zupfte an ihren Haarsträhnen, zog sich die Haut im Gesicht straff, lupfte mit der Hand die Brüste und streichelte ihren Bauch. Die Frau im Spiegel machte es ihr nach und dann gleich wieder ihr Nachmachen nach. So ging es die ganze Zeit hin und her.

»Spieglein, Spieglein«, flüsterte Tilda und streckte ihrem Abbild die Zunge heraus.

Es zeigte nicht die »Wahrheit«, dachte sie, sondern nur eine Momentaufnahme, das Abbild eines Augenblicks, ihre Wahrnehmung in jener Sekunde, die in der nächsten schon wieder eine andere sein konnte. Ein unendliches Hin und Her an Reflexionen, Gedanken, Ansichten. Jedes Mal anders, je nachdem, wie sie den Kopf hielt, den Mund zu einem Lächeln verzog, sich zunickte oder die Hand ausstreckte. Aber war das wirklich sie? Der Spiegel reflektierte doch nur ihr Äußeres, wusste nicht, wie es in ihr drin aussah. Hatte keine Ahnung von ihren Ängsten, Sorgen und Gefühlen, zeigte weder ihre Sehnsucht noch Enttäuschung, spiegelte nicht ihr Verlangen.

Vielleicht konnte man in ihren Augen Unruhe und Sorge ablesen, wenn man genau hinsah. Vielleicht auch nicht, denn eigentlich war Tilda ein durch und durch fröhlicher Mensch, den so schnell nichts aus der Bahn warf.

Bisher.

Jetzt hatte sie Johannes wiedergetroffen, und alles war anders. Hand in Hand mit seiner Verlobten hatte er vor ihr gestanden, sie angelächelt und so getan, als würden sie sich schon ewig kennen, vertraut hatte es sich angefühlt. Mit einer Frau an seiner Seite, die selbst an einem Sonntagmorgen aussah wie aus einem Modemagazin, erfolgreich, sportlich, schlank.

Tilda hatte das nie gemacht, so wie jetzt, nackt vor dem Spiegel stehen und sich betrachten. Sie war nie eitel gewesen, geschweige denn selbstverliebt oder gar kritisch mit ihrer Figur.

Heute früh jedoch war sie vor dem Spiegel stehen geblieben, eine Art Dialog, der vielleicht auch ein Monolog war mit sich selbst. Seit sie Johannes getroffen hatte, war ihr Leben aus den Fugen geraten. Hätte ich ihm bloß damals nicht von dem Seerosenteich erzählt, dachte sie. Wie vertrauensselig sie doch manchmal war. Dann wäre sie auch nicht holterdiepolter nach Willenbrock gereist, hätte jetzt nicht diese Entscheidung zu treffen. Sie wusste, es wurde Zeit, die ersten zwölf Wochen waren bald um.

Und sie wusste, sie musste mit der Vergangenheit abschließen, Ole und Willenbrock endgültig vergessen. Und diesen Johannes auch. Sie würde die Torte backen, liefern, was gewünscht war, und sich danach nie wieder für Männer interessieren.

»Du hast hier in der Stadt so viel erreicht, sei stolz auf dich!«, nickte sie ihrem Spiegelbild zu und versuchte, im Gesicht der zurücknickenden Gestalt zu erforschen, was diese Worte bewirkten. Ein Lächeln. Anerkennung. Stolz. Blitzen in den Augen.

»Würde ein Kind dir deinen Erfolg zerstören?«

»Welchen Erfolg? Gerade geht das Café den Bach runter …« Das Gesicht zog eine Grimasse.

»Dagegen musst du etwas tun!« Zustimmendes Nicken.

»Wäre ein Kind ein Ersatz für einen Partner?«

»Wie bitte? Nein! Das arme Kind.« Empörtes Kopfschütteln, tief und ehrlich gemeint.

»Außerdem hast du gar keine Zeit, dich um alles zu kümmern. Kinder, Küche und Karriere, haha. Daran haben deine Großmütter geglaubt. Die Frauen von heute wissen es besser. Die meisten bekommen erst gar keins.«

»Das stimmt.«

»Dann ist es doch am besten, du lässt das Kind abtreiben. Noch ist es nicht zu spät dafür. In ein paar Tagen ist alles vergessen. Du kannst dich wieder um deine Törtchen kümmern und der Konkurrenz ein Schnippchen schlagen ... Und ein schlechtes Gewissen brauchst du auch nicht zu haben. Schließlich ist das heutzutage kein Problem. Das wiederum haben deine Großmütter erreicht.« Es klang ganz einfach, und die Frau im Spiegel hörte sich alles in Ruhe an, dann nickte sie.

»Das wird wohl das Beste sein.«

Tilda horchte kurz in sich hinein, was die Worte mit ihr machten. Es klang vernünftig. Aber drangen sie auch in ihr Herz? Zur Antwort zuckte sie mit den Schultern.

Eine Weile saß sie noch vorm Spiegel, studierte ihre Lachfältchen, ihre weichen Brüste, ihre kraftvollen Hände, die den Teig durchwalkten und so emsig waren, ihre feingliedrigen Finger, die wie Pinzetten Gebäck dekorierten und Figuren formten. Dann stand sie mit einem Ruck auf, suchte nach einem großen Tuch und hängte es über den Spiegel. Keine Dialoge mehr. Sie wollte die unverstellte Wahrheit wissen. Spüren, was richtig war, es nicht gezeigt bekommen. Ganz bei sich sein. Auch so ein Spruch von Mones Postkarten.

***

Anni nickte nur, als Tilda sie in ihren Plan einweihte, und versprach ihr, sich zu kümmern und ihr zur Seite zu stehen. Den anderen würden sie vorerst nichts sagen, vielleicht auch eine Notlüge auftischen, in den ersten drei Monaten war ein natürlicher Abgang nichts Ungewöhnliches. Tilda besorgte sich die nötigen Unterlagen und Bescheinigungen, vereinbarte einen Termin. Um sich selbst zu beweisen, dass sie es ernst meinte mit der Vergangenheitsbewältigung, hatte sie begonnen, jenes Ankleidezimmer noch mal genauer zu inspizieren. Anni hatte wohl recht, die Kleider waren Kunstwerke sondergleichen, schlichte Eleganz, üppige Volants und edle Stoffe. Tilda verstand nicht viel von Mode, sie erinnerten sie entfernt an das, was sie einmal von Coco Chanel in einer der Frauenzeitschriften gesehen hatte. Und gab es nicht auch diese Schmuckschatulle mit den wertvollen Perlenketten? Vielleicht war im Bellefleur Modegeschichte geschrieben worden, ohne dass die Nachwelt davon wusste.

In einer anderen Ecke des Kleiderschranks fand sie einige Briefe und Kladden, offensichtlich die Bilanzen des Bellefleur, das nach dem Krieg eine Tanzschule war, später dem Zeitgeist entsprechend ein Rock-'n'-Roll-Palast, und dessen Besitzer Eleonores Eltern gewesen sein mussten.

»Und heute ist es ein Törtchen-Palast. Was dieses Haus schon alles erlebt hat … Darüber könnte man glatt einen Roman schreiben«, dachte Tilda, verabschiedete sich mit einem Kuss von den Unterlagen. Gleich morgen würde sie mit dem Stadtarchiv Kontakt aufnehmen, ganz bestimmt interessierten sie sich dort für Zeitzeugnisse aus den Zwanzigerjahren. Nach einigem Zögern öffnete sie auch den Koffer und nahm das rote Heftchen zur Hand. Lauter Bleistiftstudien der unterschiedlichsten Muster und Ornamente, und immer wieder Rosen, Rosen, Rosen. Ranken und Knospen, üppige Blüten, feingliedrige Blättchen, Dornen. Wer immer das hier gezeichnet hatte, musste nahezu besessen von Rosen gewesen sein. Mit einem Lächeln steckte Tilda das kleine Buch in ihre Tasche, dieses Kleinod würde sie ganz bestimmt nicht dem Stadtarchiv überlassen. Ebenso wenig wie den Koffer mit den alten Kleidern, den sie wieder im Schrank verstaute.

Zuversichtlich und gut gelaunt besprach sie mit Johannes am Telefon die Details seiner Hochzeitstorte und machte sich an die Vorbereitungen. Es sollten dreierlei Böden mit feinfruchtiger

Füllung sein, so weit, so einfach. Doch ein Backwerk wie die Sagrada Familia wollte nicht so leicht hergestellt sein. Tilda zergrübelte sich den Kopf, wie sie die Türmchen fabrizieren sollte. Sie erinnerten sie an die Klackermatschtürmchen ihrer Kindheit. Würde das aus Teig gelingen? Stunde um Stunde stand sie in der Küche, probierte Konsistenz und Geschmack, kleckerte und klackste und formte, und es war weit nach Mitternacht, als ihr das Ergebnis schließlich gefiel.

Schnell notierte sie sich das Verhältnis der Zutaten, die Temperatur des Ofens, die Dauer des Auskühlens, dann knipste sie müde, aber zufrieden das Licht aus. Morgen würde sie die Torte auf genau diese Weise herstellen. Turm für Turm, jeweils mit einer Füllung aus Himbeersahne, Brombeergelee, Zitronencreme, alles überzogen mit einer pudrigen Vanilleglasur, ganz zart. Vielleicht nicht ganz Gaudís Kathedrale, aber eine Kreation, die sich sehen lassen konnte.

Tilda wollte gerade nach oben in ihre Räume, da streifte ein leichter Windzug ihre vom Backen geröteten Wangen, die Terrassentür war nicht richtig verschlossen. Ihr Blick fiel auf den Rosenstock, der zu ihrer Überraschung Knospen angesetzt hatte, das war selbst im Schein des Mondlichts deutlich zu erkennen.

»Das glaub ich jetzt nicht«, flüsterte sie und trat hinaus, um sich selbst davon zu überzeugen. Beinahe andächtig streichelte sie über die noch geschlossenen Knospen. Der Strauch stand üppig da, strotzte vor Leben inmitten der frischen Juninacht. In ein paar Tagen würde er seine Blüten zur vollen Pracht entfaltet haben. Es war, als spräche die Rose zu ihr.

»Du meinst, ich soll das Kind behalten?«, fragte sie in die Nacht hinein, ein Windhauch streifte ihre Haare. Fröstelnd zog sie sich die Jacke enger um die Schultern.

»Bist du rein, wirst du wohl gedeihn …«, hörte sie die Stimme der Schwester sagen. »Verzichte nicht auf das Leben, Tilda, nicht freiwillig. Es lohnt sich, dafür zu kämpfen, egal was passiert!«

Anni staunte nicht schlecht über Tildas geänderte Meinung, machte jedoch keinen Versuch, sie von ihrem Entschluss wieder abzubringen. Im Gegenteil. Sie versprach der Freundin bestmögliche Unterstützung.

»Egal was kommt, gemeinsam schaffen wir das!«, meinte Renate, die wieder mit vollem Einsatz im Café dabei war und Tildas Heißhunger auf Hering längst bemerkt hatte. Sie drückte ihr einen Kuss auf die Stirn und freute sich für Tilda. Über den blühenden Rosenstock auf der Terrasse. Über die Gäste, die nach und nach wieder bei ihr bestellten. Und über die Hochzeitstorte, die ein echtes Meisterwerk wurde.

»So etwas hat die Welt noch nicht gesehen«, meinte Hannah, als sie vorbeikam und die Torte im Tresen bewunderte. Tilda hatte sie bis zur Abholung ausgestellt, sollten die anderen ruhig sehen, dass sie das Konditorhandwerk beherrschte, Geschäftsfrau durch und durch. Anni machte begeistert Fotos und versprach, sich um eine Werbeanzeige zu kümmern.

»Vielleicht geht da was in den sozialen Medien«, meinte sie. »Wäre doch gelacht, wenn wir diesem Pseudo-Bäcker nebenan nicht zeigen, was echte Törtchen sind!«

Und Mone war der Meinung, dass Tilda unbedingt das Geschäftsmodell »Geburtstörtchen« entwickeln sollte. Natürlich in Rosa und Blau, wogegen Tilda entschieden protestierte. Alles hätte also in bester Ordnung sein können, hätte Johannes die Torte wie vereinbart abgeholt, bezahlt und sich nie wieder blicken lassen. Tilda hatte extra dafür gesorgt, dass sie zu dem Zeitpunkt nicht im Laden war, sie wollte eine erneute Begegnung vermeiden, mit viel Glück würde sie ihn in diesem Leben nicht wiedersehen. Sie hatte sich ausnahmsweise frei genommen und war nach Övelgönne hinausspaziert, hatte sich dort am Elbstrand einen Milchkaffee gegönnt. Als sie am Abend zurückkehrte, empfing Renate sie mit ratloser Miene.

»Da kam niemand«, meinte sie. »Ich hab noch mal den Termin

und die Daten geprüft, alles richtig. Sogar angerufen hab ich, aber es niemand drangegangen. Und jetzt? All die Mühe umsonst.«

Tilda schluckte. Hatte Johannes womöglich seinen Auftrag vergessen? Das mochte sie nicht glauben. Nachdenklich lief sie zu ihrem Rosenstock und zupfte an den Blättern herum.

»Du wolltest ihn doch vergessen …«, murmelte sie. Dann holte sie die Gießkanne.

***

Doch wie konnte Tilda ihn vergessen, wenn genau seine Hochzeitstorte ihr Geschäft wieder zum Laufen brachte? Seit Anni eine Social-Media-Kampagne dafür gestartet hatte, konnte sie sich vor Aufträgen kaum retten. Glücklich arbeitete sie Seite an Seite mit Renate im Laden, verkaufte, was die Backstube hergab, Hamburger und Eclairs, Törtchen und Tartes, Pasteten, Petits Fours, Cupcakes. Ihr Herz war voller Freude, nur abends, kurz vor dem Einschlafen, musste sie an Johannes denken, fragte sich, wie es ihm wohl ging. Dann schob sie den Gedanken schnell zur Seite, legte ihre Hände auf den Bauch und wünschte ihrem Baby eine gute Nacht. So zogen die Tage dahin, Tage voller Arbeit und lauter Glück, warm wie Franzbrötchen frisch aus dem Ofen.

»Du bist und bleibst die Beste, Tilda«, sagte sie eines Abends sehr zufrieden mit sich und der Welt. Es war ein langer Tag gewesen, sie war gerade dabei, das Café zu schließen, Stühle hoch, Maschine säubern, Vitrine putzen. Renate war schon vor einer Weile gegangen. Da klopfte Johannes an die Tür.

»Was machst du hier?« Verwundert ließ ihn Tilda herein.

»Guten Abend. Ich … ich bin gekommen, um mich bei dir zu entschuldigen.« Er fuhr sich verlegen durch die Haare. »Und ich muss ja noch meine Rechnung begleichen.«

»Längst vergessen!« Tilda winkte ab. Die unbezahlte Torte hatte ihr längst ein Vielfaches in die Kasse gespielt.

»Nein, ist es nicht.« Johannes hatte nach ihrer Hand gegriffen und hielt sie fest. »Natürlich bezahle ich die Torte. Eine Hochzeitstorte, die keine Hochzeit feiern durfte«, fügte er bitter hinzu und sah Tilda an. »Das ist die Wahrheit und nichts als die Wahrheit, ich schwöre. Sie hat die Hochzeit platzen lassen. Und ich war so gelähmt, ich konnte einfach nicht früher kommen.« Er zuckte wie zur Entschuldigung mit den Schultern.

»Da gibt es nichts zu entschuldigen. Du hast alles richtig gemacht. Du bist hier.« Ohne es zu merken, strahlte Tilda übers ganze Gesicht.

Dann deutete Johannes auf Tildas Bäuchlein, mittlerweile unübersehbar schwanger. »Und wann heiratest du?«

Tilda schüttelte den Kopf. »Niemals! Das ist … Vergangenheitsbewältigung. Der Seerosenteich. Alles vergeben und vergessen und endgültig vorbei.« Leise lächelnd streichelte sie über ihren Bauch.

»Dabei fängt gerade erst alles an, oder?« Er schaute ihr fragend in die Augen.

»Komm mit, ich muss dir etwas zeigen«, antwortete Tilda statt einer Antwort. Dann griff sie nach seiner Hand, seiner warmen Hand, und zog ihn mit sich. Nach draußen zu dem Rosenstock, der seit heute früh in üppigem Rosé erblühte.

»Wusste ich's doch.« Johannes lächelte. »Eine Reine Victoria.«